Alessandra Bernardi

Die Tochter des Dogen

Historischer Roman

Neuer Europa Verlag
Leipzig

Die Deutsche Nationalbibliothek verzeichnet diese Publikation in der Deutschen Nationalbibliografie; detaillierte bibliografische Daten sind im Internet über http://dnb.d-nb.de abrufbar.

Umschlaggestaltung: Ulrich Münster, Leipzig
Lektorat: Christiane Barth
Satz: Ulrich Münster, Leipzig
Druck & Bindung: www.pbtisk.cz
Printed in Czech Republic
ISBN-10: 3-86695-063-2
ISBN-13: 978-3-86695-063-4

Informationen über unser Programm erhalten Sie beim
Neuen Europa Verlag, Nikolaistraße 33-37, 04109 Leipzig,
oder unter www.neuer-europa-verlag.de

Tanto gentile e tanto onesta pare
la donna mia quand`ella altrui saluta,
ch'ogne lingua deven tremando muta,
e li occhi no l'ardiscon di guardare.

Dante Alighieri

So vornehm und so ehrbar wirkt
Meine Herrin, wenn sie einen grüßt,
dass jede Zunge zitternd verstummt
und die Augen nicht wagen sie anzuschauen.

Serenissima, Mai 1309

1. Kapitel

Isabella di Conti blieb vor dem Fenster stehen und atmete erleichtert aus. Die ersten Sonnenstrahlen des Tages fielen durch die hohen Fenster des Palastes und verwandelten das Mosaik auf dem Fußboden in ein Meer aus Licht und Schatten. Dunkle Wolken spiegelten sich im Canal Grande und zogen Dämonen gleich über das Wasser.

Seit Tagen war Isabella von einer seltsamen Unruhe erfüllt, die sie nicht schlafen ließ. Margherita, die Zofe, nannte das die Veränderung zur Frau.

Isabella sog die Luft ein, die durch das offene Fenster strömte. Der Himmel war überzogen von einem so intensiven Blau, dass sie ihre Augen beschirmte, um sich vor dem gleißenden Licht zu schützen, das vom Dach des Campanile reflektiert wurde. Heute sah Isabella sogar die Spitze des Glockenturms, die sich in den letzten Monaten oft im Nebel verborgen hatte. Stärker als das Feuer, das man nachts auf dem Turm entzündete, um den heimkehrenden Seefahrern den Weg zur Serenissima zu weisen, leuchteten die Schindeln auf dem Dach des Campanile.

Sicher hatte das monotone Klopfen von Hämmern und Äxten der Handwerker auf der Piazza sie aus ihrem unruhigen Schlaf gerissen. Die Vorbereitungen liefen auf Hochtouren. An jeder Ecke der Piazza waren Podeste für Tanz und Musik aufgebaut. Das unbeschwerte Lachen von Kindern hallte in den schmalen Gassen, die in verwinkelten Abzweigungen auf die Piazza zuliefen. Girlanden aus Efeuranken und wildem Flieder schmückten die Wandelgänge rund um die Piazza und wiegten sich sanft im Wind, wenn die Kinder unter dem Schmuck hindurchliefen. Ein Händler ballte die Fäuste, weil die Kinder so nahe an seinem Stand vorbeistürmten. Isabella schmunzelte, als der Händler sich wie ein Palastwächter vor einen kleinen Tisch stellte, um seine kostbare Ware zu schützen – kleine Flaschen, die im Sonnenlicht funkelten wie Edelsteine. Sie hatte eine Flasche davon bei Francesca gesehen, aber ihre Tante verbot ihr, sie zu berühren. Was verbarg sich darin, das so kostbar war, um vor neugierigen Kinderhänden beschützt werden zu müssen? Leiser Gesang lenkte ihre Aufmerksamkeit auf den Canal Grande, wo immer mehr Boote anlegten. Der Feiertag versammelte Jung und Alt, Arm und Reich auf der Piazza. Isabella ließ ihren Blick auf dem bunten Bild ruhen und lauschte dem Lachen der Kinder, dem Feilschen der Händler und Marktfrauen. Die Süße des Flieders übertünchte den Gestank des brackigen Wassers, das sich nach den letzten warmen Tagen in den schmalen Kanälen abseits des Canal Grande gesammelt hatte.

Isabella wandte sich dem Sonnenlicht zu und schloss die Augen. Sie fühlte die angenehme Wärme auf ihrer Haut.

Mit schweißglänzenden Gesichtern versuchten die Männer seit dem frühen Morgen, die letzten Podeste aufzustellen. Sie arbeiteten seit Tagen und beendeten ihr Tagwerk erst, wenn die Arsenalotti aus der Schiffswerft in ihre Häuser zurückkehrten.

Von der lärmenden Handwerkerschar angelockt, strömten unzählige Venezianer auf die Piazza. Jeder wollte dabei sein, wenn Andrea di Conti, Isabellas Vater, an Bord des Schiffes ging. Isabellas Blick wanderte zum Canal Grande zurück. Wie ein Weg in die Freiheit – durch die Lagunen bis ins Meer, wo die großen Schiffe ferne Länder entdeckten und mit Seide oder Safran zurückkehrten. Vor dem Schiff bildete sich eine große Menschenmenge. Unberührt von den gaffenden Blicken lag das Flaggschiff der Serenissima seit dem Morgengrauen vor Anker. Ihr Goldschiff. Mit jeder Welle, die den schweren Bug des Schiffes hob, rieben die Eisenglieder der Ankerkette über die Kaimauer. Einige Kinder hingen an den Tauen und versuchten, auf das Schiff zu klettern. Mit vor Anstrengung roten Wangen hangelten sie sich die dicken Seile hinauf und rutschten unweigerlich einer nach dem anderen wieder runter. Die Seile waren glitschig vom Seetang, und der vom Salz gehärtete Hanf schnitt in die Handflächen. Nur ein kleiner Junge kämpfte sich weiter nach oben. Kurz vor dem Entern entdeckte ihn die Schiffswache und riss so fest an dem Seil, dass der Junge den Halt verlor und kopfüber ins Wasser stürzte.

Isabella sog die würzige Luft ein, die ein leichter Wind über das Meer trieb, und betrachtete stolz das Schiff. In wenigen Stunden würde sie auf dem Bug des *Bucintoro* stehen und der Zeremonie beiwohnen, von der sich das Volk den Segen der Stadt erwartete. Die Ascensione, die Vermählung mit dem Meer, war ein alljährlicher Brauch, um Venedig auch weiterhin die Macht zu erteilen, seine Reichtümer zu vermehren. Gleich, ob die des Meeres oder diejenigen, die sich in den dickbäuchigen Schiffen befanden. Ihr Blick wanderte zu den Kontoren, wo ein großes Schiff seine Ladung löschte. Selbst heute ruhte der Handel nicht, Steuern wurden erhoben und füllten die Kassen.

„Kommt, Kind, beeilt Euch“, mahnte Margherita und eilte auf Isabella zu. Trotz ihres fortgeschrittenen Alters bewegte sich die kleine Frau erstaunlich schnell, und noch bevor Isabella protestieren konnte, hielt die Zofe bereits das Überkleid hoch.

„Schnell, schlüpft in den *Surkot.* Ihr solltet längst fertig sein. Wo wollt Ihr denn jetzt hin?“

Isabella warf Margherita einen flehenden Blick zu.

Das Gesicht der alten Frau verhärtete sich für einen Moment, dann nickte Margherita ergeben und strich Isabella über die Stirn. „Geht, mein Kind. Aber kommt bald zurück.“

Mit einem leisen Seufzen zog sich Isabella den Umhang über und verließ das Zimmer. Was verstand Margherita von der brennenden Ungeduld, die ihr Herz erfüllte? Sie wusste ja selbst nicht, was mit ihr los war.

Erst auf der Loggia hielt sie an und verharrte im Schatten einer Säule. Vor dem Palast hatte sich eine Gruppe junger Mädchen niedergelassen. Das ausgelassene Geschwätz der Marktmädchen weckte ihre Neugier und weiter als sonst schritt sie an die Balustrade. Bis über das Knie rafften die Mädchen ihre Röcke und zeigten mehr Haut, als Margherita ihr gestattete, wenn sie sich zur Nachtruhe begab. Isabellas Wangen brannten bei dem Anblick. Die Mädchen reckten ihre Hälse, wenn sie der Blicke gaffender Männer gewahr wurden und zupften an den spärlichen Stoffbahnen, als erweckten sie nicht schon genug Aufmerksamkeit. Isabella zog sich in den Schatten der Säule zurück. Sie schob ihr Kleid ein wenig höher und schielte auf die Piazza. Ihr Herz schlug schneller, als sie einen jungen Handwerker bemerkte, der vor dem Eingang der Basilika auf den Wandelgang starrte und das Hämmern längst unterbrochen hatte.

Erschrocken ließ Isabella den Rock hinunter und wandte sich ab. Sie spürte noch immer den Blick des Jungen und wagte nicht, sich umzudrehen. Ein leises Kichern riss Isabella aus ihren Gedanken und sie blickte zu der Gruppe der Blumenmädchen zurück. Mit geschickten Fingern flochten sie unter dem wachsamen Auge einer Alten duftende Blumenkränze und steckten die Köpfe zusammen, bis die Alte sie mahnend an ihre Arbeit erinnerte.

Edle Frauen schritten mit hochnäsigen Gesichtern an den Blumenmädchen vorbei. Ihre feinen Kleider schleiften über den lehmigen Boden und wirbelten Staub auf.

Manche Gesichter erkannte Isabella wieder. Von Bällen, die ihr Vater zu Ehren der Delegationen gab. Junge Mädchen wie Isabella, die mit roten Wangen von ihren Brüdern auf die Tanzfläche geführt wurden. Von der Treppe aus blieb sie stummer Gast und konnte sich nicht satt sehen an den prächtigen Kleidern. Sie beneidete Silvano, der mit seinen siebzehn Jahren als gute Partie angesehen wurde, aber bisher fand sich kein Mädchen, das seinem Vater gut genug erschien. Ein Umstand, der ihn nicht störte. Man munkelte, er habe eine heimliche Geliebte.

Pfiffe ertönten und die Mädchen wandten ihre Aufmerksamkeit Männern zu, die sich von der anderen Seite der Piazza her näherten. Die Seiler verlangsamten ihre Schritte und machten wohl derbe Witze, denn die Alte rappelte sich mühsam auf und blieb breitbeinig vor den Mädchen stehen.

„Verschwindet, ungutes Pack!“, rief sie den Männern entgegen. Ihre eingefallenen, müden Augen funkelten, als sie merkte, dass ein paar der Mädchen den Seilern schöne Augen machten. Die Alte hob drohend ihre Hand und trieb die Mädchen an, sich zu sputen.

Isabella vergewisserte sich, dass ihre Zofe nicht in der Nähe war und beugte sich weiter über die Balustrade. Margherita warnte sie vor Männern, die nur eines im Sinn hatten und war darauf bedacht, ihren Schützling vor wollüstigen Blicken zu bewahren.

Während sich die Gruppe sofort wieder über die Körbe neigte, hob ein Mädchen neugierig den Kopf. Ihr rotes Haar floss über die halb entblößten Schultern.

Das Mädchen wirkte glücklich, trotz des geflickten Kleides und den barfüßigen Beinen umspielte ein feines Lächeln ihren Mund, als ein Mann aus dem Wandelgang unter Isabellas Platz auf die Piazza trat. Mit funkelnden Augen lächelte das rothaarige Mädchen dem Mann zu, der nun mit dem Rücken zu Isabella stand.

Isabella hielt überrascht den Atem an und ließ ihren Blick auf der Gestalt ruhen, die sich unbekümmert durch das gemeine Volk drängte. Sein braunes Wams war von feinster Qualität, aber zerknautscht. Mit unsicherem Schritt warf er einen Dukaten in den Korb. Bevor das Mädchen es verhindern konnte, nahm die Alte die Münze an sich und erlaubte dem Mann, sich einen Blumenkranz auszusuchen. Der Mann wählte einen und roch daran, dann hob er kurz den Kopf und blickte zum Palast hoch. Als Isabella den Blick des Mannes, gar Jungen, traf, wich sie so schnell zurück, dass ihr Umhang an einer Ecke hängen blieb. Entsetzt starrte sie hinunter, aber der junge Mann war verschwunden. Sie musste sich getäuscht haben. Wie sollte ihr Bruder aus dem Palast gelangen?

Schon bald würden diese Kränze auf der Wasseroberfläche schwimmen, wenn das Schiff das Hafenbecken verließ. Ein Meer aus Blumen, so wie ihre Mutter es geliebt hatte.

„Hier draußen seid Ihr! Und nicht einmal richtig angekleidet! Marsch, in Euer Zimmer!“, schreckte die Zofe Isabella aus ihren Gedanken hoch.

Margherita stand neben der Mauer und maß sie mit strengem Blick.

„Aber Margherita, schau nur, die vielen Menschen.“

„Wenn Euch Euer Vater so sehen würde, dürftet Ihr heute überhaupt nicht an Bord."

Schnell drückte Isabella Margherita einen Kuss auf die Wange. „Das würdest du nie zulassen."

Aber Margherita war jetzt unnachgiebig und zeigte auf den Gang. Noch war er leer, aber bald würden die Mitglieder der Delegationen herumstreifen und jede Säule, jedes Kleinod aus Gold berühren.

Wie sollte sie ruhig bleiben, wenn das Fest zu Christi Himmelfahrt bevorstand und ganz Venedig feierte? Mit einem heftigen Kopfschütteln blickte Isabella auf das bunte Treiben. Wenige Stunden vor der Zeremonie war der Kai dicht gedrängt mit Menschen, als stünde der Karneval bevor. Schwarz glänzende Gondeln lagen schwer beladen im Wasser. Ein paar Männer stritten lautstark um ihr Anlegerecht und behinderten weitere Gondolieri, die ihre Passagiere beruhigen mussten.

Margheritas Hand wies noch immer zum Gang und Isabella seufzte leise, als sie sich von der Balustrade löste. Sie lief an ihrer Zofe vorbei, mit fliegenden Haaren und wirbelndem Kleid und bemerkte zufrieden das mahnende Knurren der alten Frau. Sie war kein Kind mehr. Fast sechzehn. Sie wollte mehr von der Welt erfahren, die sie nur aus den Büchern von Marcello, dem Berater ihres Vaters, kannte. Entschlossen drehte sie sich um und lauschte.

Dann kniete sie nieder und zerrte ein Buch ihres Vaters unter dem Bett hervor. Darin stand alles, was ein Doge dem Rat schwören musste. Behutsam legte sie das schwere Buch auf ihr Bett und streichelte über das rotweiße Wappen der di Conti. Sie blätterte auf die Seite, an der sie am Abend aufgehört hatte zu lesen. Wie konnte ihr Vater das ertragen? Immer mehr Verbote trug ihm die *Promissio* auf. Öffne keinen Brief ohne die Anwesenheit eines Beraters, nimm keine Geschenke an. Nachdenklich schob sie das Buch unter das Bett. Jeder ist dem anderen gleich, stand es geschrieben. Warum durfte sie dann nicht wie die Dienstboten aus dem Palast? Auch ihr Bruder Silvano würde nie aus Venedig herauskommen. Es war ihm nicht gestattet, zu arbeiten oder gar Venedig zu verlassen.

Mit einem Seufzen blickte Isabella nach draußen. Möwen flogen über das Hafenbecken und stießen laute Schreie aus, bevor sie tiefer glitten und nach den Blumenkränzen schnappten, als seien es Brotkrumen.

Kurze, schwere Schritte hielten vor der Tür. „Wann benehmt Ihr Euch endlich, wie es sich für eine Dogentochter ziemt?“ Aufgebracht trat Margherita ein.

Isabella zupfte an ihrem Unterrock und schob ihn ein Stück höher, bis Margherita den Stoff mit einer hastigen Bewegung wieder bis über die Knöchel zog.

„Hast du die Mädchen gesehen? Sie haben gelacht. Niemand hat sie dafür ermahnt oder bestraft.“ Isabella ließ sich widerwillig den Surkot überstreifen und holte tief Luft, als Margherita sie mahnend ansah.

„Es ist Euch nicht gestattet, sich so zu benehmen. Ihr seid die Tochter des Dogen.“ Margherita verdrehte die Augen und bekreuzigte sich. „Ihr seid Eurer Mutter in vielen Dingen so ähnlich.“

Kaum vernahm Isabella die Glocken der Basilika San Marco, umarmte sie ihre Zofe und streichelte liebevoll über die Wangen der alten Frau.

„Beeil dich, Margherita, sonst fährt Vater ohne mich los.“

„Das würdest du ihm nie verzeihen!“, ertönte eine tiefe Stimme hinter ihr, und etwas Weiches wurde auf ihren Kopf gedrückt.

„Silvano!“ Der Duft von Flieder stieg Isabella in die Nase. Auf ihrem Kopf ertastete sie einen Blumenkranz.

„Du warst es, den ich gesehen habe. Silvano, was tust du dort unten?“, rief sie aufgeregt und presste erschrocken eine Hand auf ihren Mund, als sie ihn erblickte. Silvanos schmale braune Augen verrieten eine kurze Nacht. Sein Schritt war unsicher und er schwankte, lehnte sich gegen den Bettpfosten.

„Ihr solltet Euch ein wenig vorsehen, beide.“ Margherita sah sie eindringlich an.

Margheritas Warnungen müde geworden, lehnte Isabella sich wieder gegen den Fensterrahmen. Keiner von ihnen würde die Lagune jemals verlassen. Nicht, solange ihr Vater der Doge war. Nicht, solange er sich immer wieder in dieses dicke, staubige Buch vertiefte, das nun unter ihrem Bett lag. Sie seufzte leise und wandte sich zum Fenster. Hatte der Rat Angst, Silvano und sie würden Dinge sehen, die sie veranlassen, nicht wieder nach Venedig zu wollen? Oder dass sie Geheimnisse verraten würden? Vater konnte die Verfügung längst auswendig, dessen war sie gewiss. Wie sie, aber das behielt Isabella lieber für sich. Hatte Vater gewusst, dass das Buch, welches seine Herrschaft als Doge begleitet, noch dicker sein würde als die anderen davor? Sie war nicht der Doge, nur die Tochter. Warum musste sie sich an das halten, was Papier vorgab?

„Irgendwann wird man bemerken, dass Ihr nachts nicht in Eurem Bett liegt.“ Margherita nickte Isabella nochmals zu und verließ das Zimmer.

Zögernd ließ sich Silvano auf dem Stuhl nieder und legte seine Hände auf die Tischplatte. Auf Laden und Tischbeinen prangte das Abbild eines Löwen. „Fast wäre ich gar nicht mehr zurückgekommen.“

Isabella musterte ihren Bruder nachdenklich.

„Ich habe dich gesehen, auf der Piazza. Mit dem Mädchen."

Silvano lehnte sich zurück und lächelte versonnen. „Niemand wird mir die Liebe verwehren. Und wer sollte es merken? Vater kümmert sich um seine Belange."

Isabella bemerkte plötzlich einen dunkelroten Fleck auf Silvanos Ärmel. „Was ist geschehen?"

Silvano stöhnte auf und wehrte ihre Hände ab, die am Hemdzipfel zogen und schließlich eine Wunde sichtbar machten. „Ich war im Kontor. Letzte Nacht, ein paar Plünderer wollten sich an der neuen Ware zu schaffen machen."

Isabella schüttelte fassungslos den Kopf. „Im Kontor? Nachts? Wie konntest du …" Sie trat zum Fenster und schaute zu den großen Speichern auf der anderen Seite des Kanals. „Was tust du dort?"

Silvanos Hände glitten auf dem polierten Tisch herum, als suche er nach Halt.

„Ich werde mich Vaters Zwängen nicht beugen. Ich will etwas tun, um das Volk zufriedener zu stimmen", rief er und hieb auf den Tisch.

„Bleib still, ich muss deine Wunde versorgen", flüsterte Isabella und hielt seinen Arm fest. „Ich muss Margherita holen, das kann ich nicht allein."

Bevor sie das Zimmer verlassen konnte, packte Silvano sie fest am Arm. „Niemand darf davon erfahren. Besonders nicht deine Zofe. Ich traue niemandem mehr, nicht hier im Palast." Seine Augen funkelten und plötzlich merkte sie, dass es ein anderer Schmerz war, der ihm Angst machte.

Langsam nickend nahm sie ein sauberes Stoff Leinen aus dem Schrank und schöpfte Wasser aus einem Bottich neben ihrem Bett. Dann setzte sie sich ihm gegenüber und säuberte die Wunde. Es war nur ein kleiner Schnitt, aber unversorgt konnte er sich leicht entzünden. „Du bist leichtsinnig, Silvano. Die Wache hätte dich getötet, wenn man dich erwischt hätte.“

Als sie die Wunde mit einem Tuch umwickelt hatte, setzte sie sich an ihren Schreibtisch und zog einen Bogen Papier aus der Lade. „Ich entlasse dich aus Vaters Diensten. Fahr hinaus auf das Meer und werde glücklich.“

„Das ist kein Spiel. Wir sind keine Kinder mehr!“ Silvano schlug ihr den Federkiel aus der Hand. In unregelmäßigen Kreisen und Punkten zeichnete die Feder ihren Weg, bis sie vom Papier wegrollte und zu Boden fiel.

„Viva Venezia!“, schallte es im selben Moment über die Piazza. Schnell lief Isabella zum Fenster und sah ein kleines Mädchen. Es war auf eines der Podeste geklettert und drehte sich im Kreis.

Isabella verspürte einen Stich im Herzen, als der Vater sein Kind liebevoll auffing und ihm mit einem sanften Lächeln über den Kopf strich.

„Du bleibst nicht immer im Palast. Du wirst heiraten, Kinder bekommen, die genauso stark und dickköpfig wie ihre Mutter sind“, sagte Silvano und legte die Hand auf ihre Schulter.

Isabella starrte mit brennenden Augen auf die Piazza. Das rote Haar des Mädchens leuchtete aus der Menge heraus.

„Hat sie dich erkannt?“

Silvano schüttelte den Kopf. „Sie würde jedem Mann ihre Gunst erweisen, der sie von ihrem Schicksal befreien kann.“

Er wandte sich ab und führte Isabella zum Tisch zurück. Plötzlich stockte er. „Woher hast du das Buch?“

Bevor Isabella ihn hindern konnte, zog Silvano es hervor.

„Gib es mir zurück.“

„Willst du mir drohen?“ Kopfschüttelnd schob Silvano das Buch wieder unter das Bett. „Du kannst nichts ändern, indem du ein Buch stiehlst.“

„Ich bin keine Diebin!“

Silvano ging um den Tisch herum und zog die Lade auf. „Ich werde dein Geheimnis bewahren, aber beende meinen Freilassungsbrief.“ Er hob den Federkiel auf und hielt ihn Isabella entgegen.

Wenig später schmunzelte Silvano, als sie den Brief gedankenverloren zusammenrollte. „Hast du nicht etwas vergessen?“

Isabella sah irritiert auf den Briefbogen. „Die Unterschrift von Vater ist mir doch geglückt. Vaters Berater würde es nicht bemerken.“

Silvano zögerte und betrachtete das Schreiben. „Ich bezweifle, dass Marcello bewusst ist, welche Fertigkeiten er dich lehrt.“

Isabellas Blick wanderte zum Fenster, wo die Sonne hereinflutete und auf das Eichenkästchen ihrer verstorbenen Mutter fiel. In der letzten Biegung verschwand eine der Gondeln fast im Schatten und verschmolz mit dem Wasser, bis der Bug aus der Schwärze glitt. Die goldenen Verzierungen glitzerten im Sonnenlicht. Der Lauf des Canal Grande würde sich nie ändern, nur die Menschen, die auf ihm ihre Waren in die Speicher fuhren. Plötzlich nahm sie ihrem Bruder das Schriftstück aus der Hand, legte es in die Geheimlade zurück und zeigte zur Tür. „Geh jetzt bitte, ich möchte mich fertig machen.“

„Aber – das Siegel! Ohne Siegel ist der Brief wertlos.“

„Vater hat eine Delegation aus Brügge empfangen, ich kam nicht in das Arbeitszimmer. Später.“

„Wie Ihr befehlt, Isabella di Conti.“

Die Tür fiel leise ins Schloss, als Silvano das Zimmer verließ.

Isabella trat wieder ans Fenster und suchte nach dem roten Schopf des Mädchens. „Aber sie ist frei und kann gehen, wenn sie will.“

***

Nachdenklich blickte Isabella auf das Buch. Sie musste es zurückbringen, bevor Marcello oder ihr Vater den Verlust bemerkten.

Als Isabella ihr Zimmer verließ, hallte der Gang von den Stimmen unzähliger Fremder, die sich im Innenhof versammelt hatten. Sie zog den Umhang fester um ihre Schultern und hielt das Buch darunter versteckt. Vor dem Eingang zu den Gemächern ihres Vaters drehte sie sich nochmals um, aber die Wachen sahen wieder auf die eintreffenden Gäste und so schlüpfte sie ungesehen in den Geheimgang.

Kaum verließ Isabella den Tunnel und öffnete die Tür, vernahm sie das harte Stakkato der Schnabelschuhe ihres Vaters auf der anderen Seite des Ganges, der zum Arbeitszimmer führte. Behutsam zog sie die Tür ein Stück zu und spähte durch den Spalt in den Raum.

Gerade stieß ihr Vater die Tür auf und durchquerte mit großen Schritten das Zimmer. Zornesfalten hatten sich auf seinem Gesicht gebildet, als er sich seinem Gefolgsmann zuwandte. „Ich bin nicht an Eurem Vorschlag interessiert.“

Ein Schatten fiel auf den Boden. Die Stimme war ihr unbekannt, als der Mann, dem der Schatten gehörte, näher an die Wand mit dem Geheimgang trat. Es war keiner der alten Männer, die ihren Vater sonst berieten.

„Francesca Farelli hat viele Beziehungen. Ihr versichert Euch so auch der Stimmen jener Patrizier, die das Haus di Conti bisher verraten haben."

„Warum sollte ich auf den Handel eingehen?" Andrea di Conti trommelte mit den Fingern auf der Tischplatte. „Ihr warnt mich ständig vor Feinden. Eroso, jeder Mensch hat Feinde. Und eine Stadt wie Venedig …" Er stockte plötzlich.

Der Mann trat dicht an ihren Vater heran. Niemand stand so knapp neben ihm, Marcello achtete streng darauf, dass die Distanz gewahrt blieb. Wer wagte es, sich ihrem Vater gegenüber so respektlos zu benehmen?

„Gerade dafür gilt es vorzusorgen", setzte der Fremde betont sanft fort. „Versichert Euch der Unterstützung möglichst vieler Herren, und vor allem, wählt den Mann Eurer Tochter mit Bedacht."

„Isabella – sie ist zu jung." Ihr Vater stützte den Kopf auf. „Das Kind hat andere Dinge im Kopf als zu heiraten."

„Dann wenigstens eine standesgemäße Verlobung."

Isabella hielt den Atem an und griff in letzter Sekunde nach dem Buch, das ihr fast aus den Händen geglitten wäre.

Vermählung! Selbst in der Kälte des Geheimganges brannten ihre Wangen allein beim Gedanken daran.

Ihre Hand zitterte und umklammerte den Türring. Nur ein kräftiger Zug und sie konnte ihr Schicksal besiegeln oder verändern.

Sie hatte gerade entschieden, die Tür aufzustoßen, als laute Rufe aus dem Innenhof durch die geöffneten Fenster drangen.

„Es wird Zeit, Euer Gnaden. Zeigt Euch dem Volk. Alles andere wird sich fügen, so Gott will."

Isabella versuchte sich selbst zu beruhigen. Niemals würde ihr Vater auf so einen Handel eingehen. Sie war von dem Gedanken so erfüllt, dass sie das Buch auf dem Boden zurückließ und durch den Geheimgang zurückeilte, um ihrem Bruder die Neuigkeiten zu erzählen.

Noch vor ihrem Vater gelangte Isabella in den Innenhof, wo sich die Palastwache zu letzten Übungen versammelte. Silvano saß im Schatten des Südganges und verfolgte mit zusammengekniffenen Augen das Exerzieren der Garde. Blitzschnell tauchte er im Halbschatten der Arkaden unter. Ihr Vater trat aus seinen Gemächern.

Mit einem Seufzen schritt Isabella weiter, ging auf Zehenspitzen über die dunklen Schattenstreifen, die die Säulen warfen. In wenigen Stunden würde die Seite des Palastes wieder von der trockenen Hitze erobert werden, die sich bis zum Abend nicht vertreiben ließ.

Die Delegation aus Brügge umringte Marcello, der immer wieder abwehrend die Hände hob und mit den Schultern zuckte. Manche der Männer waren kaum älter als Silvano und blickten mit großen Augen um sich. Sicher waren sie noch wenig gereist, ganz sicher aber hatten sie nirgendwo einen solchen Prunk erlebt.

Zögernd blieb Isabella neben Silvano stehen und musterte ihn. Das Wams schlackerte um seine Hüften, so schmal war er in den letzten Wochen geworden. Dafür bemerkte sie deutlich die Muskeln unter den Ärmeln. Sie stemmte die Hände in die Seiten und trat ihm in den Weg.

„Du hast von der Vermählung gewusst!"

Silvanos Blick haftete weiter auf den Wachen. „Kein Buch hier im Palast kann verhindern, was der Doge beschließt."

„Kein Buch, nicht mal die Verfügung, schreibt ihm vor, dass er mich vermählen muss. Schon gar nicht, wann und mit wem."

Silvano schlug mit der Faust gegen eine der Säulen. „Aber es dient seiner Macht. Andrea di Conti – so wird es eines Tages in den Chroniken stehen – hat sich selbst zum Gott erhoben.“

„Heilige Mutter Maria, voll der Gnade.“ Isabella bekreuzigte sich. „Was hat er dir getan, dass du ihn so hasst? Er ist dein Vater!“

Betroffen kehrte Isabella ihrem Bruder den Rücken zu und blickte in den Hof hinunter. Marcellos Blick ruhte auf ihr.

„Wir lassen uns von der Verfügung knechten wie arme Bauern.“ Silvano lachte so laut, dass der Wortschwall der Delegation abbrach und sich alle Augen ihnen zuwandten. „Und du – du kennst nichts außer dem Palast und glaubst, unser Volk sei glücklich.“ Silvano sprang hoch und lief die Treppen hinauf.

Marcellos sonore Stimme zwang sie zu einem Lächeln. Sogar, wenn der Palast in Flammen aufginge, würde Marcello noch immer seine Vorzüge anpreisen. Unermüdlich erklärte er den Männern die gerade abgeschlossenen Umbauten des Dogenpalastes und führte die Gruppe ein wenig abseits. Wohl in der Hoffnung, dass die Neugier einzelner Männer sich wieder mehr seinem Vortrag zuwenden würde als Silvanos Wutausbruch.

Isabella nickte einem jungen Mann zu, der sich ertappt fühlte und sich eilig wieder seiner Gruppe anschloss.

***

Silvanos Zorn hatte sie aufgewühlt. Das Volk außerhalb der Mauern war eine andere Welt. Silvanos Zögern, als sie ihn nach dem Mädchen mit den roten Haaren gefragt hatte, ärgerte sie nun. Wenn es etwas gab, das man vor ihr verheimlichte, musste sich eben selbst ein Bild davon machen und den Palast verlassen.

Isabella zögerte, dann stieß sie sich von der Mauer ab und bog in einen der verwinkelten alten Seitengänge ab. Es roch muffig und die Kälte fuhr ihr in die Glieder. Die Kraft der Sonne reichte für einen Spaziergang in den Arkaden, aber hier in den geheimen Gängen des Palastes herrschte das ganze Jahr die Kälte.

Trotz der Dunkelheit tastete sich Isabella schnell an der Mauer entlang und hatte den halben Gang längst hinter sich gelassen, bis sich ihre Augen an die Dunkelheit gewöhnt hatten. Jeder Stein war ihr vertraut. Seit Jahren wurde dieser Gang nur selten benutzt und wenn, dann nur von den Dienstboten, die einen schnellen Weg aus dem Palast suchten.

Durch die schmalen Ritzen im Holz fiel Sonnenlicht auf den lehmigen Boden. Isabella erkannte die kindlichen Kritzeleien, die sie und ihr Bruder dort vor Jahren hinterlassen hatten. Schon damals hatten sie lieber in den dunklen Gängen gespielt. Gänge, von denen nicht einmal Vater wusste.

Kaum hatte Isabella die Hand auf den Riegel gelegt, warf sich jemand von außen gegen die Tür. Sie wich erschrocken zurück und starrte auf die Tür. Wer sollte versuchen, in den Palast zu kommen?

„Hör auf, Giovanni! Wenn sie dich entdecken, wirst du gehängt!“ Der Mann sprach gehetzt und stand der Tür abgewandt.

Ein heftiger Schlag erschütterte die Bohlen, das Dröhnen hallte in dem mannshohen Gang, schon durchschlug ein Beil die Holzbretter. Isabella erschrak und blieb wie gelähmt stehen. Die silberne Schneide blitzte im Sonnenlicht, das durch die Lücke fiel. Mit jedem Schlag drang das Werkzeug tiefer ins

Holz, und der Gang wurde heller. Zwei oder drei Schläge noch, dann hätten sich die Männer Einlass verschafft.

„Verschwinden wir, bevor es zu spät ist“, rief der Begleiter nochmals.

Derjenige, der das Beil in der Hand hielt, keuchte heftig und hieb erneut auf die Tür ein. „Jetzt, wo wir fast am Ziel sind?“

Der breite Spalt ließ Licht in den Gang einfallen, breite Streifen, die Muster auf Isabellas Surkot zeichneten. Sie erkannte einen Jüngling mit glitzernden dunklen Augen, der in den Gang blinzelte. Sie sollte fliehen, die Wachen rufen, aber sie stand nur stumm da und starrte auf die mit Brandwunden übersähte Hand, die an den morschen Holzbalken zog. Für einen Moment schien es, als wollten die beiden da draußen nicht einbrechen, sondern ihr den Weg ins Freie öffnen.

„Wer weiß, welche Schätze der Palast hat?“, rief einer der beiden und stieß seine Hand in die Öffnung, dann zog er den Arm erschrocken zurück. „Da ist jemand.“

Sein Freund lachte. „Giovanni, du bist ein Feigling. Angelo hat dich weich gemacht.“

Ein Schatten fiel über das Gesicht des Jungen. Die Hand seines Freundes zwängte sich an seiner vorbei, legte lange Finger auf die ihren. Sie sollte wirklich fliehen, aber ihre Füße schienen am Boden festgewachsen. Und dann war es zu spät, Finger packten zu, fesselten ihre Hand wie einen Schraubstock. „Lasst mich sofort los!“ Vergeblich versuchte Isabella, den festen Griff zu lockern. Wie dumm war sie gewesen, allein in den Gang zu gehen.

„Fausto, bist du verrückt? Lass das Mädchen los!“

Stattdessen verstärkte Fausto den Griff, während sein Freund versuchte, sie zu befreien.

Immer näher zog Fausto sie an die Tür und hielt erschrocken inne, als das Licht auf ihr Gesicht fiel. Sofort ließ er los und sah Isabella entsetzt an. „Lass uns verschwinden, Giovanni. Schnell!“ Er rappelte sich auf und suchte das Weite.

Der Junge mit den dunklen Augen sah seinem Freund nach, dann streckte er die Hand aus, fasste nach ihrer. „Seid Ihr in Ordnung?“

In seinen Augen glühte Feuer und sein Blick bannte sie. Die Angst, die sie eben noch verspürt hatte, machte der Neugier Platz. Dann hörte sie Schritte im Gang. Die schnellen Tritte ihres Bruders.

„Flieht! Und sagt Eurem Freund, dass er ein Narr ist! Niemandem gelingt es, in den Palast zu gelangen“, sie unterbrach sich, als ihr klar wurde, wie sehr das stimmte, „geschweige denn hinaus.“

Der Junge ließ überrascht ihre Hand los. „Vielleicht ist Fausto ein Narr, aber ein verzweifelter Narr“, flüsterte er und sie fragte sich, ob er mit ihr oder sich selbst gesprochen hatte. Das Glitzern kehrte in seine Augen zurück, dann verschwand er um die nächste Ecke.

Isabella hörte ein dumpfes Geräusch und dann Silvano fluchen. Ihr Bruder musste den steinernen Eckvorsprung nahe der Biegung vergessen haben, so lange war er nicht mehr hier gewesen.

Jetzt stapfte er wütend weiter. Zorn mischte sich in seine Stimme, als er endlich vor ihr stand und die beschädigte Tür sah.

„Was machst du hier? Das ist ein Dienstboteneingang. Wenn dich jemand gesehen hätte!“

Silvano legte nicht einmal eine Pause ein, als er die beschädigte Tür begutachtete. „Wer war das? Hast du sie gesehen? Hast du etwa mit denen gesprochen? So sag doch was! Wenn dir etwas passiert wäre.“ Er packte sie am Ärmel und zog sie von der Tür weg. Sein Gesicht war ernster als sonst, als wäre er wirklich besorgt. Er forschte in ihrem Gesicht und schien nicht zu finden, was er suchte, sagte dann: „Du musst versprechen, den Gang von nun an zu meiden. Komm jetzt. Vater sucht dich schon. Wir gehen an Bord."

Isabella starrte auf das Loch, das Fausto geschlagen hatte und dachte an die langen Finger des anderen Jungen, seine verbrannten Hände, die sie festgehalten hatten.

2. Kapitel

Seit dem Morgengrauen saß Giovanni in *Santi Maria de donato* und dachte nach. In der kleinen Kirche hatten schon seine Eltern Trost gefunden, als sie von den Venezianern nach Murano verjagt worden waren. Die Kälte im Inneren der Kirche ließ Giovanni frösteln und er rieb sich über die Oberarme.

Das Wachs der schlohweißen Kerzen floss über den Altar und bildete Tropfen, die auf dem kalten Boden erstarrten. Nachdenklich stieß Giovanni mit dem Zeigefinger in die Masse und zog eine Linie. Die Hitze tat ihm nicht weh, ihm, der es gewohnt war, nachts neben dem heißen Schmelzofen zu stehen und die Glasmasse zu ziehen, bis die Temperatur gerade richtig war, um das Glas zu formen.

Dass er nochmals nach Venedig fahren wollte, hatte einen guten Grund. Es sollte ein von Gott gesegnetes Unternehmen werden. Er würde Fallore überzeugen, dass die Glasbläser nur einem folgten, Antonio Caspero, seinem Vater.

Giovanni musterte den Boden und erkannte kleine Risse, die sich bald vergrößern und die Kacheln sprengen würden. Das Mosaik war an manchen Stellen brüchig. Wie das

Vertrauen, das man hier in den Dogen und seine Regierung setzte, dachte Giovanni. Während Venedig zu einer Perle wurde, deren Schale sich in den kleinen Glashütten auf Murano versteckte. Die kleine Insel war sein Zuhause, aber er wurde der Unruhe, die ihn seit seiner Rückkehr aus dem Haus trieb, nicht Herr. Das Mädchen ging ihm nicht aus dem Kopf.

„Giovanni?"

Er rappelte sich erschrocken auf und suchte im Halbdunkel einer Säule Schutz. Am Eingang der Kirche erspähte er den Schatten seiner Mutter. Klein und schmal, fast zerbrechlich, blieb sie stehen.

Wenn er sich jetzt zeigte, würde er ihren Vorwürfen nicht entgehen und er ahnte, was sie sagen würde: Wie kannst du nur daran denken, Murano zu verlassen? Als Glasbläser! Die Geheimpolizei wird dich erwischen wie schon viele zuvor, und keiner ist je zurückgekehrt.

„Seit du meinst, ein Mann zu sein, willst du nach Venedig. Aber es ist nicht deine Heimat, Giovanni. Wie sie auch die meine nicht mehr ist, schon lange nicht mehr." Seine Mutter setzte sich auf die letzte Bank und bekreuzigte sich. Giovanni ballte seine Faust und holte tief Luft. Sie durfte nicht erfahren, dass er die Stadt bereits betreten hatte und der Geheimpolizei nicht einmal begegnet war. Wo waren sie heute Morgen gewesen, die Männer, von denen Angelo und sein Vater mit besorgten Blicken gesprochen hatten? Es war wieder Pottasche übelster Qualität geliefert worden, als wolle man verhindern, dass sein Vater seinem Ruf gerecht wurde. Nur einer konnte daran interessiert sein, Fallore. Seines Zeichens Händler, aber niemand machte gern Geschäfte mit jemandem, der die Lage seiner Kunden zum eigenen Vorteil ausnutzte. Fallore hatte von dem Engpass erfahren und nun war sein Vater bereit, jeden Preis zu bezahlen, um mit den Aufträgen nicht in Verzug zu kommen. Giovanni war am Morgen wütend aufgesprungen und hatte verkündet, dass er nach Venedig gehen würde.

Giovanni trat aus dem Schatten heraus. „Du wirst mich nicht aufhalten. Nicht diesmal, Mama.“ Seine Stimme hallte in der Kuppel. Wäre das Mädchen nicht in dem Gang gewesen, was wäre passiert? Er wollte nicht darüber nachdenken, was geschehen wäre, wenn sie wirklich in den Palast des Dogen eingedrungen wären.

Mutter bekreuzigte sich nochmals. „Es wird nichts ändern, wenn du weggehst.“

„Geh, geh nach Hause, Mama.“

Sie ging nicht, sondern kam auf ihn zu. Langsam. Unaufhaltsam, bis sie vor ihm stand und weinend ihr Gesicht an seiner Brust vergrub.

„Du bist fast noch ein Kind, Giovanni. Du kennst Venedig nicht.“ Mit eisiger Stimme fuhr sie fort: „Sie haben uns vertrieben wie die Ratten.“

Giovanni strich seiner Mutter über das Haar und führte sie zum Ausgang. Im Tageslicht sah er die Falten im Gesicht seiner Mutter viel deutlicher. Wie viele würden sich noch in ihre Züge graben, wenn er ging?

Das Zischen der Öfen wehte zu ihnen herüber. Er ging neben seiner Mutter zum Kanal. Vor der Brücke blieb er stehen. Behutsam legte er seinen Arm um ihre Schultern. „Sieh dich um. Siehst du jemanden lachen? Niemand lacht mehr. Die Leute haben vergessen zu leben, Mama! Sie arbeiten, um den Venezianern Dienst zu tun.“

„Du weißt nicht, wovon du sprichst, mein Sohn. Nimm, was du hast.“

Giovanni starrte zur Kuppel der Kirche hoch. „Ich will nur das, was uns zusteht.“

Starren Blickes zeigte seine Mutter auf das ferne Venedig. „Sie werden dir deinen Mut nicht entlohnen, mein Junge."

Sie sah ihn lange an, dann ging sie.

Giovanni sah seiner Mutter nach, bis sie die Brücke überquerte und in einer der Gassen verschwand, die zu den Glashütten führten.

Aber auch ihre Verzweiflung konnte nichts daran ändern. Die Stadt, über der der Dunst der Lagune lag, war auch seine Heimat, dort war er zur Welt gekommen, bis der Doge das Edikt erlassen hatte.

Wie oft hatte er am Kai gesessen und in der Ferne die kleinen Dächer betrachtet. An windstillen Tagen glaubte er sogar, das Lachen der Menschen zu hören. Die Stadt war nur ein paar Ruderschläge entfernt und doch unerreichbar. Jetzt wollte er sehen, wo er die ersten Tage seines Lebens verbracht hatte, die wasserdurchfluteten Gassen, das kleine Haus am Ende der Piazza, von dem Mutter erzählt hatte.

***

Giovannis Unruhe verstärkte sich, noch bevor er das Boot in einem kleinen Seitenkanal angebunden hatte. Als er sich über den Rand lehnte, erschrak er vor seinem eigenen Spiegelbild. Seine Augen blitzten vor Zorn.

Schnell klopfte er sich den Staub von der Hose und holte tief Luft. Auch wenn es Brücken und kleine Kanäle waren wie auf Murano, er war ein Fremder. Eine Unsicherheit, ein Stocken beim Betreten der Piazza, und er würde die Aufmerksamkeit wachsamer Bürger auf sich ziehen. Oder der Geheimpolizei.

Plötzlich hörte Giovanni ein scharrendes Geräusch, ein Topf zersprang auf den Pflastersteinen. Schnell kletterte

Giovanni in das Boot zurück und versteckte sich unter dem Brückenvorsprung. Sein Atem ging stoßweise und erschien ihm unerträglich laut. Zu laut, um nicht entdeckt zu werden. Sei vorsichtig, wenn du gehst, nichts darf dich verraten. Beweg dich, als wärst du einer von ihnen. Giovanni hob den Kopf, er war einer von ihnen, er war ebenso Venezianer wie die da oben in den Häusern.

Seine Muskeln brannten, während er sich mit den Händen an den Steinen festhielt und versuchte, das Boot unter der Brücke zu halten. Plötzlich sprang etwas auf das Boot. Er ballte die Fäuste, aber es war nur eine Katze. Abgemagert und mit strähnigem Fell streifte sie an seinen Beinen entlang und schnurrte. Er unterdrückte das Lachen, das ihm in der Brust saß und streichelte seinem vermeintlichen Feind sanft über den Rücken. Dann band er das Boot wieder fest und kletterte neben der Brücke hoch. Verdammter Angelo. Der Freund seines Vaters meinte es zweifelsohne gut, aber er malte den Teufel an die Wand.

Die Stadt war wie ausgestorben. Wo waren die Menschen, die Venedig huldigten? Stinkender Müll stapelte sich vor den Hauseingängen, Ratten huschten über den lehmigen Boden.

Giovanni sah zurück in die Gasse. An der Hauswand leuchtete ein Stück der Mauer, erfasst von den langsam einfallenden Sonnenstrahlen. Der Nebel verschwand bald. Ohne den Nebel würde er der Geheimpolizei kaum entrinnen.

Leise und nah an den Mauern entlang drang Giovanni tiefer in die Lagunenstadt. Vorsichtig, bis er auf das nächste Hindernis traf. Wieder eine Gasse ohne Weiterkommen. Breit genug, dass man nicht mit einem Sprung auf die andere Seite gelangte. Das Wasser gluckerte grünlich gegen die nassen Wände. Beim letzten Hochwasser hatte es eine deutliche weiße Linie hinterlassen.

Als Giovanni die Gasse wieder zurückging, meinte er, Schritte zu hören und blieb stehen. Nichts, er schimpfte sich selbst einen Narren und ging weiter. Er ging immer schneller und bog dann in die nächste Gasse ein, die ihn auf einen kleinen Platz führte. Ein Brunnen lockte ihn mit kühlem Wasser. Die Sonne war höher gestiegen und schickte die Vorboten eines heißen Sommers. Giovanni zerrte an seinem Wams und tauchte ein Tuch in das Wasser, wischte sich damit über die Stirn.

Gesang wehte über den Platz. Giovanni lief an unzähligen kleinen Kanälen vorbei, über viele Brücken und blieb überrascht stehen. Er hatte die warnenden Worte seines Vaters in dem Augenblick vergessen, als er aus der schmalen Gasse trat und den Canal Grande vor sich erblickte. Oder das, was davon noch zu sehen war.

Menschenströme zogen an ihm vorbei, drängten und schoben sich schreiend am Ufer voran. Immer wieder staute sich der Strom, verfiel in aufgeregtes Rufen, floss dann weiter.

Eine junge Frau mit einem Korb drängte sich an ihm vorbei, um mehr zu sehen. Er wusste, dass der Doge jedes Jahr Venedig mit dem Meer vermählte, aber dass das Schauspiel so prächtig war, so viele Menschen anzog, hätte er nicht gedacht.

Der Doge! Wenn er beim Dogen selbst Gehör finden würde, hätte Fallore nichts in der Hand, um seinen Vater weiter zu demütigen. Nun drängte sich Giovanni genauso an den Menschen vorbei und versuchte, einen Platz an der Kaimauer zu bekommen.

Am Rande des Kais ertönten Hilferufe. In dem Gewühl hatten ein paar Menschen den Halt verloren und schwammen nun heftig rudernd im Wasser, dem höhnischen Lachen der

Zuschauer hilflos ausgesetzt. Zwei Männer näherten sich mit ihrem Boot den Unglücklichen und halfen ihnen aus dem Wasser.

Die Menschen drängten immer rücksichtsloser. Es war zwecklos, er würde nichts sehen und blieb schließlich bei einer Laterne stehen, damit er wenigstens von einer Seite her von den Stößen und Tritten verschont blieb.

Kinder weinten und umklammerten die Hände ihrer Mütter, während die Menge sich gnadenlos weiterschob. Beherzt packte Giovanni ein Kind am Arm, das zwischen zwei dicken Männern von seinen Eltern fortgerissen worden war und schob es zur Mutter zurück. Die Augen des Kindes waren tränenfeucht.

„Er kommt! Der Doge kommt!“, riefen die Leute und ihre Stimmen ähnelten bald einem Chor. Auf einmal verstummte die eben noch laute Menge, wie auf ein geheimes Kommando wandten die Menschen sich nach Osten.

Schnell kletterte Giovanni ein Stück an der Laterne hoch. Das goldene Schiff des Dogen steuerte geradewegs auf ihn zu. Der Bug glänzte, über und über mit Gold überzogen. Giovanni schluckte. Was für eine Verschwendung, damit Holz zu schmücken, wenn man damit das schönste Glas verzieren konnte?

Plötzlich riss ihn jemand von der Laterne und zog ihn durch die Menschenmenge hindurch in die nächste Gasse.

„Lasst mich los!“ Giovanni schlug mit den Armen um sich, doch der Griff des Mannes verstärkte sich nur.

„Haltet ein! Ich bin nicht … Angelo!“

Wut und Erleichterung vermischten sich, aber Giovanni wollte seinem väterlichen Freund nicht eingestehen, dass er für einen Augenblick geglaubt hatte, die Geheimpolizei hätte ihn tatsächlich überrumpelt.

Angelo schnaubte verächtlich und stieß Giovanni gegen die Mauer. „Du bist ohne Verstand, sonst wärst du nicht hier! Ich will dich nicht auch noch verlieren, Junge."

Giovanni winkte Angelo weiter in die Gasse hinein. „Ich suche Fallore."

Kaum hatte er das gesagt, stieß Angelo einen wütenden Schrei aus. „Was glaubst du, warum wir dir von der Geheimpolizei erzählt haben? Damit du losziehst und glaubst, für dich gelten Gesetze nicht?"

Angelo schnaufte und lehnte sich gegen die Mauer. Er blickte zu den schreienden Menschen. „Jedes Jahr jubeln sie ihm zu, aber wer weiß, wie lange noch."

„Ich will nur das Schiff sehen! Bitte, Angelo!" Giovanni lief an seinem Freund vorbei und tauchte in der Menge unter. Wenn ihn die Geheimpolizei wirklich fand, was er bezweifelte, dann wollte er wenigstens den Dogen gesehen haben.

„Du bist so verrückt wie dein Vater!", hörte er Angelo rufen, aber dann erstarrte er. Das Gold am Schiffsrumpf glänzte in der Sonne, dass er die Hand über die Augen hielt. Dann sah er sie. Das Mädchen, dessen Hand er gehalten hatte, als Fausto in den Palast einbrechen wollte. Ihr flammenroter Surkot wehte im Wind.

Giovanni hoffte, dass das Mädchen sich umdrehen würde. Nur ein einziges Mal.

Angelo klopfte ihm auf die Schulter. „Vergiss sie! Das ist Isabella di Conti, die Tochter des Dogen. So unerreichbar wie das Schiff."

3. Kapitel

Isabella stand neben Silvano vor den geschlossenen Toren des Dogenpalastes und wartete auf ein Zeichen ihres Vaters. Sie roch bereits das Meer draußen vor der Lagune, obwohl sie noch nicht einmal auf dem Schiff waren. Ungeduldig hoffte sie einen Blick auf das Hafenbecken von San Marco zu erhaschen, aber die Menschen vor dem Palasteingang machten es ihr unmöglich, etwas zu erkennen.

„Willst du der Geheimpolizei beitreten?“ Silvano stützte sich auf einen der Torbalken, die das schwere Tor verschlossen. „Vielleicht gibt es heute keine Fahrt auf deinem Goldschiff, liebe Schwester.“

„Du würdest die Ruder versenken, um Vater an der Fahrt zu hindern.“ Isabella kniff die Augen zusammen. Ahnte er, dass sie ihm etwas verschwieg? Was wäre geschehen, wenn die Männer – Jungen – es geschafft hätten? Warum wollten sie in den Palast einbrechen? Sie sollte Marcello von dem Vorfall erzählen, aber als engster Berater und Vertrauter ihres Vaters würde er den Dogen davon in Kenntnis setzen, und am Ende würden beide ihr noch mehr Verbote erteilen. Nein, sie würde das Erlebnis einfach vergessen. Aber die Erinnerung an das Glitzern in den dunklen Augen des Jungen versetzte ihr einen Stich. Ihn würde sie nicht vergessen. Sie zuckte die Schultern und lachte Silvano an. „Wieso sollte die Zeremonie ausfallen? Es ist doch gar nichts geschehen.“

Silvano warf Isabella einen erstaunten Blick zu. Als das Seitentor geöffnet wurde, brandete Jubel auf, der jedes weitere Gespräch erstickte.

Ihr Vater stand ruhig auf der Treppe und ließ seinen Blick über den Innenhof wandern, am Seitentor entlangstreifen und dann in endlose Ferne gleiten. Die Edelsteine auf seiner Dogenkappe glitzerten und warfen kleine Lichter auf die Mauer des Palastes. Sein Erscheinen ließ die Menschen auf der Piazza für einen Moment erstarren und diejenigen, die einen Blick durch das Seitentor erhascht hatten, gaben ihr Wissen in Windeseile weiter.

In die Stille hinein erklangen die Glocken der Basilika wie Mahnungen. Der tiefe Ton schmerzte in den Ohren, aber ihr Vater blieb wie eine Statue stehen, als höre er nicht das Dröhnen. Seine Hände wanderten zu der Kappe. Er drehte sie ein wenig, wie immer, wenn er nervös war. Nach all den Jahren, die er nun schon Doge war, schien ihn der Tag genauso mit Ungeduld zu erfüllen wie ganz Venedig. Auf dem weißen Marmor floss sein Umhang mit jedem seiner gemessenen Schritte wie Blut die Stufen hinunter. Der schwere Samt wirbelte Staub auf. Plötzlich verharrte er und hätte fast das Gleichgewicht verloren, wenn nicht Marcello ihm den Arm gereicht hätte.

Isabella versuchte, den Blick von seinem Umhang zu lösen. Es war nur ein Traum gewesen, sie schüttelte heftig den Kopf. Der Blick ihres Vaters blieb nur für einen Moment auf ihr ruhen, dann schritt er mit hoch erhobenem Kopf weiter und ignorierte die demütigenden Gesten zu beiden Seiten, mit denen man seinem Erscheinen huldigte.

Am Seitentor hatte sich längst eine Schlange von Menschen gebildet, die auf Einlass warteten. Kardinäle und andere kirchliche Würdenträger, Patrizier und Delegationen aus anderen Ländern, die den Tag mit ihrem Vater feierten. Sie alle ließen geduldig endlose Kontrollen über sich ergehen. Hatten sie endlich den Innenhof erreicht, winkte Marcello sie weiter, bis sie in der Mitte des Innenhofs erneut angehalten wurden, um auf weitere Anweisungen zu warten. Einige Gäste hatten sich trotz

Marcellos Protest schnell in den beschatteten Teil der Arkaden zurückgezogen und gaben ihren Unmut über die Verzögerung zu erkennen.

Längst war die Sonne in den Zenit gewandert und brannte mit aller Kraft auf die Wartenden herunter. Immer wieder tauschte man Blicke und Gesten, wenn Marcello abgelenkt war. Der alte Mann, inzwischen selbst hochrot im Gesicht, trieb unermüdlich Personal und Palastgarde zum Haupttor weiter. Er wachte genau über das Protokoll und wartete auf das Zeichen des Dogen.

Noch nie waren seine Gäste durch die schmale Seitenpforte empfangen worden. Wie Tagediebe drängelten sich Geistliche und Delegationen in den Innenhof, der bald so voll gestopft war, wie es die Piazza schon seit den Morgenstunden war.

Inmitten der dunklen Uniformen der Garde leuchtete der rote Dogenumhang wie das Fegefeuer, aber ihr Vater bemerkte das Eintreffen neuer Gäste nicht und starrte zu den noch immer geschlossenen Toren. Er schritt die Wachen ab und blieb schließlich vor Isabella und Silvano stehen. Sein Blick blieb an der bernsteinfarbenen Brosche auf ihrem Surkot hängen. Die Brosche hatte er ihrer Mutter zur Vermählung geschenkt.

Marcello sprach leise, aber eindringlich, auf ihn ein. „Euer Gnaden, bitte, wartet noch ein wenig. Denkt an Eure Familie", sagte er und verbeugte sich vor Isabella. Mit leiserer Stimme fuhr er fort: „Die Geheimpolizei wird die Verräter rechtzeitig finden."

Unzählige Mitglieder der Palastwache drängten sich nun weiter und formierten sich für den Auszug aus dem Palast.

***

Seite an Seite mit ihrem Vater und Silvano stand Isabella bald wieder vor den Toren und trat ungeduldig auf den Steinplatten herum. Andrea di Conti ließ durch Marcello gerade die letzten Anweisungen verlesen.

Marcello straffte den Rücken und wandte sich ihr zu. „Ihr freut Euch doch schon so lange darauf, wieder auf dem Schiff zu sein, nicht wahr? Habt noch ein wenig Geduld, mein Kind."

Endlich nickte ihr Vater der Palastwache zu. Sechs Männer hoben die schweren Holzbalken aus der Verankerung und zogen die flügelartigen Tore auf.

„Du solltest bei Marcello und mir bleiben."

Aus den Augenwinkeln erkannte Isabella Silvanos dunkles Wams.

In seiner Stimme schwang Besorgnis. „Marcello ist wie du. Ihr glaubt beide, Vater würde sich eines Tages ändern. Doch er kennt weder Angst noch Gnade. Eigenschaften, die ihm die Liebe der Menschen bringen könnte. Und die seiner Familie."

„Macht Platz für Euren Dogen", verschaffte sich Marcello Gehör und bedeutete der Wache, voranzuschreiten. Marcello schickte eine zweite Gruppe aus, den Korridor zu verstärken. Dennoch formte sich nur langsam ein schmaler Pfad, der sich zum Schiff hin verjüngte. Der Wind trieb das eindringliche Läuten der Glocken der Basilika über den Platz. Isabella trat neben Silvano auf die Mole hinaus. Im Spalier der Palastwachen, die mit unbewegten Gesichtern zum Meer schauten, schritt sie hinter ihrem Vater auf die venezianische Staatsgaleere zu. Ein paar Frauen wichen zurück und senkten errötend ihren Kopf, als der Doge an ihnen vorüberging.

Isabella lächelte Silvano zu und zeigte auf die Menschentrauben zu beiden Seiten des Spaliers. „Jubeln Vaters Feinde aus Angst vor der Geheimpolizei?"

Silvanos Antwort ging in den lauten Rufen der Venezianer unter, aber sie erkannte an seiner Miene, dass er etwas anderes erwartet hatte. Den Mund zusammengekniffen folgte er ihr schweigend.

Vor einer Hausecke nahe dem Wasser loderte ein Feuer, an dem sich ein Bettler die Hände wärmte. Er hinkte und stützte sich auf einen Stock.

„Gebt mir einen Dukaten“, bat sie Marcello.

Marcello musterte den Bettler, der sich kaum um das Treiben um ihn herum zu kümmern schien. Dann reichte er ihr die Münze und deutete einer Wache, ein Auge auf sie zu haben, während sie den Tross verließ.

Als Isabella die Münze auf das kleine schmutzige Stofftuch am Boden legen wollte, blickte der Mann hoch und griff nach ihrer Hand.

„Will der Doge seine Untertanen kaufen?“

Isabella ließ erschrocken den Dukaten fallen. Das war kein Mann, es war der Junge mit den blitzenden Augen, und er war bester Gesundheit. Mit einem Klingeln fiel die Münze auf den Boden und rollte ins Feuer. Der Junge streckte schnell die Hand aus und holte sie heraus. Seine Finger waren rot, die Rechte von Brandblasen übersäht. Mit einem sonderbaren Lächeln hielt er die Münze hoch.

„Ich hätte nicht gedacht, Euch so schnell wiederzusehen.“

„Hütet Eure Zunge“, beinahe hätte sie ihn beim Vornamen genannt, aber die Blöße wollte sie sich nicht geben. Stattdessen sagte sie mit soviel Würde, wie sie aufbringen konnte: „Hebt Euch die Worte für das Gericht auf. Ihr wisst genau, dass es den Glasbläsern untersagt ist, die Insel zu verlassen!“

Der Junge zog überrascht die Augenbrauen hoch und blickte dann auf seine Hände. „Ihr seid nicht nur schön, sondern auch klug. Aber passt auf! Auch für Euch gibt es Grenzen.“

„Nicht für mich", erwiderte Isabella. Der Teufel ritt sie, aber ihr Stolz ließ es nicht zu, von einem einfachen Glasbläser gemahnt zu werden. Dabei hatte er so Recht. Die Verfügung und ihr Vater waren schlimmer als ein Kerker. Aber woher wusste der Junge das?

Mit flinken Händen packte dieser sein armseliges Bündel und schürte dann das Feuer weiter.

Marcello winkte der Wache, sie zum Zug zurückzubegleiten. „Ihr solltet vorsichtiger sein, Isabella. Euer Großmut wird Euch eines Tages noch bestrafen."

Silvano hatte nichts von ihrem kleinen Disput mitgehört. Langsam folgte sie ihm, bis der Zug vor dem Schiff stehen blieb und wartete. Feines Blattgold klebte selbst an kleinsten Mosaiken, hunderte Fresken verzierten den Schiffsrumpf.

„Sie wollen Gerechtigkeit! Und das Recht, zu entscheiden, wo und wie sie leben", erklärte Silvano, als er Isabellas Blicke merkte. Kleine Kinder streckten ihre Hände aus, um den Dogenmantel zu berühren.

Isabella betrachtete die Statue, die zwei Waagschalen in ihren Händen hielt. „Wieso sollten sie Venedig verlassen wollen? Sie leben in der schönsten Stadt der Welt."

Silvano riss sie herum und zeigte auf die Menschen, die erschrocken zurückwichen. „Unter einem Dogen, der sein Volk nicht liebt!"

Silvano drückte ihre Hand. „Schau sie dir doch einmal genauer an, unsere Venezianer. Dann siehst du ihre müden Gesichter, die schmutzigen Hände, wie sie gebeugt vor Kummer die Hand heben, um dir und Vater ihre Liebe zu bezeugen."

Ein kleines Mädchen winkte ihnen zu, versteckte sich hinter ihrem Vater. Das Kind weinte. Der Arm, in dem es eine Puppe hielt, war so mager, dass sich die Knochen abzeichneten.

Ihr Vater ging an der Spitze des Zuges. Ein schmales Lächeln umspielte seinen Mund.

„Wir sollten an Bord gehen“, mahnte Marcello und führte Isabella über die schmale Schiffsplanke. Er zeigte auf den roten Baldachin, der über die Querseite des Schiffes gespannt war. „Bleibt im Schatten. Es wird noch einige Zeit dauern, bis wir ablegen.“

Dann wandte er sich ab und nahm seinen Platz neben ihrem Vater ein, der mit geradem Rücken auf seinem Thron saß, umgeben von den sechs Beratern aus den Bezirken und den kirchlichen Würdeträgern. Schweißperlen standen auf seiner Stirn, doch er drängte Marcellos Hand beiseite, als der versuchte, ihm den Schweiß abzuwischen. Trotzdem ließ Marcello Andrea nicht aus den Augen. Jede Handbewegung veranlasste ihn, sich seinem Dogen sofort zuzuwenden.

So ging es, bis die Glocken eine weitere Stunde einläuteten. Selbst Isabella wurde ungeduldig, während ihr Vater die Huldigungen seines Volkes entgegennahm, die viel länger waren als im letzten Jahr.

Selbst unter dem Schatten des Baldachins erkannte sie seine verhärteten Gesichtszüge, er zeigte nicht die Spur eines Lächelns, während er die Hand hob und neuen Jubel aufbranden ließ.

Silvano stand heftig atmend neben ihr am Bug des Schiffes. „Vielleicht ist es an der Zeit, Venedig zu verlassen.“

***

Keiner würde sie aus Venedig vertreiben. Auch nicht Silvano mit seinen Drohungen. Isabella strich über den weichen Samt der Bank und suchte in den Gesichtern der Venezianer, die den Kai säumten, nach einer Antwort. Plötzlich teilte sich die Menge. So schnell hatte sich noch nie eine Gasse gebildet, nicht einmal für den Dogen. Eine Menschentraube sammelte sich und näherte sich schließlich dem Schiff.

Isabella blieb neben Silvano stehen. „Was wollen die Menschen?“

Von Wut und Zorn getrieben eilte die Gruppe auf das Schiff zu. Isabella suchte nach dem Jungen. Vielleicht war es kein Zufall, dass er hier war.

„Wir sollten bald ablegen, Euer Gnaden“, sagte Marcello eindringlich und deutete auf ein paar Männer, die am Ende der Gasse aufgeregt miteinander redeten und auf das Schiff zeigten. Sie redeten auf einen Jungen ein, dessen Gesicht von einer dunklen Kappe beschirmt war.

„Ihr seid zu ängstlich, Marcello“, erwiderte Vater und hob grüßend die Hand. „Die Menschen wollen mich sehen. Lass ihnen das Vergnügen.“

Stille senkte sich über die Piazzetta, als vier Männer ein Bündel herantrugen. Blutgetränkte Lumpen baumelten von einem Holzbrett herunter. Isabella presste entsetzt die Hand auf ihren Mund. Immer wieder mussten die Männer anhalten, um neugierige Blicke zu befriedigen.

Erst kurz vor dem Schiff erkannte sie, dass ein Toter auf dem Brett lag, aufgebahrt wie eine Hoheit. Das Gesicht war schmal, ausgemergelt beinahe. Tief in seiner Brust stach ein Messer mit einem ledernen Griff.

Plötzlich zog der junge Mann mit der dunklen Kappe das Messer aus der Brust des Toten.

„Giovanni! Bleib hier!“, rief ein alter Mann, dessen Bein von schmutzigen Verbänden notdürftig umwickelt war und ihn am Vorwärtskommen hinderte. Schließlich fiel der Alte zurück, hob die Kappe auf und bedeckte damit das Gesicht des Toten.

Der Junge drängte sich an den Menschen vorbei und blieb vor dem Schiff stehen. „Was hat euch mein Freund getan, dass er dafür sterben musste?“, rief er hinauf und als er keine Antwort erhielt, sprang er auf die Planke. Sein Blick fiel auf den goldbesetzten Knauf. „Ich will denjenigen sprechen, der dafür verantwortlich ist! Ihn!“

Der Junge streckte seine Hand aus und zeigte auf Andrea di Conti.

Erschrocken wich Isabella zurück und stieß gegen Silvano, der sich ein zynisches Lächeln nicht verkneifen konnte. „Glaubst du mir nun?“

Zwei Wachen nahmen Giovannis Gefährten gefangen und bogen ihm die Arme nach hinten, während Giovanni Isabella anstarrte.

„Zeig ihnen, wer wir sind, Giovanni!“, forderte der Junge, in dem sie Fausto wiedererkannte.

Plötzlich hielt einer der Umstehenden eine Fackel in der Hand und reichte sie Giovanni.

Ein Dutzend Wachen stürzte nun auf den Jungen zu, der die Fackel hoch hielt und sie um sich kreisen ließ.

„Bleibt stehen!“ Er übertrat die Planke und ging an Bord.

„Warum tut Vater nichts?“ Isabella wollte an Silvano vorbei, aber ihr Bruder hielt sie zurück.

„Was wollt Ihr?“, fragte Marcello, um seine Mundwinkel zuckte es und er suchte den Blick seines Dogen, während sich der Ring von Palastwachen enger um den Verräter zusammenzog.

„Nennt Ihr es Gerechtigkeit, wehrlose Männer zu töten?“, rief Giovanni und spuckte auf den Boden.

„Ist das der Kerl, den du im Gang gesehen hast?“, fragte Silvano sie.

Isabella schüttelte heftig den Kopf. „Nein.“

Andrea di Conti saß scheinbar teilnahmslos auf seinem Thron und spreizte seine Finger.

Marcello sah zu Giovanni. „Ich bedaure den Verlust deines Freundes. Aber was willst du von deinem Dogen?"

„Gerechtigkeit!" Er schleuderte ein Messer und Andrea di Conti erschrak, als es nur wenige Meter von ihm entfernt im Boden stecken blieb. Der Griff wippte noch ein wenig, und nun erkannte auch Isabella das Zeichen der di Conti auf dem Schaft.

„Vater ist ein gottverdammter Feigling", schnaubte Silvano und ballte die Fäuste.

Giovanni war verzweifelt genug, um einen großen Fehler zu begehen. Entschlossen trat Isabella zwischen den Jungen und ihren Vater.

„Tut ihm nichts. Bitte." Ihre Stimme wurde zu einem Flüstern. Sie sah auf die Fackel. Eine Brandblase war aufgeplatzt. Trotzdem hielt er die Fackel so fest in der Hand, dass sich seine Knöchel weiß färbten.

„Geh aus dem Weg, Isabella! Er wird sein gerechtes Urteil erhalten, wie sein Freund", befahl ihr Vater mit schneidender Stimme.

„Gerecht? Welches Vergehen wurde ihm angelastet?" Giovanni hielt die Fackel höher.

„Ich bin Isabella di Conti. Seid versichert, dass mein Vater kein Urteil vollstrecken lassen würde, das nicht gerecht ist."

Giovannis Augen wurden schmal. Er kam ihr so nahe, dass die Flammen der Fackel ihre Wangen erhitzten.

Plötzlich stieß er sie beiseite und schleuderte die Fackel über ihren Kopf hinweg auf den Baldachin. „Da habt Ihr Eure Gerechtigkeit!"

Der schwere Stoff fing sofort Feuer, teilte sich in brennende Streifen, die wie verkehrte Kerzen im leichten Wind aufflammten. Ein Streifen fiel neben dem Thron nieder, wo Marcello versuchte, den Dogen aus seinem feurigen Gefängnis zu befreien.

Kleine glimmende Stoffteilchen prasselten auf den Boden und brannten Löcher in die Bohlen. Die Palastwachen traten die Feuer aus und riefen aufgeregt durcheinander.

Giovanni wurde von zwei Wachen fortgezerrt. Immer wieder drehte er sich um, suchte Isabellas Blick.

„Was geschieht mit ihm, Marcello?“, wandte sie sich an den Berater ihres Vaters. Der Junge wehrte sich gegen die Verhaftung, schlug und trat nach den Wachen, während die Menschen rings um sie herum ihn auslachten.

„Sie werden ihn hängen wegen Verrats am Dogen. Und Brandstiftung. Feuer ist der schlimmste Feind der Häuser wie der Schiffe“, antwortete Marcello und schenkte ihr ein Lächeln. „Es war nicht mutig, sich einem in den Weg zu stellen, dessen Zorn unberechenbar ist, sondern dumm.“

Isabella sah zu, wie die Diener einen neuen Baldachin befestigten.

„Außerdem gehört er zu der Glasbläserzunft und hat das Gesetz gebrochen. Niemandem ist gestattet, Murano zu verlassen! Allein das reicht, ihn zu hängen“, erklärte er weiter.

„Ein Mann gab ihm die Fackel.“ Isabella blickte zur Piazzetta, zu den beiden Säulen, die vor dem Dogenpalast in den Himmel emporragten. *Maleficia,* bleib still! Es gab kaum eine Woche, in der die kleinste Glocke schwieg und kein neues Urteil von Andrea di Conti ankündigte.

Mit einem sanften Ruck legte das Schiff ab und glitt am Palast vorbei. Warum hatte sie nur das Gefühl, den Glasbläser verraten zu haben?

4. Kapitel

Warum war ihm die Tochter des Dogen in den Weg getreten? Sie hatte Mut, mehr Mut als ihr Vater. Nicht einer bedauerte den Tod von Maurizio. Als wäre nichts passiert. Doch es war etwas passiert. Mit ihm. Giovanni sah, wie der Stoff brannte, sich durch die Hitze des Feuers kräuselte und hinabfiel, hilflos wie er. Allein gelassen.

Man zerrte ihn vom Schiff, dass er stolperte und auf dem Boden aufschlug. Die Wachen kümmerte das nicht. Sie schleiften ihn einfach weiter, während er verzweifelt versuchte, einen Blick auf das Mädchen zu erhaschen.

„Ich kann allein gehen", zischte Giovanni und versuchte sich dem harten Griff der Männer zu entziehen. Seine Hände brannten, er blutete, aber er wollte keinen Schmerz, keine Schwäche zeigen. Sie warteten nur auf eine Geste, die sie einlud, ihn erneut zu schlagen.

Als sie den Palast erreicht hatten, fiel ein Schatten über den Boden. Wie der Fluch des Dogen selbst glitt das Schiff in dem Moment vorbei. Es glitt durch das Wasser, kleine Schaumkrönchen kletterten hoch, bis die nächste Welle sie fortspülte. Die Dogentochter stand am Bug des Schiffes. Er hoffte auf ein Zeichen, einen Gruß, doch sie sah unverwandt auf das offene Meer hinaus. Bereute sie nun, dass sie ihm hatte helfen wollen? Er fiel auf die Knie und sah dem Schiff verzweifelt nach. Warum hatte er nicht Mutters Rat befolgt?

„Weiter", befahl einer der beiden Männer und stieß Giovanni in den Rücken. Er stand auf und stolperte vorwärts.

Die Wandelhalle glänzte im grellen Licht der Sonne. Schmale Schatten der Säulen bedeckten den Boden, bis zum Eingang, hinter dem die Dunkelheit lauerte.

„Lass ihn. Er muss lange genug warten, bis das Urteil verkündet wird."

„Heute wird gefeiert", ergänzte der andere Mann und verzog verächtlich den Mund.

Die Flügel der Löwen auf der Piazzetta leuchteten wie Feuer, als Giovanni einen letzten Blick auf das Hafenbecken warf. Venedig war kein Ort für Feiglinge.

Er richtete sich auf und maß die Wachen mit festem Blick. „Wolltet ihr euren Frauen nicht ein Geschenk mitbringen? Ein Glas, so fein wie es nur der Doge in seinen Händen halten darf?"

Der Kleinere verzog seinen Mund und stieß seinen Gefährten an. „Willst unserem Dogen wohl das feine Glas nicht gönnen?" Er stieß Giovanni hart mit dem Fuß in die Seite, dass er aufstöhnte.

„Man wird über dich richten, aber jetzt feiert Venedig – jenen Dogen, den du töten wolltest!", rief der Wachmann und schubste ihn zum Tor.

Vor dem Treppenabgang versetzte ihm der größere der beiden einen Stoss, dass er erneut stolperte. Der Mann lachte, während er ihn in den dunkler werdenden Gang führte.

Schmutzige, gehässige Gesichter tauchten in den Luken der Nachbarzellen auf. „Ein Neuer!" – „Ein neuer Toter", korrigierte einer. Seine Nase war blutig, seine Augen glänzten fiebrig. „Der macht es hier nicht lange."

„Wo ist Fausto? Mein Freund?" Giovanni riss sich los und lief ans Ende des Ganges, bis er die letzte leere Zelle sah. Kot und Schimmel bedeckten die Wände.

„Du hast dir das Fürstenzimmer ausgesucht?", fragte der Mann und stieß wieder ein höhnisches Lachen aus. Plötzlich nahm er Haltung an und senkte den Kopf.

„Wo ist der Gefangene?", dröhnte eine tiefe Stimme. Weißes Haar leuchtete auf dem Kopf des Mannes, der aus dem Schatten trat. Kaum hatte er Giovanni erblickt, trat er mit dem Fuß nach ihm. „Ich werde dich lehren, deinem Dogen zu gehorchen!"

***

Als Giovanni zu sich kam, war es dunkel. Etwas Warmes floss über seine Wange und er wusste, dass es Blut war. Er vergoss es umsonst. Maurizio war tot. Nur, weil er einmal aus Murano raus wollte. Der Narr.

„Vergib mir, Vater", flüsterte er. Der Schmutz in der Zelle hatte sich an den Brandwunden festgesetzt. Die Wunden stachen immer heftiger.

Ein kalter Wind pfiff durch das kleine Gitterfenster und wirbelte Staub und Kotreste auf. Stimmen hallten in den Gängen. Und die Schreie. Fausto! Er schrak hoch und trat mit dem Fuß gegen den blechernen Napf mit abgestandenem Wasser und einem harten Brot. Das Wasser floss aus dem umgestoßenen Napf und bildete einen See, in dem sich das spärliche Licht aus dem schmalen Fenster fing. Vorsichtig tastete Giovanni seinen Kopf ab. Ein Schnitt klaffte an seiner Stirn, das eine Auge war geschwollen, und die Luft stach ihm in die Brust, als hätten sie ihm ein paar Rippen gebrochen. Doch das war nichts gegen die Schreie.

Verzweifelt presste Giovanni seine Hände auf die Ohren, aber Fausto schrie weiter. Die dicken Mauern schienen ihm so dünn wie Pergament.

„Nehmt mich, ihr Feiglinge!", schrie Giovanni und hämmerte gegen die Tür. Die Wut verlieh ihm Kraft, aber irgendwann überwältigte ihn der stechende Schmerz in seinen Händen und er sank zu Boden.

„Viva!“, drang es von außen in den Zellentrakt. Er hörte die Schritte vieler Menschen auf den Brücken. Kinder lachten, ihre Stimmen erinnerten ihn an die Stunden zuvor.

Warum hatte er die Fackel genommen? Ein Mann, eine tief über den Kopf gezogene Kapuze, an mehr konnte er sich nicht erinnern. Und an Faustos wutentbranntes Gesicht. Er wollte nicht noch einen Freund verlieren. Und dann hatte er Isabella gesehen und nur den Wunsch gehabt, ihr nahe zu sein.

Giovanni spähte aus dem Loch in der Wand seiner Zelle und reckte sich, um ein Stück Himmel zu sehen. Wozu hatte er sich hinreißen lassen? Isabella di Conti würde ihn nun hassen.

Nie hatte er Angelos Erzählungen über den Kerker des Dogenpalastes geglaubt. Solange ich meine Hände habe, kann ich alles besiegen, hatte Angelo gesagt und seine Hände hochgehalten. Und sie hatten darauf gestarrt, auf die verkrüppelten Finger, die nicht einmal mehr einen Blasebalg führen konnten. Die Fingerkuppen hatten sie ihm abgeschnitten, damit der alte Glasbläser nicht mehr seiner Kunst dienen konnte. Hier hatten sie das getan. Vor so langer Zeit. Verlor Fausto gerade auch seine Finger?

Giovanni rappelte sich hoch und torkelte zu der Tür. „Lasst mich raus!“

Jemand klopfte mit einem Stöckchen gegen die Tür. Ein weißblonder Haarschopf erschien vor den Gitterstäben. Der Mann von vorhin, gekleidet in feine Seide und ein glänzendes Wams in dunkelblau, sah auf ihn herab.

Jener Mann, der ihn geschlagen hatte, bis er die Besinnung verlor. Giovanni wich erschrocken zurück.

„Ist dein Vater nicht Caspero?“

„Mein Vater hat mehr Ehre als ihr alle hier“, entgegnete Giovanni wütend. Er war nicht nach Venedig gekommen, um sich hängen zu lassen.

„Ehre – wer will Ehre, wenn er Macht besitzen kann?“ Der Blonde verzog den Mund zu einem Grinsen. Dann deutete er ihm, näher an das kleine Türchen zu kommen. „Die Frage ist, was du willst! Leben oder sterben?“ Er ließ sein Stöckchen um das Handgelenk wirbeln.

„Ihr hättet mich vorhin töten können. Was hat Euch daran gehindert?“

„Hätte ich das beabsichtigt, wärst du jetzt tot.“ Die Augen des Mannes glänzten wie gefrorenes Eis und sein Blick wanderte zu dem vergitterten Fenster von Giovannis Zelle, wo die Stimmen langsam unsicher und heiser wurden. Wein wurde ausgeschenkt und die Betrunkenen stritten darum.

„Aber ich wollte nicht, im Gegenteil, ich werde dir helfen. Wenn du tust, was ich sage.“

Giovanni las so etwas wie Befriedigung in den Zügen des Fremden. War das der Anfang der Folter? Auch wenn er keine Ahnung hatte, was das sein könnte, nickte Giovanni.

Der Hüne lächelte breit. „Du bist klug, Glasbläser.“

„Aber Ihr müsst mir einen Gefallen erweisen.“

Die Hand des Mannes krallte sich verärgert um den Knauf, den ein Löwenkopf zierte, er wandte sich ab, als wolle er gehen. Dann besann er sich eines Besseren und sagte mit kalter Freundlichkeit: „Du hast Mut, ich werde sehen, was ich tun kann. Aber ich bin schließlich nicht der Doge.“

Beinahe klang es, als wolle er „noch nicht“ hinzusetzen. Giovanni schluckte, fragte sich einen Moment, ob er gerade seine letzte Hoffnung verspielte, aber es musste sein. Sonst wäre alles umsonst gewesen, nicht nur Maurizios Tod.

„Ich will Fallore. Dafür tue ich, was Ihr von mir verlangt.“

„Bist du tatsächlich so gut, dass du glaubst, verhandeln zu können?“

Giovanni sprach schnell weiter: „Ihr müsst mächtige Feinde haben, wenn Ihr einen Verräter um Hilfe bittet."

Die Haare des Mannes wirkten fast weiß, als er aus dem Schatten hervortrat und die einfallende Sonne auf seinen Kopf schien. „Hüte dich, Glasbläser. Überspann den Bogen nicht." Er betrachtete ihn nachdenklich. „Und wer garantiert mir, dass du mir nicht genauso in den Rücken fällst?"

Giovanni grinste ihn an, der Schmerz fraß sich in seine Wangen. Er legte die Hände um die Gitterstäbe, um dem Fremden näher zu kommen und sah so etwas wie Bewunderung in den eisblauen Augen aufblitzen. „Gleichgültig, was Ihr verlangt, ich habe ein Ziel und das werde ich verfolgen, koste es, was es wolle."

Der Mann nickte bedächtig. „Du willst den Dogen töten? Dann haben wir das gleiche Ziel. Und wie du schon sagtest, wir werden es erreichen, koste es, was es wolle. Hab Geduld, ich werde zurückkommen."

Ein Lächeln breitete sich über das Gesicht des Mannes, das nichts verriet, und Giovanni zwang sich, es zu erwidern. Sie starrten einander noch einen kurzen Moment an, während draußen der Jubel weiterging, dann nickte der Fremde ihm zu und ging fort. Dabei ließ er seinen Stock wirbeln, dessen Klopfen auf dem Boden die plötzliche Stille noch unterstrich.

Giovanni stolperte zurück ins Dunkel der Zelle. Was nur mochte eine reiche Patriziertochter dazu bewegt haben, ihn und Fausto zu decken? Ihre Augen waren voller Fragen, als sie ihm sich in den Weg stellte. Sie hätte ihn verraten können, aber sie hatte es nicht getan. Nicht einmal, als er die Fackel nach ihrem Vater warf.

Und was brachte den Weißblonden dazu, ihm zu helfen? Er wusste es nicht, aber mit einem Mal war die Zelle heller, und der Schmerz in seiner Seite ließ nach.

5. Kapitel

Lachen drang zu Isabella. Die Sonne stand hoch über dem Palast und schien das Dach unter Feuer zu setzen. Warum war der Glasbläser nach Venedig gekommen? War er nicht einfach nur ein Dieb, wie sie vermutet hatte, sondern einer, der sein Leben für andere einsetzte? Aber warum würde er dann seinen Dogen angreifen, statt ihn um Gnade zu bitten?

Der Canal Grande zeigte sich als wild schaukelndes Gewässer, und je mehr Boote dem Schiff folgten, desto unruhiger wurde die Fahrt aus der Lagune. Ein Dutzend schwarz bemalter Gondeln mit winkenden und lachenden Menschen folgte dem Schiff. Als wäre nichts passiert, saß ihr Vater noch immer unter dem Baldachin. Er war müde, neigte sich zur Seite und hatte Mühe, Marcellos Worten zu folgen. Die Schatten unter dem neu überzogenen Schirm verhärteten sein Gesicht noch stärker, und sie suchte vergeblich nach einer Regung. Ging ihm der Tod des Jungen nicht genauso nahe? Schließlich beschuldigte man ihn des Mordes, es war das Zeichen der di Conti, das auf dem Messer deutlich zu erkennen gewesen war.

An der Stelle, wo die Fackel auf den Boden gefallen war, hatte sich ein dunkler Fleck in die Maserung gebrannt.

Sie hatte versagt, nicht die Wachen. Ein Wort von ihr und nicht einmal ihr Vater hätte etwas unternehmen können, nicht vor seinen Venezianern, nicht wenn seine Tochter öffentlich um Gnade für den Glasbläser gebeten hätte. Was hatte sie zurückgehalten?

„Hundert Dukaten für deine Gedanken, Tochter der Serenissima“, flüsterte Silvano ihr ins Ohr und strich sanft über ihre Hand.

Isabella hob den Kopf und blickte auf den Canal Grande zurück. Längst hatte das Schiff die Kornhallen passiert, aber auf der Schattenseite des sich wie eine Schlange windenden Canal Grande erkannte sie noch immer die schwankenden Spiegelbilder der Palazzi.

Silvano winkte einer jungen Frau am Ufer, die den Blick senkte und sich beschämt abwandte. „Den Glasbläser wird ein grausamer Tod ereilen", er wies mit dem Daumen zum Baldachin, „Vater wird seine Rache genießen, wenn das Urteil vollstreckt wird."

„Er hat nichts getan, Silvano."

Silvano starrte sie an und lachte dann: „Du irrst dich, dein Glasbläser hat tatsächlich das Gesetz gebrochen und verdient seine Strafe. Die Öfen der Glasbläser haben die Luft in Venedig geschwärzt, als läge es in der Hölle, wir lebten in ständiger Furcht, dass das Feuer der Öfen unsere Häuser in Brand setzt. Und Venedigs Feinde warten nur darauf, einen Glasbläser in ihre Hände zu bekommen, um den Reichtum aus der Kunst in die eigenen Taschen zu leiten. Er ist einer der wenigen, die wirklich schuldig sind. Und die Unschuldigen erlöst nur der Tod. Gestern haben sie wieder zwei Männer gehängt. Sie hatten Fisch von den Trockengestellen gestohlen, für ihre Kinder."

Alte Frauen warfen Blumen ins Wasser, während das Schiff vorbeifuhr. Die Blumenköpfe tauchten im unruhigen Wasser auf und ab, saugten sich langsam voll und verloren ihre leuchtenden Farben. Isabella schüttelte heftig den Kopf. „Wir können nicht alle retten, aber Giovanni."

Silvano packte sie am Arm und zerrte sie ein Stück weiter. „Es war der Junge. Bei der Seitenpforte. Warum hast du nichts gesagt?"

„Viva!", riefen helle Stimmen.

Überrascht blickte Isabella nach oben. Schmale Kindergesichter drängten sich an den Balkonen, streckten ihre Hände durch die steinernen Löcher des Geländers und winkten.

„Die Menschen haben ihm die Fackel in die Hand gedrückt, ihn auf das Schiff getrieben." Sie deutete auf die Menschenmenge. „Einer von ihnen hat die Verzweiflung eines Jungen ausgenutzt!"

„Er hat die Fackel nach Vater geworfen. Und er hätte auch dich damit treffen können. Gnade ihm Gott, wenn er noch einmal in deine Nähe kommt."

Silvano deutete auf einen schmalen Kanal, dessen Einfahrt durch dicke Steinquader verstärkt war. „Das Arsenal. Es ist noch größer geworden. Die Werft reicht nicht mehr aus, um den Aufträgen nachzukommen. Jetzt, wo der Krieg gegen Genua bevorsteht."

Ein Schauer lief über ihren Rücken, als sie das vergitterte Tor am Ende des Kanals betrachtete. Dahinter konnte sie die Rümpfe halbfertiger Schiffe erkennen. Das Rad am Tor ächzte und kreischte unter dem Gewicht der Taue. Die Türme zu beiden Seiten umrahmten die Schneise, durch die man zu Werften und Werkstätten gelangte.

Isabella reckte ihren Hals, als das Schiff weiterfuhr, um einen letzten Blick ins Arsenal zu erhaschen. „Es sieht wie eine Festung aus."

Silvano zeigte auf die Wachen zu beiden Seiten der Tore. „Unser Zuhause ist eine Festung. Das Arsenal ist das Tor zur Freiheit." Er ließ seine Finger über die Taue streichen, die am Seitenheck befestigt waren. „Auf Vaters Tisch habe ich eine Portolankarte gesehen. Die Welt besteht nicht nur aus Venedig. Sie ist so viel größer als der Dogenpalast." Er lachte, zum ersten Mal seit langem.

„Wenn Marco Polo kommt, wird er uns davon erzählen. Schließlich ist er Vaters Freund. Vielleicht kann er mich sogar auf ein Schiff bringen!“

***

Justitias Schatten lag ihrem Vater zu Füßen, als Isabella eine Stunde später unter dem Baldachin hervor in die Sonne trat. Venedig lag ein paar Seemeilen entfernt, aber in der Entfernung wirkte die Stadt wie eine Miniatur. Die Spitze des Glockenturms war weit über das Meer sichtbar. Die Sandbänke schimmerten in der Ferne wie Perlen. Kleine Wellenkämme, gekrönt von weißem Schaum, schlugen sanft gegen den Schiffsrumpf. Sie folgte Silvanos sehnsüchtigem Blick in die Ferne.

„Wir werden fortsegeln, mit einem Schiff. Du und ich“, sagte er.

Isabella spürte die Tränen aufsteigen. „Irgendwann wirst du aufhören zu träumen.“

Silvano drückte ihre Hand. „Schreibst du noch immer so viele Briefe? Glaubst du wirklich, Vater damit zu erreichen?“

„Meine Briefe lügen nicht“, widersprach sie heftig und hielt ihre Finger hoch. „Wenn man lügt und einen Brief in die Mäuler der Löwen wirft, fressen die Löwen die Finger! Aber wenn man die Wahrheit schreibt, bringen sie den Brief zum Dogen.“

„Vater wird deine Briefe nie lesen. Er verzeiht dir nicht, dass Mutter bei deiner Geburt starb.“

Eine Möwe stieß einen lauten Schrei aus. Ihre Flügel glänzten in der Sonne, und die Möwe setzte zum Sturzflug an. Beinahe hätte sie Marcellos Ruf nicht gehört.

„Euer Vater beginnt mit der Zeremonie“, wiederholte er und holte tief Luft. „Ihr wollt doch den Ablauf nicht stören, nicht heute.“

Isabella ging noch näher an die Reling heran und beugte sich darüber, bis die Gischt ihr Gesicht benetzte. „Wenn es Giovanni helfen würde, ja“, zischte sie in die Gischt, sicher, dass selbst Silvano es nicht hören konnte. Stattdessen fühlte sie seinen Arm auf ihrer Schulter und legte ihre Hand darauf.

„Sieh ihn dir an, Isabella – wie er lächelt! Als würde sich das Meer nur dem öffnen, der den Ring ins Meer wirft.“

Der Blick ihres Vaters ruhte einen Moment lang auf ihnen, er zögerte. Dann besann er sich auf sein Tun, holte weit aus und warf den goldenen Ring von der Größe einer Männerhand ins Meer. „Möge die Serenissima glücklich sein und der Segen Gottes Leid und Trauer von ihr fernhalten!“

Isabella sah zu der Stelle des Meeres, wo der Ring versank. „Vielleicht tut es das auch. Vielleicht ist die Vermählung mit dem Meer wirklich ein Weg, um Frieden zu schließen.“

6. Kapitel

Es dämmerte bereits, als die Berater den Sitzungssaal verließen. Zu viel war gesagt worden, zu viel gefordert. Müde schaute Andrea zu seinen Vorgängern auf, deren ernste Gesichter von ihren Portraits auf ihn hinunterblickten. Zeigten nicht auch ihre Züge absolute Entschlossenheit, bis zum Äußersten zu gehen, wenn es galt, die Serenissima zu schützen?

Marcello räusperte sich und hielt ihm den karmesinroten Umhang hin. „Lasst keinen Zweifel an Eurer Entschiedenheit aufkommen, Euer Gnaden.“

„Isabella wird Silvano immer ähnlicher“, entgegnete Andrea ihm und merkte erst jetzt, dass er den Worten seines Beraters schon lange nicht mehr zugehört hatte. Er konnte sich auch nicht erinnern, was der Grund für Marcellos Besorgnis war und nickte geistesabwesend. Isabella, sie war mehr in seinen Gedanken, als sie ahnte. Seit Tagen mied sie seinen Blick, aber er spürte, dass sie ihn in unbemerkt geglaubten Augenblicken eindringlich beobachtete.

Andrea sah nachdenklich auf die Mappe mit den Urteilen, die auf dem Tisch lag. Man brauchte nur seine Unterschriften. Immer neue Versprechen forderten sie, immer weiter schränkten sie seine Bewegungsfreiheit ein. Ja, seine Feinde wollten ihn mürbe machen.

„Ihr habt die Verfügung akzeptiert, um Doge zu werden. Aber sie bindet auch Isabella."

Andrea schlug gegen das dunkle Kirschholz und kehrte in die Mitte des Saales zurück. „Sie ist aber nicht die Tochter irgendeines Patriziers. Sie muss sich ihrer Stellung bewusst sein, sie muss mir gehorchen."

Sie war überhaupt nicht wie andere Mädchen, las viel, schrieb Gedichte und mochte die Dienstboten immer noch nicht anders behandeln als Personen ihres Standes. Sie sah nicht, wie beeindruckt die ausländischen Delegationen von dem Prunk waren. Unbeherrscht wie kleine Kinder ritzten sie an den goldenen Löwenköpfen, nicht wissend, dass er sie vom Geheimgang aus amüsiert beobachtete. Dieselben Männer besannen sich erst, wenn ein Dienstbote ihnen mitteilte, dass sie nun bald vorgelassen würden. Dann ging eine merkwürdige Veränderung mit ihnen vor, sie strafften die gebeugten Rücken, zwirbelten ihre Bärte zurecht und betraten gemessenen Schrittes die Hallen, um sich dann gegenseitig mit Dankesworten und Schmeicheleien zu übertreffen. Alles nur, um ihre Schiffe als erste durch den Zoll zu bekommen.

Andere ließen durch ihre Boten kleine Geschenke überreichen. Geschenke, die er ablehnte, ablehnen musste, dabei wollte er Isabella zu gerne eines der seidenen Tücher schenken, die aus Brügge geschickt worden waren.

Marcello legte ihm den Umhang über die Schultern und geleitete ihn zum Geheimgang. „Lasst ihr noch ein wenig Zeit, Euer Gnaden."

Andrea bedachte seinen Berater mit einem strafenden Blick. Marcello war Isabellas kindlichem Charme ergeben, wie alle Männer, aber es war nur eine Frage der Zeit und aus dem Mädchen würde eine Frau, eine betörende Frau mit bestechender Klugheit werden.

„Wie lange noch, Marcello? Als Kind lief sie schon auf das Schiff, als die Zeremonie noch nicht einmal begonnen hatte. Sie kann nicht länger ihren Launen folgen."

Andrea legte die Hand auf die Türschnalle zum Geheimgang und hielt inne. „Francesca wird sich um ihre Erziehung kümmern."

„Ich glaube nicht, dass es gut wäre, eine Frau wie die Contessa für die Aufgabe zu wählen. Eure Tochter ist eifersüchtig, Euer Gnaden."

Marcello war zu weich, um Isabellas sanfter Stimme und ihren flehenden Augen zu widerstehen. Was Isabella brauchte, war eine Frau, die ihr zeigte, was von der Dogentochter erwartet wurde, eine Frau, die sie Stärke lehrte. Mit einem heftigen Nicken, als müsse er sich selbst überzeugen, überging er Marcellos Einspruch und verließ den Saal.

Die stickige Luft im Geheimgang ließ Andrea taumeln, und er röchelte. Er stützte sich gegen die Mauer und versuchte, ruhiger zu werden, aber allein der Gedanke an Francesca ließ sein Herz schneller schlagen. Die Schwester seiner verstorbenen Frau zu lieben, erschien ihm wie Verrat. Auch nach den vielen Jahren, in denen er einsam gelebt hatte, gab es noch Momente, in denen er sich nach Catarina sehnte. Keine der verwitweten Patrizierinnen hier war mit mehr Stärke gesegnet als Francesca. Nicht zuletzt wegen ihr hatte er dem Plan, Isabella zu vermählen, zugestimmt. Isabella würde ihr eigenes Leben beginnen, fernab des Palastes, und die eigenartige Stimmung zwischen den beiden Frauen würde verschwinden. Vor allem aber würde er nicht jedes Mal Catarinas Gesicht sehen, wenn Isabella ihm begegnete. Nicht jedes Mal ein schlechtes Gewissen haben, wenn er sich mit Francesca traf.

In Gedanken versunken öffnete er die Geheimtür zu seinem Arbeitszimmer und nahm an seinem Tisch Platz.

„Lasst mich allein", befahl er den Wachen und wartete, bis die Türen geschlossen waren.

Die Pforte des Geheimgangs glänzte im matten Lichtschein der Kerze. Langsam erhob er sich aus seinem Sessel und ging zum Bücherregal, das überquoll. Die Verfügungen der letzten Dogen waren dick. Wahllos griff er nach einem der Bücher und schlug es auf. Die Serenissima war seine wahre Geliebte, für sie wollte er sich von den Gefühlen der Vergangenheit befreien. Irgendwann würde man erfahren, dass er ein verliebter Narr war – ein Narr, der lieber starb als dass er seine Dogenkappe freiwillig hergab. Der einzige, der je aus Liebe gehandelt hatte, wie das Vermächtnis seiner Vorgänger bewies. Sie hatten sich versteckt, hinter Lügen und Verleumdungen, hinter Betrug und Mord. Er konnte es ihnen nicht verdenken, denn sie vertrauten ihr nicht, ihrer Stadt, er schon. Er würde Venedig und ihren Schutzpatronen immer vertrauen, und er war vorbereitet. Anders als seine Vorgänger hatte er alle Dokumente gesammelt, die er benötigte, um sich zu verteidigen, und nur er hatte den Schlüssel für die Lade.

Die verschnörkelten Buchstaben verschwammen plötzlich vor Andreas Augen und er umklammerte den Rand des Bücherregals. Feiner Staub drang in seine Lungen, kitzelte im Gaumen.

Warum war der Glasbläser aufgetaucht? Warum kamen sie immer wieder? Noch immer glaubte er das Knistern der Fackel zu hören und das verkohlte Holz des Decks zu riechen. Er taumelte. Beinahe wäre das Buch seinen Händen entglitten. Er stellte es zurück und trat ans Fenster. Isabella saß am Rand der Zisterne und redete auf ihre Zofe ein. Das dunkle Haar fiel über ihre Schultern. Immer wieder warf sie den Kopf in den Nacken, wie es Catarina getan hatte.

Isabella sah nach oben, als spüre sie seinen Blick. Schnell wich er zurück. In dem Moment klopfte es an der Tür. Rosenduft verbreitete sich im Raum, noch ehe Francescas rauchige Stimme ihn an das Abendessen erinnerte.

Eine Strähne fiel ihr ins Gesicht, als sie sich über ihn beugte und ihn zärtlich küsste. „Die Sitzung hat lange gedauert, Geliebter." In ihrer Stimme lag ein vorwurfsvoller Ton.

Unwirsch trat Andrea zur Seite, wich ihren fordernden Händen aus. „Kümmere dich um Isabella."

„Ich tue alles, was du willst, aber lass uns nicht von Isabella sprechen – nicht jetzt. Ich habe so lange auf dich gewartet."

„Ist Isabella nicht noch ein Kind?"

Francesca blickte ihn überrascht an. „Ein Kind? Hast du deine Tochter in den letzten Wochen näher betrachtet? Sie ist schon lange kein Kind mehr. Jedenfalls nicht für einen Mann, der nicht ihr Vater ist."

Sie lächelte, während ihre Hände über sein Wams glitten. „Es wird Zeit, dass sie von deinen Plänen erfährt. Ich habe auch schon einen Mann gefunden, der deiner Tochter würdig ist."

Andrea versuchte ein Lächeln und fasste nach Francescas Hand. „Wer ist stark genug, um Isabellas Unfug Einhalt zu gebieten?"

„Alonso Carisi. Er ist Manns genug, um gerade Isabella die notwendige Disziplin beizubringen und er ist ehrgeizig."

Andrea schauderte und schloss die Augen. „Er ist ein Frauenheld."

„Jeder Mann ist ein Frauenheld. Jeder richtige Mann wenigstens. Damit wird deine Tochter leben müssen. Oder willst du sie einem Mönch geben?"

Francesca hatte natürlich Recht. Darauf kam es bei einer Heirat nun wirklich nicht an. Francescas Lippen liebkosten ihn. Vergebens versuchte er, Carisi aus seinem Kopf zu verdrängen.

7. Kapitel

Es war längst tiefste Nacht, als es Silvano gelungen war, an den Palastwachen vorbeizukommen. Zu schnell fanden die Wachen heute Nacht den neuen Weg über die Seitenpforte, und so hatten sich zwei besonders ehrgeizige Männer an seine Spur gehängt. Seine Sehnsucht nach Francesca war größer als die Furcht. Dort, wo der Schatten der Laternen ihn vor Entdeckung schützte, presste er sich gegen die Mauern und lauschte. Zu lange hatte er geglaubt, dass seine nächtlichen Besuche bei Francesca Farelli unentdeckt blieben.

Langsam, aber unerbittlich drang die Kälte der steinernen Mauer durch sein Wams. Aber was half ihm ihr leidenschaftlicher Kuss, wenn er im Gefängnis landete? Und daran zweifelte er nicht. Auch Giovanni war dort, in den Händen von Alonso Carisi. Der weiße Teufel, hatte ihn einer der Ratsherren genannt und in der Nacht danach seltsamen Besuch empfangen. Silvano schauderte, als er an den Anblick des toten Mannes zurückdachte. Aufgehängt auf der Piazza, niemand hatte seitdem etwas Schlechtes über Carisi gesprochen. Was hatte sein Vater mit dem Mann zu schaffen?

Die Wachen hatten sich wieder auf ihren alten Posten zurückgezogen. Silvano schlich durch die Arkaden und lief hinter der Piazza vorbei, tauchte in die nächste Gasse und blieb hinter einem Mauervorsprung stehen. Das Wasser gluckerte in den Seitenkanälen und er atmete erleichtert aus, als er die Hinterseite des Palastes der Contessa Farelli ausmachte. Nun fand er zwar immer neue Wege, um nicht den Nachtwachen in die Hände zu fallen, doch er musste wachsam bleiben. Margherita war alt, aber sie wusste, was im Palast vor sich ging. Sie hatte ihn gewarnt, dass es jemanden gab, der ihm etwas anhängen wollte. Vaters Feinde fanden immer neue Wege, und nun schien er selbst der Wegbereiter. Für einen Moment hatte er tatsächlich gedacht, sein Geheimnis wäre entdeckt worden. Oder gar die Geheimpolizei hätte davon erfahren. Niemand gab Auskunft, wer dem Kreis der Geheimen Männer angehörte. Er hatte versucht, Marcello auszufragen, aber der war ihm ausgewichen. Vielleicht wusste er aber auch nichts.

Als sich der Mond hinter dem Campanile verbarg, klopfte Silvano endlich an die dunkle Tür mit dem Löwen. Aus der sanft erhellten Kammer kam ihm Francesca mit einem Lächeln entgegen.

„Ich habe gedacht, du hättest deine Lust verloren“, flüsterte sie heiser und zog ihn an seinem Wams ins Zimmer.

Silvano lachte und zog Francesca an sich. Er wollte ihr nahe sein, nur ihr. Niemand kannte ihn wie sie, nicht einmal Isabella, aber er verdrängte den Gedanken an seine Schwester. Isabella konnte nicht verstehen, was ihn all die Nächte hierher getrieben hatte – sie kannte nicht die Liebe, das verzehrende Gefühl nach Anerkennung und Macht. Erhitzt, aber zufrieden, setzte sich Silvano später im Bett auf.

„Ich werde weggehen“, sagte er.

Francesca bog ihren Kopf nach hinten. Ihre Finger glitten über seine Lenden. „Was glaubst du, findest du woanders?“

Silvano umfasste ihren Nacken und zog sie näher, bis sie ihm in die Augen sah. „Ich will nicht von dir weg, nur von Vater.“ Er verschränkte seine Finger mit den ihren.

Das Haar fiel ihr übers Gesicht, und ihre Augen funkelten wie die einer Katze. „Für einen di Conti tue ich alles“, flüsterte sie und bedeckte seinen Hals mit Küssen.

***

Es war noch dunkel, als Silvano erwachte. Francesca schlief neben ihm, ruhig und tief. Ihre blonden Haare kringelten sich an den Schläfen, gaben ihr etwas Verspieltes, Unschuldiges. Sie war nicht unschuldig. Der kurze Augenblick zuvor, den er Liebe nannte, war in ihren Augen erloschen, als sie sah, dass seine Leidenschaft gestillt war. Sie bot ihm die nackte Brust wie eine Amme dem Kind, doch wenn er sich darüber neigte, wandte sie sich ab, um ihn später erneut zu reizen. Die Nacht war zu schön, um darüber nachzudenken, was er ihr bedeutete. Ein nagendes Gefühl der Eifersucht packte ihn bei der Vorstellung, dass Francesca ihn nicht von seinem Vorhaben abzubringen versuchte. Er hielt inne. Hatte sie ihm je ihre Liebe gestanden? Mühsam versuchte er sich zu erinnern, aber bei jeder Begegnung außerhalb des Palastes fand er sich so schnell in ihrem Bett wieder, dass Worte und Schwüre an Bedeutung verloren.

Silvano holte tief Luft und glitt aus dem Bett. Nur schemenhaft erkannte er die Mauern der umliegenden Häuser. Bald würde ein neuer Tag anbrechen. Und nichts würde sich ändern, nicht, solange sein Vater die Stadt regierte.

Das Kontor war ihm nicht genug. Er musste gehen, die Verfügungen hinter sich lassen wie seinen Vater und die Stadt, die ihre Bewohner fraß, auch wenn das keiner bemerken wollte. Nicht einmal seine Schwester, die mit ihrem wachen Verstand und ihrem großen Herzen doch sonst immer alles sah und hörte. Isabella würde ihm nicht folgen, sie war viel zu sehr in die Serenissima verliebt. „Warum kannst du dir nicht nehmen, was dein Recht ist?“, drang Francescas schläfrige Stimme in seine Gedanken.

Überrascht fuhr Silvano herum.

Francesca klang noch müde, doch hatte sie ihre Hüfte einladend zu ihm gewandt und räkelte sich. „Komm her, die Nacht ist noch lang.“

Laute Stimmen drangen durch die schmalen Gassen.

„Was ist dort unten los?“ Silvano spähte aus dem Fenster. Dunkle Gestalten liefen in eine Gasse, verfolgten einen Schatten, der sich plötzlich aus der Dunkelheit löste.

„Jemand springt in den Canal Grande! Und alles wimmelt vor Gardisten. Verdammt.“

„Ein Stümper, wer sich von der Geheimpolizei erwischen lässt. Dafür hat der Kerl nichts anders verdient.“

„Wie grausam bist du nur! Vielleicht hat der Stümper einen Grund, nachts draußen zu sein.“ Er schauerte bei dem Gedanken, was passierte, wenn man ihn entdecken würde. Der Sohn des Dogen, der das nächtliche Ausgangsverbot verletzte, um zu seiner Geliebten zu gelangen. Einer Frau, die doppelt so alt war wie er. Seine Tante.

Francesca drängte sich zwischen ihn und das Fenster, schmiegte sich an ihn, ihr Körper, ihre Haut auf seiner Haut erregten ihn.

„Du meinst, er ist auf dem Weg zu seiner Geliebten? Wie du?", fragte sie.

Machte sie sich lustig über ihn? Irritiert sah er zum Canal Grande zurück. Schemenhaft erkannte er einen Mann, der sich heftig der Verhaftung widersetzte. Dann sank der Mann plötzlich nieder und wurde weggezerrt. Wie Giovanni. Man hatte ihm einfach den Kolben über den Kopf geschlagen.

„Hörst du mir zu? – Ich kann dir helfen, glücklich zu werden." Francesca zog ihn zum Bett zurück.

Was hatte er hier gesucht? Hatte er gar ihn verfolgt? Ja, er war immer überzeugt, alle Verfolger abgehängt zu haben. Aber stimmte das auch? Was, wenn Isabella die Wahrheit gesagt hatte, wenn sie Giovanni wirklich eine Falle gestellt hatten? Wenn die gleichen Leute auch ihm eine Falle stellen wollten?

„Lebe endlich, Silvano! Zerbrich dir nicht den Kopf über Venedig, bevor es dir gehört." Ihr Haar glänzte wie das einer Göttin, doch ihre Worte waren die eines Teufels. „Nimm, was dir dein Vater ermöglicht."

Als würde das Schicksal es so wollen, gab der Nebel den Mond frei, tauchte Francescas Körper in silbernes Licht.

Er seufzte. „Ich will nicht werden wie mein Vater."

„Du bist noch so jung. Du wirst lernen, dass Politik ein Spiel mit der Zeit ist, das süße Rache verspricht. Warte nur, wenn ihr es geschickt anstellt, werden die di Conti noch die ersten Könige der Stadt."

„Das ist Verrat."

„Und wenn schon! Du bist wirklich noch zu jung, um die Regeln des Spiels zu verstehen." Francesca riss sich los. „Du hetzt Isabella gegen deinen Vater auf. Das Kind läuft in ihr Verderben."

Francesca stand auf, ihre Augen glitzerten. „Weißt du nicht, dass Liebe und Hass Geschwister sind?" Sie drückte seine Hand und verließ das Zimmer.

Wenig später kam sie zurück und reichte ihm ein Glas Wein. „Ich werde dich nicht gehen lassen, ohne dass wir auf unseren Abschied getrunken haben."

Er drehte das Glas in seiner Hand. „Die Männer verstehen ihr Handwerk. Faszinierend." Isabella würde das Glas gefallen. Ein passendes Geschenk für ihren Geburtstag.

Francesca hob ihr Glas. „Trinken wir auf Andrea!"

„Ich trinke nicht auf meinen Vater."

Francesca neigte sich über ihn, drängte ihre Zunge zwischen seine Lippen.

Gierig öffnete er den Mund, spürte plötzlich ein Glas an seinen Lippen und dann rann der Wein in seine Kehle.

„Auf den Dogen!", rief Francesca aus. Ihre Augen leuchteten.

Er wich ihrem Blick aus, starrte auf das Glas. Der Kerzenschein spiegelte sich, verzerrte sich ein wenig.

„Du bist so jung, Silvano. Du glaubst an das Gute, bist voller Ideale. Doch alles ist zerbrechlich – wie das Glas." Sie streckte die Hand aus und ließ es fallen.

„Wieso hast du das Glas zerstört? Es hätte Isabella gefallen." Er versuchte, deutlicher zu sprechen, doch seine Zunge wurde schwer.

„Isabella, Isabella! Das Kind ist genauso blind wie du. Ihr erkennt nicht, worum es geht. Macht ist das Einzige, was auf dieser Welt zählt."

Schwindel erfasste ihn oder war es der Rausch der Leidenschaft? Eine Wand aus Nebel und Sehnsucht, und dann war da nur noch ihr Körper. Ihre fordernden Hände wischten alle Fragen fort.

8. Kapitel

Mit einem reuevollen Lächeln nahm Isabella ihren Platz an der Tafel ein. Immer wieder tauchte der gefangene Glasbläser in ihrem Kopf auf und ließ sich nicht vertreiben. Heute konnte sie sich nicht mit Unwohlsein herausreden und hoffen, dass ihr Vater sich einverstanden erklärte, dass sie ihr Mahl allein einnahm. Er saß ihr gegenüber, mit verschlossenem Gesicht und wischte alle ihre Entschuldigungen vom Tisch. Die Contessa hatte sich auf der Breitseite des Tisches niedergelassen, in angemessenem Abstand zum Dogen. Gedankenverloren blickte Isabella aus dem Fenster, wo die Abendsonne die Fensterrahmen silbern leuchten ließ. Sie würde Giovanni davon überzeugen, dass sie ihm vertraute. Und wenn es nur ein Dukaten war, der nun jeden Tag seinen Weg zu dem Glasbläser finden würde. Sie lächelte bei dem Gedanken, dass Giovanni in einigen Tagen ein paar Dukaten in der Hand hielt, die ihm die Flucht ermöglichten.

„Wo ist das angebliche Unglück in den Augen meiner Tochter, von dem Ihr ständig sprecht? Ihr seht sie unbekümmert." Zufrieden neigte sich Andrea di Conti zur Contessa.

Francesca senkte ihren Blick. „In ihrem Alter vermisst sie sicher ein paar Eindrücke, die verändern könnten."

Als Francesca nach ihrem Glas griff, starrte Isabella auf die schlanken Finger ihrer Tante. Plötzlich bemerkte sie die Brosche an Francescas Kleid. War es die von Catarina? Aber das konnte nicht sein.

„Es war ein schönes Fest, Andrea", sagte Francesca und strich wie zufällig über eine Brosche an ihrem Kleid, „trotz des ungestümen Jungen. Was dachte er sich bloß?"

Fast unbemerkt hatte sich Francesca in den letzten Wochen mehr und mehr einen Platz im Palast erobert. Selbst das Personal befragte Francesca und überging Isabella.

Isabella sah wieder aus dem Fenster, wo die Abendsonne die Brücke in ein sanftes Rot tauchte, nur die Schwärze unter der Brücke ließ sich von dem Farbenspiel nicht beeindrucken. Isabella hörte Lachen von der Piazza. Sie wollte aufstehen und ans Fenster treten, aber dann bemerkte sie den durchdringenden, tadelnden Blick ihres Vaters. Mit zitternden Fingern griff Isabella nach Silvanos Weinglas. Sie nahm einen großen Schluck und der Wein schoss ihr sofort ins Blut.

Isabella stellte das Weinglas so heftig zurück, dass es klirrte. Glas. Sie dachte wieder an Giovanni. Wie anders erging es ihm gerade. Die Zellen waren düster, kalt und selbst die Unschuldigen gestanden, nur um nicht länger im Gefängnis bleiben zu müssen. Sie spürte Silvanos eindringlichen Blick. Durchschaute er ihre Gedanken? Verunsichert blickte sie zur Contessa, die Andrea di Conti ein Lächeln schenkte, das alle Männer in Francescas Umkreis betörte. Sahen sie nicht, wie falsch es war?

Ein Klopfen an der Tür unterbrach Isabella in ihrem Gedanken.

Ein Diener trat ein. „Euer Gast ist da, Euer Gnaden."

Andrea di Conti blickte erstaunt zu Francesca. „So früh?“

„Lieber Andrea, das fügt sich. Vertraut mir“, ermunterte ihn Francesca und winkte dem Diener. „Wir lassen bitten.“

Ein junger Mann trat ein, seine Lippen waren schmal und das angespannte Lächeln verriet seine Nervosität. Die blauen Augen blieben von dem Lächeln unberührt. Alonso Carisi, einer der hochnäsigen jungen Männer, über die sich Isabella während der Bälle lustig machte.

Das fast weiße Haar machte ihn älter. Der erste Blick galt ihr, abschätzend betrachtete er sie, als gelte es, Ware für die Rückfahrt nach Venedig zu kaufen. Zu jedem Schritt klopfte ein kleines, silbernes Stöckchen auf den Boden, gab den Rhythmus seiner Schritte vor wie bei einem Tanz. Alberner konnte ein Mann nicht gehen.

Ihr Vater missdeutete ihr Lächeln, bot Carisi einen Platz unmittelbar neben ihr an und erhob sein Glas. „Willkommen, lieber Alonso.“

Silvano zögerte kurz, dann prostete er ihr und Alonso zu, der sich mit einem zufriedenen Nicken auf dem Sessel niederließ und ihr ein breites Lächeln schenkte, während die Diener seinen Teller füllten.

Wie ein gieriger Fuchs maß Alonso sie mit Blicken, die über das ehrenhafte Benehmen feiner Männer hinausgingen.

Seit wann machte Vater Geschäfte mit ihm? Es gab so viele Geschichten aus dem Hause Carisi, eine schlechter als die andere. Betrug, Ausbeutung der Mannschaft jener Schiffe, auf denen Teilhaber aus dem Hause Carisi gewesen waren.

„Danke, Doge von Venedig. Ich werde Eure Tochter glücklich machen.“ Er sprach mit gestenreichen Worten und einer angenehm tiefen Stimme.

Die Contessa räusperte sich. „Lieber Alonso, mäßige deine jugendliche Ungeduld.“

Isabella erschrak. Sollte das ihr Mann werden? War sie die Ware für ein paar Wählerstimmen mehr?

„Ihr habt mir nicht gesagt, dass ich heute meinen zukünftigen Mann treffe“, erklärte sie wütend, aber eigentlich hatte sie Angst.

„Ihr habt alle Zeit der Welt, mich in Euer Herz zu lassen.“ Alonso zeigte sich verärgert über ihren Zwischenruf, aber dann beugte er sich mit einem versöhnlichen Lächeln näher. „Wenn wir erst mal vermählt sind, führt uns die Hochzeitsreise sicher in Gegenden, die ihren Liebreiz gegen den Ihren erst in Konkurrenz stellen müssen.“ Er griff nach ihrer Hand und drückte sie fest. Seine Hände waren kalt. Als Isabella sich aus seinem Händedruck lösen wollte, umschloss er ihre Hand nur fester.

Seine Stimme war warm, fast zärtlich, doch die blauen Augen waren so kalt und die Begeisterung, mit der er ihr von seinen Reisen auf den Schiffen erzählte, klang zu prahlerisch.

Ihr Vater erhob erneut sein Glas. „Ich kann mich glücklich schätzen, Isabella in Eurer Obhut zu wissen.“

Alonso überging ihren Ärger und wandte sich ihrem Vater zu. „Wir haben gemeinsame Ziele, Euer Gnaden – das Glück Eurer Tochter und die Zukunft der Serenissima. Beides ist uns Leben und Tod wert.“

Isabella entzog ihm ihre Hand. „Ist es das, worum es Euch geht? Tod denjenigen, die für das Glück anderer kämpfen?“

Für einen Moment verschwand Alonsos anmaßendes Lächeln und er tauschte einen Blick mit Francesca. „Verzeiht mir, liebste Isabella, ich war gedankenlos. Der Angriff auf Euren Vater. Ein schrecklicher Moment für so junge, unschuldige Augen.“

„Spart Euch die Heuchelei, Alonso. Meint Ihr, ich durchschaue Eurer Spiel nicht, das Ihr zusammen mit der Contessa treibt?“

„Isabella, entschuldigt Euch bei unseren Gästen!“

„Nur ein Gast, Vater. Francesca hat längst aus den Besitztümern meiner Mutter gewählt. Sogar die Brosche, meine Brosche.“ Sie hielt Francescas Blick nicht stand.

„Die Brosche ist ein Geschenk von mir“, sagte Vater, aber Isabella wusste, dass er log. Er hatte ihre Gemächer nicht betreten, und schon gar nicht wusste er, in welcher Schatulle sie die Brosche aufbewahrt hatte. Aber Francesca wusste es. Sie hatte ihr beim Ankleiden geholfen.

Alonso erhob sich. „Verzeiht das Temperament. Meine zukünftige Frau ist noch ein wenig unbeherrscht. Das ist die Jugend.“

„Noch spreche ich für mich allein, Alonso Carisi. Und ich werde nicht Eure Frau. Weder jetzt noch später.“

Sie sprang auf und verließ mit schnellen Schritten den Saal.

***

Isabella schritt aufgebracht durch die Gänge des ersten Stockes und riss das Portrait ihrer Mutter beinahe herunter.

„Ihr seid eine mutige Frau, Isabella“, ertönte plötzlich eine Stimme. Alonso war ihr gefolgt.

Erschrocken wich Isabella vor ihm zurück und eilte die Treppe auf das Dach hinauf. Was bildete sich der Kerl ein, über sie zu spotten? Die Sonne war längst untergegangen. Das Abendfeuer des Glockenturms leuchtete, dass Isabella die umliegenden Dächer der Häuser erkennen konnte. Sicher war es weithin zu sehen. Würde es auch Giovanni den Weg leuchten, wenn ihm die Flucht gelang? Wie viele Dukaten mochte er dafür brauchen?

Eine Hand legte sich auf ihre Schulter und hielt sie fest. „Lauft nicht weg, ich will Euer Freund sein. Und ich bin bald Euer Mann."

Isabella suchte nach Worten und einem Platz, wo ihr der Mann nicht so gefährlich nahe kommen konnte, aber das abfallende Dach bot ihr keinen Schutz. Warum war sie hierher gegangen? Sie drehte sich so schnell um, dass er schwankte und es mied, in die Tiefe zu schauen. „Wieso versteht Ihr nicht? Ich bin kein Tauschobjekt."

„Wir sind beide nur Figuren in einem Spiel. Also, wieso wehrt Ihr Euch gegen etwas, das längst beschlossen ist?" Alonso lächelte plötzlich. „Und wer weiß, wie lange Euer Vater Euch noch vor seinen Feinden beschützen kann?"

Er nahm ihre Hand und drückte sie fest. „Versteht doch, Isabella. Auch ich verfüge über Macht, Macht Euch zu beschützen, selbst wenn die Feinde Eures Vaters Euren Kopf fordern. Und das werden sie, wenn Ihr nicht in die Ehe einwilligt. Ja, wir sind nur Tauschobjekte, aber seht mich an. Bin ich gar so hässlich, so widerlich, dass Ihr Euch nicht einmal vorstellen könnt, mit mir zu leben?"

In der Dunkelheit leuchteten seine Augen und für andere Frauen war er sicher begehrenswert. Aber – nicht für sie.

„Macht, alle sprechen bloß von Macht!", rief sie wütend aus und drängte sich an Alonso vorbei.

„Würdet Ihr mir glauben, wenn ich von Liebe spräche? Nach nur einem Abend?"

Isabella blieb überrascht stehen und schüttelte dann langsam den Kopf.

Er blickte auf den Canal Grande. „Ihr könnt Euch glücklich schätzen, einen Vater zu haben, der sich um Euer Wohl sorgt."

Sie musste sich beeilen. Das Urteil durfte nicht zu früh vollstreckt werden. Sie drehte sich um, stieß gegen Alonso. „Bitte, erzählt mir von dem Gefängnis. Warum ist ein Mann wie Ihr an solch einem grauenhaften Ort?"

„Warum das Interesse?" Alonso lachte plötzlich. „Man könnte meinen, Ihr wäret eine Spionin."

Isabella zwang sich zu lächeln und legte einen Finger auf seine Lippen. „Pst, wenn man uns hören könnte."

Sie sah über die Lagune. Kleine Feuer waren entzündet worden, um vor Untiefen und Riffen zu warnen. Ein neuer Gedanke beflügelte ihre Hoffnung, und sie wandte sich mit einem sanftmütigen Lächeln Alonso zu. „Seid Ihr ein geschickter Segler?"

Alonso hob den Kopf und deutete auf die Ostseite des Canal Grande. „Sicher, in der Lagune ist es gar nicht so schwierig. Aber da draußen, auf offener See, gibt es tückische Strömungen und das Wetter ist ein gefährlicher Feind." Er wandte sich wieder ihr zu. „Wenn es umschlägt, ist man verloren. Im Arsenal werden immer größere Schiffe gebaut, wendiger, schneller, aber trotzdem bleibt der Wind eine Gefahr. Selbst mit den neuen Schiffen, die sie jetzt bauen. Schon viele Männer haben unterschätzt, dass das Meer seinen eigenen Willen hat."

„Kann ein unerfahrener Segler über die Lagune hinaus segeln?"

Alonso zog die Augenbrauen hoch und lachte erheitert. „Plant Ihr wahrhaftig Eure Flucht?"

Als sie nichts erwiderte, verebbte sein Lachen und er nahm sie am Arm. „Warum seid Ihr so unglücklich? Wovor habt Ihr Angst? Ihr seid eine der beneidenswertesten Frauen in ganz Italien und wisst es nicht zu schätzen. Es wird Zeit, dass Ihr aus dem Palast herauskommt." Er nahm ihre Hand und senkte seine Lippen, deutete einen Kuss an. „Unsere Heirat wurde beschlossen und keiner von uns wurde gefragt. Ihr könntet es weit schlechter treffen. Wenn wir heiraten, kann uns keiner mehr Vorschriften machen.“

Er ließ sie los und ging fort. An der Treppe drehte er sich noch einmal um. „Wenn wir heiraten, sind wir frei. Vergesst das nicht.“ Dann eilte er federnd die Stufen hinab.

9. Kapitel

Giovannis Hoffnung, die sich mit dem Besuch des Mannes geregt hatte, war verschwunden. Seit Tagen hatte er den weißblonden Mann nicht mehr gesehen und machte sich Vorwürfe. Der Zorn, ohnmächtig in der Zelle zu sitzen und die Gewissheit, dass seine Eltern vor Sorge umkamen, hatten ihn zu viel reden lassen. Den Dogen töten! Niemand würde ihm glauben, wenn der Mann schnurstracks zum Dogen lief. Man würde glauben, es wäre sein Plan gewesen. Bevor er noch wusste, ob Isabella etwas für ihn empfand, würde er auf der Piazza hängen und nichts würde ihm dann helfen.

Von Tag zu Tag schrumpfte seine Hoffnung, wie die Essensportionen. Auch die Jubelschreie für den Dogen draußen vor den Gittern waren leiser geworden. Die Einzigen, die sich noch daran erinnerten, dass er in der Zelle saß, waren ein paar Kinder. Manchmal warfen sie kleine Steine hinein oder stinkende Algen und liefen mit lautem Kichern wieder weg. In den ersten Stunden hatte er noch versucht, unter den Kindern eines zu finden, das ihm half, aber sie hielten Abstand. Gerade ausreichend, um die Steinchen mit einem Holzstäbchen durch das Gitter zu treffen.

Die Sonne ging auf und unter, aber der Verschwörer hatte sich nicht mehr gezeigt. Wahrscheinlich saß der edle Herr an einer Tafel und hatte seine Pläne längst über einem Fass Wein vergessen. Niemand tötete den Dogen, ohne gehängt zu werden. Doch welche Wahl hatte er? Auf dem Galgen enden würde er ohnehin.

Die Holzklappe am Ende der Tür wurde aufgestoßen. Eine dicke Hand schob einen blechernen Teller durch ein schmales Loch und stieß dabei die Hälfte des ohnehin unzureichenden Essens vom Teller.

Giovanni drehte sich angewidert um. Wollten sie ihn hängen oder verhungern lassen? Er drückte die Fäuste gegen seinen Bauch, um das quälende Hungergefühl zu mildern.

„Wann kommt der Mann wieder?", fragte Giovanni die Wache.

„Iss, dann bekommst du Kraft, Junge!" Die Wache deutete auf den Teller. Als Giovanni nicht reagierte, hielt der Mann inne und sah ihn zögernd an. „Du meinst Alonso Carisi. Er ist ein wichtiger Mann. Ja, lass dich nicht durch sein Alter täuschen. Sein Vater ist einer der mächtigsten Männer Venedigs gewesen." Der Mann brach erschrocken ab und drehte sich weg.

Giovanni rappelte sich auf, so schnell es seine klammen Glieder zuließen, und beugte sich zum Fensterchen. „Erzählt, bitte."

Plötzlich fuhr das Stöckchen durch das Gitter. Giovanni zog gerade noch rechtzeitig den Kopf zurück, um nicht getroffen zu werden.

„Es gibt nichts zu erzählen. Er ist tot."

Giovanni konnte keine Gefühlsregung in Carisis Gesicht erkennen. Sogar das Stöckchen ruhte, lag auf dem Gitter und zeigte auf die Ecke voll Stroh. Carisi hatte Sorge tragen lassen, dass es täglich ausgewechselt wurde. Von Stroh aber wurde Giovanni nicht satt.

Alsonso Carisi musterte Giovanni verächtlich. Von der Freundlichkeit seines letzten Besuchs war nichts mehr zu spüren. Carisis Augen blitzten zornig auf, als ihn die Wache ansprach und auf einen Tumult in der Nachbarzelle aufmerksam machte. „Ich komme gleich“, fuhr er den Mann zornig an.

„Wollt Ihr darum den Dogen lieber tot sehen?“, entfuhr es Giovanni.

Der Weißblonde umfasste sein Stöckchen und bog es so kräftig, dass das Holz krachte. „Wir beide haben eine Vereinbarung. Halte du dich an deinen Teil, aber frage nicht.“

Giovanni nickte. Je weniger er wusste, desto besser, auch wenn er das Gefühl nicht loswurde, dass der Weißblonde ihm etwas verschwieg.

Plötzlich überschlugen sich die Wortgefechte zwischen den Wachen und Gefangenen. Giovanni versuchte, einen Blick auf den Gang zu werfen, doch ein breiter Rücken versperrte ihm die Sicht. Es war Fausto, dessen Stimme plötzlich erstarb. Die Stille, die sich ausbreitete, war noch schlimmer als Faustos Schreie.

Die Wache schüttelte den Kopf und warf einen Blick zur Zelle zurück. „Ihr Glasbläser! Warum bleibt ihr nicht auf der Insel und schert euch um euren Kram?“ Murrend verschwand er.

„Fausto!“

„Seid leiser! Euer Freund hat sich verletzt, aber es wird ihm bald besser gehen“, versprach ihm Carisi. „Vertrau mir. Schon bald werden wir uns vorbereiten, aber – kein Wort.“ Er trat näher. „Pass bei den Wachen auf. Sie werden vom Dogen bestochen, jeden zu töten, der das Wort gegen ihn erhebt.

Wer weiß, ob das, was sie ihm zutragen, nicht auch gelogen ist?"

Carisi ging so leise, wie er gekommen war. Ohne das Klopfen des Stöckchens. Wütend trat Giovanni gegen den Teller. Etwas kullerte gegen den Rand des Tellers und blieb liegen. Es glänzte im letzten Sonnenstrahl des Tages. Giovanni kniete nieder und erstarrte. Ein Dukaten. Satt werden konnte man davon nicht, aber für einen Dukaten konnte man sich ein wenig mehr erkaufen als den Verschwörungsplan eines rachsüchtigen Patriziers. Schnell versteckte er die Münze unter einem lockeren Ziegel. Warum hatte ihm Carisi verschwiegen, was er vorhatte? Er hätte doch die Möglichkeit, ihm das Geld zuzustecken. Der Mann kam gerade vorbei und nickte zufrieden, als er auf den Teller blickte. „Morgen früh solltest du wieder mehr essen."

10. Kapitel

Silvano lächelte, als er an die letzte Nacht zurückdachte. Als der Morgen graute, hatte er Francescas Palast unbemerkt verlassen, und auch wenn es nur ein paar Stunden waren, die sie sich nicht gesehen hatten, erschienen sie ihm wie eine Ewigkeit. Jetzt, wo er Francesca neben sich wusste, an der Tafel seines Vaters, fühlte er sich ihrer Liebe sicher. „Welch Vergnügen, dich an meiner Seite zu wissen", flüsterte Francesca. Ihre Hand ruhte auf seinem Oberschenkel, glitt langsam höher. Sie spielte mit ihm, vor den Augen seines Vaters.

„Trinken wir auf das Wohl von Francesca", sagte er und hob sein Weinglas. Mit einem Seufzen prostete Silvano seiner Tante zu.

Sie beugte sich näher, stieß scheinbar versehentlich gegen seinen Arm. „Wie schön, dass Ihr Eure Schweigsamkeit beendet habt, Silvano. Isabella ist noch zu unbedarft in gewissen Dingen.“ Francesca neigte ihren Kopf.

Erhoffte sie sich von ihm Unterstützung, Isabella an den Altar zu führen? Seit Alonso von der Vermählung gesprochen hatte, war Isabella verändert. Ihr Lächeln war verschwunden und sie mied sogar, mit ihm zu sprechen. Als stünde eine Mauer zwischen ihnen. Natürlich musste Isabella in eine wohlwollende Verbindung eintreten, aber Carisi war ein Wolf im Schafsfell. Jeder wusste das. Warum ging Vater auf den Handel ein? Gab es eine stille Übereinkunft der beiden, die Isabellas Zukunft betraf? Er langte nach Francescas Hand und drückte sie fest.

Das Kerzenlicht spiegelte sich in ihren Augen, erinnerte ihn an die vergangenen Stunden, in denen sie ganz sein gewesen war. Sie wandte sich zu ihm, schenkte ihm ein Lächeln, aus dem er Zuversicht und Zärtlichkeit herauslas. Nein, sie verbarg nichts vor ihm. Er wollte den kurzen Argwohn vertreiben, der ihn überfallen hatte. Dann streckte er seine Hand nach ihrem Nacken aus, bis ihm bewusst wurde, wo er war. Schnell packte er die Lehne von Francescas Stuhl und klopfte darauf herum. „Schöne Arbeit. Unsere Handwerker sind richtige Künstler. Man sollte sie unterstützen.“

Vater sah ihn eindringlich an. Lauernd. „Was hast du Isabella gesagt, Silvano?“ Sein Vater spielte mit dem Messer, wirkte nach außen ruhig, aber Silvano sah, wie das Messer in der Hand seines Vaters leicht vibrierte. Vielleicht war ihm bewusst geworden, dass er etwas ändern musste. Glaubte er tatsächlich, den beginnenden Verlust seiner Macht mit einer Heirat aufzuhalten? Selbst im Kontor munkelte man von rückläufigen Geschäften.

Er spürte Francescas Blick auf sich ruhen und fühlte sich plötzlich stark. „Auf Isabella!", rief er und hob das Glas hoch, das Kerzenlicht funkelte in dem Glas und blendete ihn für einen Augenblick. Mit Francesca an seiner Seite war er unbesiegbar und trotzte auch seinem Vater. „Manchmal ist es besser, Dinge zu tun, anstatt von ihnen zu träumen, Vater. Isabella ist ganz Eure Tochter. Sie weiß, was sie will, und fordert es genauso ein wie Ihr."

Das angespannte Lächeln seines Vaters erlosch und er zerknüllte die Serviette. „Es wird Zeit, dass Isabella vernünftig wird."

„Was erwartet Ihr von einer Vermählung mit Carisi?" So sehr brannte ihm die Frage auf der Zunge, dass er jetzt, wo es geschehen war, Angst vor der Antwort seines Vaters bekam.

Francescas Hand ruhte auf seinem Arm. „Silvano, beruhigt Euch. Euer Vater ist lediglich besorgt um die Zukunft seiner einzigen Tochter."

Andrea di Conti wechselte einen Blick mit Francesca, schwieg aber.

„Verzeiht, Francesca, aber bei allem Respekt – was betrifft Euch unsere Familie?", rief Silvano ärgerlich aus. „Mutter ist lange tot und wäre sie es nicht, würden wir nicht hier zusammen sitzen und uns darüber unterhalten, wie es kommt, dass meine Schwester einen Mann heiraten muss, der unter dem Deckmantel von Ehre und Tugend seinen betrügerischen Machenschaften nachgeht!"

„Silvano!" Sein Vater donnerte die Faust auf den Tisch.

Francescas Augen funkelten und er kannte sie gut genug, um zu wissen, dass sie in der nächsten Nacht nicht um seine Liebe flehen würde.

Bevor er antworten konnte, betrat Isabella den Saal. An ihrer Seite war Alonso, dessen Augen glitzerten, als er ihr in den Saal folgte.

Er erkannte ein triumphierendes Lächeln in Francescas Gesicht. Was tat Isabella mit dem eitlen Gockel? Alonsos Hand lag auf der von Isabella, als wären die beiden längst ein Paar. Und wie vertraut er mit Isabella umging.

„Ich fühlte mich nicht so gut, entschuldigt bitte, aber Alonso bat um meine Anwesenheit.“ Isabella lächelte ihren Begleiter unsicher an. Sie nahm am Ende der Tafel Platz, weit genug entfernt von ihrem Vater und Silvano. Alonso nahm wieder den Platz neben ihr ein, als wäre es bereits Gewohnheit, gemeinsam mit ihnen zu speisen. Silvano sah sie fassungslos an. Der Gockel war vertrauter mit seiner Familie als er selbst.

Isabella starrte auf ihren Teller und folgte der Unterhaltung nicht. Wie blass sie heute Abend war. Sie war noch weniger bei sich als in den vergangenen Tagen.

Vater nickte Isabella wohlwollend zu. „Es wird wohl wirklich Zeit, dass wir uns um deine Zukunft kümmern. Nicht alle sind so großzügig wie die Contessa.“

Auf ein Kopfnicken Andreas hin begannen die Diener, das Essen zu servieren. Auf gläsernen Platten wurde Fleisch in großen Portionen gereicht, Fisch und ein wenig Gemüse.

Isabella hob den Kopf. „Ich erfuhr vor kurzem, dass Männer gehängt wurden für weniger als das, was jetzt auf meinem Teller liegt.“

Silvano seufzte erleichtert auf. Nein, Isabella hatte sich nicht verändert. Er hob den Kopf und nickte ihr zu, als er ihre roten Wangen sah. Sie war durch und durch eine di Conti, aber eine mit Herz. Alonso konnte ihr nicht gefährlich werden.

Als hätte sie seine Angst erkannt, wies sie Alonsos Hand von sich.

Bevor ihr Vater antworten konnte, mischte sich Francesca ein: „Liebstes Kind, ich bewundere, wie Ihr Euch einsetzt, aber bedenkt, zu Ehren Eurer Mutter, wer Ihr seid. Sollte Diebstahl oder gar Schlimmeres geduldet werden?“ Francesca prostete Andrea mit hochgezogenen Augenbrauen zu. „Das Fleisch schmeckt köstlich, lieber Andrea“, sagte sie und ließ sich vom Diener ein weiteres Stück servieren.

„Für Euch, liebe Francesca, ist nichts gut genug. Wir freuen uns, dass Ihr an unserem Tisch sitzt“, sagte Andrea, etwas vertrauter als angebracht.

Silvano sah seine Schwester mitleidig an. Sie würde Francesca nie gewachsen sein. Und Vater, Andrea di Conti, der Doge, der die größte Flotte der Welt befehligte, gehorchte der Contessa wie ein Leibeigener.

Francesca griff nach der Hand des Dogen. „Andrea, vergebt Ihr, ich werde sie in nächster Zeit auf ihre Rolle vorbereiten.“

Silvano nahm ein Glitzern in den Augen seiner Schwester wahr und wollte gerade etwas sagen, aber sogar er war auf die Heftigkeit von Isabella nicht vorbereitet.

„Ist es Diebstahl, einem Kind die Liebe seines Vaters zu rauben?“, rief sie. Ihre Augen glitzerten, aber diesmal nicht aus Zorn. Eine Träne lief über ihr bleiches Gesicht und sie sah verzweifelt zu ihrem Vater, der mit stoischer Ruhe nach seinem Weinglas griff.

Francescas Lächeln gefror und ihr Fuß, der die ganze Zeit scheinbar unbeirrt Silvanos Bein hinaufgewandert war, hielt nach Isabellas letzten Worten abrupt inne. Vielleicht würde sie ihm heute Nacht doch vergeben, seinen Zorn als jugendlichen Eifer abtun und ihm ihre Gunst erweisen.

Vater nahm sein Weinglas in die Hand und brachte einen Trinkspruch aus. „Auf Francesca!“ Er überging ihren Ausbruch einfach.

Isabella saß wie erstarrt in ihrem Sessel und trank ihr Glas leer. Ein Diener schenkte ihr nach. Sie trank doch sonst kaum

Wein. Für einen Augenblick trafen sich ihre Blicke, dann versank Isabella wieder in Lethargie.

Francesca strich die Serviette glatt und neigte ihren Kopf. „Silvano, Ihr seid plötzlich so ruhig, aber vielleicht ändert sich das im Laufe des Abends, wenn unser Gast kommt."

„Noch ein Gast? Warum so geheimnisvoll?"

„Ein alter Freund aus Genua. Ihr mögt Euch wohl kaum an ihn zu erinnern. Marco Polo."

Marco Polo – wie oft hatte er den Namen vernommen, aber nie Gelegenheit gehabt, den Mann zu treffen.

Isabella stand leicht schwankend auf. „Vielleicht nennt er mir den Grund, warum mein Vater mich nie länger ansehen kann, ohne an die einzige Frau zu denken, die er je geliebt hat." Mit einem Seitenblick auf Francesca sprach sie undeutlicher weiter. „Und deren Liebe aufrichtig war."

„Isabella!" Andrea di Conti hieb auf den Tisch, dass die Gläser klirrten. „Entschuldigt Euch bei der Contessa."

Isabella hielt sich am Tisch fest. „Wofür? Weil ich die Wahrheit sage?" Sie schwankte wieder. Kurz bevor sie zu stürzen drohte, fing Silvano sie auf. Leicht wie eine Feder lag sie ihn seinen Armen.

Silvano legte Isabella einen Arm um die Schulter und führte sie zur Tür. „Ich bringe Isabella auf ihr Zimmer. Entschuldigt mich. Contessa, bitte verzeiht ihr, sie meint es nicht böse."

„Ich meine es genauso, du Heuchler von einem Bruder", zischte Isabella laut genug, dass es alle hören konnten.

„Mach es nicht noch schlimmer", fauchte Silvano, als die Tür hinter ihnen geschlossen wurde. „Was meinst du, was Marco Polo über uns denkt, wenn wir nicht an der Tafel sitzen?"

Die Kälte im Gang ließ ihn frösteln und er eilte schnell über die Treppe zu Isabellas Zimmer. Sie wehrte sich nicht einmal gegen die Bevormundung, hing in seinen Armen wie ein verletztes Vögelchen.

„Was zerbrichst du dir darüber den Kopf, verträumter Bruder? Nie werden wir über die Meere segeln. Der einzige Wind, den dein Gesicht verspürt, ist derjenige, der über die Dächer weht."

Der gebrochene Blick in Isabellas Augen ließ ihn verstummen.

„Was ist bloß los mit dir?", fragte er noch auf der Treppe, doch sie schwieg, die Lider zusammengedrückt, als könnte sie sich so unsichtbar machen. Das hatte sie als Kind immer getan. Und er wusste nur zu gut, sie würde nicht mehr antworten, bis sie die Augen aufschlug.

Schweigend trug er sie in ihre Gemächer, legte sie auf das Bett und holte den Hocker herbei. Viel zu klein lag sie da in den Kissen, den Surkot verdrückt, die Haare hingen ihr wirr ins Gesicht.

„Er wird Mutter vergessen. Wegen ihr. Sie mischt sich in unser Leben, als wäre sie die Dogaressa", sagte Isabella und starrte ihn vorwurfsvoll an. „Alle lieben Francesca, alle, und ganz besonders Vater."

11. Kapitel

Die Sterne erhellten längst das Firmament, als Andrea müde in sein Arbeitszimmer eintrat. Für gewöhnlich erwartete ihn Francesca, aber die Dunkelheit verriet ihm, dass sie nicht da war. Umso erschrockener fuhr er zurück, als plötzlich in der Ecke ein Licht aufflammte. Eine Hand entzündete eine Kerze und langsam erkannte er die Gesichtszüge seines Freundes Marco Polo.

„Du bist schon hier? Warum hat man mich nicht informiert?“ Er trat auf seinen Freund zu und umarmte ihn herzlich.

„Deine Geschäfte, lieber Freund. Dein Berater wollte mich hindern, einen Spaziergang zu machen. Ist die Lage so ernst?“

Andrea blickte auf die menschenleere Piazza. „Nimm wieder Platz, Marco“, bat Andrea seinen Freund schließlich und merkte erst jetzt, dass Marco bereits saß und ihn nachdenklich beobachtete.

Er seufzte und nickte zur Piazza hin. „Die Ausgangssperre ist umsonst, solange es Männer gibt, die dem Mob helfen. Sie sind töricht, wie Silvano. Und gefährlich.“ Jeden Morgen berichtete Marcello ihm von Plünderungen der Kontore und seit einiger Zeit schreckten die Banditen nicht einmal vor den Mauern des Arsenals zurück.

„Es tut mir Leid, dass du gerade jetzt gekommen bist“, sagte er schließlich und legte eine Hand auf Marcos Schulter. „Wenn ich daran denke, aus welcher Stadt du kommst. Hier sitzen wir gemeinsam, Freunde und bald Feinde.“

„Unsere Freundschaft hat schon viel durchlebt.“ Marco streckte die Hand aus und hielt ihn am Arm fest. „So besorgt kenne ich dich gar nicht, Andrea.“

„Man fordert so viel von mir. Auch Isabella. Ich weiß nicht, was in das Kind gefahren ist. Sie ist so …“

„Jung?“, vollendete Marco seinen Satz. „Sie ist deine Tochter, Andrea. Kein duckmäuserisches Mädchen, der Stolz fließt in ihren Adern. Du beklagst dich, Silvano wäre aus ganz anderem Holz geschnitzt, aber ich kann mich noch gut erinnern, wie du ihn immer in seine Kammer zurückgeschickt hast, wenn ich gekommen bin. Als wäre er nicht gut genug, gezeigt zu werden.“

Marco stand auf und klopfte auf eine Seekarte Venedigs auf dem Schreibtisch. „Ich habe ihn auf dem Säulengang gesehen, als ich letztes Mal aus der Lagune segelte. Er mag dir hier im Palast als Störenfried erscheinen, aber er hat etwas, was auch Isabella nicht in sich trägt.“

Andrea drehte sich überrascht um. „Du kennst ihn doch gar nicht. Wie willst du beurteilen, zu was Silvano taugt?“ Der sanfte Lichtschein der Kerze beruhigte ihn wenig und die Worte seines Freundes taten ein Weiteres. „Ich wollte den Abend nicht so in Erinnerung behalten“, fuhr er ärgerlich fort und nahm die Karaffe so fest in die Hand, dass der Wein überschwappte.

Marco zog die Karte schnell vom Tisch, aber eine Ecke Genuas überzog ein dunkelroter Fleck. „Catarina sähe darin ein Zeichen.“ Er tupfte vorsichtig über den Fleck.

Andrea rollte die Karte zusammen und warf sie auf ein Regal. „Hat man dich gut behandelt?“

„Deine Diener boten mir hier ein vorzügliches Mahl, auch wenn ich auf die Gesellschaft deiner Zukünftigen verzichten musste.“

Andrea zog die Augenbrauen hoch. „Höre ich Hohn? Ich habe um Francescas Hand nicht gebeten.“

„Aber sie will etwas von dir.“

„Du warst ihr nie wohlgesonnen." Andrea hob abwehrend die Hand und trat näher. „Als ich die Frau heiratete, die ich liebte, hast du es mir auch schon verübelt."

„Ich habe dir längst verziehen, dass du Catarina geheiratet hast. Du hast sie geliebt, das hat mich in meinem Zorn getröstet. Aber Francesca – sie geht ihren eigenen Weg und du wirst zu spät merken, wohin sie dich führt." Marco stellte eine kleine Schatulle auf den Tisch. „Vielleicht findest du damit deinen Weg, hab Vertrauen."

Auf einem gepolsterten Kissen lag ein vergoldetes Gehäuse, in deren Mitte sich eine Nadel langsam einpendelte. „Damit soll ich meinen Weg finden?" Fasziniert betrachtete er den Kompass und stand auf, drehte sich im Kreis. Der Zeiger wanderte mit.

„Wie kannst du am Schreibtisch sitzen? Sieh dir deine Stadt an. Wie Feuer leuchten die Dächer." Marco schaute geistesabwesend aus dem Fenster.

Andrea lächelte und reichte Marco ein Glas Wein. Dann legte er den Kompass auf den Tisch. „Danke, aber ich kann ihn nicht annehmen."

„Gib ihn Silvano." Ein Schatten legte sich über Marcos Gesicht, als er sich vom Canal Grande abwandte. „Bestrafe deine Kinder nicht, indem du sie hier einsperrst. Willst du ihnen verwehren, was ihnen im Blut liegt?"

Sein weit gereister Freund hatte leicht reden. Marco wusste um eine grenzenlose Freiheit, die Silvano und Isabella nie kennen lernen würden. Nie kennen lernen durften.

„Liebt Silvano das Meer noch immer?", fragte Marco, als hätte er seine Gedanken gelesen. „Er hat Catarinas Leidenschaft geerbt."

Ahnte Marco von seinen Befürchtungen? Jeden Besuch des Freundes hatte er vor den Kindern verheimlicht. Aus Angst, sie würden zu viel erfahren, von Catarina, von ihm, der einmal ein ganz anderer war. Aber das war vorbei. Er war nun der Doge der Stadt. Davon hatte er schon als kleiner Junge geträumt, dafür hatte er gekämpft und betrogen. Ihn hatte man dann ausgewählt, aber eines Tages würde er den Preis bezahlen.

„Silvano? Ihn drängt nach Gerechtigkeit. Jedem Bettler in der Stadt würde er gern Gold aus der Staatskasse schenken." Andrea wog den Kompass, kalt und schwer lag er in seiner Hand.

Er trat zu Marco ans Fenster. Neben dem Freund zu stehen war, als hätte ihn die Vergangenheit wieder eingeholt. Er glaubte, Catarinas helles Lachen zu hören, ihre leichten Schritte, wenn sie morgens in sein Arbeitszimmer schlich. Das Haar offen, den Umhang schnell übergeworfen, dass er ihm reizvolle Einblicke gewährte, wenn sie sich über ihn beugte.

Die Sehnsucht lag schwer auf seinem Herzen. Manchmal überfiel sie ihn so heftig, dass er hoffte, eine lange Nacht mit Francesca würde ihn davon befreien. Wenn die Morgendämmerung hereingebrochen war und Francesca friedlich schlief, meinte er noch immer, Catarinas Lachen zu hören.

***

„Wo ist die Verfügung? Mein Buch!", schrie Andrea außer sich vor Zorn und schlug der Wache mit dem Schild auf den Rücken. „Wie wollt Ihr mich beschützen, wenn nicht einmal meine Verfügung vor Dieben gefeit ist?"

Eroso schickte den verstörten Wachmann vor die Tür und schloss mit Nachdruck die Flügel. „Euer Gnaden, bewahrt Ruhe. Es ist sicher nur ein Missgeschick eines Dieners. Vielleicht wollte man das Buch reinigen und hat es versäumt, Euch darüber in Kenntnis zu setzen?“

Eroso sah sich genau um und eilte schließlich zum Bücherschrank. „Seht doch, es war nur falsch eingeordnet.“

Andrea blieb unmittelbar hinter Eroso stehen und griff nach dem Buch, schlug es vorsichtig auf. „Jemand hat es benutzt.“

Er sann darüber nach und ließ Eroso dabei nicht aus den Augen. „Es ist Eure Aufgabe, Verräter zu entlarven. Wie kann es passieren, dass man in meinem persönlichen Arbeitszimmer die Verfügung entwendet?“

Schnell stürzte er zum Schreibtisch und schloss die Lade auf. Keines der Dokumente lag an einem anderen Platz. Dann dämmerte ihm, dass Eroso noch immer im Zimmer war.

Mit dem Rücken zum Tisch stand er und sah auf die Piazza. „Man spricht über eine neue Zeit, die anbricht.“

Eroso senkte den Kopf und wich ein Stück zurück. „Ich werde dafür sorgen, dass sich der Vorfall nicht wiederholt. Die Wachen werden – jeder für sich – befragt.“

Andrea schüttelte ohnmächtig den Kopf. Die Geheimpolizei versagte. „Der Glasbläser, er gelangte auf das Schiff und nicht einer konnte mich schützen. Und dann tritt ausgerechnet meine Tochter dazwischen.“ Mit jedem Wort schritt er näher auf Eroso zu. „Meine eigene Tochter tut das, was Ihr und Eure Männer nicht imstande seid zu tun?“

Eroso wich weiter zurück, bis er mit dem Rücken am Bücherschrank anstieß. „Isabellas Mut war beeindruckend, aber töricht. Meine Männer waren bereit einzugreifen.“

„Meint Ihr, meine Tochter sei töricht, weil sie mich beschützen wollte? Oder töricht, sich einem Feind entgegenzustellen, der mehr Waffen hat als die Geheimpolizei? Oder gar Mut? Überzeugung?“

Eroso sah ihn irritiert an. „Ich verstehe nicht."

„Wenn der Glasbläser klaren Verstandes gewesen wäre, hätte er genug unserer Leute überzeugt, einen Aufstand zu beginnen! Hätten Eure Männer dann Hunderte von Fackeln ausgetreten? Oder gewartet, bis das Schiff brennt, bevor sie mich retten?"

„Nein, natürlich nicht, Euer Gnaden! Es war ein Unglück. Eine Situation, die unterschätzt worden ist und nie wieder eintreten wird."

Andrea nickte und trat ans Fenster. „Es wird nie wieder geschehen, weil der Verantwortliche dafür gehängt wird."

Eroso sank auf die Knie. „Nein, Euer Gnaden, vergebt mir!" Sein Stolz war verschwunden.

Wie konnte sich der Mann nur der Geheimpolizei verpflichten und nun auf seinen Knien herumrutschen und um Gnade flehen? Andrea verdrehte die Augen. Er war von Feiglingen umgeben. Mit einer Geste, die mehr als seinen Zorn ausdrückte, befahl er Eroso, sich zu erheben. „Hängt den Glasbläser und gewährt niemandem Gnade, der ihm geholfen hat oder je wieder einem der Glasbläser hilft! Und nun verschwindet, bevor ich es mir anders überlege. Ich will eine Geheimpolizei, die mich beschützt – und die Serenissima. Sollte Euch das nicht gelingen, seid Ihr es, dessen Gewinsel aus dem Kerker zu hören sein wird."

Eroso stand auf und floh fast aus dem Zimmer.

Andreas zynisches Lächeln spiegelte sich im Fenster. Nie wieder würde Eroso sich einen Fehler zuschreiben lassen. Plötzlich erschrak er und glaubte, das schmale Gesicht Isabellas neben dem seinen zu sehen. Er wirbelte herum, doch das Zimmer war leer. Er machte sich zum Gespött. Ein Doge, der von seiner Tochter beschützt wird.

12. Kapitel

Noch immer glaubte Isabella, das Weinen der Frauen zu hören. Sie sah, wie sie mit ihren Kindern auf dem Platz standen und zwischen Wehklagen und Drohungen die Fäuste erhoben, um ihrem Vater Rache zu schwören. War die Piazzetta lang genug, um all die Psalmen noch einmal aufzusagen, die sie gerade gebetet hatte? Ein Schauer lief über Isabellas Rücken. Zwei Männer, hatte Silvano gesagt. Wegen etwas Essen. Und hier waren sie gehängt worden. Vor den Toren des Palastes, um dem Dogen zu zeigen, dass sein Urteil vollstreckt wurde. Sie bat um Vergebung für die beiden Männer, flehte um Gnade für die Frauen und Kinder, bis die Morgenandacht vorbei war und Margherita ihr deutete, die Basilika zu verlassen.

„Die Geschäfte Eures Vaters werden nicht besser, wenn Ihr ihm noch mehr Sorgen bereitet“, sagte Margherita mit leisem Tadel und zog Isabella vom Portal weg. Dann blieb sie selbst stehen. „Es ist Markt. Bei der Aufregung habe ich es vergessen. Nun denn, kleidet Euch an.“

Isabellas Augen leuchteten. „Nimmst du mich mit?“

Margherita schlug entsetzt die Hände zusammen. „In die Basilika heute Abend, ja. Aber ich werde den Teufel tun, Euch in Eurem Leichtsinn zu unterstützen.“

Langsam ging Isabella zum Brunnen und setzte sich auf den von der Sonne vorgewärmten Rand. „Hast du jemals geträumt, woanders zu sein? Einfach zu tun, was du willst?“

Margherita kniff ihre Augen zusammen. „Welchen Sinn hätte es, über etwas nachzudenken, das nicht sein kann?“

Sie sah Margherita überrascht an. „Eines Tages –“

„Ist es genug mit Euren närrischen Träumereien! Bald werdet Ihr heiraten, einen Haushalt führen und Ihr werdet den Palast vermissen, wenn Euch überhaupt Zeit dafür bleibt."

Isabella hielt sich die Ohren zu und lief über den Innenhof zurück, bis ihre Schritte in dem breiten Gang hallten. Hierher gelangte die Hitze des Tages nie.

„Närrische Margherita!" Sie stampfte mit dem Fuß auf und lehnte die Stirn an das Geländer. Was konnte eine Zofe schon von der Welt verstehen? Nichts, sie war schließlich nie länger als einen halben Tag aus dem Palast herausgekommen.

Ihre Finger glitten über das Treppengeländer. Margherita saß noch immer auf dem Rand des Brunnens. Sie würde nicht bemerken, wenn sie ihr Verbot übertrat. Sie spazierte weiter und hielt erst inne, als sie vor den steinernen Löwen stand. Als Kind hatte sie Angst vor ihnen gehabt, sich an Silvano festgehalten, wenn sie an den goldenen Wächtern vorbeigingen. Längst hatte sie die Angst verloren. Vor den steinernen Löwenmäulern blieb Isabella stehen. Die *Bocca di leone* waren die Brücke zu ihrem Vater. Fast jeden Tag steckte sie einen Brief für ihn in eines der Mäuler. Es musste gelingen, ihm klarzumachen, dass Francesca nichts Gutes im Schilde führte. Einer der Briefe musste ihn erreichen, und dann würde er verstehen.

„Ich habe euch schon so viel anvertraut", flüsterte sie und strich über die Mähne. Schritte hallten hinter ihr. Etwas hatte Margherita wohl aufgescheucht.

„Es ist nicht meine Schuld, dass deine Mutter tot ist", sagte ihr Vater.

Bevor sie ihre Überraschung überwinden konnte, spürte sie seine kalte Hand auf ihrer Wange. Die erste Berührung seit langem.

Wie lange stand er schon hinter ihr, lauschte ihren Worten? Lange genug, Schmerz und Vorwurf standen in seinen Augen. Wie viele der Briefe hatte er gelesen?

„Der Rat muss sich um wichtigere Dinge kümmern als deine Briefe."

Sie schluckte heftig. „Wichtiger? Was ist wichtiger als die Familie? Wieso hasst Ihr mich?"

Seine Stimme wurde zu einem Flüstern. „Hör nicht auf das, was Silvano dir einzureden versucht!"

„Ihr habt die Glasbläser bestraft. Giovanni hat nichts getan."

Die Augen ihres Vaters blitzten wütend auf. „Sogar den Namen des Lumpen sprichst du aus, als wäre er dir vertraut." Andrea sah sie eindringlich an. „Vertrauter sogar, als der von Alonso Carisi. Du bist ihm versprochen, und wenn alle Glasbläser Muranos dagegen Einspruch erheben!"

***

Mit der Dunkelheit kam auch die Angst zurück – Angst vor bösen Träumen, Ahnungen und Sehnsüchten. Unruhig schlüpfte Isabella aus dem Zimmer und verbarg sich hinter dem Mauervorsprung, wo die Wachen während des Tages Posten bezogen. Entlang der Häuser standen Heiligenbilder, umrahmt vom flackernden Licht der Kerzen. Gramgebeugte Frauen warteten vor den Kerzen, alte wie junge. Auf dem kalten, schmutzigen Boden knieten sie und beteten für das Leben derjenigen, die im Kerker ihr Dasein fristeten. Auch für Giovanni brannte inzwischen jeden Abend eine Kerze. Und für seinen Freund.

Von Tag zu Tag wurden es mehr Kerzen. Und manchmal wurden die Flammen gelöscht – wie das Leben derjenigen, die ihr Leben in den dunklen Verliesen verloren hatten. Isabella suchte ängstlich nach der Gasse, an deren Ecke sie Margherita gebeten hatte, die Kerze aufzustellen. Deutlich sichtbar von den Arkaden. Jetzt schien die Ecke mit den dunklen, kalten

Mauern eins zu werden. War es Giovanni, der tot war? Sie wagte ihren Blick nicht von der Ecke abzuwenden, bis sie den schwachen Kerzenschein erkannte und merkte, dass es die Kerze für Fausto war. Isabella prallte zurück und lehnte sich gegen die kalte Säule. Der Schmerz brannte sich in ihr Gedächtnis, und sie erinnerte sich an das Treffen mit den beiden Jungen im Gang. Wusste Giovanni bereits, dass sein Freund tot war?

In einem unruhigen Schlaf träumte sie von Giovanni, hörte seine Rufe und sein Flehen und erwachte erst, als die Sonne ins Zimmer schien.

Auf dem Bett lag der Surkot, den sie bei der Zeremonie getragen hatte. Margherita wollte das Kleid ins Feuer werfen. Es hätte den Teufel geweckt und müsse darum vernichtet werden. Der Stoff hatte kleine Brandlöcher und war am Saum beschädigt. Giovannis Fackel hatte nicht nur den Stoff verbrannt. Sie hatte auch Zweifel gesät. Vaters Zorn tobte in ihr weiter. Sollte Giovanni weiter bestraft werden, reichte es nicht, dass er seinen Freund verloren hatte? Vorsichtig strich sie über den Saum. Erinnerungen an einen Tag, der vielleicht das Leben aller verändert hatte. Schnell rollte sie das Kleid zusammen und verstaute es unter einem Stoß Bettlaken.

Laute Stimmen drangen zum Fenster. Begann der Sturm auf den Palast, von dem Silvano ihr erzählt hatte?

Mit einem Aufschrei wich sie zurück, als sie den Grund für den Aufruhr erkannte. Es war eine Hinrichtung. Während die Henker bereits mit Mehl gefüllte Säcke heranschleppten, kletterten besonders wagemutige Spunde auf die Holzstufen und übten den Heldentod.

Noch immer waren die Wachen auf ihrem Posten, als Isabella vorsichtig aus dem Zimmer spähte. Möglichst langsam ging sie an ihnen vorbei und lächelte ihnen zu. Ein dicklicher Mann mit von roten Kordeln zusammengehaltener Mappe drängte an der Wache vorbei, doch sein Eifer weckte den Argwohn der Wachen. Der Mann wurde aufgehalten und befragt. Den Moment nutzte sie und verschwand im Seitengang, der zu den Gefängniszellen führte. Ein übler Gestank wehte ihr entgegen und ließ sie innehalten. Doch dann dachte sie an den Moment im Gang zurück. Mit neuer Zuversicht stieg sie die schmalen Treppen weiter hinunter und hoffte, ungesehen die Zelle zu finden, in der Giovanni war.

„Helft mir", klang es aus den Zellentüren, als die Gefangenen das junge Mädchen entdeckten. Sie kauerten auf dem Boden und starrten Isabella an, als sie hoffnungsvoll die kleinen Luken öffnete.

„Ich suche Giovanni, den Glasbläser", flüsterte sie und erschrak, als einer der Männer seine Hand durch die Luke streckte und sie fassen wollte.

„Was willst du von ihm? Hilf lieber mir. Ich kann dir noch viel mehr zeigen." Er lachte höhnisch.

„Helft mir, es soll nicht Euer Schaden sein."

„Letzte Zelle, aber vergesst mich nicht", sagte der Mann kleinlaut. „Nicht jeder hat den Tod verdient."

Erschrocken lief Isabella weiter, trat zögernd an eine der hinteren Zellen heran. Ein Mann saß mit dem Rücken zu ihr. Seine Hände waren blutig, notdürftig mit Stofffetzen bandagiert.

Sie holte tief Luft und neigte sich zu dem kleinen Seitenfenster. „Giovanni?", flüsterte sie und hielt den Atem an. Ihre Stimme hallte in der Zelle.

Der Angesprochene fuhr herum.

Erschrocken wich sie zurück. Giovannis Wangen leuchteten rot, das Blut war längst getrocknet und auf seiner Schläfe hatte sich ein dunkler Bluterguss gebildet.

„Was tut Ihr hier?“

„Ich werde dir helfen.“ Ihre Hände zitterten vor Anstrengung, als sie die Tür öffnen wollte. Der rostige Riegel knarrte, bewegte sich aber nicht. Verzweifelt sah sie Giovanni an, der sich inzwischen an das Gitter gelehnt hatte und jede ihrer Bewegungen genau beobachtete. „Es war meine Schuld.“

„Sucht ein Stück Holz, drückt damit gegen den Riegel“, schlug er vor. Seine Stimme klang heiser. Erst jetzt merkte sie, dass ihm das Atmen schwer fiel.

„Helft mir. Lasst mich auch raus“, wurden Stimmen aus den Nachbarzellen laut. Mit wachsender Verzweiflung riss sie an dem Riegel, bis die Tür schließlich aufging.

Giovanni schwankte aus der Zelle und prallte gegen die Mauer. „Wieso tut Ihr das?“, keuchte er und schloss die Augen.

„Niemand vertraut mir. Vielleicht tust du es, wenn ich dir zur Flucht verhelfe.“ Sie trat beiseite und wies in den dunklen Gang. „Auf der rechten Seite ist eine kleine Tür. Sie ist beschädigt und nur mit einem Holzpfosten gestützt.“

„Fausto, mein Freund. Wir müssen ihn auch befreien!“ Seine Hände berührten ihre Schultern.

Isabella schluckte heftig. Sie wich seinem Blick aus und schüttelte langsam den Kopf. „Es ist nicht genug Zeit. Du musst fort, bevor man dich tötet.“

„Ihr seid vielleicht die Tochter des Dogen, aber Ihr habt nichts mit Eurem tyrannischen Vater gemeinsam.“ Giovanni griff nach ihrer Hand und drückte sie leicht. Dann rannte er davon, in die Richtung, die sie ihm gewiesen hatte.

13. Kapitel

Giovannis Blick glitt zum Fenster hinaus, wo er die Umrisse Venedigs erkannte. Noch immer dachte Giovanni an den kurzen Augenblick zurück, den er mit der Tochter des Dogen allein gewesen war. Bleib fern von Venedig und der Dogentochter, hatte Angelo gebrummt, als sie auf Murano angelegt hatten.

Jetzt saßen sie Seite an Seite in seinem Elternhaus. Angelo leerte den Becher in einem Zug und knallte ihn auf den Tisch. „Wir sind einfach zu alt, Antonio. Dein Junge wird eines Tages weltberühmt werden – ich sage dir, Gott hat Großes mit ihm vor."

Antonio Caspero nickte bedächtig, der Wein hatte den alten Mann müde gemacht, aber das tat seinem Stolz keinen Abbruch. „Wenn er seinen Kopf bei der Arbeit hat."

Nachdenklich saß Giovanni daneben. War es vielleicht kein Zufall, der ihn an jenem Tag nach Venedig geführt hatte? Sie hatte ihm das Leben gerettet und ihn aus dem Gefängnis befreit. Doch er würde sie nie wieder sehen. Er durfte sie nicht wieder sehen.

Als hätte Angelo seine Gedanken gelesen, hob der seinen Becher und prostete ihm zu: „Auf das, was dir treu und sicher ist, Giovanni. Zum Teufel mit dem, was unerreichbar!"

Antonio Caspero füllte seinem alten Freund den Becher wieder voll. „Ich verstehe Marias Aufregung nicht."

Mit schiefem Blick sah ihn sein Vater an. „Hast du Mama nicht gesagt, dass du mit Angelo Fischen bist? Bleibt tagelang fort, der Tunichtgut. Ihr seid ziemlich weit abgetrieben, um die Zeremonie zu sehen."

Ohne Angelo wäre er nicht mehr am Leben. Der treue Freund hatte trotz aller Warnungen in einem Kanal gewartet und ihn sicher nach Murano zurückgerudert. Tagelang musste Angelo ausharren, in Ungewissheit über das Schicksal der beiden Jungen. Sie hatten nicht darüber gesprochen, dass einer fehlte und noch wusste auch sein Vater nicht, dass Fausto unter den zu beklagenden Opfern war.

Giovanni las in den Augen des alten Mannes, dass er ihm gut nachfühlen konnte, was in den Stunden im Kerker damals passiert war.

Er straffte die Schultern und stand auf. „Ich schaue nach dem Ofen." Die Stimme seines Vaters und Angelos dröhnendes Lachen verfolgten ihn bis nach draußen. Noch immer spürte er die eisige Kälte, die harten Steine und die Schreie der anderen Gefangenen. Die Nacht ließ ihn nicht ohne Alpträume. So schaufelte er den Sand in den Ofen und drückte langsam den Blasebalg, bis sich die Hitze in der Glashütte ausbreitete und er zur Glaspfeife greifen konnte. Während er drehte und in die glasige Masse starrte, meinte er, Isabellas anmutiges Gesicht zu sehen und träumte gedankenverloren vor sich hin.

Über den Gassen hing bissiger Rauch, der sich mit dem Morgendunst mischte. Giovanni saß bereits an seinem nächsten Werkstück, als sein Vater zur Tür hereinstürmte.

„Warum hast du mich belogen?"

Giovanni fuhr schuldbewusst zusammen und legte die Pfeife auf den Gitterrost zurück. „Du hättest mich nicht gehen lassen." Und noch weniger hätte er ihm erlaubt, Fallore zu suchen.

„Ich dachte, du wärst vernünftig. Und nimmst Fausto mit. Wo ist er? Wie konntest du alleine wegfahren und deinen Freund dort lassen?"

Giovanni bekam keine Luft mehr und lief hinaus. Nie wieder würde er jemanden in Gefahr bringen. Er dachte an Faustos Lachen, die Späne auf seinem Haar, als er das Beil in die Tür schlug – Fausto hatte das Schicksal herausgefordert, aber das würde den Zorn seines Vaters nicht mildern. Er hatte das Gesetz übertreten, aus welchen Gründen war jetzt nicht wichtig.

„Ich wünschte, ich wäre an seiner Stelle. Sie waren voller Hass. Und als Maurizio zusammenbrach, lief Fausto auf das Schiff zu." Giovanni wirbelte herum. „Sag mir, was hätte ich tun sollen? Ich war in einer anderen Zelle." Er fiel auf die Knie, schaufelte mit bloßen Fingern den Sand auf.

Antonio legte die Hand auf seine Schulter. „Deine Mutter hat seit Stunden nicht mehr geschlafen, solche Sorgen hat sie sich gemacht. Er zog ihn hoch und umarmte ihn. „Ich bin dankbar, dass du lebst. Ich will dich nicht verlieren!"

***

Lange, nachdem das Feuer im Brennofen ausgegangen war, hatte sein Vater ihn geweckt.

„Zieh dich an." Noch halb verschlafen folgte ihm Giovanni. Zum ersten Mal seit langem hatte sein Vater den Ofen früh angeheizt, um mit ihm allein zu sein. Antonio schnallte sich das Holzbrett um und stöhnte.

„Dein Fuß schon wieder? Warum nimmst du nicht den neuen *Bardello*, den dir Fallore gebracht hat?"

Der Blick seines Vaters ließ Giovanni verstummen. Er sah auf den Bardello, nur ein zerschlissenes Band hielt das Brett auf seinem Oberschenkel. Ein einfaches Stück Holz, doch welch herrliche Glaskunst sein Vater darauf herstellte. Demütig senkte er den Blick. Sein Vater warnte ihn nicht umsonst – immer wieder, wenn der Glaskolben abrutschte. Nur einmal hatte er einen Mann gesehen, dem das passiert war. Ganz schwarz war seine Haut gewesen, wie ein Stück Kohle vor der Rotglut. Und gezittert hatte der Mann, gefroren, trotz der Hitze in seinem Leib und dann hatte sich die Schwärze ausgebreitet und das Zittern und der Gestank, verfault war er, bei lebendigem Leibe, bis der Tod nur noch Erlösung war.

Achte auf deinen Bardello. Die Worte verfolgten ihn, seit er sechs Jahre alt war.

„Was hattest du dort zu suchen?" Antonio blickte in die Flammen, viel zu nahe stand er dort, aber Giovanni wagte nicht, seinen Vater zu maßregeln.

Die Hitze trieb ihm den Schweiß in die Augen. „Das Mädchen, sie stand am Bug des Schiffes wie eine Statue", rief er seinem Vater über das Zischen des Ofens zu. Er wischte sich mit dem Leinentuch die Stirn ab und griff dann wieder nach dem Haken, um die Glut anzutreiben.

„Giovanni, komm hervor! Wie oft habe ich dir gesagt, dass du nicht hinter dem Ofen stehen darfst!"

„Und Gold! Als wäre das Schiff über und über mit Gold übergossen."

Antonio stellte sein Brett abrupt auf den Boden. „Hör mir zu! Die Männer kennen keine Gnade. Glauben sie auch nur einen Moment, dass du Murano verlassen willst, töten sie dich."

Giovanni starrte in den Ofen und spürte die Hitze des Feuers in seinem Gesicht. Er wollte Isabella di Conti wiedersehen und dafür musste er zurück nach Venedig.

„Keine Sorge, sie erwischen mich nicht. Die Geheimpolizei hat anderes zu tun, seit man vom Krieg spricht. Wie kann man uns verdächtigen, Verrat zu üben?", wechselte Giovanni das Thema. Sorgfältig wog er das Rohr in der Hand und drehte es langsam, behielt seinen Vater aber im Auge. „Wir würden doch unsere Kunst niemals verraten. Wieso vertraut man uns nicht?“

Sein Vater untersuchte die Ware des Vortages auf Fehler und Risse und stellte sie auf das Regal zurück. „Um uns von reichen Händlern wie Fallore fernzuhalten und von den Kaufleuten, die sich im Rialtoviertel ausgebreitet haben, als wären sie schon immer dort gewesen.“

„Wir werden bald neues Material brauchen. Natriumkarbonat. Du solltest zum Kontor fahren.“ Antonios Blick verharrte auf den letzten Fässern, die sie bekommen hatten.

Giovanni legte die Glasbläserpfeife ab. „Ich dachte, die Geheimpolizei jagt mich?“

„Wenn wir nicht wollen, dass uns Fallore den Vertrag kündigt, werden wir selbst dafür sorgen müssen, gutes Material zu bekommen.“ Er rieb sich über die Augen, zwinkerte und rieb weiter.

Giovanni stand auf und hob den Deckel von einem der Fässer auf. „Wir haben doch noch genug.“

Antonio schlug den Deckel so schnell zu, dass Giovanni in letzter Sekunde die Hand zurückriss. „Was weißt du? Du hast dich nie darum gekümmert. Was hast du überhaupt auf der Piazza gemacht?“

„Ich wollte dem Dogen meine Ehre erweisen.“ Dann hielt Giovanni inne.

Flammen in orange- und burgunderfarbenen Tönen züngelten aus der Glut. Burgund wie der Surkot, den das Mädchen getragen hatte. Würde sie seine Kunst eines Tages bewundern? Schon wieder entglitt ihm der Glühhaken und fuhr zischend gegen die Feuerstelle.

„Giovanni! Wie kann ich nur darüber nachdenken, dir die Hütte zu überlassen? Für jede Frau, die dir über den Weg läuft, würdest du Gefahr laufen, dich zu verletzen! Komm zu dir, Junge!“

Giovanni verzog den Mund und schnallte sein Brett ab. Was wusste sein Vater schon! Den ganzen Tag saß er in der Hütte und merkte nicht, dass sein Sohn mit seinen Gedanken weit weg war. Nicht nur Isabella di Conti blieb in seinem Gedächtnis haften. Man hatte ihn als ihresgleichen betrachtet und fast hätte er sich als Venezianer gefühlt. Nicht als Glasbläser, dessen Familie nach Murano verbannt worden war. Dabei war es Faustos Idee gewesen, nach Venedig überzusetzen. Zeigen wir es den Venezianern, hatte er gelacht und die Faust geballt. Und jetzt träumte er selbst, wie es wäre, morgens aufzuwachen und über die Piazza zu spazieren wie einer der Patrizier. Neben Isabella.

Ein lautes Zischen riss Giovanni aus seinen Gedanken. Ein Pfropfen glühendheißer Glasmasse floss zwischen den Holzdielen hindurch. Giovanni zog rasch die Füße weg und stieß dabei gegen den Bardello seines Vaters. Erschrocken blickte er hoch, aber sein Vater war in Gedanken versunken und hatte von dem Missgeschick nichts bemerkt.

Giovanni setzte sich wieder gerade hin und bereitete den Rohling für den nächsten Blasgang vor. Er musste sich konzentrieren, um nicht erneut einen Teil der Masse zu verschütten. Die Fässer an der Längsseite der Glasbläserhütte täuschten, sie waren tatsächlich fast leer.

Mit glänzenden Augen sah sein Vater auf die Vase, die er vor wenigen Tagen gemacht hatte. „Nimm die Soda-Asche aus Syrien. Vielleicht wird daraus später dein Gesellenstück und gelangt in die Hände von Isabella di Conti“, sagte er etwas spöttisch und hielt die bauchige Vase gegen das Licht.

Giovanni sah seinen Vater traurig an. Ein sanftes Blau färbte dessen Wange, bis er die Vase wieder auf das Regal zurückstellte. „Wenn eine Frau von solchem Prunk und Reichtum umgeben ist, wird ihr ein Stück aus unserer Werkstatt nicht genügen."

„Ich kenne keine Frau, die Glas von solcher Schönheit nicht berührt. Frag mal deine Mutter!" Sein Vater lächelte, wie immer, wenn Giovannis Mutter in ihren Gesprächen auftauchte.

Er warf einen Blick in den kugelförmigen Schmelzofen und sah Giovanni nachdenklich an. „Du bist bald sechzehn und es ist an der Zeit, an deine Zukunft zu denken."

„Vater, warum ist Isabella di Conti noch unverheiratet?"

Kopfschüttelnd wandte sich Antonio ab und streckte sein Bein, fuhr mit der Hand über den geschwollenen Knöchel. „Contessa Catarina starb bei der Geburt ihrer Tochter. Vielleicht ein Grund, warum der Doge sich so lange gegen die Heirat seiner einzigen Tochter wehrt."

„Wie lange arbeitest du schon für den Dogen?"

Sein Vater lachte und fuhr ihm über den Kopf. Unwirsch drehte Giovanni seinen Kopf beiseite.

„Du weißt doch selbst, Junge, dass nicht ich der Meister bin. Nicht ich arbeite für ihn, sondern Fallore."

Mit einer fahrigen Handbewegung stieß er in die Glut. „Irgendwann wirst du mein Nachfolger und dann wirst du ihnen zeigen, was ein Caspero kann."

Giovanni senkte betroffen den Kopf. Sein Vater hatte Recht. Er sollte längst wie seine Freunde in der Hütte arbeiten, ohne Aufforderung. Zu lange lief das Geschäft, ohne dass er dafür Interesse gezeigt hatte. Sein Vater stand von morgens bis abends in der Hütte. Immer roch sein Vater nach verbranntem Holz und das süßliche Aroma der Glasmischungen begleitete ihn.

Giovanni nahm seinem Vater den Glaskolben ab und schürte das Feuer. „Du musst dich endlich wehren. Du arbeitest hart und Fallore erntet den Dank und die Anerkennung." Er verstand seinen Vater einfach nicht.

„Unsere Arbeit ehrt uns für die Ewigkeit, der Menschen Lohn ist vergänglich wie das Leben oder ein Doge."

Giovanni sah nachdenklich ins Feuer. „Wenn ich so mächtig wie der Doge wäre, dann würde ich dich zum Meister ernennen."

Sein Vater setzte sich neben ihn. Sein nackter Oberkörper glänzte im Schein des Feuers. „Meinst du, ein paar Dukaten mehr machen glücklich?"

Giovanni sah seinen Vater überrascht an.

„Glasblasen ist kein Handwerk, es ist eine Gabe. Etwas, was in dir entsteht, lange bevor du ahnst, dass es etwas Besonderes ist. Wie die Liebe." Antonio blies sanft ins Feuer. Funken stoben auf und verglühten, ehe sie auf seine Haut trafen. „Ich spreche von der wahren Liebe. Sie trifft dich unverhofft. Sie tut weh, weil sie dir zeigt, dass man sie erst verdienen muss."

Giovannis Gedanken wanderten über das Meer bis zur Piazza, bis zu Isabella. War das Liebe? Er holte heftig Luft und stand auf. Es gab nur einen Weg, die Leere zu füllen. Er musste arbeiten, viel arbeiten, und dann würde er ihr schmalgesichtiges Antlitz vergessen.

„Hier, Vater." Giovanni stand auf und holte das neue Brett. Sein Blick fiel auf die Brandblasen. Isabella di Conti hatte keine Angst gehabt, nicht vor seiner verunstalteten Hand, nicht vor seinem Stand. „Schnall dir das Brett um und dann werden wir sehen, wer der wahre Meister ist, du oder ich."

Vorsichtig setzte Giovanni den Glaskolben an und blies hinein. Würde er es schaffen, dass Isabella di Conti sein Meisterstück erhielt?

Mit einem Lächeln in den Mundwinkeln griff Antonio nach seiner Hand, drückte sie tiefer. „Ruhig, langsam, sonst störst du den Fluss der Glasmasse." Während er die Geschwindigkeit vorgab, mit der er den Stab zu drehen hatte, seufzte er. „Deine Mutter war jemandem versprochen, einem Mann aus gutem Hause, aber dann traf sie mich. Einen einfachen Glasbläser."

Unvermittelt setzte Giovanni das Blasrohr mit dem Rohling ab. „Heißt das, sie hat sich für dich entschieden und der Reiche …"

Würde für ihn eine Frau auf Reichtum verzichten? Antonio zeigte auf den Glaskolben. „Ich habe nächtelang geblasen, gedreht und dann alles in eine Kiste verpackt und ihr geschenkt. Deine Mutter wollte, dass ich um sie kämpfe, ihr zeige, wie wertvoll sie ist."

„Sie hat die Kiste heute noch. Im Schrank – ich darf sie nie öffnen."

„Holz vergeht, Glas ist ewig. Als kleiner Junge hast du mir immer zugesehen, stundenlang, hast voller Stolz die Blasebälger getreten und mir die Scheite einzeln gebracht, weil du nicht mehr tragen konntest. Ich war so stolz auf dich. Ich dachte, wir würden das gemeinsam machen, du und ich."

Natürlich hoffte sein Vater, dass er die Glasbläserhütte übernehmen würde, wenn er sich aufs Altenteil begab, dass ihm die Glasbläserei genauso viel bedeutete, er die Tradition der Casperos fortsetzte, wie es seine Vorfahren seit Generationen getan hatten. Doch wofür? Was brachte es, die besten Rezepte, die sicherste Hand zu haben, wenn andere dafür den Lohn einstrichen?

„Wieso wehrst du dich nicht gegen Fallore? Er versklavt uns doch genauso, wenn er unsere Arbeit als die seine ausgibt."

Antonio lächelte schelmisch. „Dafür habe ich den einen Schatz, den Fallore niemals bekommen wird, und den einzigen, für den es sich zu leben lohnt: die Liebe deiner Mutter."

14. Kapitel

Gedankenverloren folgte Isabella Margherita in Richtung Basilika. Seit dem Morgengrauen hatte sich im Palast herumgesprochen, dass jemand dem Glasbläser zur Flucht verholfen hatte.

Auf dem Weg begegneten sie Marcello. Isabellas Herz klopfte heftig, als er ihr länger als gewohnt zulächelte. „Es scheint, als ob jemand mit dem Jungen Mitleid gehabt hat."

Isabella verlangsamte ihre Schritte und blieb außer Hörweite Margheritas stehen. „Ihr sagtet, dass der Junge keine Angst haben muss und ein gerechtes Urteil erfahren würde."

Marcello musterte den Boden, als fände er dort eine Antwort. Erst nach einer Weile räusperte er sich. „Alonso Carisi ist außer sich vor Zorn. Er will sich mit Eurem Vater beraten und dem Helfershelfer den Prozess machen."

Er sah Isabella eindringlich an. „Man will ihn töten, solange er sich in Sicherheit wiegt."

Isabella blickte über Marcellos Schulter hinweg. Wieso verstand niemand, dass Giovanni zu dem Anschlag getrieben wurde? Als wäre es ein ausgeklügelter Plan gewesen, genau an einem Tag, wo sich Andrea di Conti in der Öffentlichkeit präsentierte. Margherita wartete bereits ungeduldig am Eingang zur Basilika.

Vor dem Eingang drängten sich die Menschen dicht an dicht. Jeder wartete vor dem Tor und sei es nur, um einen kurzen Blick auf Isabella zu werfen. Durch das Raunen vernahm sie ihren Namen und den ihres Vaters.

Was würden die Menschen sagen, wenn sie die Wahrheit erfuhren? Marcello hatte ihr Spiel durchschaut, doch es war kein Spiel. Es ging um ein Leben, Giovannis Leben und möge

Gott verhindern, dass man herausfand, wer der Frevler war, der dem Glasbläser die Flucht ermöglicht hatte.

„Eine eigenartige Stimmung ist das heute", flüsterte Margherita. „Es ist, als bringe der Nebel etwas Böses. Lacht nicht, mein Kind. So war es auch damals, als Ihr geboren wurdet."

Margherita versank in Gedanken. „Silvano ist schon wieder außer Haus. Wenn Euer Vater wüsste, dass er im Kontor arbeitet!"

Isabella sah sie erschrocken an. „Schweig, Margherita."

Margherita plapperte unaufhaltsam weiter. „Die Frau ist nicht gut für ihn. Sie wird unser Untergang, das teuflische Weib. Schon als Eure Mutter lebte, war sie voll böser Absicht. Nie ließ Francesca ein gutes Wort an ihr, bis Euer Vater …" Sie hielt inne.

Isabella legte ihre Hand auf den Arm ihrer Zofe. „Margherita, was wolltest du sagen? Was hat Vater getan?"

Margherita schüttelte heftig den Kopf. „Ach, nichts. Nun aber schnell, die Heilige Jungfrau wartet."

Als sie durch den schweren Vorhang traten, ließ sie die Kälte aus dem Kircheninnern frösteln. Isabella bekreuzigte sich und blieb vor dem Bild der Heiligen Jungfrau stehen. Ihr Antlitz glänzte im sanften Kerzenschein. Isabella bekreuzigte sich nochmals. Nie wieder würde sie eine Sünde begehen und sich den Befehlen ihres Vaters widersetzen, wenn nur Giovanni verschont wurde.

Mit erhobenem Kopf folgte sie Margherita durch das Seitenschiff und blieb überrascht stehen. Für einen Moment dachte sie, einen dunklen Haarschopf in der Menschenmenge gesehen zu haben. Sie liebte ihn – den Glasbläser, der unerschrocken auf das Schiff gekommen war. Und genauso hatte er ihren Vater bedroht. Niemand wagte es, sich gegen den Dogen von Venedig zu erheben. Aber wollte Giovanni nicht dasselbe wie sie? Ein Blick des Vertrauens, eine Geste? Sie stieß gegen Margherita, die ebenfalls stehen geblieben war.

„Rede endlich, Margherita!"

Die Zofe deutete Isabella, sich auf die Bank zu setzen.

Margheritas Wangen glänzten rot und ihre Hände rutschten auf dem hölzernen Löwenkopf ab, als sie sich auf die Bank fallen ließ. „Er hatte Francesca eine Verräterin genannt und aus dem Haus gejagt. Doch dann – in jener Nacht – als Ihr geboren wurdet – es war niemand hier, außer mir und Eurer Mutter. Die Wehen setzten ein. Viel zu stark – und plötzlich stand die Contessa vor mir. Sie hat mir geholfen, Euch auf die Welt zu bringen. Und nun ist alles vergessen. Euer Vater liebt sie und sie wird uns ins Verderben stürzen!" Margherita schluchzte. „Vergebt mir, ich musste schweigen, aber ich liebe euch beide, als wärt ihr meine eigenen Kinder."

„Silvano ist – bei Francesca?" Noch immer hallten Silvanos Worte in ihr. Niemand würde ihm die Liebe verwehren, hatte er gesagt.

„Ja, Täubchen, er ist ein Mann geworden. Und er tut, was er für richtig hält."

Wenig später versank Margherita in ein leidenschaftliches Aufsagen von Psalmen und Gebeten, während Isabella die Zeit wie so oft nutzte, um die Schönheit der Kirche zu würdigen. Doch heute gelang es ihr nicht, sich zu lösen und in der Betrachtung der goldenen Fresken ihre Freude zu finden, an den Löwen, die sich in Bannern, Reliefs und Türverzierungen wiederholten. Selbst in den Seitenleisten der Bänke zeigte sich das dunkle Löwenabbild, allgegenwärtig wie ihr Vater. Musste sie Venedig wirklich verlassen, um den Klauen des Löwen zu entkommen?

Die Vorstellung, dass es Francesca Farelli gewesen war, die bei ihrer Geburt dabei war, machte ihr Angst. Was verschwieg ihr Margherita?

„Heiliger Markus, hilf Silvano, dass er mich versteht und er unserem Vater verzeiht", begann nun auch Isabella zu beten. Ob Silvano wohl mit Francesca Venedig verlassen würde und nicht mit ihr? Oder hatte er das ganz anders gemeint. Er und Francesca und seine kleine Schwester? Und sie betete auch dafür, dass Alonso nicht herausfand, wer Giovanni zur Flucht verholfen hatte.

Isabella blickte auf die Bilder der Markuslegende. Leise und warnend vernahm sie Margheritas Gebete. Als fände sie in der Kuppel eine Antwort, reckte sie den Kopf nach oben. Aufgeschreckt durch laute Worte blickte sie zur Seite. Hatte sie den Namen di Conti gehört?

Vor der Basilika warten die Menschen darauf, dass sie ihre Andacht beendete. Menschen, die ihrem Vater vertrauten. Silvano hatte Recht, sie wusste nichts von dem, was draußen geschah. Er auch nicht, bis er sich ins Kontor geflüchtet hatte, um den Demütigungen durch seinen Vater zu entgehen. Genau. Damals hatte es angefangen. Silvano hatte die andere Seite des Palastes kennen gelernt.

„Margherita, gib mir deinen Umhang. Mir ist kalt", flüsterte Isabella und nahm ihrer Zofe den Umhang ab. Margherita betete unablässig weiter, ohne sie zu beachten.

***

Mit dem Umhang ihrer Bediensteten gelang es Isabella, unbemerkt die Basilika zu verlassen. Ehe sie sich versah, stand sie selbst in dem Treiben, das sie kurz zuvor von den Arkaden aus beobachtet hatte und staunte über die vielen Menschen, die an ihr vorbeidrängten. In wenigen Augenblicken würde Marcello in der Basilika auftauchen und die Kirche dem Volk öffnen. Atemlos ließ Isabella sich treiben, beobachtete die Menschen, die ihr so fremd, so anders erschienen als vom Schiff aus. Die Buden der Drechsler und Fleischer wirkten viel kleiner, jetzt, wo sie vor ihnen stand.

Wovon hatte Silvano gesprochen? Niemand schien unglücklich. Die Menschen nickten Isabella freundlich zu, während ihr ein Gaukler nachlief und so mehr Aufmerksamkeit auf sie lenkte, als ihr lieb war. Sein durchdringender Blick machte ihr Angst. Erkannte er sie trotz des Umhangs?

Zwischen mit frischem Fisch beladenen Wagen und den Gerüchen der fremdländischen Gewürze, die Kinder in Körben herumtrugen und zum Kauf anboten, verlor sie bald ihre Furcht. In dem Gedränge schenkte ihr niemand weiter Beachtung. Niemand erwartete eine Dogentochter in der Kleidung ihrer Zofe.

Sie hob den Kopf und sah zum Glockenturm hinauf. Das sanfte Läuten war viel lauter heute, freudiger als jemals zuvor und sie wippte im Takt mit, bis die Klänge verhallt waren.

Kinder drängten sich an ihr vorbei, schubsten, bis sie vor einem Obststand standen. Das Haar hing ihnen in viel zu schmale Gesichter, war strähnig und staubig wie der Boden. Flink griffen sie mit beiden Händen in die Obstkörbe. Der Händler schrie ihnen mit erhobener Faust nach, während die Kinder lachend davonstoben. Ein Junge stolperte und fiel nieder. Bevor er aufstehen und flüchten konnte, drängte sich ein Mann der Wache durch die neugierigen Menschen und packte das Kind am Oberarm. Unter Wehklagen schubste der Mann seinen jungen Gefangenen weiter und wollte ihn abführen.

Isabella suchte schnell in den Taschen nach Geld und fühlte eine Münze. „Wartet!“ Schnell hastete Isabella zu dem Mann.

„Er hat sein Geld verloren. Hier“, sie drückte dem überraschten Händler die Münze in die Hand. „Ich bezahle das Obst. Beeil dich, Mama wartet schon auf dich.“

„Lauf schon“, knurrte der Mann, und ihr neuer kleiner Freund biss in den Apfel. Dann drückte er sich zwischen den Neugierigen, die sich inzwischen versammelt hatten, hindurch.

Der Mann sah sie skeptisch von oben bis unten an. „Pass besser auf deinen Bruder auf. Mit Dieben spaßen wir nicht.“

Isabella gab dem Obsthändler einen weiteren Dukaten, den er demütig entgegennahm. Dann ging sie weiter und blieb am nächsten Stand wie verzaubert stehen. Gläser in schillernden Farben, in denen sich das Sonnenlicht fing und die Gläser verheißungsvoll glänzen ließ. Auf einem Schemel saß eine Frau im Halbdunkel des Verschlags und stand mit schmerzverzerrtem Gesicht auf, zeigte auf ein Glas mit silberner Oberfläche. „Nehmt es in die Hand. Ist es nicht wie von Gottes Hand gemacht?“

Isabella schüttelte den Kopf. „Ich habe Angst, es zu zerbrechen.“

Plötzlich zupfte jemand sie am Ärmel. Der Junge stand neben Isabella.

„Kauft das nicht. Niemand will etwas von Fallore kaufen.“

Die Frau drohte ihm mit der Faust. „Verschwinde, du machst nur Ärger. Wenn dich der Meister erwischt …“ Sie wandte sich einem Mann zu, der sehr ungeschickt nach einem Glas griff. „Passt auf!“

Isabella drängte näher an die andere Seite des Standes. Hinter dem Ladentisch stand eine Kiste, der Deckel lose darauf, aber sie erkannte ein glänzendes Blau, dass sie faszinierte. Blau wie der Canal Grande am frühen Morgen, wenn der Dunst des Meeres noch über der Lagune lag und keine Gondel diese vollkommene Stille des Wassers störte.

„Sind das auch Gläser?“ Sie stellte sich auf die Zehenspitzen, um mehr zu erkennen.

Die Frau wandte eifrig den Kopf und verlor augenblicklich das Interesse, als sie erkannte, wonach Isabella fragte. „Werkstücke der Gesellen. Nichts, dass es wert wäre, das Heim Eures Herrn zu schmücken.“

Isabella zögerte. Noch immer blieb ihr Blick auf der Kiste haften und als die Verkäuferin abgelenkt war, langte Isabella in die Kiste. Schnell griff sie nach dem blauen Gegenstand, versteckte ihn unter ihrem Umhang und zwinkerte dem Jungen verschwörerisch zu.

Mit einem fröhlichen Gruß verabschiedete sie sich von der Frau und fühlte das kühle Glas auf ihrem Arm. Im Gewühl hatte der Gaukler neue Zuschauer gefunden und folgte ihr nicht. Erleichtert, dass die Leute eine andere Quelle der Aufregung gefunden hatten, bahnte sich Isabella einen Weg durch die Menge. Sie hielt den Umhang krampfhaft fest, als könne er sie vor dem Gestank schützen, der zwischen den Ständen hervorquoll.

Frauen, mit schweren Körben beladen, stritten um das beste Brot und zogen dann lachend und friedlich vereint zum nächsten Stand weiter, wo sie das Feilschen von neuem begannen.

Neugierig folgte Isabella ihnen, bis die Frauen mit ihrem lauten Lachen so viel Aufmerksamkeit auf sich zogen, dass sie sich schnell zwischen zwei Stände zurückzog und einige Wachen passieren ließ. Auch wenn der Mann sie nicht erkannt hatte, durfte sie nicht leichtsinnig werden. Sie sah an sich herunter. Der braune Stoff war durchgescheuert an den Ellbogen, am Saum geflickt und verlängert, wie ihr der dunkle Streifen am Ende des Umhangs zeigte. Sie schämte sich plötzlich, dass sie selbst mit kostbaren Stoffen bekleidet wurde, während Margherita, die ihr Leben lang nur ihr Wohl im Sinn hatte, abgetragene Mäntel trug. Ein Geschenk, sie würde Margherita ein Geschenk mitnehmen. Von dem Gedanken beseelt lief sie eilig zum nächsten Stand, konnte sich an den Stoffen, die verführerisch drapiert präsentiert wurden, nicht satt sehen und strich über Seide und Baumwolle.

Der Duft von Rosen und etwas, was sie nicht benennen konnte, betörte ihre Sinne und sie blieb neugierig vor einem wackeligen Stand stehen, der am Rande der Piazza aufgestellt war. Sie roch Parfums und nickte zustimmend, als ihr ein Händler ein paar Tropfen auf den Handrücken verrieb.

„Für ein schönes Mädchen ein betörender Duft", sagte er und wandte sich einer neuen Kundin zu, die sie argwöhnisch beäugte.

„Ich kenne Euch", rief eine ältere Frau erregt und deutete auf sie.

Erschrocken zog Isabella ihre Hand weg, rief dem Händler ihren Dank zu und lief neben seinem Stand in den Schutz der Arkadengänge. Die Angst trieb sie über die Piazzetta, bis sie vor dem Palast innehielt und bedauerte, dass die alte Frau ihren Ausflug so jäh beendete. Vorsichtig glitt sie nochmals zwischen die Arkaden und schaute zurück. Schon wieder deutete die Alte auf eine Frau. „Ich kenne Euch!" Mit einem Kopfschütteln verließ die Frau den Stand und verschwand im Gedränge.

15. Kapitel

Trotz der Schmerzen wusste Silvano genau, wohin ihn die Palastwache gebracht hatte. Er roch den Tod, er hatte ihn schon als Kind gerochen. Und sich die Ohren zugehalten, bis die Schreie der Gefolterten im Jubel der Schaulustigen untergingen. Nur ein Raum im Palast weckte ein Gefühl zwischen Angst und Verzweiflung, dass man meinte, die Schreie derjenigen, die hier waren, noch zu hören, wenn sie längst verstummt waren: die Folterkammer. Hier erlagen Schuldige wie Unschuldige ihren Schmerzen oder vereidigten Geständnisse für Taten, die sie nicht begangen hatten.

„Vergib ihm, heiliger Markus, er kennt es nicht anders", flüsterte Silvano – bei jedem Schlag, den er durch die Peitsche seines Vaters erhielt, wiederholte er seine Worte lauter. Seine Knie drückten gegen die Holzbank.

„Hier hängt Ihr Eure Todfeinde, schürt den Hass des Volks! Der Mob wird größer, je härter die Strafen sind."

„Schweig", zischte Andrea, „ich höre, wie du deine Stimme gegen mich erhebst. Wie du versuchst, Isabella aus dem Palast zu locken." Wieder zischte die Peitsche durch die Luft. „Du bist nicht mein Todfeind, du bist mein Sohn!"

Silvano wehrte sich nicht gegen die Schläge, wie Feuer brannte sein Rücken, aber er wäre verflucht, wenn er Schwäche zeigen würde. Welcher Vater ging so gegen sein Kind vor? Ihn schwindelte bei dem Gedanken, dass Isabella noch immer hoffte, ihren Vater zu ändern.

Die Mauern waren mit dunklen Flecken überzogen, die an Blutspritzer erinnerten. Er hatte aufgehört, die Schläge zu zählen. „Sie vertraut Giovanni, weil er sie nicht belügt!"

Lieber wünschte er ihr, mit dem Taugenichts glücklich zu werden als länger mit ihrem Vater unter einem Dach zu verweilen. So hatte er seinen Vater noch nie erlebt. Wieder traf ihn ein Hieb, härter und gewaltiger als zuvor.

„Sie wird nicht mehr länger an deine Worte glauben, denn du wirst lernen, zu schweigen. Was das Volk kann, muss für den Sohn des Dogen einfach sein."

Das Gesicht Isabellas vor Augen schüttelte er langsam, aber bestimmt den Kopf. Er sehnte sich danach, den Schmerz auszublenden und starrte wie betäubt auf die wässrigen Augen des Knechts, während dieser ihm den Beißring in den Mund schob.

***

Diesmal schlich er nicht wie ein Dieb durch die Gassen. Ohne sich nur die Mühe zu machen, leise zu sein, verließ Silvano über die Hauptpforte den Palast und schwankte zum Kai. Die kühle Abendbrise strich wohltuend über seinen Rücken. Das Hemd unbeholfen übergezogen, hätte man ihn als Sohn des Dogen ohnehin nicht erkannt. Immer mehr Sand wurde aufgeschüttet, immer mehr Boden dem Meer gewaltsam entrissen, Pfähle aus istrischem Pinienholz ins Meer gerammt, um neue Häuser zu bauen, prunkvolle Palazzi. Was suchte er noch hier? Der Canal Grande lag vor ihm wie eine Schlange, deren Maul in der Dunkelheit verschwand. Selbst das Rudern bereitete ihm Schmerzen, schlimmer, als er es erwartet hatte, doch nichts würde ihn hindern, auch heute, gerade heute, den Palast zu verlassen. Das rohe Fleisch auf seinem Rücken brannte bei jedem Ruderschlag höllischer, aber jeder Zoll brachte ihn seinem Ziel näher – dem Bett von Francesca Farelli.

Der Palast der Contessa lag nicht weit entfernt, heute jedoch kam ihm das kurze Stück endlos vor. Immer wieder verlor er das Bewusstsein, stieß mit dem Boot gegen dunkle Mauern und schrak hoch. Die letzten Stunden ließen ihn nicht länger zweifeln. Er musste fort.

Er war nicht wie sein Vater, würde es auch nie sein, aber die Gier verfolgte auch ihn. Liebe, Anerkennung, Respekt – Dinge, die ihm sein Vater verwehrte.

Er hatte versucht, seinen Vater davon abzuhalten, Isabella mit Alonso zu vermählen, der ein Abbild des Dogen war. Das Boot stieß gegen den Steg und riss ihn unsanft aus seinen Gedanken. Wann hatte er aufgehört zu rudern? Er musste das Bewusstsein verloren haben. Er drückte auf den Türklopfer, einen goldenen Löwen. Das Hausmädchen öffnete die Tür und wies die Treppe hinauf. Auf dem Absatz stand die Contessa, als hätte sie ihn schon längst erwartet. Sie genoss es, ihn zu verletzen wie sie alle Männer verletzte, liebte es, ihm den süßen Schmerz der Sehnsucht zu zeigen, bis er sie anflehte, sie lieben zu dürfen. Ihr Körper versprach Hingabe und ihr Geist einen genussvollen Abend, der ihn vergessen ließ. Und das wollte er heute. Vergessen. Nur vergessen.

Mit der gewohnten Begrüßung zog ihn Francesca an sich. Er zuckte zusammen, als sie ihn umarmte.

Im sanften Kerzenschein wirkten die Blutflecken auf seinem Wams noch schrecklicher und er las Entsetzen in ihrem Blick.

„Was hast du getan?“

„Nichts, was mich hindern könnte, zu dir zu kommen.“

Ihr Lachen erregte ihn und er trat die Tür zu ihrem Schlafgemach mit dem Fuß zu.

16. Kapitel

Die Menge trieb Isabella vorwärts. Auf der Piazza war etwas im Gange, laute Stimmen waren zu hören, kleine Kinder liefen lachend mit dem Strom der Händler, Dienstboten, Sklaven und Handwerker. Die Menschen schienen ein Ziel zu haben. Schließlich stand Isabella wenig später atemlos in einer aufgebrachten Menschenmenge. Zum Glück half Margheritas schäbiger Umhang ihr, unerkannt zu bleiben.

„Krieg! Ihr schreit nach Krieg, aber ihr wisst nicht, was das heißt!“ Ein einbeiniger Mann humpelte auf Krücken an Isabella vorbei. „Ich war dabei und seht, wie es mir ergangen ist!“

„Darum wollen wir ja losziehen. Wir sind stark. Niemand wird uns unter dem Zeichen des Dogen aufhalten“, rief ein junger Spund, der sich bisher im Hintergrund gehalten und einem jungen Mädchen schöne Augen gemacht hatte. Er genoss die Aufmerksamkeit der anderen und schürte den Hass noch weiter. „Die Genuesen müssen dafür büßen, dass eure Kinder hungern!“

Beifall flammte auf. Immer wieder forderte die Menge Genugtuung für die erlittene Schmach, rief nach Gottes Zorn über die verräterischen Genuesen.

Wasserverkäufer legten ihre Flaschen ab und drängten durch die Menschenmassen, um in die Gesänge von Sieg und Mut einzufallen.

Dann war es, als hätten lautlose Befehle die Menge beruhigt. Die Menschen standen, wie sie eben geschrieen hatten, ihre Gesänge verebbten, bis es ganz still wurde. Selbst die Möwen hielten für einen Moment in ihrem Treiben inne.

„Ja, zieht in den Krieg. Dann wird unsere Stadt dem Untergang geweiht sein“, sagte ein dicker Mann, das Wams spannte um seinen Bauch. Immer wieder wischte er sich seine verschwitzten Hände ab und keuchte, als er auf einen Karren stieg, der unter seinem Körpergewicht gefährlich wackelte. Der Mann ließ sich davon nicht aus der Ruhe bringen und maß mit stechenden Augen die aufgebrachten Menschen. „Ihr seid fort, unsere Frauen und Kinder ungeschützt den Feinden ausgeliefert. Wer sagt euch denn, dass ihr zurückkehrt?"

Isabella hielt den Atem an und drängte wie die anderen näher an den Mann heran, um den sich die Leute nun scharten, als würde er Dukaten verteilen.

„Wir kämpfen für unser Recht, unsere Freiheit", rief der alte Mann. Mit beiden Armen hielt er seinen Sohn fest, der mit leuchtenden Augen Fallores Rede lauschte. „Ihr könnt es Euch leisten, große Worte zu sprechen! Euch geht das alles nichts an, aber wir – die Segelmacher, Matrosen, gewöhnliche Handwerker, wir wissen die Mäuler unserer Kinder nicht zu stopfen, seit Genua uns verraten hat."

„Euer Recht? Ist es euer Recht, die Arbeit niederzulegen, um dem Ruf eines Mannes zu folgen, dem nach noch mehr Macht dürstet?"

Isabella rang nach Luft. Wie konnte es der Mann wagen, ihren Vater anzugreifen? Ein Händler, der sich hier auf der Piazza über das Leid der Bewohner belustigte. Wo waren die Menschen geblieben, die auf Brücken standen und ihnen zujubelten? Jetzt las sie nur Zorn in den Gesichtern. Auch wenn der Zorn gerade Fallore galt, merkte sie, dass nicht jeder für ihren Vater stimmte. Von links und rechts vernahm sie zorniges Raunen, aber als Fallore seinen Blick über die Menge schweifen ließ, verstummten auch diejenigen, die ihn eben kritisiert hatten und ließen ihn hochleben.

„Die Reichen dürfen sich alles erlauben."

Isabella zog ihren Umhang enger über die Schultern und versuchte, einen Weg zu finden, der drängenden Masse zu entkommen, doch sie wurde weiter nach vorn gedrückt. Immer näher an Fallore heran. Der Geruch von Schweiß und Schmutz drang ihr immer stärker in die Nase.

Fallores zorniger Blick maß jeden von ihnen. An Isabella blieb er hängen. „Seht euch doch um. Die Palazzi, unsere Frauen“, er grinste selbstgefällig und verneigte sich vor ihr.

„Was kümmert euch der Krieg? Arbeitet weiter und ihr bekommt den Lohn, den ihr verdient. Ihr, nicht euer Doge. Einer, der sich hinter seinen Beratern versteckt und Menschen unschuldig hinrichten lässt.“

Das Raunen wurde lauter. Handwerker, die bisher geschwiegen hatten, fanden nun Mut, ihre Unzufriedenheit auszusprechen.

„Unser Doge wird reicher, die Palazzi immer prachtvoller, während wir verrecken!“, rief ein kleiner, dicklicher Mann. Sein Gesicht war aufgedunsen.

Isabellas Zorn wuchs. Diesen Menschen wollte Silvano helfen? Wie ungeheuerlich. Das war Hochverrat. Ihr Vater würde dagegen angehen, aber natürlich auch etwas dafür tun, die Hungrigen zu speisen. Er wusste nichts davon. Seine Berater verbargen die Wahrheit vor ihm. So musste es sein. Wenn Vater von den hungernden Kindern erfuhr, würde er etwas unternehmen.

„Was kann der Doge dafür, wenn manche Patrizier Gesetze übergehen? Sich an jenen bereichern, die ihnen dienen? Ihr tut leicht, einen zu verurteilen, der nicht hier steht“, rief Isabella wütend.

Erst jetzt wurde ihr bewusst, wie gefährlich es war, sich einzumischen, und sie floh zurück in die Menge.

Ein Marktweib stieß ihr den Ellenbogen in die Seite, einer der Seemänner fluchte ihr hinterher. „Weiber, man sollte sie einsperren und ihnen das Maul verbieten!"

Isabella erstarrte und sah den Mann mit funkelnden Augen an. Bevor sie etwas entgegnen konnte, schob sie ein Mann grob beiseite.

„Das Weib hat Recht. Was urteilt ihr über die Glasbläser!"

Giovanni! Das dunkle Haar hatte er unter einer Kappe versteckt, die schief auf seinem Kopf saß. Seine Hände in Stoffstreifen verbunden, ging er auf Fallore zu.

„Die Menschen sind verzweifelt! Eine Stadt voller Gold, aber die Herzen aus Stein. Rühmt Ihr Euch dafür, guter Mann?"

Sie streckte den Arm aus und wollte ihn davor warnen weiterzugehen. Spürte er nicht den Zorn der Menschen? Doch er schritt unbeirrt voran, musterte die Frauen und Männer, die langsam wieder näher traten. Gemurmel wurde laut. Dicht vor dem Karren hatte sich ein sichelförmiger Kreis gebildet, kaum zwei Armlängen entfernt von dem Mann blieb Giovanni stehen.

Fallore warf ihm einen zornigen Blick zu. Ein alter Mann drängte sich durch die Menschen und zog Giovanni am Ärmel. „Wer sich mit dem anlegt, hat verloren." Der Alte wischte das lange weiße Haar aus seinem Gesicht. „Das ist Fallore."

Isabella blickte zu Fallore, der seine Aufmerksamkeit längst wieder auf die gebannten Zuhörer gerichtet hatte, die ihm unter lautem Jubel und Zwischenrufen Recht gaben. „Ich lüge nicht die halbe Stadt an, um mich einer Kunst zu rühmen, die ein anderer beherrscht", rief Giovanni laut.

Der Karren schwankte bedrohlich, als der dickbeleibte Mann sich zur Seite neigte und ihn zu sich winkte. Fallore klopfte Giovanni scheinbar freundschaftlich auf die Schulter, doch Isabella war dem Händler nahe genug, um ihn zischen zu hören. „Wage es nie wieder, solche Behauptungen in die Welt zu setzen.“

Am anderen Ende des Platzes wurden Stimmen laut. Die Menge teilte sich und ein Teil des Pöbels floh in die Gassen. Fallore musterte die schwindende Menge vor sich und grinste. Von weitem leuchteten die Uniformen der Palastwache auf.

Plötzlich flog ein stinkender Fisch an Isabellas Kopf vorbei und traf Fallore im Gesicht. Er presste ein Lächeln hervor. „Ich werde euch nicht länger aufhalten. Geht! Aber kommt nicht zu mir, wenn ihr eure toten Söhne beklagt!“

„Wenigstens sind die Männer ehrlich“, rief Giovanni. Er ging zu dem Fischstand, stellte sich neben einen Jungen und griff nach einem weiteren Fisch.

Der Fischhändler schaute ängstlich zu Fallore und versuchte, die letzten Fische zu retten. Mit beiden Händen raffte er die Fische zusammen, doch die glitschigen Körper fielen auf den Boden.

Eilig trat Isabella näher und stupste einen der Fische mit der Schuhspitze an. Giovanni sah sie irritiert an. „Was tut Ihr hier? Habt Ihr nicht genug Ärger?“

Isabella schluckte. Seine Stimme klang so weich und besorgt. Nein, sie hatte sich nicht getäuscht in dem Glasbläser. „Und solltet Ihr Euch nicht von Venedig fernhalten?“

Giovanni grinste und griff nach einem Fisch. „Ich war auf der Suche nach Fallore. Für jede Lüge einen Fisch.“ Wieder warf er einen Fisch nach Fallore und deutete den aufgebrachten Leuten, dasselbe zu tun. Immer mehr Fische landeten rund um Fallore oder klatschten gegen seinen mächtigen Bauch.

„Ich gebe Euch fünf Dukaten. Reicht das?“ Isabella drückte dem verdutzten Fischhändler das Geld in die Hand und hob mit spitzen Fingern einen der glitschigen Fische auf.

„Wollt Ihr den Fisch essen?“, rief Giovanni ausgelassen. Er zeigte auf Fallore und schob ihr die Kiste mit frischem Fisch zu. „Serviert ihm das Abendmahl.“

Isabella nickte und warf den Fisch über die Köpfe der Menschen. Der Fisch traf den Glasbläsermeister genau am Kopf. Unter dem Gejohle der Menschen klatschte Giovanni ihr Beifall.

Fallore packte den Fisch und schaute die verunsicherten Menschen höhnisch an. „Wollt ihr euch wirklich von einem verirrten Glasbläser und seiner Mätresse helfen lassen?“

Giovannis Augen wurden schmal vor Zorn, dann drängte er sich durch die Menschen, bis Isabella ihn am Arm packte. „Nicht, wenn er mich erkennt.“ Sie griff nach einem Fisch und deutete auf Fallore, der sich mittlerweile mit einem Holzbrett vor dem nächsten Angriff zu schützen versuchte. „Helft mir lieber, ihn zu verjagen.“

Vier junge Venezianer warfen erneut mit den Fischen, bis Fallores Grinsen verschwand.

„Seid ihr von Sinnen? Hört auf, sofort!“ Fallore kletterte von dem Karren und stieß ein paar Kinder grob beiseite, die vor ihm standen und die Fische aufsammelten.

Vor Giovanni blieb er schließlich stehen und packte ihn am Kragen. „Lass dir von deinem Weibsbild helfen!“

Isabella wich zurück und suchte in der immer kleiner werdenden Menge nach Deckung.

„Verschwinde, bevor dich die Geheimpolizei erwischt. Sage deinem Vater, wenn ich noch einmal höre, dass ihn jemand in Venedig Meister Caspero nennt, lasse ich ihn aus dem Dienst streichen.“

Giovanni sah Fallore zornig an: „Niemand braucht dich hier.“ Fallore senkte seine Stimme. „Vorsicht, Giovanni! Dein Handwerk ist gefährlich, wie leicht kommt es zu Unfällen.“

Zwanzig Mann der Palastwache drängten durch die Menge, auf Giovanni zu.

Isabella hastete an den Leuten vorbei, rempelte sie an und blieb erschrocken stehen. Giovanni merkte nicht, dass die Palastwache nur noch wenige Meter entfernt war. „Lasst mich durch, ihr Narren!"

Die Menge strebte inzwischen der anderen Seite der Piazza zu, weg vom Palast, weg von ihrem Zuhause.

Giovanni wurde von einem breitschultrigen Matrosen festgehalten.

„Ich habe ihn! Die Glasbläser sollen verschwinden auf ihre Insel!"

„Der Doge, seht, der Doge!", rief Isabella und zeigte auf die andere Seite des Platzes. Die Menge verlor kurz das Interesse und sah auf die Seite, die sie ihnen gedeutet hatte.

Giovanni nutzte seine Chance und riss sich von dem Mann los.

Isabella lief weiter, doch der ungewohnte Umhang von Margherita hinderte sie daran, schneller voranzukommen. Das Straßenpflaster war glitschig von den Fischresten und Lehm, dass sie immer wieder ausrutschte.

Endlich erreichte Isabella das Ende der Menschentraube und rannte in eine der kleinen Gassen, die von der Piazza abzweigten. Die Gasse war leer. Alle Leute versammelten sich auf dem Platz, um nach Krieg zu brüllen. Nach Krieg, obwohl die Kassen leer waren und es nur schlimmer werden würde. Wie töricht war sie gewesen, einfach hinauszugehen, mitten unter die Feinde ihrer Familie, unter den Pöbel, der von Politik noch weniger verstand als sie.

Die Gasse endete an einem der Seitenkanäle des Grande. Der Gestank des Wassers drang in ihre Nase und sie wandte sich benommen ab, lehnte sich gegen die Mauer.

Auf der gegenüberliegenden Hausmauer lag ein Fetzen groben Sackstoffes. Auf dem Stoff war mit Kohle ein Gesicht gemalt, mit einer Kordel vom Rest abgetrennt der Körper. Zwei weitere Fäden schnürten die Hände vom Rest der Puppe. Vergessen lag sie da und musste doch der größte Schatz eines Kindes sein. Verloren, wie sie selbst. Zögernd nahm Isabella die Puppe hoch, das Wasser hatte die Umrisse des Gesichtes aufgelöst und das Lachen war einer Fratze gewichen.

Schritte hallten zwischen den abbröckelnden Mauern der Häuser wider. Ein Schatten fiel auf die gegenüberliegende Mauer, der Umriss von einem Schwert – Isabella wich zurück und stolperte.

Ein Fensterladen wurde geöffnet. Plötzlich packte jemand Isabella am Arm und riss sie beiseite. Ein Schwall Wasser traf unmittelbar neben ihr auf die Puppe und das schmutzige Straßenpflaster.

Als Isabella hochsah, blickte sie in Giovannis braune Augen. Sie funkelten verärgert.

„Was tut Ihr hier? Ihr seid vielleicht die Tochter des Dogen, aber das gibt Euch nicht das Recht, zu tun, was Euch beliebt“, machte Giovanni seinem Ärger Luft. „Ihr bringt Euch in Gefahr. Das ist kein Ort für ein junges Mädchen.“ Isabella blickte in die Gasse zurück. Das Gefühl, frei zu sein, etwas Verbotenes zu tun, war berauschend und sie riss sich wütend los. „Ihr habt mich doch ermuntert, den Fisch zu werfen.“

Giovannis Zorn verschwand und er senkte den Kopf. „Es war nicht klug von mir, Euch in eine solche Situation zu bringen. Fallore wird mir Ärger machen, und meinem Vater.“ Plötzlich sah er traurig aus und Isabella verspürte den Wunsch, ihm zu helfen.

Er blickte sich nervös um. „Wir sollten hier verschwinden. Beide."

„Ich wusste nicht …"

Giovanni trat näher, sein Unmut und seine Neugier rangen ihr Respekt ab. „Dass die Menschen hier sterben?"

„Was erlaubt Ihr Euch? Ich werde die Wache rufen und Ihr landet im Kerker."

„Aus dem Ihr mich befreit habt."

„Ich dachte nicht, dass Ihr so töricht seid, nochmals wiederzukommen." Sie senkte ihren Blick und hoffte, dass er nicht bemerkte, wie sehr seine Anwesenheit sie beunruhigte. Isabella straffte die Schultern. „Ich werde dafür sorgen, dass die Kinder hier etwas zu essen haben. Mein Vater wird veranlassen …"

„Euer Vater weiß, wie es außerhalb seiner Palastmauern zugeht."

Giovanni hob den aufgeweichten Puppenkörper auf. „Ich folge meinem Dogen, für ihn würde ich sterben."

Sie hatte gebannt zugehört. „Ihr würdet für ihn sterben? Ist das die Treue der Glasbläser? Die viel gerühmte, bis in den Tod reichende Treue?"

„Es ist nicht die Treue, die uns in den Tod treibt", erwiderte Giovanni. „Wagt es jemand aus der Zunft, das Geheimnis der Kunst preiszugeben, ist er des Todes."

Isabella presste eine Hand auf ihren Mund. Der Junge auf der Piazza, er war tot. Silvano hatte die Wahrheit gesagt. Die Menschen waren verbannt.

„Schlimmer noch, die Geheimpolizei würde mich jagen, wenn ich es verraten würde. Und meine Mutter, mein Vater, sie würden in der Sippenhaft landen, sollte ich meine Gefolgschaft verweigern."

„Dann seid treu, Giovanni Caspero."

„So treu wie Ihr? Oder war es nicht Euer Wunsch, dass ich Euch folge?“ Ein Lächeln umspielte seine Lippen. „Warum habt Ihr mir geholfen?“

Verdammter Narr, was bildete er sich? Isabella floh an Giovanni vorbei und lief die Gasse zurück. Rasch durchquerte sie die letzten Gassen, bevor sie auf die große Piazza kam und noch einen letzten Blick auf die sich auflösende Menschenmenge warf. Wo lernte ein Glasbläser, eine Frau so galant zu umwerben?

17. Kapitel

„Ich bin der Doge und ich werde es bleiben!“, donnerte Andrea in den vollen Saal. Augenblicklich verstummten die Männer und nahmen wieder ihre Plätze ein. Seit der Glasbläser am Schiff gewesen war waren sogar jene Stuhlreihen besetzt, unter denen der Wind durchblies. Zwischen den bunten Umhängen der Patrizier in den Farben ihrer Häuser wirkte Marcello in seinem schwarzen Umhang wie der Tod. Mit kalkweißem Gesicht nahm er neben Andrea Platz. „Schenkt ihnen Gehör, Euer Gnaden. Ihr werdet sehen, es kehrt wieder Ruhe ein.“ Seit dem Beginn der Sitzung hatte Marcello versucht, ihn zu beruhigen. Andrea atmete heftig aus. „Begreift doch, Marcello. Lasse ich sie reden, kommen noch mehr, die meinen, Recht zu haben.“

„Daran besteht kein Zweifel, nur an der Art, wie Ihr in den letzten Monaten die Geschäfte betreibt“, wagte Marcello einzuwerfen.

Andrea stand auf, wehrte Marcellos Hand ab und rief so laut, dass sogar diejenigen, die am Ende des Saales standen, ihn deutlich vernahmen. „Wo sind die Männer, die mir Verrat und Heuchelei vorwerfen?“ Er sah in die Gesichter der Mitglieder des Großen Rates und las Skeptik und Hohn darin. Die drei Stühle links und rechts neben ihm präsentierten die sechs Bezirke der Serenissima, doch heute verfolgte jeder der sechs Männer seine eigenen Ziele.

„Wie lange wollt Ihr dabei zusehen, dass die Genuesen unsere Schiffe überfallen?“, rief jemand aus der Ecke seiner Gegner.

Mit kurzen, langsamen Schritten trat Senti vor und verbeugte sich vor ihm. Der Tod seiner Söhne im letzten Winter hatte den Mann erschreckend schnell altern lassen.

„Euer Gnaden, keiner wagt es, die Republik zu hinterfragen. Doch was hilft uns Krieg, wenn es keine Männer gibt, die sich zur Heuer einfinden?“

Das Haus Senti galt seit vielen Jahren als einer der wenigen Patrizier Venedigs, das seine Regierung unterstützte.

Senti überlegte, zögerte und tauschte einen Blick mit seinen Brüdern. Sein Bruder Paolo nickte Senti zu.

Machte man ihn, den Dogen, für das Unglück verantwortlich? Niemand hatte den leichtsinnigen Spunden befohlen, die Wintersperre zu brechen und mit den Schiffen über die tückische See zu reisen. Für einen Moment empfand Andrea Mitleid. Silvano war im gleichen Jahr geboren wie Sentis ältester Sohn und wäre er nicht sein Sohn, wäre auch Silvano auf dem Schiff gefahren. Die Winterböen hatten das Schiff gegen die Klippen gedonnert und kein Gebet hatte den jungen Männern geholfen. Andrea unterdrückte den Vorwurf, mit dem er Senti entgegentreten wollte. Der Mann hatte genug Strafe bekommen, Tag für Tag begegnete er dem traurigen Blicken seiner Frau.

„Ich zahle genug für jeden Mann, der für seine Familie und die Serenissima kämpft. Sind zehn Dukaten nicht angemessen, neben Essen und Wein? Die Register sind lang und es ist eine faire Wahl, wer als nächstes für den Dienst auf den Schiffen eingeteilt ist."

Senti schüttelte den Kopf. „Die Männer wollen nicht mehr Geld, sie wollen hier bei ihren Familien bleiben. Viele haben sich nun eine Existenz aufgebaut, als Segelmacher guten Ruf erworben."

„Für Schiffe, deren Segel nach Genua führen", unterbrach ihn Andrea ungeduldig. „Warum schickt man Euch? Eure Söhne sind tot."

Senti warf einen Blick zu den anderen Mitgliedern des Rates. Niemand war plötzlich bereit, ihm zu helfen. „Ich will nicht, dass noch mehr von ihnen sterben."

Marcello erhob sich. „Euer Gnaden, Leute werden gezwungen, in einen Krieg zu ziehen, den sie nicht wollen und andere sterben, weil sie aus Venedig rauswollen."

„Sollen wir den Genuesen den Sieg zusprechen? Venedig verraten?", wagte einer aus dem Hause Senti zu rufen.

„Eure eigene Stadt wollt ihr opfern? Ist das der Dank?" Das aufbegehrende Raunen verstummte, als Andrea seinen Blick über die dicht gedrängten Männer wandern ließ. Venedig war mächtig genug, um sich zu nehmen, was es wollte und den Handel auf dem Meer zu kontrollieren. Manchmal kam er sich selbst vor wie ein König. In letzter Zeit immer häufiger.

Jeder der Männer wäre selbst gern Doge und er spürte ihre Feindseligkeit.

„Bedenkt, jedem ist es freigestellt, sich einen Nachfolger zu suchen und sich freizukaufen."

„Sogar die Glasbläser haben mehr Rechte als unsere Söhne", wandte Senti ein und trat zurück.

Andrea drehte sich um, bemüht, seine Überraschung und seinen Zorn nicht zu zeigen. Wie konnte es Senti wagen, ihm in den Rücken zu fallen?

„Die Glasbläser haben ihre eigenen Gesetze, ihre *Mariegola*", beschied Marcello und wies Senti auf seinen Platz zurück.

Der verharrte jedoch und blickte durch den Raum, bis er an einer dunkel gekleideten Gestalt hängen blieb.

„Eigene Gesetze, wie wahr. Es ist mir zu Ohren gekommen, dass der Glasbläser freigelassen wurde? Warum kam es zu keiner Verurteilung?"

Andrea umklammerte die Lehne seines Stuhls. „Marcello, ist das wahr? Ist Giovanni frei?", zischte er und gab sich Mühe, sein Gesicht nicht zu verlieren. Er betrachtete die Männer im Saal, nur gehässige Fratzen, die ihn zwar voller Ehrfurcht anlächelten, ihm aber den Tod wünschten.

„Entlasst die Männer, ich will sie nicht länger sehen", zischte er Marcello zu. Er trommelte mit den Fingern auf der Holztäfelung des Stuhls, den Wortmeldungen der Männer folgte er kaum noch.

Marcello raunte ihm zu: „Die Unzufriedenheit im Volk wächst. Beendet die Sitzung wie gewöhnlich und bietet Senti an, dass Ihr über seinen Vorschlag nachdenken werdet."

Andrea dachte an die Verfügung, die von Monat zu Monat länger wurde. Er ließ sich von einem Buch knechten. Einem Buch voller Rechte und Pflichten, die er regelmäßig vorlesen musste, als könne er sie jemals vergessen. Er war nicht Doge, um sich zu beugen. Er erhob sich und augenblicklich erstarb das leiseste Gespräch im Saal. „Der Glasbläser hat mehr Mut als mancher Mann, der sich hier im Saal befindet."

Ein Raunen ging durch die Männerkehlen. Dürsteten die Männer, die ihn nächtens in Sitzungen mit ihren Plänen und

Forderungen überfielen, so sehr nach der Macht, dass sie ihn falsch beraten würden?

Marcello schüttelte den Kopf. „Geduldet Euch bis nach der Sitzung. Das Volk will mehr."

Andrea holte tief Luft. Er war nicht Doge geworden, um seine Feinde zu zählen. „Auch meinen Tod?"

***

Andrea wartete nicht darauf, dass Marcello ihm die Tür öffnete. Er stieß sie so heftig auf, dass die Wachen, die vor seinem persönlichen Arbeitszimmer postiert waren, erschrocken hochfuhren und salutierten. „Ah, das Volk. Nicht die Patrizier, nicht die Adeligen, das Volk meint Ihr also. Wieso klagt es? Verdienen sie zu wenig, dann sollen sie mehr arbeiten."

Marcello deutete den Wachen, sich zu entfernen und folgte ihm ins Arbeitszimmer. „Sie wollen auch mehr Rechte."

Andrea riss an seinem Kragen und blickte auf den Canal Grande. „Wer fragt Genua, ob es das Recht hat, uns anzugreifen? Ich arbeite hart, ich erlasse Gesetze, um Venedig noch reicher zu machen. Unser Ruf – mein Ruf", er lächelte für einen Moment selbstzufrieden, „Venedigs Ruhm zieht seine Kreise, sei es über Land oder Wasser. Die Kaufleute profitieren davon genauso wie die Handwerker oder die Glasbläser. Draußen über dem Meer sind wir gefürchtet, aber hier – in meiner Stadt – muss ich derjenige sein, der um sein Leben fürchten muss."

Andrea hieb mit der Faust auf die Stuhllehne. Leiser fügte er hinzu: „Wer fragt mich, ob ich mich noch einmal vermählen will?"

Marcello wiegte den Kopf. „Es ist lange her, dass eine Dogaressa dem Amt innewohnte. Ihr könnt Euch nicht ewig weigern. Vielleicht ist das ein Weg, dem Volk zu zeigen, dass Ihr es anerkennt und seine Wünsche respektiert. Und vergesst nicht, wenn das Gerücht sich bewahrheitet, dann tut Ihr gut daran, die Farelli auf Eurer Seite zu wissen. Sie hat einflussreiche Freunde."

Sechzehn Jahre, bald, sechzehn Jahre, die er ohne seine geliebte Catarina lebte. So lange hatte er sich gegen eine neue Heirat gewehrt.

„Ihr würdet noch mehr Respekt erlangen", unterbrach Marcello seine Gedanken. „Natürlich muss es eine Dame sein, deren Herkunft tadellos ist und die Eurer Gnade geneigt ist."

Er seufzte. Contessa Francesca, kühl wie ein Diamant, aber feurig wie ein Vulkan und das Gegenbild von Catarina. Wie ungleich Geschwister doch sein konnten. Isabella mochte ihn kaum sehen, doch er sah in ihren Augen, wie sehr sie ihn vergötterte. Manchmal überzog ein dunkler Schatten ihre Augen. Nur Silvano erinnerte sich an Catarina, und genau darin lag das Problem. Silvano ließ keine Gelegenheit aus, ihm zu sagen, was er von der Politik seines Vaters hielt und kümmerte sich nicht darum, ob er ihm in den Rücken fiel mit seinen Äußerungen.

Andrea winkte mit einer ungeduldigen Geste den kleinen, rotgesichtigen Mann zu sich. „Wir machen einen Ball, in zwei Monaten – für Isabella. Und wenn meine Wahl auf die Contessa Farelli fiele?", setzte er an und fuhr fort, als die Augen von Marcello aufleuchteten, „wäre das eine Respekt erweisende Geste dem Volk gegenüber?"

Marcello nickte eifrig. „Eine Vereinigung der Fehde führenden Häuser Venedigs wäre in der Tat eine Entscheidung, die das Volk ruhiger stimmen könnte."

„Könnte?"

„Wird. Euer Gnaden."

„Veranlasst die Feierlichkeiten. Und wegen der Sitzung, ich musste raus, Marcello. Solche Verräter, man kann niemandem mehr trauen."

Isabella hatte zweifelsohne den Liebreiz ihrer Mutter geerbt und mit zunehmendem Alter auch Catarinas Mut zu Fragen entwickelt. Lange würde er ihre Fragen nicht mehr abwehren können, ohne Gefahr zu laufen, sie zu verlieren. Und er wusste noch nicht, wie er Isabella erklären sollte, dass Francesca bald mehr als nur eine Freundin für sie sein sollte.

„Euer Gnaden."

Andrea schaute seinen langjährigen Berater müde an. „Es geht um Eure Tochter, Euer Gnaden, wie soll ich sagen – sie ist noch jung, vielleicht töricht in manchen Dingen." Marcello sah ihn abwartend an, doch ermutigt sprach er schließlich weiter: „Es wurde wieder ein Brief in das Löwenmaul geworfen."

„Was schreibt meine Tochter?"

Marcello räusperte sich und öffnete den Brief. „Möge der Doge sich erinnern, dass die Nebel noch nicht verschwunden sind und dass Glück und Unglück miteinander verwoben, durch Liebe aber gelenkt werden können."

Immer wieder kämpfte sie darum, von ihm erhört zu werden.

„Sie hat Mut. Verzeiht, wenn ich es ausspreche, aber – sie hat den klaren Verstand und das Bestreben ihrer Mutter – Gott, sei ihr gnädig – und sie leidet darunter, ohne Mutter zu sein. Es mag für ein Mädchen ihres Alters schwierig sein."

„Bringt sie später zu mir."

Marcello war beruhigt. „Das wird sie freuen."

Er zog die Augenbrauen hoch. „Sprach ich von Milde, Vergebung? Marcello, ich schätze Euren Rat, aber verdient nicht auch ein Vater Respekt? Vor kurzem erst verbot ich weitere Briefe. Was ist der Erfolg?“ Er deutete auf den Brief.

Marcello ging mit gesenktem Kopf rückwärts, bis er im Türrahmen stand. Der alte Mann rang sichtlich mit sich, wie er Isabella die Nachricht überbringen sollte, ohne ihr Hoffnungen zu machen. „Sie ist unglücklich.“ Marcello verließ mit gebeugtem Rücken den Raum und schloss die Tür.

„Catarina! Kannst du mich nicht in Ruhe lassen?“, rief Andrea verzweifelt aus. Er stützte sich gegen die Wand. Er durfte Isabella nicht ungestraft lassen.

„Das Volk, immer das Volk“, murmelte er wütend. „Für wen tue ich das? Für mich? Nein, für das Volk!“ Er starrte auf das Bild von Catarina und seufzte. „Wäre es anders, wenn du hier wärst? Ist ein Volk gnädiger mit ihrem Oberhaupt, wenn eine Frau mit Güte neben ihm sitzt?“

„Du zweifelst zu sehr, Andrea“, sagte eine Frauenstimme.

„Francesca!“ Er wirbelte herum. „Ich mag es nicht, wenn du unangemeldet kommst.“

Francesca schritt an ihm vorbei. „Zeige deine Macht, bestrafe diejenigen, die an dir zweifeln, die dich zweifeln lassen.“ Ein sanftes Lächeln umspielte ihren Mund. „Ich wollte dich überraschen.“

Ihr Duft betörte seine Sinne und ihre Hände, die sanft, aber bestimmt an seinem Umhang zerrten, taten ein Übriges, um ihn milder zu stimmen.

Langsam drehte er sich um, hielt ihre Hand fest. „Liebst du mich?“

Francesca senkte ihren Blick. „Beweise ich dir nicht schon seit Monaten und Jahren meine Liebe? Ich schleiche in deinen Palast, warte, bis du mich brauchst.“

„Du liebst den Luxus hier, die Wärme in meinen Armen. Du würdest auch in den Armen eines anderen liegen, wenn es draußen kalt genug ist." Er zögerte plötzlich, sie zu umarmen. „Warum bist du heute so brüsk? Hat dir die letzte Nacht nicht gefallen?" Ihre Finger öffneten die Schnallen des Umhangs, fuhren über seine Schultern bis zu seinen Hüften. „Ich tue doch alles, was du willst."

„Schweig, mach weiter." Andrea schloss die Augen und ließ Francesca weiter gewähren. Geschickt half sie ihm aus Trikot und Wams, bis er ihre kühle Hand auf seinem Schenkel spürte.

„Marcello hat dir von der Hochzeit erzählt."

„Wieso weißt du von der Angelegenheit?"

Francesca zog die Augenbrauen hoch. „Angelegenheit? Andrea, du sprichst von unserer Hochzeit."

Er packte sie an der Taille und hob sie auf den Tisch. „Du willst Gefühle?" Ungeduldig zog er am Surkot, der Stoff glitt zu Boden. Er genoss ihren verzückten Gesichtsausdruck, während er sie liebte. Einflussreiche Freunde, hatte Marcello gesagt. Als Dogaressa würde sie ihren Einfluss auch für ihn geltend machen.

„Ich liebe dich", flüsterte Francesca. Ihre Finger krallten sich an ihm fest.

„Du würdest alles dafür tun, Dogaressa zu werden", presste Andrea hervor. Er sah sie eindringlich an, strich über ihr verschwitztes Haar. „Würdest du mich auch lieben, wenn ich ein einfacher Mann wäre?" Wie der Glasbläser? Wie einer, der nicht log und tötete, um sich zu nehmen, was ihm nicht gehörte?

„Du bist aber der Doge." Erneut lud sie ihn ein, sie zu lieben.

Im ersten Augenblick war er nah dran, sie abzuwehren, doch dann siegte seine Leidenschaft. Mit derselben Leidenschaft, wie er im Großen Rat seine Reden zelebrierte, verdrängte er den Gedanken, dass seine Macht eines Tages zu Ende gehen könnte. „Und du meine Dogaressa."

Ein Seufzen war Francescas Antwort. Wie willig sie ihm war. Er brauchte Menschen, denen er vertrauen konnte. Menschen, denen er blind vertraute. Er lag in den Armen einer Frau, die nichts von Catarinas Güte und Selbstlosigkeit an sich hatte und plötzlich fühlte er sich allein. Doch der Moment währte nur kurz, dann küsste er Francesca, während Catarinas und Isabellas Gesichter ihn verfolgten. Wie würde Isabella auf die Heirat reagieren? Ich bin es dem Volk schuldig, Venedig, es braucht ein Opfer, und ich bin bereit, ein Opfer zu bringen.

„Liebe mich", flüsterte Francesca.

Ihr Mund verzerrte sich. Wie das Maul eines Löwen, eines Löwen, der hungrig war, der in der Dunkelheit wartete, um die Beute zu packen, wenn sie am allerwenigsten damit rechnete.

18. Kapitel

Dämonen zerrten Silvano in eine dunkle Kammer, fielen über ihn her. „Geht weg, verschwindet", rief er und schlug mit der Hand nach ihnen. Etwas Weiches streifte seine Schulter und er hielt es fest. Die schwarzen Gewänder verbargen Umrisse und Gesicht, sie bewegten sich ohne Angst vor Entdeckung.

Stumpfe Stöße erschütterten seinen Körper, Silvano stöhnte. Flackernde Fackeln erhellten nur matt den Raum, gedämpftes Licht fiel von einem Gang ein. Er starrte unentwegt auf das Ende des Ganges und meinte dort Isabella zu sehen. Hilflos streckte sie die Hände nach ihm aus, rief ihn und verschwand in einem grellen Licht. Eine Peitsche schnitt durch die Luft und bevor er den Schmerz fühlte, sprengte ein grelles Licht das Gesicht seines Vaters in tausend Partikel.

Der Schmerz in seinem Kopf war übermächtig, als er die Augen öffnete. Das grelle Sonnenlicht fiel über die Breitseite des Bettes und reizte seine Augen. Wie lange hatte er geschlafen?

Francesca lehnte am Fenster, vollständig angekleidet und steckte ihr Haar hoch.

Er fuhr hoch. „Wo ist mein Vater?"

„Du hast geträumt, Silvano", flüsterte Francesca und setzte sich neben ihn. Neben dem Bett stand eine Schüssel Wasser, in der sie ein Tuch benetzte und ihm damit über das verschwitzte Gesicht strich.

Silvano fuhr hoch, bis ihn der dumpfe Schmerz in seinem Kopf an die letzte Nacht erinnerte. Er stieß verwirrt ihre Hand weg. „Wie lange habe ich geschlafen?" Er sank zurück und sah aus dem Fenster. Die Nachmittagssonne warf Schattenspiele auf die Wand vor dem Bett.

„Ich wollte vor Morgenanbruch gehen. Welchen Wein hast du mir gegeben, Teufelsweib?"

Francesca strich über seine Beine, wie sie es immer tat, wenn er nicht länger bleiben wollte und legte ihren Kopf auf seine Brust. „Du machst mir Angst, Silvano! Du hast davon geredet, deinen Vater zu töten! Du warst voller Hass, hast um dich geschlagen und immer wieder gerufen, er sei tot!"

„Ich habe das Gefühl zu ersticken. Überall sehe und höre ich meinen Vater, er glaubt, über alles und jeden Macht zu haben, doch ich bin nicht sein Sklave. Keiner ist das."

Francesca lachte. „Andrea ist ein Mann, der weiß, was er will – und alles dafür tut, um es zu kriegen!"

Sie umschlang ihn von hinten und schmiegte sich an seinen Rücken. „Er ist der Doge. Willst du die Macht nicht? Sie stünde dir gut. Nimm dir einen Teil und lebe, mit mir!"

„Ich soll so sein wie er? Einer, der das Volk arbeiten lässt, um sich damit zu brüsten?" War er blind vor Liebe gewesen, um die Wahrheit zu erkennen?

Etwas Kaltes, Spitzes stach in Silvanos Rücken. „Deine Mutter war genauso naiv. Liebe – Liebe gewinnt keinen Krieg, Liebe macht nicht reich."

Entsetzt starrte er Francesca an. Ihr schönes Gesicht war von Hass verzerrt, ihre Augen unnatürlich groß.

„Du bist genauso machtgierig wie er."

„Hast du jemals versucht, dir vorzustellen, nicht der Sohn des Dogen zu sein?" Francesca packte ihn am Kinn und zwang ihn, sie anzuschauen. „Die Ratten beißen nicht gleich zu, sie machen dich starr vor Angst und der Sumpf, in den du hineinrutschst, wird zäher und tiefer, je weiter du dich von ihm entfernen willst."

Silvano riss sich los, griff nach seinem Wams und zog sich eilig die Hose an.

„Geh, aber der Vergangenheit entkommst du nicht."

Silvano nestelte an seinem Wams, doch er ließ seinen Blick nicht von Francesca. „Du wirst unsere Familie nicht zerstören!"

Francesca lachte auf. „Du fürchtest dich vor deinen Gefühlen, sogar deinem Hass – darum braucht Venedig deinen Vater. Einen Mann, der weiß, wofür er lebt – und stirbt."

Das Letzte, was er von Francesca wahrnahm, war ein seltsames Lächeln.

***

Über Kisten mit Rohsilber blickte Silvano durch das Tor und kontrollierte die nächste Frachtliste. In den letzten Tagen war er nicht in das Kontor gekommen, sondern hatte sich in seinem Zimmer verkrochen und darüber nachgedacht, wie er Francesca vergessen konnte. Es war ihm unmöglich. Er suchte nach jemandem, mit dem er reden konnte. Isabella mied ihn, wo es nur ging, ging oft in die Basilika, weil sie wusste, dass er ihr dorthin nicht folgen würde. Nicht an jenen Ort, wo er Abschied von ihrer Mutter genommen hatte.

Mit einem Seufzen beugte er sich wieder über die Frachtlisten, die in den letzten Tagen zu einem kleinen Stoß angewachsen waren.

Süßlicher Vanilleduft schwebte über dem Eingang und ließ ihn seine Schwermut kurz vergessen. Als er vor das Kontor trat, begrüßte ihn Bernardo, sein Vorarbeiter, mit einem breiten Lächeln. „Wir haben viel zu tun."

Silvano nickte. Sie warteten seit Tagen, vergeblich. War es den Piraten wieder gelungen, ein Schiff unter der Markusflagge zu entern?

Silvano klopfte ihm auf die Schulter. „Ich bin ja da."

Bernardo schlug die Bücher auf. „Wir müssen die heutige Lieferung schnell bearbeiten. Die Waren werden von einem genuesischen Schiff abgeholt."

Bernardo verzog den Mund. „Die Kontore westlich wurden wieder überfallen. Silvano, ich glaube nicht, dass es Arbeiter waren."

Silvano blickte von den Listen hoch und starrte auf den Stofffetzen. „Carisi? – Das ist unmöglich. Ein Patrizier, der sein eigenes Lager überfällt?"

Bernardo zuckte mit den Schultern. „Du bist der Erfahrene. Ich zeige dir noch etwas."

Silvano folgte seinem Mann in das Lager, bis er entsetzt stehen blieb. Auf der Seite des Kontors, das zum Wasser gebaut war, klaffte ein großes Loch. Unbeholfen aufgeschlagen. Silvano blickte suchend herum. „Was fehlt?"

„Nichts, im Gegenteil. Wir haben ein paar Fässer gefunden, als hätte sich jemand für den letzten Überfall entschuldigen wollen."

„Zeig mir die Fässer, schnell." Ein eigenartiges Gefühl überkam Silvano, das er nicht in Worte fassen konnte.

Bernardo rannte ans andere Ende der Halle, wo drei dunkle Fässer standen. So schwer, dass Silvano sie nicht allein von der Stelle bewegen könnte. Vorsichtig öffnete er eines der Fässer und blickte auf das braune Pulver, roch daran. „Schaff sofort die Fässer raus, man will die Halle in Brand setzen. Die Männer sollen alles kontrollieren. Es darf kein Fass, keine Kiste hier bleiben, die nicht auf unseren Listen steht!"

Als sich die Aufregung endlich wieder gelegt hatte und die Männer die Fässer im Meer versenkt hatten, rief er Bernardo zu sich. „Genua? Wer hat genug Mut, ausgerechnet den Hafen seines Feindes anzulaufen?"

„Jemand, der den Dogen gut kennt und ihm anscheinend mehr vertraut als du", entgegnete Bernardo. „Ich schätze deine Arbeit hier, aber sollte der Doge je herausfinden, dass ich dich hier beschäftige …"

Silvano nahm seinem Vormann das Buch aus der Hand. „Ich werde dafür sorgen, dass er es nicht herausfindet." Wortlos übergab Silvano Bernardo das Buch und ging in das Kontor zurück. Während draußen neue Schiffe ihre Ladungen löschten und die Männer unter lautem Geschrei Kisten an Land hievten, arbeitete Silvano an der Ausarbeitung neuer Pläne. Die Hallen waren zum Bersten voll, trotz der Plünderungen in den letzten Monaten. Bald würde er neue Hallen bauen lassen oder alte

Getreidespeicher benutzen müssen. Und herausfinden, wer das Kontor in Brand stecken wollte. Warum etwas in Brand setzen, wenn man es auch plündern kann? Laute Stimmen drangen zu ihm.

„Silvano, komm. Einer der Kaufleute macht Ärger“, sagte Bernardo und sah unverwandt aus der Lagerhalle.

„Hast du ihm nicht gesagt, dass wir einige Schiffsladungen verloren haben und darum die Preise gerechtfertigt sind?“

Bernardo zuckte mit den Schultern. „Wie willst du ihm das klar machen? Außerdem hat er es abgelehnt, mit mir zu sprechen. Er käme im Auftrag des Dogen. Vielleicht ist es besser, wenn du mit ihm sprichst.“

Im Eingang zum Kontor stand ein junger Mann und sah den Arbeitern zu. Das schien ihn zu langweilen, und so ging er zu den Stoffballen.

„Vorsicht, das ist feinste Seide“, rief Silvano, als der Mann einen der Stoffballen herausziehen wollte.

Er strich über den Stoff und schob den Ballen in die Reihe zurück. „Nur eine Frau kann die Schönheit des Stoffes vergessen machen, was meint Ihr?“

„Eine schöne Frau braucht keine Seide“, antwortete der Mann. „Frauen – kostbarer als Seide, wertvoller als Glas.“

Der junge Mann zögerte.

„Sprecht ruhig – ich weiß, die neuen Preise geben Grund für Ärgernis, aber wir haben keine Wahl. Und habt keine Angst. Es gibt nichts in Venedig, das mir verborgen bleibt. Im Kontor sind nicht nur die Waren heilig, sondern auch die Gerüchte.“

Der Mann drehte sich um. „Gerüchte – oder die Wahrheit?“

Silvano stockte, als er den Glasbläser erkannte.

„Ich bin nicht der, für den Ihr mich haltet.“

Silvano sah sein Gegenüber neugierig an. Mutig war er, das musste man ihm lassen. „Du wolltest meinen Vater töten und tauchst hier auf, als wäre nichts passiert?“ Er trat näher. „Und lass meine Schwester in Ruhe. Sie ist jemandem versprochen und wird heiraten. Auch wenn ich nicht einverstanden bin, aber du wirst sie nicht bekommen.“

„Ihr habt kein Recht, darüber zu entscheiden, aber ich brauche Eure Hilfe genauso wie Ihr die meine.“

Silvano sah ihn verärgert an. „Wie bist du aus dem Kerker gekommen? Wer hat dir geholfen?“

„Nun, die Zeit drängt“, antwortete Giovanni. Er schaute sich um und zog ihn ein wenig von der Tür zurück. „Ich brauche Pottasche, feinste Qualität. Dafür schweige ich, was oder wen ich hier gesehen habe.“

„Du wagst es, mich zu erpressen? Ich sollte nach der Wache rufen und dich dorthin schicken, wohin du gehörst!“

Giovanni lächelte spöttisch. „Und Euch selbst verraten? Eure Schwester liebt keinen Narren.“

Silvano hielt inne.

Giovanni sprach schnell weiter. „Wollt Ihr Geschäfte machen oder nicht? Ich zahle auch mehr, aber gebt mir beste Ware! Und schnell, ich muss vor Sonnenuntergang zurück. Mein Vater und ich, wir brauchen dringend neues Material, gutes Material. Beste Ware, für den Dogen, um ihm ein Geschenk für seine Tochter zu machen!“

Bernardo schleppte einige Ballen Seide vorbei. „Kann ich dir helfen?“

„Nein, Bernardo. Was ist mit der Lieferung aus Genua?“ Er unterdrückte einen Fluch, als Bernardo den Kopf schüttelte.

Die Stimme des Glasbläsers drängte sich in seine Gedanken.

„Die kommt. Ich habe das Schiff gesehen, es ankert vor der Küste. Vielleicht ist Marco Polo doch nicht so mutig, wie man sich erzählt."

Überrascht sah Silvano Giovanni an. „Wieso wisst Ihr?"

Giovanni vergewisserte sich, dass sie niemand belauschte. „Jemand in der Nähe Eures Vaters sucht Verbündete. Passt auf, wem Ihr vertraut. Euer Tun hier ist nicht so geheim, wie Ihr denkt."

„Bernardo, gib dem Mann, was er will." Er wandte sich an Giovanni. „Ich muss weg."

19. Kapitel

Knisternd wie das Feuer im Ofen trieb der Wind vertrocknete Blumen und Blätter über die Piazza. Giovanni drehte sich grinsend um. „Du bist ängstlich wie ein Weib."

Getrocknetes Laub hatte Angelo erschreckt, aber er war dem Freund dankbar, dass er ihn erneut nach Venedig begleitete.

Hinter dunklen Wolken, groß und aufgebläht wie der Brennofen, versteckte sich der Mond. Gut zweihundert Schritt, schätzte Giovanni, musste er mit Angelo die Piazzetta überqueren und darauf hoffen, dass der Mond ihr Verbündeter blieb. In der Dunkelheit klang sogar das Schaukeln der Boote bedrohlich, es konnte leicht die Schritte seiner Verfolger übertönen.

„Wenn wir im Wandelgang sind, bleib dicht hinter mir. Und – leise, Angelo."

Angelo keuchte. „Fausto sollte an meiner Stelle sein. Überhaupt sollten wir klug genug sein, nie wieder einen Fuß auf die Steine zu setzen. Sie sind verflucht."

Giovanni packte Angelo am Arm. „Warum bist du dann mitgekommen?"

Angelo gab ihm keine Antwort und verschwand hinter einer Säule.

Giovanni unterdrückte einen Fluch und folgte dem älteren Freund. Für einen Moment verharrten sie zwischen den Säulen und tauchten ins nächste Dunkel ein, bis sie vor der Seitenpforte standen.

Die Tür war seit Giovannis letztem Einbruchsversuch noch nicht repariert worden. Angelo drückte sie auf und blieb stehen, als er Giovannis Gesichtsausdruck sah. „Es war nicht deine Schuld, Giovanni."

Giovanni schüttelte langsam den Kopf. Sie hatten schon beim letzten Versuch geglaubt, siegreich zu sein. Er sah Faustos grinsendes Gesicht, wie er triumphiert hatte, als sie es fast geschafft hatten. „Ich kann Fausto nicht wieder lebendig machen, aber er ist nicht vergessen, Angelo."

Giovanni öffnete die Tür weiter, das halb zerstörte Holz knirschte und ächzte. „Er war mein bester Freund und ich trage Mitschuld an seinem Tod. Ich kann verstehen, wenn du mir nun nicht mehr folgen willst."

Angelo blickte auf die Piazzetta zurück, dann schob er Giovanni ins Dunkel hinein. „Wieso kannst du nicht eine Frau lieben, die frei ist?"

Giovanni tastete sich durch den kalten Gang, an den Wänden tropfte Wasser hinunter und versickerte im schlammigen Boden.

„Wir werden stinken wie die Ratten", jammerte Angelo. „Deine Mutter wird dich totschlagen, wenn sie das erfährt."

Giovanni blieb stehen und blickte fasziniert auf die bizarren Schatten, die sich im Innenhof bildeten, als die Wolken den Mond freigaben.

„Sie werden uns entdecken“, flüsterte Angelo und wischte sich die Schweißperlen von seiner Stirn.

„Bleib hier, ich werde Isabella finden.“

„Und dann?“

Giovanni gab ihm keine Antwort und drückte sich gegen die Wand, Schritt für Schritt suchte er den Schatten und lauschte den leisen Stimmen der Wachen. Immer wieder schritten Wachen die Gänge ab und sammelten sich vor der Hauptpforte.

Er konnte sich kaum mehr erinnern, wie er aus dem Gefängnis gekommen war. Zu schnell war er geflohen, durch Gänge gelaufen, die sich trafen und wieder trennten wie ein Labyrinth. Säule für Säule näherte er sich der Haupttreppe und duckte sich, als feine Kiesel auf den Boden prasselten.

Mit Fackeln in den Händen lief ein Dutzend Männer in den Innenhof zurück. Schnell glitt Giovanni in den Schatten einer Säule zurück und stieß auf etwas Weiches, roch einen sanften Duft von Vanille. Bevor er die Bewegung hinter sich wahrnahm, spürte er eine Hand an seiner Hüfte.

„Ich hatte Angst, du kommst nicht“, flüsterte Isabella.

Einer Warnung gleich fiel das Mondlicht in den Innenhof und erreichte den Eingang der Seitenpforte.

„Angelo! Ich muss zu ihm, er wartet im Geheimgang.“

„Bleib hier! Sie werden die Tore bewachen. Dein Freund ist sicherer, wenn er im Geheimgang bleibt.“ Isabella verschwand um die Ecke.

„Warte!“ Erschrocken wirbelte Giovanni herum und blickte ratlos auf die Seitenpforte zurück. Er betete, dass Angelos Ängstlichkeit ihn nicht verriet und der alte Mann wirklich dort auf seine Rückkehr wartete. Endlich sah er sie wieder und bevor er es sich überlegte, drehte er um und folgte Isabella. Als er sie vor einer weiteren Treppe fand, erstarrte er. Das Unterkleid zeichnete ihre Brüste deutlich ab. Sie war eine Frau, die ihm nicht würdig war, aber bei Gott, sie war durch und durch eine Frau, kein unschuldiges Mädchen, das ihm den Kopf verdrehte. In ihren Augen las er eine Leidenschaft, die all seine Zweifel erstickte. Sie liebte ihn. Darum war er hierher zurückgekommen und er war glücklich, als sie ihm entgegentrat. Unfähig, seinen Blick von ihr abzuwenden, verfluchte er sich für seine Begierde, aber dann beugte er sich über sie, erwiderte ihren zaghaften Kuss. Vergessen waren die Arkaden, die Gänge, die Gefahr.

Der Nebel war im richtigen Moment gekommen, durchfuhr es ihn, als er mit Isabella durch den Treppenaufgang ging, an den Gemächern des Dogen vorbei bis in den obersten Stock.

Erst auf dem Dach ließ er ihre Hand kurz los und sah sich benommen um. Weit über die Dächer erstrahlte das Warnfeuer im Glockenturm. Das warme Licht zauberte einen Schimmer auf Isabellas Haut. Er streckte die Hand aus und strich über ihre Schultern.

Isabella lehnte ihren Kopf gegen seine Brust. Als wären sie ein Paar, drückte er ihren Körper zärtlich an sich und strich über ihre Haare. Jetzt, wo sie ihm so nahe war, betörte die Vanille seine Sinne und er sehnte sich danach, sie zu berühren. „Warum wusstest du, dass ich komme?“

„Ich habe es gehofft. Niemand wagt es, meinem Vater die Stirn zu bieten. Nur du.“ Der Mond fiel auf ihr bleiches Gesicht, aber ihre Augen leuchteten.

„Ich bin nicht …“ Er wandte sich ab und blickte Hilfe suchend auf den Canal Grande. Wie sehr hatte er sich gewünscht, hier zu sein und jetzt, wo er ihr so nahe war, verließ ihn der Mut. Wie konnte er erwarten, dass er ihre Liebe bekam, ohne dass ihrer beider Leben sich änderte? Fallore würde seinen Vater weiter bedrängen und das konnte er nicht zulassen.

Isabella schien sein Zögern zu spüren. „Ich liebe dich, Giovanni Caspero. Muss ich dir die Liebe noch mehr beweisen?"

Giovanni dachte an Angelo, der auf ihn wartete. Wie damals. Ohne Angelo und Isabella wäre er hier gestorben. Sah so sein Dank aus? „Isabella, ich muss meinem Vater helfen."

Isabellas Hand ruhte auf seiner Schulter, sie drehte ihn sanft zu sich zurück. „Warum zweifelst du an unserer Liebe? Du bist der Einzige, der mich versteht."

Giovanni strich über ihre Haare. Wer war er auch schon, ein einfacher Glasbläser, der geglaubt hatte, auserwählt zu sein. „Ich bin nicht dazu bestimmt. Nicht jetzt."

Giovanni stand auf und sah bedrückt auf den Canal Grande. „Du darfst mich nicht lieben! Du bist Alonso Carisi versprochen!" Die kühle Luft auf dem Dach hatte ihm die Vernunft zurückgebracht. Sie musste den Mann heiraten und er konnte es nicht verhindern.

„Wenigstens würde er meine Liebe nicht zurückweisen!", rief Isabella.

Giovanni starrte in den Sternenhimmel und seufzte leise. Wenn er das Angelo erzählte – er auf dem Dach des Palastes. Irgendwo schlief der Doge. Es wäre ein Leichtes, den Plan durchzuführen, aber dann würde Angelo erfahren, zu welchem Preis er sich mit einem weißhaarigen Teufel eingelassen hatte. Carisi würde ihn finden, irgendwann und wenn er ihm sagen wollte, dass die Dogentochter selbst ihm zur Flucht verholfen hatte, musste er das tun, was der Patrizier von ihm verlangte.

Auch wenn er der Vater jenes Mädchens war, das vor wenigen Augenblicken noch in seinen Armen gelegen hatte.

Warum hatte er sich von Carisis Gier blenden lassen und zugestimmt? Er senkte den Kopf und strich über die vergoldeten Fensterrahmen. Darum. Und weil er in den Augen des Mädchens etwas entdeckt hatte, das er besitzen wollte: Anerkennung.

20. Kapitel

Seit dem Morgengrauen stand Andrea in seinem Arbeitszimmer und wanderte unruhig hin und her. Als er das Bild von Catarina abnehmen wollte, verstärkte sich der brennende Schmerz in seiner Brust und er schwankte zum Stuhl zurück. „Fast wünschte ich, ich hätte dich nie kennen gelernt“, flüsterte er und nahm das Bild vorsichtig von der Wand. „Dann könnte ich verdrängen, dass du tot bist, und es gäbe keine Isabella, die mich so vorwurfsvoll ansieht.“

Er strich mit dem Finger über das Antlitz von Catarina, so zärtlich, als wäre es kein Gemälde, sondern ihr Gesicht selbst. Sein Herz schlug unregelmäßig. Wie so oft in den letzten Tagen, wenn er sich aufregte. Wie immer, wenn die Serenissima launisch wurde. Sein Einfluss verringerte sich immer mehr. Er presste seine Hand aufs Herz und versuchte, ruhiger zu atmen. Nur langsam ließ der Druck nach. Noch schliefen die jungen Löwen vor den Toren Venedigs und rochen nicht, dass der alte Löwe müde wurde.

In Gedanken versunken schreckte Andrea hoch, als ein lautes Pochen ertönte. „Herein!“

Mit gesenktem Kopf trat sein Diener ein. „Euer Gnaden, Eure Tochter ist nicht in ihrem Zimmer."

„Marcello", antwortete er, der Schmerz in seiner Brust vergrößerte sich wieder, „der Palast ist groß. Vielleicht ist sie bei Silvano. Ich habe bei Gott genug Bedienstete, die sich um das Wohl meiner Familie kümmern."

Marcello trat zögernd näher und blieb vor dem Schreibtisch stehen. „Sie *ist* nicht im Palast. Der Koch behauptet, sie gesehen zu haben. Draußen auf der Piazzetta."

Andrea trat zum Fenster. Die Piazzetta war voll, es war Markttag. Niemand würde in dem Treiben bemerken, wenn etwas passierte. Er sah ohnmächtig auf die Marktfrauen, die ihre Waren anpriesen. Ihre Gesichter waren dunkel von der Sonne, aber ihre Augen leuchteten. Wie die Augen seiner Tochter neuerdings.

„Außerhalb des Palastes – das ist unmöglich. Sie würde nie …" Er hielt inne. Was – sich gegen ihn genauso auflehnen wie Silvano? Aber sie wusste nichts von den üblen Schurken, den feinen Herren, die alle ein Ziel verfolgten: die Vernichtung der di Conti, um jeden Preis. Er zeigte auf die Tür.

„Raus mit der Wache! Sucht sie! Ich lasse jeden hängen, der mir sagt, dass er sie nicht gefunden hat."

Marcello blieb zögernd stehen. „Ein Mann erwartet Euch im Saal. Er hält eine dringende Sitzung für notwendig."

„Ich komme sofort." Er wollte auf jeden Fall vermeiden, einem Dienstboten gegenüber Schwäche zu zeigen, doch er schwankte.

Marcello hielt ihn fest, ließ sich keine Regung anmerken. Er diente schon lange und war äußerst verschwiegen, vielleicht war es gut, dass er hier war.

„Ich sage dem Rat, dass Ihr bald kommt", überging der

Diener die Situation. „Sie wird unbeschadet zurückkehren, Euer Gnaden."

Irgendwann würde jemand in seiner Vergangenheit etwas finden und gegen ihn verwenden. Doch an die Gefahr für seine Kinder hatte er nie gedacht.

Mit weit ausgreifenden Schritten verließ er sein Zimmer. Eroso würde da sein. Niemandem vertraute er mehr. Auch Marcello hatte er verschwiegen, dass Eroso der Chef der Geheimpolizei war. Jemand betrog ihn, dennoch versah die Geheimpolizei ihren Dienst nur noch schleppend.

Hämische Blicke bohrten sich in seinen Rücken, als er den Saal betrat und auf seinen Thron zusteuerte.

„Warum habt Ihr die Sitzung einberufen, Eroso? Ihr solltet im Hintergrund bleiben."

Erosos Blick irrte zwischen den Beratern herum. „Ich war es nicht, Euer Gnaden." Er zog seinen Hut tiefer und verschwand in der Menge.

Das vertraute Raunen und Rutschen der Stühle auf dem Boden beruhigte Andrea, verjagte die Furcht, die sich langsam in seinem Herzen ausbreitete. Er durfte keine Schwäche zeigen, keinen Zweifel an seinem Willen aufkommen lassen, einen Krieg zu beginnen.

So laut, dass man auch in den hintersten Reihen vernehmen konnte, rief er die Sitzung ein und lauschte den Beratern, die ihre Punkte vorbrachten. Souverän wehrte er ihre ungeschickten, von Leidenschaft geprägten Forderungen ab und gewann Hoffnung, sich bald zurückzuziehen. Wo war Isabella? Er verwünschte den Leichtsinn seiner Tochter, die ihn in die Situation gebracht hatte. Plötzlich stockte er und sah unverwandt auf die Mappe in Marcellos Hand. Irgendwo im Verzeichnis mussten Namen stehen, die erst seit kurzem an den Sitzungen teilnahmen. Inmitten seiner Berater und Mitglieder des Rats gab es einen Verräter. Jemanden, der ihm ernsthaft Schaden zufügen wollte. Der auf eine Gelegenheit gewartet hatte – war Isabella der Weg, ihm die Macht zu entziehen?

Andrea lehnte sich näher zu Marcello. „Fällt Euch jemand auf, der erst seit kurzem bei uns ist? Ein neues Gesicht?"

Marcello sah ihn überrascht an, dann blickte er eindringlich über die Ratsmitglieder.

Ungeduldig trommelte Andrea mit den Fingern auf der Lehne.

Marcello zögerte, dann wandte er sich ihm zu. „Es gibt nur einen Mann, der sich heute seltsam verhält. Verzeiht, wenn ich so offen bin, aber ich glaube, die Sorge um Isabella blendet Euren Blick."

Andrea kniff die Augen zusammen und suchte selbst nach Antworten in den Gesichtern. Viele der Männer waren ihm in den Rat gefolgt, er kannte sie seit langem. Nicht Eroso hatte die Sitzung einberufen. Warum wurde Isabellas Unbedachtheit Grund für eine Sitzung? Wer wusste davon? Jemand wollte ihn demütigen, sich an seiner Sorge weiden. Aus der Menge trat ein junger Mann hervor: Alonso Carisi, dessen Blick zwar Demut zeigte, aber er verneigte sich nur so lange, wie es das Protokoll unbedingt vorschrieb und machte aus seiner Genugtuung, dass er die Sitzung gefordert hatte, keinen Hehl. Jener Carisi, der mit ihm an der Tafel gesessen hatte, schien ein anderer. Der Mann, der vor ihm stand, hatte nur ein Ziel: dem Dogen Paroli zu bieten. Als gäbe es keine stille Übereinkunft zwischen ihnen, gesellte sich der junge Mann zu den Männern, die sich in den letzten Wochen vermehrt gegen ihn ausgesprochen hatten. Spielte Carisi ein doppeltes Spiel?

Eigentlich mochte er den Jungen nicht. Er war kopflos, von Idealen besessen und bereit zu töten, wenn sich ihm jemand in den Weg stellte. Wie war Francesca nur darauf gekommen, in ihm einen möglichen Schwiegersohn zu sehen?

Alonso verneigte sich nochmals und begann dann, mit leiser, aber eindringlicher Stimme zu sprechen. „Gnädiger Doge, bei allem gebotenen Respekt, die Wachen wurden heute abgezogen, um Eure liebreizende Tochter zu suchen, während Plünderer den Umstand nutzten, um meine Schiffe auszurauben!"

Empörtes Raunen durchlief den Saal und Alonso grinste zufrieden.

„Wir wurden auch überfallen." – „Wo waren die Wachen?", wurden weitere Stimmen laut, sodass Marcello mit strengem Blick für Ruhe sorgen musste.

„Welchem Umstand verdankt ihr die Überfälle? Die Palastwache dient einzig dem Schutz des Palastes, nicht euren Schiffen, wie auch Alonso Carisi sicher weiß. Hat er nicht das neue Gesetz eingebracht, das die Eigner von der Besteuerung befreit hat? Und habt ihr nicht zugestimmt, meine Herren? Wohl wissend, dass es demjenigen Vorteile verschaffen mag, der auch bisher gut gewirtschaftet hat?"

Immer wieder suchte Alonso Blickkontakt mit einem Mann, der sich hinter einer Gruppe aufgebrachter Männer verborgen hielt.

Andrea schaute in die Richtung des Mannes und wandte den Kopf zum Portrait des letzten Dogen.

Alonso war klug genug, sich zu mäßigen und zog schnell wieder die Aufmerksamkeit auf sich. „Es ist aber kein Gerücht, dass Euer Sohn sich in unsere Geschäfte einmischt."

Andrea umklammerte den hölzernen Löwen auf der Stuhllehne, glitt über die spiegelglatte Oberfläche, bis sein kleiner Finger sich in den Rachen des Löwen krümmte. Was hatte Silvano im Rialtoviertel zu suchen?

„Darf ich darauf antworten, Euer Gnaden?"

Eine Handbewegung. Er musste wenigstens eine Handbewegung machen, damit Marcello sprechen durfte. Dabei saß der Schmerz so fest in seiner Brust. Endlich nickte er.

„Darf ich Euch fragen, Alonso Carisi, was Euch daran stört? Der Doge selbst hat den Wunsch geäußert, dass sich sein Sohn in Hinblick auf die stagnierenden Umsätze ein Bild von der Lage im Kontor und dem Rialtoviertel macht. Außerdem suchte Silvano di Conti nach einer Möglichkeit, trotz der gekürzten Mittel, einen effektiven Schutz der Handelsflotte zu organisieren." Marcello setzte sich wieder neben ihn.

Eroso hatte ihm nichts von Silvanos Ausflügen erzählt. Er verschwand aus dem Saal, ohne sich eines Blickes zu versichern.

Andrea sah in die Gesichter seiner Freunde – und Feinde. Die dunkle Täfelung an den Wänden und das fahle Tageslicht erinnerten ihn an eine Löwengrube. Sosehr er das Symbol des heiligen Markus liebte, so zeigte es ihm deutlich, wie gefährlich die Krallen des jungen Löwen waren, wie schnell er zubiss, ohne Warnung, sobald er eine Schwäche beim alten Herrscher entdeckt hatte. Er hatte Carisi unterschätzt.

Marcello raunte ihm etwas zu und überreichte ihm dann eine grüne Mappe, prall gefüllt mit Papieren und Dokumenten.

Er studierte die Unterlagen, besprach sich mit Marcello und räusperte sich dann. „Es ist gut, dass wir uns heute zusammengefunden haben. Alonso Carisi, Ihr seid ja wohl am stärksten betroffen, denke ich. Könntet Ihr uns sagen, wie viel Schaden der Überfall verursacht hat?"

Alonso sah überrascht zu seinen Freunden, die sich ein wenig zurückzogen. „Ungefähr."

Andrea zog die Augenbrauen hoch. „Ungefähr? Ihr führt doch Buch und Eure Kapitäne Logbücher. Betraf der heutige Überfall vielleicht zwanzig Ballen Seiden, zehn Fässer mit Gewürzen sowie Gold und Silber im Wert von hundert Dukaten?"

Der Junge stutzte kurz, dann nickte er. „Ja, Euer Gnaden."

„Wie seltsam, dass immer Eure Schiffe von den Genuesen angegriffen werden. Wir sollten uns überlegen, Euren Schiffen wirklich besonderen Schutz zu geben."

„Das wird nicht nötig sein, Euer Gnaden."

„Gut." Andrea lächelte. Ja, mein junger Löwe, noch bist du nicht stark genug, noch nicht, aber du hast gut gebrüllt. „Gewiss nicht, denn seltsamerweise ist genau die Fracht vor kurzem in einem kleinen Warenlager unweit des Kontors entdeckt worden. Ihr seht, Eure Ware ist unbeschädigt. Welch ein Glück, wenn man die Brutalität der Übergriffe bedenkt, von der Ihr spracht."

Alonso starrte ihn wütend an.

„Wenn keine weiteren Punkte mehr auf der dringend einberufenen Sitzung offen sind, erkläre ich sie für geschlossen." Andrea stand schnell auf, überging die verwirrten Gesichter der Senatsmitglieder und beobachtete Alonso, der sich im Gespräch mit seinen Freunden befand und nichts mehr von der Selbstsicherheit zeigte, mit der er die Sitzung begonnen hatte.

„Alonso Carisi, ich wünsche Euch in meinem Amtszimmer zu sehen."

Andreas Umhang streifte über den Thron, so schwungvoll verließ er das Podest. Er eilte durch die Zimmer, und hielt erst an, als er in seinem Schlafgemach stand. Seine Hände zitterten, Schwindel erfasste ihn. Er umklammerte die Stuhllehne und verwünschte Alonso Carisi, genauso wie Silvano. Sein eigener

Sohn hinterging ihn und noch viel schlimmer – Silvano brach jene Gesetze, denen er sich verschworen hatte.

Marcello klopfte. „Habt Ihr einen Wunsch?"

„Silvano", brachte er hervor, „ich wünsche meinen Sohn zu sprechen. Aber vorher, Marcello, wie kommt es, dass ich von der Tätigkeit meines Sohnes nicht informiert bin? Wozu habe ich einen Geheimdienst?"

„Er ist gerade gekommen, Euer Gnaden", entzog sich Marcello einer Antwort und ließ Silvano eintreten.

„Vater, ich weiß …"

„Schweig! Du hast gut daran getan, vor Alonso zu kommen!"

Er wies Marcello an, die Tür zu schließen und sank auf das Bett.

„Geht es Euch nicht gut?" Silvano zögerte und kniete vor ihm nieder.

Andrea stieß ihn weg. „Tu nicht so, als würdest du dir Sorgen machen! Wie kannst du es wagen?"

Silvano sah ihn überrascht an.

„Es war Alonso Carisi eine Genugtuung, mir davon zu berichten, dass du im Kontor arbeitest. Wie ein gewöhnlicher …"

„Darum geht es Euch. Ich – der Sohn des Dogen – auserkoren, Großes zu vollbringen, das Volk zu quälen und eine Frau zu lieben, die längst in den Armen meines Vaters ihren Reichtum gefunden hat?"

Andrea starrte Silvano entsetzt an. „Wage es nicht, die zukünftige Dogaressa zu beleidigen, sonst hängst du!"

„Neben Euch, Vater, denn das Volk da draußen wartet nur darauf, dass Ihr einen Fehler macht."

Es klopfte an der Tür. Andrea sah ungeduldig zur Tür und nickte Marcello zu.

„Alonso Carisi wünscht Euch zu sprechen, Euer Gnaden."

„Im Arbeitszimmer, Marcello, mein Vater wird gleich erscheinen", befahl Silvano dem überraschten Berater und schloss die Tür. „Ich habe Besuch bekommen. Im Kontor. Von dem Glasbläser. Ich sollte mich hüten, jemandem hier zu vertrauen." Silvano lehnte sich gegen die Tür und sah ihn abwartend an. Andrea ballte die Faust und schlug auf den Tisch. „Jetzt spielst du dich auf, als wärest du mächtig. Was willst du Carisi entgegensetzen?"

„Carisi wird unterstützt, und solange er sich der Hilfe sicher ist, ist er gefährlich. Ich mache mir keine Feinde wie Ihr." Sein Blick blieb auf dem Gemälde von Catarina hängen.

„Ich weiß, wo Isabella ist."

Andrea hielt inne. „Wo?"

Silvano sah ihn irritiert an. „Ihr macht Euch Sorgen? Ich dachte, wir wären Euch egal."

„Wo ist Isabella?"

„An einem Ort, wo sie geliebt wird, hoffentlich. Und der Mann heißt nicht Carisi." Silvano öffnete die Tür und verschwand.

Andrea holte tief Luft. Wenigstens lebte sie, und wenngleich Silvano voller Zorn war, er glaubte seine Schwester in Sicherheit.

Das Atmen fiel ihm wieder leichter und er ging gestärkt aus seinem Schlafgemach. Jetzt würde er dem Löwenjungen zeigen, was es bedeutete, dem Herrscher den Platz streitig zu machen. „Alonso Carisi", rief Andrea, kaum dass er Platz genommen hatte, „Ihr werdet beschuldigt, die Republik Venedig bestohlen zu haben!" Er maß den Emporkömmling missmutig, der mit dem Stöckchen in der Hand wie ein Gockel wirkte. Was tat er Isabella an, dass sie einen solchen Mann ehelichen musste?

Alonso sah ihn amüsiert an. „Mit Verlaub, Euer Gnaden, aber – wollt Ihr den zukünftigen Mann Eurer Tochter derart beschuldigen?“

***

„Du verlangst von mir, dass ich ihn gewähren lasse?“ Andrea starrte auf Francescas Hand, die über seine Schenkel glitt. Ihre Berührung war sanft, aber er fühlte den Druck, mit dem sie seinen Unmut lenken wollte.

„Er ist ein verspielter Junge, mehr nicht.“

Andrea beobachtete Francesca. Machte sie sich lustig über ihn?

„Er ist schamlos, betrügt und wähnt sich offenbar in großer Sicherheit.“

Francesca strich ihm behutsam über die Schultern. „Verzeih ihm seine Arroganz, er ist von edler Geburt, weiß um seinen Stand. Ich stehe bei seinem Vater in tiefer Schuld. Carisi war mir ein guter Freund und dem Dogen immer ein ergebener Diener. Vergiss nicht, lieber Andrea, du heiratest bald selbst eine Farelli. Wieder einmal.“ Sie schob ihr Kleid hoch und setzte sich auf seinen Schoss. „Oder haben sich deine Absichten geändert? Willst du das Volk erzürnen, indem du dich weiterhin mit kurzen Nächten und Spielen im Geheimkämmerchen zufrieden gibst?“

Andreas Augen verdunkelten sich. „Ist es meine Liebe, die du forderst? Ich habe nie Zweifel an Catarinas Liebe gezeigt, aber in manch dunkler Nacht frage ich mich, was geschieht, wenn ich dir einen Wunsch verwehre.“ Seine Finger verkrampften sich. „Isabella ist wie sie, der gleiche vorwurfsvolle Blick.“

Francesca drückte Andreas Kinn hoch, bis er ihr in die Augen blickte. „Bedarf es noch mehr Beweise? Wir kennen einander, wissen, was wir begehren. Und – darf ich dich daran erinnern, dass du selbst es warst, der mich soweit gedemütigt hat, dir in einer engen Kammer wie dieser meine Liebe zu beweisen?"

Nur zögernd folgte er ihrem Blick zu der Geheimtür. Francesca beherrschte sein Denken, und je mehr er versuchte, das zu verbergen, desto größer wurde seine Leidenschaft. „Du musst Alonso sagen, dass er nicht jede Freiheit hat."

Sie zog die Augenbrauen hoch und lächelte. „Ich? Du bist der Doge."

Er hielt inne. „Ich dachte, du hättest Interesse an deinem Zögling, an seinem Schutz. Wenn er so weitermacht, hängt er bald."

Francesca neigte ihren Kopf. „Nicht, wenn er mit deiner Tochter vermählt ist."

„Carisi oder dieser Glasbläser. Was dem einen fehlt, hat der andere. Wenn ich Isabella die Wahl ließe …"

„Du hast mir dein Wort gegeben, Andrea. Willst du es tatsächlich brechen wegen ein paar Dukaten weniger in der Staatskasse? Das Kind hat genug Hirngespinste, es wird Zeit, dass sie ein geordnetes Leben als verheiratete Frau kennen lernt. Und bedenke, es geht um deine Zukunft. Ein Erbe aus den Häusern Farelli und di Conti – welche Tür stünde unseren Kindern nicht offen? Und wer kennt nicht deinen Namen?"

„Isabella, sie ist noch so unschuldig, ein halbes Kind."

Widerstrebend erhob sich Francesca. Er stand auf und trat ans Fenster. Isabella saß nicht wie gewohnt auf ihrem Lieblingsplatz am Brunnen. Zu viel hatte er von ihrer Kindheit versäumt. Die Vorstellung, sie ganz zu verlieren, machte ihm Angst.

Francesca lehnte sich an ihn. „Es wird Zeit, dass sie Disziplin lernt. Und am besten geht das unter der Hand eines starken Mannes."

Spöttisch lächelnd sah er sie an, strich über ihre eckigen Wangenknochen. „Und du würdest ihrem Beispiel folgen, liebe Francesca?"

„Vermähle sie bald, Andrea. Es gibt Gerüchte, dass ein junger Glasbläser das Herz deiner Tochter erobern will."

Der wäre wenigstens ein ehrlicher Venezianer. Wann hatte er eigentlich aufgehört, Francesca zu lieben?

21. Kapitel

„Ich wünschte, ich könnte fliegen!"

Margherita hielt ihr das Überkleid vor das Gesicht. „Wenn Ihr ein Vogel wärt, Kindchen, hätte Euch schon längst ein Adler erwischt."

Mit einem ahnungsvollen Lächeln auf den Lippen wandte sich Isabella um. „Du hast die Kleider gefunden. Margherita, ich kann nicht anders, ich musste die Stadt sehen. Ich wusste nicht, dass Venedig voller Leben ist. Und voller Leid." Sie sah Margherita traurig an und wog ihren Kopf hin und her. „Ein Mädchen, dürr wie Silvanos Arm, spielt mit einer Puppe aus Stoff." Und dennoch wirkte das Kind freier als sie sich fühlte, aber sie sah die Angst in den trüben Augen ihrer Zofe. Sie wollte Margherita nicht noch mehr ängstigen.

Margherita strich über ihre Wange. „Trotzdem, Ihr seid zu jung, versteht vieles nicht, was da passiert. Begreift doch, Kind, das ist Euer Leben hier."

Isabella entwand sich Margheritas Berührung und lehnte ihren Kopf gegen den Bettpfosten. Vielleicht war es ihr bestimmt, etwas anderes zu erleben? Sie blickte auf ihren Schreibtisch und lächelte sanft. Im Blau der Vase spiegelten sich die Sonnenstrahlen.

„Ich war glücklich, Margherita. Und frei." Für einen Moment bekam sie Angst. Was wäre geschehen, wenn man sie erkannt hätte? Aber lassen konnte sie auch nicht davon. Nicht einen Tag.

Sie fühlte Margheritas besorgten Blick auf sich ruhen und sah über die Lagune hinaus. Sie trug das zerschlissene dunkelgrüne Kleid bei ihren Ausflügen, und sie achtete längst darauf, mit geneigtem Kopf durch die Gassen zu gehen. Eilig, wie sie es den anderen Frauen abgeschaut hatte.

Mit schnellen Schritten blieb Isabella vor dem Eichenschrank stehen, voller prunkvoller Kleider, Surkots in Rottönen. „Ich habe jemanden getroffen. Aua, du tust mir weh!"

Margheritas Griff um ihren Arm ließ nur unmerklich nach. „Was ist geschehen, Isabella? Schlimm genug, dass Ihr alleine wart. Hat er Euch erkannt? Hat er Euch etwas getan?"

Sie wirbelte herum. „Und wenn?"

Margherita schlug sich entsetzt die Hand auf den Mund.

„Es tut mir Leid, Margherita, ich wollte dich nicht ängstigen. Er hat mir nichts getan, nur – er hat etwas in mir berührt."

„Dann hat Marcello die Wahrheit gesagt? Ihr wart es, die den Glasbläser freigelassen hat?"

„Er ist unschuldig, Margherita – und hätten die Wachen ihn nicht bedrängt, er hätte die Fackel nie geworfen!"

Ihre Zofe holte tief Luft und sprach erregt weiter. „Isabella! Seid vernünftig. Einmal in Eurem Leben. Auf Verrat steht der Tod!"

Isabella schrie auf und wischte sich die Tränen von ihren Wangen. „Auf wessen Verrat? Giovanni hat nichts getan. Sein Freund ist tot. Margherita, ich weiß es, aber ich hatte nicht den Mut, es Giovanni zu sagen.“

Margherita lief jammernd auf und ab. Immer wieder fiel ihr Blick strafend auf Isabella. „Er würde mir nie etwas antun, Margherita. Bei seinem Leben nicht.“

„Die Männer sind Euer nicht würdig. Keiner von ihnen kann um deine Hand anhalten.“

Lächelnd schlüpfte Isabella in den Surkot. „Mein Vater will, dass ich heirate. Vielleicht tue ich das schneller, als ihm beliebt.“

Margherita bekreuzigte sich. „Heiliger Markus, vergib dem Kind.“

Lächelnd ging Isabella wieder zum Fenster und sah verträumt auf die Lagune. Der süß-salzige Duft des Meeres drang in ihre Nase und sie lachte befreit auf. „Giovanni ist nicht reich und auch nicht stattlich, aber er weiß, wovon ich träume.“

Margherita sog die Luft ein und zerrte Isabella vom Fenster weg. „Ihr werdet Euch den Tod holen. Oder den Zorn Eures Vaters. Springt herum wie ein törichtes Kind. Ihr vergesst, wer Ihr seid.“

Mit leichten Schritten bewegte Isabella sich im Wiegeschritt durch das Zimmer, neigte ihren Kopf nach links und setzte zur nächsten Drehung an, als die Türe aufging.

„Silvano!“

Silvano blieb stehen und sah ihrer ungestümen Tanzerei amüsiert zu. „Freust du dich so auf deinen Ball?“

Isabella blieb überrascht stehen.

„Ja, Vater gibt nächsten Monat einen Ball zu deinen Ehren!“

Margherita lächelte. „Vielleicht kommt Ihr dann auf andere Gedanken.“ Sie verbeugte sich und verließ das Zimmer.

Isabella lachte übermütig und drehte sich so schwungvoll, dass Silvano sie auffangen musste.

Sie lehnte ihren Kopf gegen seine Schulter. „Sag mir, gefalle ich dir? Würde ich einem Mann gefallen?“ Sie blickte ihn forschend an und lachte gleich darauf, als habe sie einen Scherz gemacht.

„Isabella!“ Silvano sah sie scharf an und hob ihr Kinn. „Hast du Giovanni getroffen?“

Noch nie hatte Silvano seine Stimme gegen sie erhoben. Die Wut in seiner Stimme schmerzte sie mehr als die Hand, die sie am Kinn festhielt.

„Du hast gesagt, sieh dir die Menschen an, das Volk. Das habe ich getan. Ich war auf der Piazza – sie wollen Vater töten, aber sie sind nur hungrig und müde. Einer hat sich ganz wichtig getan, Fallore.“

Silvano fuhr hoch. „Fallore war dort? Was hat er gesagt? Was hat er gesagt, Isabella?“

„Dass sie nicht in den Krieg ziehen sollen und dass der Doge machthungrig wäre! Das ist nicht wahr! Vater will nur das Beste!“

Silvano ließ sie plötzlich los und ballte die Faust. „Du warst draußen, aber hast nichts verstanden. Wenn er so weitermacht, werden sie ihn hängen!“

Isabella griff nach Silvanos Hand. „Giovanni würde das nie zulassen! Er hat mir das Leben gerettet.“

„Der Glasbläser? Bist du von Sinnen? Du bist die Tochter des Dogen, Isabella! Du bist Alonso Carisi versprochen!“

Isabella drehte sich verletzt ab. „Was kümmert dich, was mit mir geschieht. Du bist in Gedanken nur bei einer – Francesca.“

Überrascht drehte Silvano den Kopf. „Woher …? – Egal, es ist vorbei.“ Er drückte ihr einen Kuss auf die Stirn. „Isabella! Sei vernünftig! Giovanni Caspero kann dir nichts bieten, und ich bezweifle, dass ausgerechnet er jemand ist, der weiß, was Liebe bedeutet." Silvano lehnte sich gegen die Wand, wie er es immer tat, wenn er nachdenklich war. „Es tut mir Leid! Für mich wirst du immer die kleine Schwester sein, die ich beschützen will."

Isabella wich seinem Blick aus und blickte in den Spiegel. Irgendwo wartete Giovanni. „Ich bin kein Mädchen mehr. Ich weiß nun, wo Liebe anfängt – und wo sie endet."

„Du hörst nicht jeden Morgen die leisen Schritte der Contessa." Er sog die Luft ein. „Vater ist nicht allein." Silvano zog sie an sich. „Es ist sechzehn Jahre her. Er hat sie nicht vergessen, aber er kann ihr nicht ewig hinterhertrauern. Liebe verändert sich."

„Nichts ändert sich, wenn man liebt."

„Du bist …"

„Anders als Francesca. Ist sie es, die uns trennt?"

Silvano hob seine Hand, senkte sie dann wieder. „Es ist anders, als du denkst."

„Francesca verführt dich, bis du alles vergisst, was dir einmal lieb und wichtig war."

Er ballte die Faust, als könne er seinen Zorn damit bändigen. „Das wird nicht passieren."

Isabella fuhr durch sein Haar. „Bleib! Und verlass Francesca, ich traue ihr nicht!"

„Ich muss, versteh das doch. Der Doge wird sich nie ändern, Isabella. Seine Amtsgeschäfte werden immer wichtiger sein als ich."

„Er bleibt nicht für immer Doge, Silvano."

***

Isabellas Blick glitt über die unzähligen Bücher und suchte nach jenem, das sie zurückgebracht hatte.

Nun gab es keinen Zweifel mehr. Ihr Vater hasste sie. Rächte sich an ihr, seiner eigenen Tochter. Nichts erinnerte sie an den Mann, der in den Arkaden kurz über ihre Wange gestrichen hatte. Die Augen ihres Vaters verengten sich. „Sei versichert, wenn noch ein Brief von dir auftaucht, wird Margherita ausgepeitscht!"

„Tut es nicht, ich flehe Euch an. Margherita weiß nichts davon." Sie presste die Handflächen gegen ihren Rücken, verharrte stumm und hoffte, dass er ihr vergeben würde. „Und wenn du noch einmal Ungehorsam zeigst, wirst du die Kraft meines Zorns kennen lernen."

„Ich werde nichts mehr schreiben, denn ich habe eingesehen, dass es zwecklos ist, ein totes Herz zu erwärmen."

Die Ohrfeige traf Isabella so hart, dass sie zu Boden stürzte.

„Ich wünschte, ich wäre tot, mit ihr gestorben." Isabella hob den Kopf und sah ihrem Vater in die Augen. „Warum habt Ihr mir verschwiegen, dass Francesca dabei war, als Mutter starb?"

Das Gesicht ihres Vaters wurde fahl. „Das wollte ich nicht", flüsterte er, „Catarina, das wollte ich wirklich nicht."

Er blickte auf den Boden. Dort lag der Brief. Sie sah noch, wie ihr Vater sich bückte, plötzlich ein alter Mann mit grauem Gesicht. Er bat um Verzeihung, ja, bettelte darum und schaute zum Portrait ihrer Mutter, als könnte sie ihm helfen. Isabella schmeckte ein Gemisch aus Blut und Tränen. Sie verließ das Zimmer und bevor die Diener die Tür schlossen, glaubte sie, ihren Vater weinen zu hören.

***

Die Glockenschläge verhallten. Es war sieben Uhr. Bald ging die Sonne unter. Die heiße Luft zwischen den Arkaden strich um Isabellas Nacken, liebkoste ihre Wange so zärtlich, dass sie die Augen schloss und sich vorstellte, Giovanni wäre hier. In seinen Armen würde sie vergessen, wie ihr Vater sie kaltherzig anstarrte.

„Welch bezaubernder Anblick – ein schönes Mädchen im Antlitz der Sonne“, sagte ein Mann plötzlich und trat aus dem Schatten der Arkaden. Sein Gesicht war braun, faltig und seine Augen schauten sie herausfordernd an.

Isabella schrak zurück. „Verzeiht, ich dachte, ich wäre allein.“

Mit dem Handrücken wischte sie ihre Tränen ab und plötzlich erhellte sich ihr Gesicht. „Seid Ihr Marco Polo?“ Sie kannte ihn nur aus Erzählungen, aber sie wusste, dass er es sein musste. Das Meer hatte seine Haut dunkel gefärbt, wie gegerbtes Leder.

„Ja, ein alter Narr. Ich wollte Euch nicht erschrecken.“ Er drückte ihr einen Kuss auf die Hand.

„Ich habe Geschäfte in der Stadt, aber ich wollte mir die Gelegenheit nicht nehmen lassen, Euren Vater zu besuchen. – Oh, Ihr seid verletzt.“ Besorgt nahm er Isabellas Hand beiseite und besah die Wunde.

Isabella wich mit einem sanften Lächeln zurück. „Nichts von Bedeutung. Ein Missgeschick.“

„Wollt Ihr mir ein wenig vom Palast zeigen und mit mir plaudern?“ Er deutete zum Innenhof und bemerkte nicht ihr Zögern. „Es ist Euer Reich, zeigt mir, was Euch beliebt.“

„Hat Euch mein Vater geschickt?“ Sie folgte ihm langsam.

Marco lachte. „Andrea? Nein, der setzt seine Gefolgsleute woanders ein. Ich würde mich auch nicht gut als Spion machen, fürchte ich. Dazu bin ich zu ehrlich, ich kann nicht lügen.“

„Wenigstens einer.“ Sie überging seinen überraschten Blick, führte ihn durch den Innenhof, am Brunnen vorbei. „Es wird kalt werden, Signor Polo.“

„Marco, mein liebes Kind, sagt Marco zu mir. Ich kenne Euch länger, als Ihr glaubt.“

Fast wäre sie gestolpert, als sie die Treppen hinter ihm hinunterging. „Wie ist das möglich? Ihr wart noch nie hier. Ich kenne Euch nur aus Erzählungen, von Euren Reisen.“

Ein Schauer lief über ihren Rücken, als sie vor ihm herschritt, an den nassfeuchten Mauern entlang, immer näher zum Gefängnistrakt, aber etwas anderes war der Grund für ihre Aufregung. „Silvano würde alles dafür geben, Euch kennen zu lernen. Man glaubt, das Meer in seinen Augen zu sehen, wenn er träumt.“

„Silvano hat es offenbar vorgezogen, mir aus dem Weg zu gehen. Euer Vater meinte, er hätte keine Zeit.“ Marco sah sich verwundert um. „Habt Ihr Euch verlaufen? Wo sind wir?“

„Im Gefängnis.“

Marco blickte auf die kleinen Öffnungen, die in den Zellenwänden eingelassen waren. „Wenn Ihr glaubt, mich damit zu schockieren – dann ist es Euch geglückt.“ Er griff nach ihren Händen. „Isabella, wenn Euch Catarina hier sehen könnte! Was tut Ihr hier?“

Sie ging weiter, ignorierte seine Fragen und drang tiefer in die kleinen Gänge. Vor einer kleinen Kammer blieb sie stehen, stemmte den Riegel hoch und verschwand darin.

„In der Tat hätte ich nicht erwartet, dass Ihr mir die Zellen zeigt.“ Marcos Gesicht tauchte im Sichtfenster auf. „Was tut Ihr da? Kommt sofort von dem Mann weg!“

„Er hat Schmerzen, und Hunger.“ Isabella raffte ihren Rock hoch und zog etwas hervor. „Hier, esst. Es ist nicht viel.“ Sie reichte dem Gefangenen ein Stück Brot.

Der Mann umklammerte ihre Hand. Sein Gesicht war Blut verkrustet, und er sprach undeutlich.

„Der heilige Markus soll Euch gnädig sein, Isabella di Conti."

Marcos Blick wanderte zwischen ihr und dem Gefangenen hin und her. „Sogar auf dem Schiff herrschen bessere Zustände."

„Die meisten Zellen sind leer. Das letzte Hochwasser hat den Kellern zugesetzt." Überall bot sich das gleiche Bild. Schimmel, der Gestank von Fäkalien, Schweiß und Blut.

Marco reichte ihr die Hand, half ihr durch die niedrige Zellentür.

Sie kniff die Augen zusammen. „Verratet mich nicht!"

„Nein, Isabella, Catarina würde gutheißen, was Ihr hier tut. Und mehr – Ihr seid ihr Ebenbild."

Sie spürte seine Hand auf ihrer Schulter und sah zu ihm hoch. Wie seine Hände zitterten. Ja, die Keller waren ein hässlicher Ort, aber so schlimm, dass man als so weit gereister Mensch zittern musste, konnten sie auch wieder nicht sein. Wie um ihn abzulenken, wagte sie schließlich die eine Frage zu stellen, auf die sie nie eine Antwort erhalten hatte: „Erzählt Ihr mir von meiner Mutter? Mein Vater will nicht darüber sprechen, ja, er kann mich manchmal nicht einmal ansehen."

„Er ist verbittert. Doch lasst ihm Zeit, er wird zur Vernunft kommen, eines Tages. Andrea di Conti war schon immer ein sturer Mann. Ich frage mich immer noch, was eine Frau wie Catarina an ihm finden konnte."

Marco reichte ihr die Hand. „Kommt, ich erzähle Euch von Eurer Mutter, aber lasst uns einen erquicklicheren Ort dafür wählen."

Er deutete auf den Gang, den sie gekommen waren. „Das ist ein Labyrinth. Sogar, wenn jemandem die Flucht gelänge, würde er entweder vorher ertrinken oder sich verirren."

„Erst letzte Woche ließ mein Vater zwei Männer hängen, weil sie Essen gestohlen hatten, der dritte ist vorher geflohen und im Keller ertrunken."

„Das ist wahrhaft kein Vergnügen, doch es gibt nichts Gefährlicheres, als eine aufgebrachte Menge, die sich durch keine Strafen mehr bändigen ließe. Das wäre ein Aufruhr, gegen den die Palastwache keine Chance hätte."

Er folgte ihr über eine Treppe. „Auf dem Schiff sind harte Strafen oft das einzige Mittel, um den Gehorsam aufrechtzuerhalten." Plötzlich zog Marco sie zurück. „Eure Verletzung, es war kein Missgeschick, wie Ihr mir glauben machen wollt!"

22. Kapitel

„Giovanni! Pass auf!" Giovanni riss den Glaskolben hoch. Dicke Patzer verglühten zischend auf dem Boden. „Ich wollte etwas Neues ausprobieren."

Antonio schüttete Sand auf den Boden und trat die Funken aus. „Etwas Neues? Du wirst uns noch ruinieren, wenn du so weitermachst. Und die Schaufel dient dazu, dass man Sand nachschaufelt."

Giovanni packte die Schaufel und begann, die Sandbehälter aufzufüllen. „Ich werde die verlorene Zeit aufholen."

Antonio klopfte Giovanni auf die Schulter. „Geh nach Hause, vielleicht bist du morgen wieder zu was nütze, mein Junge."

„Es tut mir Leid, Vater. Ich weiß nicht, warum ich mich heute nicht konzentrieren kann. Aber, ich glaube, ich weiß jetzt, was du gemeint hast. Dass Liebe weh tut."

Sein Vater lächelte versonnen und schob Giovanni zum Tisch hin. „Setz dich noch einen Moment". Giovanni schenkte vom Wein ein und nahm seinem Vater gegenüber Platz.

„Sprich mit deiner Mutter. Sie wird dir helfen können. Warst du im Kontor?"

Giovanni dachte kurz nach. „Ja, aber ich konnte nicht viel erreichen. Der Mann, auf den ich warten musste, war außer sich, als er erfuhr, dass Marco Polo in der Stadt ist."

Antonio seufzte. „Du musst ihn morgen nochmals aufsuchen und fragen. Wir brauchen bald neues Material, der Stallknecht vom Rat, Marcello, hat gesagt, dass es bald eine Verlobung im Palast gibt."

Giovanni rammte die Schaufel so fest in den Sand, dass er an einer Seite hoch spritzte.

„Ich hätte dir nicht verbieten dürfen, die Insel zu verlassen. Nie hätte es dich nach Venedig verlangt. Wegen einer Frau. Oder Glas. Unser Schicksal scheint sich zu wiederholen." Sein Vater trat ans Feuer und sah in die Glut, dass Giovanni glaubte, die Flammen in den Augen seines Vaters spiegeln zu sehen.

„Pass auf, Vater!", rief Giovanni und riss ihn zurück.

„Du warst zu nah!"

„Vergiss das Geschwätz eines müden Mannes", sagte sein Vater und setzte sich wieder auf seinen Stuhl, drehte langsam das Blasrohr.

„Ich habe das Mädchen wieder getroffen. Vater, sie hat mit mir gesprochen. Mutter würde sie gefallen, glaube ich."

Irgendwo in der Dunkelheit war sie. Dachte sie auch an ihn? „Ich will nach Venedig. Ich will bei ihr sein."

Der Bardello fiel zu Boden. Giovanni starrte seinen Vater an, der mit zusammengebissenen Lippen aufgestanden war und den Kopf schüttelte.

„Ich wünschte, ich könnte dir ein besseres Leben bieten, aber ich werde nicht zulassen, dass du nach Venedig gehst."

***

Angelo rammte fast die ersten Pfähle vor Venedig und tauchte die Ruder dennoch tief ins Wasser ein. „Wäre ich dein Vater – ich würde dich bei Wasser und Brot einsperren und dir das Mädchen aus dem Hirn peitschen!"

Giovanni drehte sich so schnell um, dass das Boot ins Schwanken geriet. „Wer hat mich denn nach Venedig gebracht? Es war nicht meine Idee, dass deine Frau auf der Piazza steht und Glas verkauft."

Angelo schnaubte heftig und klatschte die Ruder ins Wasser, dass das Wasser hoch spritzte und auf die Kisten tropfte.

„Pass auf!" Giovanni zog das Laken über die Kisten und spähte nach Westen. In wenigen Minuten würden sie den Kai erreicht haben. Seine Sicherheit, mit der er von zu Hause aufgebrochen war, wurde immer kleiner. Er umklammerte den Bootsrand und tastete mit den Fingerspitzen nach den Schnitzereien auf den Rudern, die Fausto gemacht hatte.

„Dafür verkauft Anna eure Sachen mit", setzte Angelo nach und grinste zufrieden. Dann wurden seine Augen schmal und er ruderte langsamer, lotste das Boot an den Pfählen vorbei, bis sie wieder schneller fahren konnten.

„Dein Vater macht sich Sorgen, Junge."

Giovanni zuckte mit den Schultern und hielt den Blick weiterhin starr nach vorne gerichtet. Die Spitze des Campanile leuchtete, als würde man ihn hier willkommen heißen. Bei den ersten Häusern kam wieder Leben in ihn. „Lenk nach rechts."

Angelo tat, als hätte er die Anweisung nicht gehört. Das Boot hielt nun auf die Speicher zu. Er fröstelte. Unweit des Eingangs lag der Kerker. Er schauerte und merkte, dass Angelo seinem Blick gefolgt war.

„Niemand konnte ahnen, was passiert, Giovanni. Du darfst dir keine Schuld geben."

„Du bist zu weit, nach rechts, Angelo!"

„Und dann verliebst du dich in die Dogentochter", sagte Angelo.

Giovanni hielt das Ruder fest und hinderte Angelo weiterzurudern. „Ich muss sie wiedersehen, Angelo."

Angelo schüttelte bestimmt den Kopf. „Nicht heute. Wir brauchen das Material, wenn dein Vater sein Geschäft wirklich halten soll."

Während das Boot weiter auf die Lagerhallen zuhielt, ließ Giovanni seinen Blick nicht vom Dogenpalast. Wenn er wenigstens wüsste, ob er durch die Seitenpforte nochmals hineingelangen könnte.

Der Gedanke beschäftigte ihn noch, als er vor Silvano stand, der auch heute keinen Hehl aus seiner Abneigung gegen Giovanni machte. Er war nervös. Immer wieder beobachtete er die Laguneneinfahrt, als warte er auf etwas.

„Nehmt Euch, was Ihr braucht." Silvano deutete auf einige Fässer, die in den hinteren Räumen des Kontors aufbewahrt wurden und trug das Natriumkarbonat, das Giovanni bereits auf sein Boot gebracht hatte, ins Register ein. Dann ging Silvano aus dem Kontor und sprach aufgeregt auf Bernardo ein.

Unschlüssig studierte Giovanni mit Angelo die Preise.

„Es ist teuer“, sagte Angelo.

„Doch damit will ich mir einen Wunsch erfüllen. Ich will das Herz der Dogentochter erobern.“

„Sei ein wenig demütiger.“

Silvano zwinkerte Giovanni verschwörerisch zu. „Nun, dann soll es auch das Beste sein: für den Dogen und die Seinen nur das Beste.“

Angelo ging hinaus und schaute Giovanni warnend an.

Giovanni verschwand im hinteren Teil des Kontors und brauchte einen Moment, um seine Augen an die Dunkelheit zu gewöhnen. Hier hinten gab es keine Fenster, nur eine unruhig flackernde Kerze spendete Licht. Silvano saß neben einem Fass, das ihm als Tisch diente und trug fein säuberlich etwas ein. Als er Schritte hinter sich hörte, hielt er inne. „Wovor willst du mich diesmal warnen?“

Giovanni blieb im Halbschatten stehen. Wie sehr brannte in ihm die Frage, ob es Isabella gut gehe, aber er zweifelte, dass Silvano ihm antworten würde. Stattdessen fragte er: „Habt Ihr Marco Polo inzwischen getroffen? Er soll bald wieder in See stechen.“ Giovanni öffnete ein Fass, auf das Silvano gezeigt hatte, und prüfte die Soda-Asche.

„Über das Meer segeln …“, setzte Silvano an und stockte plötzlich. „Ich werde Marco Polo, wenn ich ihn sehe, darüber ausfragen.“

„Komm jetzt, Giovanni“, rief Angelo. Er war ihm gefolgt und deutete ihm, endlich das Kontor zu verlassen.

Giovanni beruhigte Angelo, der vor der Halle wartete und jedes Boot, das sich näherte, beunruhigt im Auge behielt. „Könnt Ihr mir ein Stück von der Seide geben, die ich bei meinem letzten Besuch gesehen habe?“

„In Ordnung“, sagte Silvano. „Für den Stoff machst du mir ein Glas von besonderer Qualität. Für eine besondere Frau.“

„In einer Woche bringe ich Euch das Glas. Habt Ihr einen Wunsch?“

Während Silvano ihm eine Breite Seide abschnitt, überlegte er. „Mach kein Glas, sondern einen Ring und bring ihn mir in das Kontor.“

„Helft mir.“ Silvano war seine einzige Chance, das Mädchen wiederzusehen. Sie zweifelte an seiner Liebe, das durfte sie nicht trennen.

Silvano sah von seinen Aufzeichnungen auf. „Nein.“

„Ich will Eure Schwester wiedersehen.“

Silvano klappte das Buch zu und griff nach einem Ballen Seide. „Ich gebe dir einen ganzen Ballen der Seide, aber dann verschwinde aus unserem Leben!“

***

Der vorwurfsvolle Blick seiner Mutter ließ Giovanni die Hoffnung verlieren, dass er je wieder einen Fuß nach Venedig setzen würde. Warum hatte Alonso nicht geschwiegen?

„Giovanni, was tust du uns an! Dein Vater arbeitet hart, für dich, für uns. Die Glasbläserei bedeutet ihm alles. Du wirst nichts erreichen, wenn du dir Fallore zum Feind machst.“

Der anklagende Blick seiner Mutter machte ihn wütend.

„Lässt du ihn weiter gewähren? Das Mädchen ist unsere Rettung. Sie wird mir helfen, die richtigen Leute kennen zu lernen.“

Seine Mutter scheuerte die Pfanne, bis sie glänzte und putzte noch weiter. Mit energischen Handgriffen räumte sie den Tisch ab und nahm Giovanni den halb vollen Teller weg.

„Schiffe und Frauen, was anderes interessiert dich nicht. Wovon willst du leben? Was tust du, wenn es deinem Vater nicht mehr gut geht?“

„Pottasche und Mennige werden mir nicht helfen."

Giovanni starrte aus dem Fenster, wollte nicht in ihr müdes Gesicht sehen, das trotz des Ärgers voller Sorge und Liebe war. Der abgenutzte Tisch und das Tischtuch darüber täuschten über ihren Stand nicht hinweg. Sie waren arm, wenngleich sein Vater einer der besten Glasbläser in der Venezianer Zunft war. Er war kein Meister, aber unverhohlen war der Respekt, dem man seinem Vater entgegenbrachte, wenn es auch weniger Dukaten brachte, als der Meister selbst bekam.

„Dir bedeutet unsere Arbeit nichts, du bist hinter den Frauen her wie andere hinter Geld."

„Ich helfe Vater, basta! Was ich sonst tue, ist meine Sache."

Wie er die Streitigkeiten hasste, und er kannte seine Mutter. Es würde so weitergehen, bis er einwilligte, darüber nachzudenken. Auch wenn er dann weiterhin das tat, was er wollte. Nur um der Ruhe willen.

„Wo gehst du hin? Es ist spät."

„Ich arbeite. Das wolltest du doch."

„Du gehst zum Kai! Bitte, Junge, bleib hier, es ist gefährlich abends. Hitzköpfe sind dort, solche wie du, die von einer besseren Welt träumen. Wieso bist du so leichtsinnig?"

Er spürte die raue, schwielige Hand seiner Mutter auf seinem Arm. „Du klagst, ich hätte nur Augen für die Frauen. Jetzt tue ich etwas, um Vater zu helfen und du beklagst dich wieder."

„Dann geh nie wieder nach Venedig. Willst du, dass ich dich auf der Piazzetta wiedersehe, baumelnd auf einer der Säulen? Giovanni, ich flehe dich an!"

„Es wird Krieg geben, Mutter."

Sie zeigte auf das letzte Stück, das sein Vater gemacht hatte. Blaue Streifen durchzogen die bauchige Vase. „Weißt du, wie lange dein Vater dafür arbeitet?"

„Sieht aus wie die Vase, die er letzte Woche gemacht hat. Eine von vielen."

„Schau sie dir genau an."

Giovanni hielt die Vase hoch. Die Farbe erinnerte ihn an Isabellas Augen. „Du willst doch, dass ich meine Leidenschaft entdecke. Vielleicht bin ich ihr näher, als du glaubst."

„Es ist eine Gabe, Glas zu formen. Und es ist ein Geschenk, das deine Familie anderen geben kann. Glas ist der Mittelpunkt auf jeder schön gedeckten Tafel und die Krönung jedes Schmuckstücks."

Er verzog ärgerlich den Mund. „Und was bringt es ihm? Nichts, Vater wird nie Meister, solange Fallore sich mit seiner Arbeit schmücken kann."

Würde sich auch Isabella in der Kammer in einem Spiegel bewundern?

Er hob seine Mutter hoch und drehte sich übermütig mit ihr im Kreis.

„Hör auf."

Er lächelte, als seine Mutter sich mit errötenden Wangen umdrehte und die Vase genau ansah, als gäbe es doch noch einen Fehler zu entdecken. „Dir fehlt die Leidenschaft. Du bist innerlich voller Unruhe und auf der Suche."

Er schaute die Vase nochmals an, dann nickte er. „Ja, das war ich, bis jetzt."

23. Kapitel

Andreas Hoffnung, ungestört den Nachmittag in seinen Räumen zu verbringen, schwand, als er Marco an seinem Schreibtisch entdeckte. Fast meinte er, ihn bei irgendetwas unterbrochen zu haben.

Marco stand mit einem offenen Lächeln auf und breitete die Arme aus. „Warum verbringst du deine Zeit mit Grübeleien, anstatt dich hier an deinem Schreibtisch mit deiner Verfügung zu beschäftigen?", fragte er und machte ihm Platz.

Andrea ging um den Tisch herum und studierte eine Karte an der Wand. „Mach dich nur lustig, lieber Marco. Deine Tage sind gezählt."

„Was erzürnt dich so, alter Freund?"

„Ich will nicht, dass du dich hinter meinem Rücken mit Isabella triffst." Er sah Marco zornig an und kontrollierte die Papiere auf seinem Tisch. „Sie hat genug Unsinn im Kopf."

Marco blieb neben ihm stehen und legte ihm die Hand auf die Schulter. „Wovor hast du Angst? Dass sich deine hübsche Isabella in einem alten Mann wie mich verlieben könnte?" Marco schmunzelte und gab ihm einen leichten Stoss.

„Hat sie dich gefragt? Nach Catarina?"

„Du wirst Isabella verlieren, wenn du dem Gespräch noch länger ausweichst."

„Ich habe sie längst verloren." Catarina hatte er nicht retten können. Er sah seinen Freund an, der selbst jetzt in solchen Zeiten noch den Mut fand, den venezianischen Hafen anzufahren, um ihn zu treffen. „Warum bist du nach Venedig gereist? Warum jetzt?"

„Verdammt, Andrea. Wie lange willst du deinen Kindern Theater vorspielen?"

„Mäßige deinen Zorn, Freund. Noch bin ich der Doge und habe die Gesetze in meiner Hand. Aber es wird mir über, mit jedem Tag, jeder Stunde mehr." Er umklammerte die Stuhllehne. „Sie wird gehen, Marco."

„Sie wuchs auf wie eine Gefangene, nur trennen sie keine Eisenstäbe von der Welt wie die armen Menschen, die in deinen verteufelten Gefängniszellen verdursten oder ertrinken."

Andrea sah Marco überrascht an. „Warst du dort?"

„Mit Isabella. Sie kennt sich im Gefängnis besser aus, als du in dem Stockwerk!"

„Ich werde sie …"

„Was – schlagen? Isabella wird immer wieder versuchen, auszubrechen. Irgendwann wird sie nicht mehr zurückkommen und dann gnade dir Gott, wenn sie die Wahrheit erfährt und nicht du es bist, der ihr Rede und Antwort steht."

Marco legte ihm eine Hand auf die Schulter. „Du hast Angst, Angst vor Francesca! Was hat die Frau gegen dich in der Hand, dass du dich derart von ihr leiten lässt?"

Andreas Blick glitt zu der Lade seines Schreibtisches.

Alle konnte er belügen, um ihrer selbst, ihrer Sicherheit willen, alle, nur nicht Marco, seinen alten Freund. Belog er nicht sich selbst? Die Nächte, in denen er schlaflos lag, mehrten sich. Dann stand er im Halbdunkel der Arkaden und lauschte in die Nacht. Er meinte Stimmen zu hören, die Stimmen seiner Verschwörer, die nachts versuchten, in den Palast einzudringen.

Müde fuhr sich Andrea über die Augen und holte tief Luft. Marco ließ sich vom Glanz nicht blenden. Er war erfahren, in vielen Dingen, und Francescas erregendes Lachen prallte an ihm ab. „Francesca wird dir nicht mehr Macht bringen, sondern deine an sich reißen. Hast du vergessen, wie sehr sie Catarina gehasst hat? Immer wollte sie das, was ihre Schwester besaß. Ja, selbst dich. Sie würde dich ans Messer liefern für eine Handvoll Dukaten."

„Solange ich der Doge bin, bleibt sie."

„Dann gnade dir Gott, dass du noch lange Doge bleibst."

***

Müde winkte Andrea seinen Berater aus dem Raum. „Geht, Marcello, morgen ist ein neuer Tag." Wieder war er müde, so müde.

Marco hatte das Zimmer kaum verlassen, als Marcello ihn an seine Tagespflicht erinnerte und ihm Urteile und Urkunden vorlegte, die er unterzeichnen musste. Ein Schriftzug von ihm und jemand verlor sein Leben oder hundert Dukaten. Die letzten Sonnenstrahlen des Tages blendeten Andrea, als er auf den Gang hinaustrat.

Langsam ging er über den Marmorboden, an der Wache vorbei und blieb bei den Löwenmäulern nachdenklich stehen. Sie war tatsächlich kein Kind mehr. Isabellas Briefe waren nicht mehr nur von Sehnsucht und kindlichen Sorgen geprägt, sie war im Begriff, eine junge Frau zu werden. Bereit, sich um Venedig zu sorgen und entschlossen, nicht länger zu schweigen. Irgendwann würde er ihr von Catarina erzählen müssen, doch je näher der Tag rückte, desto mehr fürchtete er sich davor. Marco hatte Recht, aber wenn er nicht einmal ihm erklären konnte, was ihn ängstigte, wie ungleich schwerer fiel es ihm, Isabella von dem schmalen Grat zu erzählen, über den er wanderte? Mehr denn je war er entschlossen, es Isabella an nichts fehlen zu lassen, auch wenn das hieß, dass sie ihn vorübergehend verabscheute. Er ging weiter, trat auf den äußeren Halbbogengang, der den Palast seit wenigen Jahren umgab.

Die Wärme täuschte. Die Schatten zwischen den Säulen wurden rasch länger, aber er zögerte – wollte nicht zurückgehen.

Perlendes Lachen drang zu ihm. Überrascht drehte er sich um. Die Gänge schienen leer. Wo war Isabella, deren Lachen er so selten gehört hatte in den letzten Wochen?

„Du erwischt mich nicht, großer Bruder", rief Isabella in dem Moment. Ihre Schuhe klapperten auf dem Marmorboden, und als Andrea am Ende des Ganges angekommen war, erblickte er sie. Mit aufgelöstem Haar und gerafftem Surkot blieb sie erschrocken stehen.

Er fasste sich an sein Herz. Die gleichen Augen wie Catarina. Silvano tauchte aus dem Schatten eines Seitenganges auf. Seine Augen wurden dunkel vor Zorn, als er ihn erkannte.

„Gehen wir", sagte Silvano rau und zog Isabella hinter sich her.

Ein kalter Wind glitt unter die Arkaden und er wandte sich ab. Die Peitschenhiebe, sie hallten in seinen Ohren und mahnten ihn, dass Isabella sich die Liebe, die sie von ihrem Vater erhoffte, woanders suchte – bei einem verräterischen Glasbläser. Er stockte plötzlich. Was trieb die Serenissima mit ihm, dass er seine Kinder bestrafte und ihnen das entzog, was er sein Leben lang gesucht hatte?

24. Kapitel

„Margherita, versteh mich doch! Ich muss mit Marco reden. Vater schweigt und du hast Angst.“ Isabella hielt Margheritas Hand fest umklammert. Sie würde sich die Chance nicht nehmen lassen. Marco war willig, ihr von Catarina zu erzählen. Margherita hatte nachdenklich zugehört, während sie an einem Surkot herumzupfte. „Ihr macht Euch zu viele Gedanken, Isabella. Es ist nicht gut. Marco ist ein alter Freund der Familie. Wenn Euer Vater hört, dass Ihr mit Marco Polo über Catarina gesprochen habt ...“

Isabella sah sie eindringlich an. „Geh zu Marco und bitte ihn, zu mir zu kommen. Geh!“

Margherita drückte Isabellas Hand. „Ein Sturkopf wie Euer Vater. Der heilige Markus steh uns bei.“

Margherita verließ das Zimmer. Erleichtert setzte sich Isabella auf das Bett. Ihr Herz klopfte wie wild. Es war richtig, redete sie sich ein. Und wichtig. Vielleicht verstand sie ihren Vater dann besser.

Ein lautes Klopfen an der Tür riss Isabella aus ihren Gedanken.

„Tu, was ich dir befohlen habe, Margherita.“

„Als zukünftige Dogaressa werde ich dir sagen, was du tun darfst.“

Überrascht drehte sich Isabella um.

Ein zynisches Lächeln um die Lippen, wartete Francesca nicht auf Isabellas Zustimmung und trat ein. Ihr Haar leuchtete im warmen Licht der untergehenden Sonne. Als hätte Francesca die Pose einstudiert, machte das Licht ihre hohen Wangenknochen weich, aber Isabella sah an den kalten, eng zusammenstehenden Augen, dass Francesca nichts Weiches an sich hatte.

„Hast du mit einem anderen Besucher gerechnet?“

Francesca strich Isabella eine Locke aus dem Gesicht. „Du bist noch jung und naiv. So etwas gefällt den Männern.“ Sie lachte laut. „Dennoch – du bist noch ein Kind.“

Francesca lehnte sich wieder gegen das Fenster und wedelte mit ein paar Briefen in der Hand.

Entsetzt starrte Isabella auf die Briefe. Die bekam nur Marcello zu lesen. Und dann ihr Vater. „Die Briefe gehören meinem Vater. Sie haben kein Recht, sie an sich zu nehmen.“

„Schweig, du dummes Ding! Glaubst du wirklich, Andrea glaubt dir noch? Du schreibst Briefe, verleumdest mich!“

Francesca schlug ihre Hand weg. „Du törichtes Kind! Verstehst du noch immer nicht? Es wird deinen Vater nicht interessieren, was du über die zukünftige Dogaressa zu wissen glaubst.“

Isabella trat zurück und hielt sich am Bettpfosten fest. Wie Figuren auf einem Schachbrett lenkte Francesca jene Männer, die sie liebte und verehrte. Nur Silvano hatte rechtzeitig gemerkt, welche Gefahr die Contessa war. Oder ließ er sie nur in dem Glauben, um ihr keine Angst zu machen?

„Hast du wirklich gedacht, dass er allein bleibt?“ Sie trat hinter Isabella und legte ihr die Hände auf die Taille. Langsam glitten Francescas Hände höher, bis sie am Brustansatz stillstanden. „Kein Mann begnügt sich damit, uns nur anzusehen. Auch Alonso ist ein bemerkenswerter Liebhaber. Wenn du dich an die Liebe gewöhnt hast, wirst du mich verstehen“, fuhr sie mit glänzenden Augen fort.

„Neben Euch mag ich unerfahren erscheinen, aber ich bin die Tochter des Dogen. Von Geburt an, nicht durch eine Heirat und auch keine erzwungene Heirat vermag Euch dorthin zu bringen, wonach Euch gelüstet.“

Isabella schrie auf, als die Contessa sie an den Haaren packte.

Francesca blickte sie hasserfüllt an. „Ich kann dir nur raten, dich mir nicht in den Weg zu stellen. Du würdest es bitter bereuen."

***

Isabella bemerkte Marco Polo erst, als er neben ihr am Tisch stand.

„Isabella, verzeiht mir, ich war noch in geschäftliche Niederschriften vertieft", entschuldigte sich Marco.

Sie deutete auf den Stuhl neben dem Tisch.

Marco setzte sich nieder, erhob sich aber gleich wieder und blieb vor dem Eichenkästchen ihrer Mutter stehen. Mit einem fragenden Blick deutete Marco darauf und als Isabella nickte, hob er es vorsichtig auf. „Ihr fragt Euch vielleicht, warum gerade ich es bin, der Eure Sorgen versteht."

„Wie könnte ich Sorgen haben? Ich habe alles, was ich mir wünschen kann." Sie stand auf und nahm Marco das Kästchen aus der Hand. „In Catarinas Augen konnte ich lesen, was sie fühlte. Schließt mich nicht aus, ich bin nicht Euer Feind."

„Es ist nichts, Marco. Ich bin nur durcheinander wegen des Balls."

Marco ging ein paar Schritte zurück. „Wisst Ihr, woher Eure Mutter das Kästchen hat?"

Liebevoll strich Isabella mit dem Zeigefinger über die kunstvoll geschnitzten Intarsien, die Ranken und Bögen wiederholten sich in einem Muster, das sich am Rande des Deckels fortsetzte. „Es muss ihr sehr wichtig gewesen sein, weil sie Margherita das Versprechen abgenommen hat, es mir zu geben, wenn ich alt genug bin."

Marco nickte. „Sie hatte sich wohl mehr gefreut, dass wir unverletzt nach Hause gekommen sind. Euer Vater war verärgert, weil er kein Geschenk dabei hatte. Ich glaube, Andrea war Eurer Mutter Geschenk genug. Sie hat ihn geliebt, obwohl ihre Familie gegen die Heirat war." Er nahm ihr das Kästchen ab und drückte an einer Ecke, bis sich ein schmaler Spalt zeigte.

Neugierig verfolgte Isabella Marcos Tun. Wieso hat ihr Margherita nichts von dem Geheimversteck erzählt?

Er reichte ihr das Kästchen wieder. „Hier mögen Eure wahren Geheimnisse unentdeckt bleiben, Isabella. Ich fürchte, Catarina hat sich an das wahre Geheimnis des Kästchens nicht mehr erinnert." Über Marcos Gesicht glitt ein Schatten. „Ich war lange fort damals und bei der Rückfahrt gerieten wir in einen Sturm. Doch ich wollte Eurer Mutter unbedingt ein Geschenk mitbringen, eben das Kästchen. Es lag gut verschnürt unter Deck. Und dann war es verschwunden."

Isabella sah ihn bestürzt an. „Mein Vater?"

Marco nickte. „Catarina hat seine List durchschaut. Sie hat wohl das Geheimversteck entdeckt, in dem ich einen Brief verwahrt hatte und ihr meine Liebe gestand, doch sie liebte Euren Vater. Mit derselben Inbrunst wie Ihr selbst Euch quält. Ihr seid verliebt. In Eurem Alter durchaus eine Erfahrung, die schmerzhaft und schön zugleich sein kann. Eure Mutter wäre Euch ein besserer Zuhörer, aber lasst einen alten Mann ein wenig an Ihrer Zukunft teilhaben und vertraut auf Euer Herz!"

Isabella schluckte. Sie war noch jung. Was wusste sie schon von Liebe?

„Euer Vater mag manchmal sehr hart sein, aber er liebt Euch, Isabella."

„Ich will keinen Mann heiraten, der meinen Vater hasst. Oder Venedig verachtet!"

„Es steht mir nicht zu, mich in Dinge einzumischen, die mich nichts angehen, aber – ich habe mit Eurem Vater gesprochen, Isabella.“

Isabella stand auf und presste ihre Hand auf den Mund. Francesca würde ihre Drohung wahr machen. „Bitte, Marco, tut das nie wieder. Sprecht nicht über Dinge, die Ihr nicht versteht. Es ist zu spät, Marco. Es ist zu spät, um Verzeihung zu bitten.“

Marco sah sie entsetzt an. „Isabella, Kind, was habt Ihr? Warum seid Ihr so durcheinander?“

Isabella ging zur Tür. „Entschuldigt mich bitte. Vielleicht können wir unser Gespräch ein anderes Mal fortsetzen.“

Marco stand auf, zögerte einen Augenblick und schnupperte. „Sagt, war die Contessa hier? Ich kenne diesen Duft – voller Verlockungen. Was hat sie gesagt, dass Ihr plötzlich voller Angst seid?“

Sie kehrte Marco den Rücken. „Geht, bitte.“

„Glaubt mir, auch Euer Vater will nur, dass Ihr glücklich seid.“

Sie hob schnell ihren Kopf und suchte nach Spott, aber in seinen Augen las sie Verständnis. „Meint Ihr? Er will mich mit Alonso Carisi vermählen, einem Mann, den ich kaum kenne und nicht liebe.“

25. Kapitel

„Isabella wird Euch hassen. Eines Tages wird sie aufwachen und merken, dass Ihr ein Mann voller Zorn seid." Silvano ließ seinen Vater nicht aus den Augen, während er in dessen Arbeitszimmer auf und ab ging.

„Du warst es, der sie hinausgetrieben hat!"

Silvano schwieg und senkte den Kopf. Hatte sein Vater Angst?

„Ihr könnt sie nicht ewig einsperren. Isabella ist nicht wie Ihr – sie will nichts von der Macht wissen."

Silvano holte tief Luft, starrte auf den Mahagonisessel, auf dem sein Vater thronte wie im Ratssaal. Nur die trommelnden Finger verrieten seine Unruhe, immer wieder glitten sie über die dunkle Maserung.

Andreas Finger hielten inne, zogen einen Kreis. „Ich würde nicht wagen, etwas zu tun, was ihr schadet."

Silvano blieb stehen, drehte sich langsam um. „Wenn Isabella etwas passiert, dann kann Euch nicht mal der heilige Markus helfen."

Sein Vater betrachtete wieder das Portrait, als würde es ihm antworten, legte sogar den Kopf schief und nickte. Er wollte gerade antworten, als ihn energisches Klopfen unterbrach.

Eroso trat ein. „Euer Gnaden, Eure Tochter ist wohlauf. Sie wurde gerade vor dem Palast …"

Silvano starrte erst seinen Vater an, dann packte er Eroso am Kragen und schrie: „Rede!"

Eroso neigte den Kopf. „Marco Polo hat sie gefunden und hierher gebracht."

Silvano ließ den Mann los und wandte sich ab. „Verzeiht, Eroso. Ihr seid nicht der Schuldige."

Andrea hieb auf den Tisch und deutete auf ihn. „Daran bist du schuld! Bring ihr bei, dass sie in Zukunft im Palast bleiben muss."

„Es ist ihr nichts passiert, Vater." Er schüttelte den Kopf. „Ihr versteht nicht, warum sie unglücklich ist. Sie mag Euch nicht hassen, aber lieben auch nicht."

Andrea winkte Eroso wütend hinaus und schritt um den Tisch herum, wo er aufgewühlt vor Silvano stehen blieb.

„Du sprichst von Liebe. Wen liebst du? Francesca?"

„Ihr seid die Bestie, der Löwe von Venedig!", rief Silvano wütend. „Und das Volk wird Euch zerfleischt sehen. Geht hinaus, zeigt Euch den Leuten. Seht selbst!"

Sein Vater schien tatsächlich überrascht und stützte sich heftig atmend auf die Tischkante. „Du verstehst nicht, Silvano. Ich weiß, wo du dich nächtelang herumgetrieben hast. Natürlich weiß ich das. Wie hätte ich dich sonst schützen können, all die Jahre lang? Hast du wirklich geglaubt, ich wüsste nicht, dass ganz Venedig über meinen Sohn spottet, der es bei keiner Frau lang aushält?"

„Ganz Venedig weiß, dass ich auf der Suche nach Liebe bin, Respekt und Anerkennung – was mir mein Vater nicht geben kann."

„Silvano!", rief Isabella entsetzt aus.

Er hatte sie nicht gesehen. Leise und unbemerkt stand Isabella in der Tür hinter dem Vorhang, das pompöse Rot bildete einen starken Kontrast zu ihrem blassen Gesicht.

Ihr Blick hastete zwischen ihm und ihrem Vater hin und her und sie krallte ihre Hand um seine Hand. „Wir – ich liebe dich."

„Isabella, meine schöne Schwester, wach aus deinem Traum auf. Die Venezianer stehen kurz vor dem Krieg mit Genua, während ihr Doge sich mit dem Gedanken trägt, sich zu vermählen – mit der Frau, die mein Herz in Händen hält."

Der Schlag traf Silvano mitten ins Gesicht, bald spürte er einen warmen Strom über sein Kinn laufen.

Isabella schrie entsetzt auf und lief aus dem Raum.

„Verschwinde, du Taugenichts!", zischte Andrea. „Du bist nicht mein Sohn, warst es nie!"

Silvano hob den Kopf und sah seinen Vater leise lächelnd an. „Du wirst dich immer fragen, ob sie dich liebt oder nur deine Macht – und Isabella, du wirst sie auch verlieren!"

***

„Er wird dafür büßen." Silvano ballte die Hände zu Fäusten. Seit Stunden saß er hier in der kleinen Kapelle von San Clemente. Sein letzter Zufluchtsort, zerrissen von der Leidenschaft zu Francesca, deren Herz er nicht zu gewinnen vermochte, und der Hoffnung, dass alles nur ein böser Traum war.

Er sah zu den Bildern auf, die die Markuslegende erzählten. Angst überzog die Gesichter der Männer. Ihre Blicke galten den hohen, wild aufgetürmten Wellenbergen, die über ihnen zusammenbrachen. Der Sturm war aus dem Nichts gekommen – wie jetzt, und das Schiff drohte auf den Klippen aufzulaufen.

Andrea schien blind zu sein für die Leiden seines Volkes, den Kummer Isabellas und die Tatsache, dass sein Volk sich nach Einigkeit sehnte. „Du bist mein Sturm und meine Klippe, Vater! Du warst es für unsere Mutter, für mich, und du wirst es für die Serenissima. Alles, was du liebst, zerstörst du. Und nicht einmal der heilige Markus wird uns davor bewahren können. Vergib mir, Heilige Mutter Gottes, ich habe gesündigt!"

Silvano sank mit dem Kopf auf die hölzerne Bank nieder. Er hörte wieder das Zischen der Peitsche und den Schmerz, der viele Erinnerungen ausgelöscht hatte, aber nicht alle. „Sie hat mich geliebt, seit dem Tod unserer Mutter war sie die Einzige, die ich in mein Herz ließ, aber du musstest sie mir nehmen. Aber er frönt seiner Leidenschaften und dem Prunk, an dem Isabella und ich fast ersticken. Wie soll ich ihm vergeben? Und wie soll ich mir vergeben?"

Das Knarren der Tür unterbrach seine Worte.

„Was tust du hier?" Silvano drehte sich um, überrascht, sprach dann schneller. „Ich habe mich entschieden – es gibt keinen anderen Weg. Ich muss weg von hier." Er wandte sich ab und betete weiter. Ein Schatten legte sich über seine Hände und ein Beil zeichnete sich ab. Er stürzte erschrocken zur Seite und stolperte aus der Kapelle.

***

Der Schatten des Beiles hatte ihn rechtzeitig gewarnt. Sein wacher Verstand hatte ihn vor dem Tod bewahrt. Die fahlen Lichter der Kerzen schimmerten auf der Piazza, während Silvano das Boot langsam aus der Lagune ruderte. Über dem Palast hingen dunkle Wolken wie Wellenberge. Isabella würde ihn hassen, dass er sie allein ließ, aber er hatte keine andere Wahl.

Er musste schneller rudern. Schon bald fuhren die ersten Fischer aufs Meer hinaus und er durfte nicht schon nach den ersten Pfählen aufgehalten werden.

Die Sehnsucht, die sich in sein Herz gebohrt hatte, seit er Francesca zum ersten Mal begegnet war, war schlimmer als jedes Beil, doch die Entdeckung der Hand, die das Beil geführt hatte, entsetzte ihn zutiefst.

War er so blind vor Liebe gewesen, dass er die Wahrheit nicht erkannte? War sein Vater doch ein Mann, der Gefühle kannte und hatte Francesca alles nur getan, um einen Keil zwischen sie zu treiben, dafür zu sorgen, dass der Sohn den Vater und der Vater den Sohn hasste, um an die Macht zu kommen? Allein der Gedanke ekelte ihn.

Es war unmöglich, Andrea di Conti als jemand anders zu sehen, als das, was er repräsentierte: Macht und Pathos, menschliche Ikone einer Stadt, die sich ganz dem Reichtum und der Ignoranz verschrieben hatte. Und er selbst, Silvano di Conti, Sohn des kürzlich entmachteten Dogen? Längst beherrschte eine Frau die Serenissima. Francesca war noch nicht mal Dogaressa und dirigierte seinen Vater mit erschreckender Macht.

Venedig, das war nicht nur der Doge, der Rat, Venedig, das war auch das Volk. So wie die Pfähle die Palazzi seit Jahrhunderten trugen, so trugen die Venezianer ihre Geschichten und Legenden weiter, wie er seine Sehnsucht nach einer anderen Zukunft mit sich trug. Und die Lasten, die sie alle zu tragen hatten, wurden schwer und schwerer, bis sie nicht nur Venedig, sondern auch ihn begraben würden, wenn er jetzt nicht ging.

Er war nicht mehr länger der Sohn des Dogen. Nun war er frei, durfte Venedig verlassen, doch nichts verschaffte ihm Erleichterung in dem Augenblick. Jeder Ruderzug zeigte ihm, dass er seine Heimat verließ. Die Basilika wurde immer kleiner und auch der Palast verlor an Präsenz. Trotzdem wurde Silvanos Schmerz immer größer, weil er wusste, dass er vielleicht nie wieder zurückkehren würde.

26. Kapitel

Wutschnaubend wanderte Giovanni die schmale Mauer auf und ab, die Land und Meer voneinander trennte und blickte auf die Männer, die sich unter ihm versammelt hatten. „Wollt ihr alles verlieren, wofür ihr gearbeitet habt? Die Patrizier glauben, wir hätten ihre Kontore ausgeraubt."

Er schaute sich um. Frederico, Georgio, sie alle hatten Familie, brauchten Geld, um ihre Kinder zu ernähren. Er setzte sich auf die Mauer und schaute über das tief glänzende Meer. Nur schwach spiegelten sich die Lichter der Lampen, die ein paar Männer mitgebracht hatten, im Wasser. So schwach war auch ihr Interesse, sich gegen Fallore einzusetzen.

Frederico, ein Mann, dem Giovanni bisher aus dem Weg gegangen war, weil er viel trank und seine Frau schlug, räusperte sich. „Du hast nicht die Brände erlebt. Von einer Stunde auf die andere haben wir alles verloren. Auf Murano haben wir uns eine neue Heimat geschaffen. Hör auf, unseren Frauen von einer neuen Chance zu erzählen."

Giovanni nickte und stand wieder auf. „Deshalb müssen wir gemeinsam vorgehen." Er holte tief Luft, schaute an seinen schmutzigen Hosen runter, bis er Georgios fragenden Blick auffing.

„Wir wollen, dass jeder für sein Handwerk ausreichend entlohnt wird. Nicht nur der Meister."

Zustimmendes Gemurmel.

„Und gute Ware bekommen wir nur, wenn wir Fallore in die Knie zwingen."

Ein paar Männer, die sich bereits abgewandt hatten, kehrten zurück. Er fasste Mut, erhob die Stimme wieder und rief zu den Männern, die sich um ihn versammelt hatten: „Dann kämpft dafür!“

„Aber niemand kauft unsere Ware, wenn wir uns gegen Fallore auflehnen.“

Giovanni schüttelte heftig den Kopf. „Sie werden es kaufen. Wir machen das beste Glas weit und breit, aber niemand wird von eurer Arbeit erfahren, wenn ihr Fallore weiter ungeschoren lasst.“

Er merkte die plötzliche Unruhe unter den Männern, die sich nicht trauten, ihm zu widersprechen.

„Giovanni, denk an die Kinder. Wenn di Conti das erfährt, sind wir tot! Du hast keine Familie, bist dein eigener Herr“, sagte Angelo.

Giovanni sprang von der breiten Mauer runter. Ausgerechnet Angelo fiel ihm in den Rücken. „Angelo, auf dich hören unsere Männer. Du hast doch gesehen, wie sie sich lustig machen und uns behandeln wie Aussätzige. Was haben wir getan, um so bestraft zu werden?“

Angelo legte ihm eine Hand auf die Schulter. „Schon als du klein warst, wolltest du immer Recht behalten, aber hier geht es um etwas anderes. Du verlangst, dass die Männer ihr Leben riskieren – ohne zu wissen, wie es enden wird oder wofür. Und deinen Rachedurst wird es nicht stillen.“

„Ich dachte, sie würden mir helfen!“ Zornig schaute Giovanni auf die Männer, seine Freunde, viele waren mit ihm aufgewachsen und ihm plötzlich fremd.

Angelo umarmte ihn väterlich. „Das Mädchen hat dir gezeigt, was außerhalb deiner Welt ist, aber es kann nicht jene Welt sein, in der du überleben kannst.“

Georgio drückte Giovanni ein Glas Wein in die Hand. „Trinken wir, auf Giovanni, der die Moral entdeckt hat.“ Er grinste. „Die Weiber werden sich die Augen ausheulen.“

Giovanni kniff die Augen zusammen. „Wo hast du den Wein her?“

Angelo zog ihn näher zu sich. „Lass es auf sich beruhen, geh, Giovanni.“

In den hinteren Reihen wurde laut gelacht und gesungen. „Was ist hier los?“ Er schaute Angelo irritiert an. Georgio nahm einen Schluck Wein und wich seinem Blick aus.

„Was wollt ihr?“, rief er in die Menge. „Feiert, wenn wir unser Recht haben.“

„Wir feiern jetzt, Giovanni. Wer sollte dir vertrauen? Für die Weiber bist du ein Held. Du arbeitest, aber du verabscheust unsere Kunst. Warum sollten wir dir folgen, wenn du selbst den Weg nicht kennst?“

Georgios Stimme schwankte, bis ein Mann neben ihn trat. Der Stoff war fein gearbeitet, sein weißblondes Haar gepflegt und es bedurfte keiner Frage, dass der Mann normalerweise in anderer Gesellschaft trank.

Giovanni wich entsetzt zurück, als er den Mann erkannte, der nun mit einem süffisanten Lächeln und seinem Stöckchen auf ihn zukam.

„Giovanni Caspero. Sohn des bekanntesten Glasbläsers – ein Meister, der keiner ist und auch keiner werden wird, wenn – ja, wenn nicht Giovanni etwas dafür tut.“

Mit seinem silbernen Stöckchen schlug der Mann auf ein Weinfass neben sich. „Trinkt, Männer. Die Nacht ist noch lang.“

Die Männer grölten und rollten das Fass weg. Ein dumpfer Schlag, und neuerlich wurde Wein ausgeschenkt. Guter Wein, das roch Giovanni an Angelos Atem.

Wie war Carisi hierher gekommen? Wer war er, dass er es wagte, ihn vor seinen Freunden so zu demütigen? Ein Stich mit dem Messer unter seinem Wams und der Hohn würde aus ihm treten wie das Blut.

„So still, Giovanni?" Carisi kam so nah, dass Giovanni seinen Atem spürte. „Hast du wirklich geglaubt, dich ohne Abschied davonmachen zu können? Wir beide haben eine Vereinbarung, auch wenn ich meinen Teil davon noch nicht erfüllen konnte."

Giovanni nickte und suchte nach Angelo. Wenn sein Freund erfuhr, warum Carisi hier war, dann würde auch sein Vater bald davon erfahren.

Carisi strich sich das Wams glatt und wandte sich an die Männer. Nur ein paar hatten den Streit bemerkt und schauten ihn argwöhnisch an. „Ich bin hier, um euch zu helfen. Die Ungerechtigkeit muss ein Ende haben! Und Giovanni ist bereit, euch zu unterstützen." Er hob die Hände und klatschte Giovanni zu.

Die Männer folgten ihm. Sie nickten erwartungsvoll, johlten und sangen wieder.

„Bist du noch immer bereit, alles zu tun, um deinen Freunden zu helfen?" „Ja!"

„Dann töte den Dogen! Er ist für Faustos Tod verantwortlich."

Die Menge verstummte. Weinbecher fielen auf den Boden, der edle Wein sickerte in den Boden.

Giovanni schwankte beiseite und traf Angelos Blicke. Er schüttelte unmerklich den Kopf und tastete mit der Hand nach seinem Fischmesser.

Carisis Augen verschmälerten sich und er deutete zur Seite, bis Giovanni vor ihm stand. „Töte den Dogen, nur so kannst du Isabella di Conti zu deiner Frau machen. Sie hasst ihn und wünscht sich seinen Tod."

***

Carisi hatte sich längst wieder nach Venedig übersetzen lassen, als Giovanni nach Hause ging. Er hoffte, einer Begegnung mit seinem Vater aus dem Weg zu gehen, aber kaum hatte er die Tür geschlossen, stand Antonio vor ihm.

Er schien nicht geschlafen zu haben und riss Giovanni an sich.

„Was ist bloß in dich gefahren, Giovanni? Worauf lässt du dich ein?"

Giovanni schüttelte den Kopf. „Ich hatte Angst, Vater. Wenn ich gewusst hätte, dass Fausto tot ist."

„Niemand ist frei von Schuld, auch du nicht."

„Jemand muss etwas tun. Und Carisi glaubt, dass ich eine solche Wende herbeiführen kann, Vater." Er packte die neuen Gläser in die Kisten, Stück für Stück. Seine Hände zitterten, während er versuchte, die Kisten zu füllen. „Ich tue es für dich und Mama!"

Antonio riss ihn am Wams zurück. „Sag nicht, für uns – ich habe dich nicht erzogen, damit du losziehst, um zu töten!"

Giovanni sah auf die schwieligen, verbrannten Hände seines Vaters. Es war so einfach, er musste Carisis Auftrag nicht erfüllen. Aber, alle, die ihn bisher für einen Schwächling gehalten hatten, einen einfachen Glasbläser, würden ihre Meinung ändern.

„Fallore wird nicht immer an der Macht bleiben, Vater und dann wirst du …" Er hielt seinen Vater an der Schulter fest. „Dann wirst du Meister der Glasbläser. Du hast doch davon geträumt, mit mir zusammen die Glasbläserei weiterzuführen."

„Geh, ich werde dich nicht aufhalten. Wenn nicht er, dann kommt ein anderer. Willst du ihn auch töten?" Antonio zog die Schultern hoch und strich über eine der Glasbläserpfeifen. „Ich dachte, ich hätte dich gelehrt, worauf es im Leben ankommt."

***

Am nächsten Morgen zerbrach Giovannis Hoffnung, sich mit seinem Vater auszusprechen. Noch nie hatte sein Vater ohne ihn mit der Arbeit begonnen, doch an dem Morgen saß er allein an seinem Platz.

„Vater, ich vergaß, das neue Fass aufzumachen. Ich werde es sofort tun", rief er, als er in der Hütte stand und nach seiner Zange suchte. „Du arbeitest ja gar nicht."

Antonio sah ihn an, als blicke er durch ihn durch. „Fallore war gerade hier."

Langsam drehte er sich um und kniete neben seinem Vater nieder. Seine Augen waren mit Tränen gefüllt, und mit aller Kraft umklammerte er seinen alten Bardello.

Behutsam löste Giovanni das Holzbrett aus den Händen seines Vaters und stellte es auf den kleinen Arbeitstisch neben dem Ofen. „Der Doge benötigt nicht länger unsere Dienste." Die Stimme seines Vaters war dünn. Gepresst sagte er: „Es war nur eine Frage der Zeit, bis sich das Schicksal endgültig gegen mich wenden würde."

Er packte seinen Vater an den Schultern. „Vater, du gibst auf. Gerade du? Niemals, das lasse ich nicht zu." Schnell stand er auf und ging zum Regal. „Hier, sieh dir die Vase an, den Becher, das hast du allein gemacht, nur für den Dogen. Du wolltest es ihm als Erinnerung für den Feiertag überbringen."

Antonio schüttelte den Kopf. „Es ist vorbei, Junge, ich kann nicht. Fallore erkannte es wohl schon früher."

„Fallore! Was sollte er wohl erkennen? Der ist so bedacht, sich zu präsentieren, dass er nicht merkt, was um ihn herum passiert."

Sein Vater fuhr herum. „Hör auf!"

Der harte Ton erschreckte ihn. Noch nie hatte er seinen Vater so zornig gesehen, aber der Zorn war überschattet von Angst.

„Hat er dir gedroht?"

Die Augen seines Vaters glänzten verräterisch.

„Will er Mama etwas antun?"

Antonio schlug die Hände zusammen und begann zu weinen. „Nein, Giovanni, nein, er ist es doch gewesen, der deine Mutter damals verloren hatte. Mich hasst er, aber deine Mutter liebt er, noch immer. Auch nach vielen Jahren."

Fassungslos sah Giovanni auf den Ofen, das Feuer war längst erloschen. „Du hast aufgegeben, Vater." Erst jetzt erkannte er, dass sein Vater einige der neuen Stücke hineingeworfen hatte. Sie schmolzen zu bizarren Elementen, bis sie in der zähen Masse verschwanden.

„Der Glasbläserstar. Ich werde blind, Giovanni."

27. Kapitel

Andrea saß im Dunkel seines Arbeitszimmers und lauschte nach draußen. Nichts, nur eine lähmende Stille, die ihm heute, nach den nächtlichen Unruhen der letzten Tage, mehr Sorgen bereitete als die Berichte von Marcello. Besonders jetzt, wo er von Silvanos Anwesenheit im Kontor wusste, gelang es ihm nicht, den Keim zu ersticken. Ging Silvanos Hass so weit, dass er ihm tatsächlich Schaden zufügen wollte?

Von Unruhe gepackt trat er hinaus auf den Wandelgang. Zwischen den Häusern schwand das letzte Licht des Tages. Die Schatten über der Piazza wurden länger. Die Kälte ließ ihn seine müden Glieder deutlich spüren, dennoch blieb Andrea stehen und beobachtete die Handwerker. Müde bauten sie ihre Buden ab und verluden die Holzbretter auf kleinen Wägen mit knarrenden Rädern, die über das unebene Pflaster des Platzes polterten. Kinder versuchten unbeholfen, die Bretter festzuhalten, die immer wieder vom Wagen fielen.

„Euer Gnaden, es ist nicht der geeignete Ort für Euch", sagte Marcello und legte ihm den schweren Umhang um.

Andrea lächelte müde. „Marcello, Ihr meint es gut, aber lasst mich allein. Ich muss nachdenken."

Marcello verneigte sich und zögerte. „Ihr solltet in Euer Arbeitszimmer zurückkehren. Die Contessa wird bald kommen."

Er nickte und legte abwartend den Kopf schief.

Marcello verstand und zog sich rückwärts gehend zurück, bis er hinter der nächsten Ecke verschwand.

Die Wärme breitete sich nur langsam aus, aber die Schnallen des Umhangs drückten auf seiner Brust. Dann erstarrte er – Silvano, er rannte aus der Basilika. Bevor er ihn warnen konnte, rammte Silvano den Wagen eines Händlers und stürzte weiter.

Andrea rang nach Luft. Er riss sich den Umhang runter und machte einen Schritt nach vorne. Schwindel, schwarze Schleier, Silvanos gedämpfte Schreie. Er witterte Gefahr.

„Marcello!", rief er und blickte auf die Piazza. Er taumelte gegen die Balustrade und schwankte zur Treppe, wo ihm Marcello entgegeneilte.

„Silvano, er ist – er war auf der Piazza. Schick Eroso. Man soll ihn suchen."

„Euer Sohn weiß, was er tut. Es wird ihm nichts passieren." Marcello zögerte. „Hat Euch Marco Polo Angst gemacht?"

Andrea stockte. „Was redet Ihr, alter Narr! Marco ist mein Freund." Er holte tief Luft. „Geht zum Palast der Contessa."

Ärgerlich, dass Marcello nicht verstand, stieß er seinen Berater beiseite und rief nach der Wache. Wie lange es dauerte! Es erschien ihm eine Ewigkeit, und bis die Wachen endlich aus dem Palast marschiert waren, loderte der Zorn in ihm so verzehrend und schmerzlich wie die Flammen aus jenen Glasbläserhütten, die den letzten schweren Brand auf seiner Insel ausgelöst hatten.

Eroso kehrte vom Haupttor zurück und wich seinem Blick aus. Erst nach einem Gespräch mit Marcello und anderen Ratsmitgliedern, die durch den Aufruhr aufmerksam wurden und aus dem Kabinett kamen, bat er Eroso in das Arbeitszimmer zurück, wo dieser lange aus dem Fenster starrte und sichtlich nach Worten suchte. „Es gab einen Unfall." Er hob beschwichtigend die Hände. „Nein, nicht Silvano. Im Kontor, in dem Euer Sohn sich in den letzten Wochen aufgehalten hat, wurde Feuer gelegt. Einer der Arbeiter ist tot. Man munkelt, dass er sich heimlich an der neuen Ladung bereichert hat." Eroso stockte und wandte sich ab.

Andrea klopfte ungeduldig auf die Tischplatte. „Was hat das mit Silvanos Weglaufen zu tun?"

Eroso faltete seine Hände und erwiderte den Blick. „Man sagt, es wäre Silvano selbst gewesen, der dem Dieb seine gerechte Strafe erteilt hätte."

Andrea wirbelte herum. „Er ist gedankenlos, aber nicht dumm. Wenn der Mann gestohlen hat, dann steht ihm Strafe zu. Warum sollte Silvano fliehen?"

Eroso schritt an den Tisch und rollte die Karte auf. Dann tippte er auf den westlichen Teil nahe Genuas. „Weil der Mann unschuldig war. Ich selbst habe die Frachtlisten überprüft." Er stockte abermals, dann wandte er sich um und Andrea meinte, ein Lächeln zu erkennen. „Wir haben Fässer mit Schießpulver gefunden, die Silvano im Hafen versenkt hat.

Genug, um die halbe Lagune zu zerstören. Und den Dogenpalast.“

Er hob die Hand und winkte Eroso hinaus. Als die Tür sich hinter seinem Befehlshaber des Geheimdienstes schloss, ging er zurück und lehnte sich erschöpft gegen die Wand. Die dunklen Böden schwankten unter seinen Füßen, verzerrten seinen Blick. Nicht Silvano. Er hasste seinen Vater, verabscheute ihn, aber er tat nichts, um der Serenissima zu schaden. Oder Isabella. War es geplant von Silvano, dass Isabella aus dem Palast floh? Die kindliche Schwärmerei eines Backfisches, ein ausgeklügelter Versuch ihres Bruders, die Schwester außer Gefahr zu wissen? Fast war er versucht, Stolz zu empfinden. Der Sohn eines Teufels, aber er hatte seinen Zorn gegen ihn gerichtet – seinen Vater. Mehr noch, der Hass trieb Silvano so weit, dass er ihn töten wollte. Ihn und den Palast zerstören bis auf die Grundmauern. Ausgerechnet jetzt fiel sein Blick auf den Kompass. Die Richtung, die Marco ihm gewiesen hatte, war falsch. Er packte den Kompass und schmetterte ihn gegen die Wand.

„Sei verflucht!“, schrie er und wirbelte herum, als die Tür aufgestoßen wurde. Eroso mit einem Gefolge an Wachen. Er sah Marcellos erschrockenes Gesicht hinter den bewaffneten Männern. „Seid alle verflucht!“, rief er außer sich vor Zorn und eilte auf die Männer zu. Er drängte Eroso hinaus und warf die Tür zu. In dem Moment vernahm er das Läuten der Basilika und verharrte atemlos. Wessen Urteil gerade verkündet wurde, es war nicht das Letzte in der Serenissima. Und er hatte die Macht, darüber zu entscheiden.

***

Eilige Schritte rissen Andrea aus seinen Gedanken und er öffnete die Tür, nahm einen Schatten wahr, der die Treppe hinaufstieg. Unsicher, tastend. Erleichtert schloss er die Tür. Er würde morgen Rechenschaft fordern, aber nun war es gut, dass Silvano den Weg nach Hause gefunden hatte. Morgen, dachte er, morgen musste er einige Entscheidungen treffen.

Als hätte Francesca seinen Unmut verspürt, stieß sie gerade die Tür auf und kam ohne Umschweife auf ihn zu. „Wann wolltest du mir sagen, dass du Alonso Carisi den Teufel an den Hals wünscht?“

Andrea holte tief Luft. „Dein Neffe hat einen Plan. Er führt etwas im Schilde und solange wird er sich Isabella nicht mehr nähern. Nicht ohne meine Anwesenheit.“

Francescas Augen blitzten wütend auf. „Du entdeckst deine Vatergefühle? Was hat der Seebär mit dir gemacht, dass du weich wirst?“

Er riss so fest an Francescas Hand, dass sie aufstöhnte. „Und du? Willst du mir wirklich Glauben machen, mich zu lieben? Du willst auf den Thron, auf meinen Thron.“

Sie starrte ihn erschrocken an, und dann sah er die Verzweiflung in ihrem Blick. Was war sie bereit zu tun, um das Privileg zu bekommen? Er ließ ihre Hand los und trat ans Fenster. „Es ist mir egal, wer sich in deinem Bett suhlt, aber wenn sich ein einziger deiner Liebhaber darüber das Maul zerreißt, wird er gehängt. Neben dir. Und dann hilft es dir nichts mehr, dass du für Silvano das Einzige bist, das ihn glücklich macht.“

Ein klirrendes Geräusch schreckte ihn hoch. „Wir sind noch nicht miteinander fertig“, sagte er mit gefährlich leiser Stimme und eilte aus seinem Arbeitszimmer.

28. Kapitel

Sie hatten ihn nicht bemerkt. Die Palastwache des Dogen – er hätte am liebsten laut gelacht. Tagelang hatte Giovanni darüber nachgedacht, wie er in den Palast kam, hatte die Palastwache beobachtet und jetzt glitt er ungesehen an ihnen vorbei. Er sah zur Balustrade, wo er Isabella getroffen hatte und weiter zur Treppe. Als wiederholte sich das Schicksal erneut, aber heute war er gekommen, um Andrea di Conti zu finden.

Giovanni zog einen zerknitterten Plan aus seinem Wams und kniff die Augen zusammen. Wie Carisi es auch angestellt hatte, der Mann wusste einen Plan zu machen. Alles war sorgfältig ausgearbeitet und überlegt.

Vergeblich versuchte er, das Bild seines Vaters zu verdrängen. Er würde nie wieder Glasblasen, nun lag es an Giovanni, ihm zu helfen. Und der Tod des Dogen war ein Weg.

Giovanni hielt das Papier in den schwachen Mondschein, der durch den Arkadengang fiel. Die Treppe hinauf. Mit offenem Mund starrte er an die Decke der Eingangshalle. Bei seinem letzten Besuch hatte er nur Augen für Isabella gehabt. Er stieg über die sanft schimmernden Stufen aus Marmor und legte seine Hand auf das Gold. Plötzlich verdunkelte sich der Mond, das Licht verschwand und er suchte nach einem Halt. Bei dem Gedanken, wie viel Gold um ihn herum war, wurde ihm schwindelig. Selbst in der Dunkelheit war er sich des Goldes bewusst, das um ihn herum den Dogen und seine Macht verherrlichte. Seine Mutter würde davon träumen, hier zu sein. Seide! Und Gold! Er lächelte. Er würde seiner Mutter Ballen von Seide schenken, in allen Farben, die Schiffe aus allen Himmelsrichtungen brachten. Die Leute sollten seinen Vater bejubeln, wenn die neuen Gläser in alle

Welt hinausführen, um den Ruhm der venezianischen Glasmacher zu mehren. Nur einer stand ihm dazu im Weg – Andrea di Conti.

Das Messer in seiner Hand wurde schwer und kalt. Was geschah danach? Carisi hatte ihn so mit Lob und Träumen überhäuft, dass er nicht an das Nachher gedacht hatte. Konnte er sich auf Carisi verlassen oder würde er sich am Ende doch auf Murano verstecken müssen, ohne Hoffnung auf die Liebe Isabellas?

Er wollte doch nur Isabella für sich gewinnen und Vaters Anerkennung als Meister.

Zögernd blickte er auf den Gang, den er gekommen war. Der Gang lag im Schatten, als gäbe es keinen Weg zurück. Giovanni schauderte und holte tief Luft. Sie liebte ihn, es gab keine Zweifel mehr. Er drehte sich um und stieg die Stufen hinauf, tastete sich in der Dunkelheit langsam vorwärts und hörte seinen Atem. Ihm war kalt, der Schweiß lief über seine Schultern. Feigling, willst du kämpfen für deine Ehre? Eine Tür fiel zu, eilige Schritte waren zu hören. Er stürzte zur nächsten Tür und tauchte in das Dunkel des Zimmers.

„Du?“, fragte Isabella, dann fiel ihr Blick auf das Messer. Es glänzte im Mondlicht.

Giovanni entglitt das Messer, es fiel klirrend zu Boden, während er sie hilflos anstarrte.

„Isabella! Was ist hier los?“, drang eine laute Männerstimme durch die Tür. Erschrocken sah Isabella ihn an.

Giovanni stand wie erstarrt da. Unfähig sich zu bewegen.

„Versteck dich im Schrank.“ Isabella hob das Messer hoch und zog ihn mit sich ans andere Ende ihres Zimmers.

Giovanni, benommen von Isabellas Anblick, ließ alles mit sich geschehen. Noch immer fühlte er ihre warme Hand, ihren Atem, als sie ihn in den Schrank schob.

„Isabella! Ist dir etwas passiert?“, vernahm er die Stimme des Dogen, kaum dass Isabella den Schrank geschlossen hatte.

„Nein, Vater, ich habe nur schlecht geträumt. Ich war im Gang und vergaß die Tür zu schließen. Ich wollte Euch nicht erschrecken.“

Die Luft im Schrank war stickig. Er schob weiche Stoffe beiseite, roch Isabellas Duft, und er sehnte den Augenblick herbei, an dem die Schranktür sich wieder öffnen würde. Die Enge machte ihn verrückt, aber dann lauschte er alarmiert Isabellas Vater. Es war vorbei.

„Du bist etwas Besonderes. Nicht irgendein Mädchen, sondern meine Tochter und alles, was du tust, wird beobachtet. Ich weiß von deinen Ausflügen. Francesca meinte, ich solle dir das kleine Abenteuer gönnen, aber jetzt steht die Verlobung fest. Alonso erwartet eine gute Partie, die bekommt er. Du wirst dich benehmen, wie es sich für die Tochter des Dogen ziemt.“

„Ihr könnt mich nicht zwingen!“

„Glaub nicht, dein Stand ermöglicht dir, sich über alles hinwegzusetzen! Ich bin dein Vater und habe das Recht, dich zu vermählen.“

„Darum hasst Euch Silvano.“

„Warum sollte mich mein Sohn hassen?“

„Weil Ihr mit der Schwester meiner toten Mutter glücklich seid?“

Ein klatschendes Geräusch riss Giovanni hoch. Dann fiel die Tür ins Schloss.

Als er aus dem Schrank stieg, saß Isabella weinend auf dem Bett. Er kniete nieder und wischte sanft ihre Tränen ab. „Ich hasse ihn! Silvano hat Recht, wir müssen Venedig verlassen.“

„Das verlangt sehr großen Mut, Isabella.“ Sanft berührten seine Lippen Isabellas. Sie wehrte sich nicht, erwiderte seinen Kuss mit einer Heftigkeit, die ihn taumeln ließ.

29. Kapitel

Das Kreischen der Möwen lockte Isabella aus einem seltsamen Schlaf. Sie spürte Giovannis Hand und lächelte.

Giovanni wanderte mit seinen Fingern über ihre nackten Schultern. Er lag quer über ihrem Bett, sein Fuß ragte heraus. „Noch nie war ich einer Frau so nahe wie dir jetzt." Er senkte den Kopf, seine Lippen suchten neue Wege, um ihre Leidenschaft zu wecken.

Isabella seufzte auf. „Noch nie? Man erzählt, du wärst ein …" Beschämt senkte sie ihren Kopf und zog die Decke höher. Sie lauschte den Glockenschlägen der Basilika und schlüpfte aus dem Bett.

Giovanni hielt ihre Hand fest. „Keine Frau hat mich im Herzen berührt. Ich habe Vaters Hütte fast abgebrannt, weil ich nur noch an dich denken konnte."

Isabella wandte sich schnell ab. „Du musst weg." Sie löste sich aus Giovannis Umarmung und zog sich ihren Umhang über. Sie lauschte seinen Bewegungen, während sich Giovanni schnell ankleidete.

Er beugte sich über sie, küsste ihren Nacken, bis der Umhang auf den Boden glitt. „Ich liebe dich, Isabella di Conti."

Isabella schluckte heftig. „Lass mir etwas hier, das mich an dich erinnert."

Giovanni sah sie überrascht an. „Bin ich dir nicht nahe genug gewesen, um dich nicht vergessen zu machen?" Dann zauberte er ein Stück Glas aus seiner Tasche und reichte es ihr. „Das ist kein gewöhnliches Glasstück. Es entstand durch einen Blitz. Wie es mir ging, als ich dich das erste Mal sah." Er drückte sie fest an sich.

Isabella lächelte. „Ich werde auf eine Nachricht von dir warten. Margherita geht jeden Morgen auf den Markt. Sie wird uns helfen.“

Marcellos Rufe drangen bis über die Treppe.

Isabella sah Giovanni erschrocken an. „Es muss etwas geschehen sein.“

Giovanni küsste sie nochmals. „Vergiss nicht, dir allein gehört meine Liebe – und meine Treue.“

Als Giovanni aus der Tür glitt, schlüpfte Isabella wieder unter die Decke und drückte ihr Gesicht in das Kissen. Es roch nach Giovanni.

Plötzlich ging die Tür auf. Isabella drehte sich schnell um. „Giovanni?“

Margherita starrte sie entsetzt an und schlug eine Hand auf ihren Mund.

Isabella folgte ihrem Blick, sah die Blutflecken auf dem Laken und errötete. „Ich liebe ihn, Margherita.“

„Euer Vater erwartet Euch“, sagte Margherita, seltsam ruhig, während ihr Blick über Isabella hinwegglitt, als wäre sie nicht da.

„Lass mich schlafen. Ich bin müde.“

„Euer Traum ist zu Ende.“ Margherita weinte plötzlich und wischte sich die Tränen ab. „Wenn Euer Vater davon erfährt.“

Überrascht fuhr Isabella hoch. „Nichts wird er erfahren.“

„Dein Vater weiß von deinen Ausflügen.“

„Silvano hat schlimme Dinge über Giovanni verbreitet, nur damit ich von ihm fern bleibe.“

Ihre Zofe erschrak. „Giovanni Caspero. Gott vergib ihr.“ Isabella stand auf und lief zwischen Bett und Fenster auf und ab. „Margherita! Ich liebe ihn! Ich muss ihm helfen!“

Ein erstickter Schrei drang über die Lippen der Zofe. „Ihr wisst nicht, was Ihr sagt! Vergesst ihn! Giovanni Caspero ist ein …"

„Taugenichts, ein Frauenheld, ich weiß."

Margherita bekreuzigte sich. „Er ist ein Mörder!"

„Nein! Niemals!"

Margherita schüttelte sie. „Doch, er hat Silvano getötet. Heute Nacht! Die Contessa hat ihn erkannt."

„Das ist nicht wahr. Es kann nicht wahr sein!" Isabella lief aus dem Zimmer, über den Gang in Silvanos Zimmer.

„Bleibt hier, bitte."

Das Bett war unberührt. „Nein", flüsterte Isabella und suchte im Zimmer nach einem Zeichen Silvanos. „Er ist im Kontor. Ich habe ihn heute Nacht gehört, seine Schritte."

Eine Hand legte sich auf ihre Schulter. „Isabella, du musst jetzt stark sein", sagte ihr Vater. Der Spott in seiner Stimme war verschwunden. „Silvano ist tot."

Sie schüttelte stumm den Kopf. Wie sollten Hände, die ihre Leidenschaft erweckten, für den Tod ihres geliebten Bruders verantwortlich sein? Nein, sie hatte die Liebe in Giovannis Augen gesehen. Plötzlich hob sie den Kopf. Galt die Treue eines Glasbläsers nicht seiner Sippe? Sie wollte Silvano um Rat fragen, aber dann hielt sie inne und presste die Hand auf den Mund. Silvano war tot. Etwas zerbrach in ihr, zersplitterte wie Giovannis Vertrauen in tausend Scherben. Sie wankte vom Fenster zurück, in die Arme ihres Vaters, der unbeholfen über ihren Rücken strich.

„Wir werden einen Weg finden, weiterzuleben", sagte er stockend, als suche er selbst Kraft, ihr Mut zu machen. „Und der Mörder deines Bruders wird seiner gerechten Strafe zugeführt."

Isabella sah in das Gesicht ihres Vaters. Er schien innerhalb weniger Augenblicke gealtert. Seine Augen glänzten, aber da war nichts, nur Hass und Verzweiflung.

„Was quält Ihr mich weiter? Der Mann, den ich liebe, hat meinen Bruder getötet. Wegen Euch! Ihr seid schuld! Nun habe ich genauso einen Grund, Euch zu hassen wie Ihr mich hasst! Zwei Menschen sind tot!"

Margherita berührte sie sanft an ihrer Stirn. „Beruhigt Euch!"

Lauter, wehklagender Gesang trieb über die Piazza durch die Fenster. Isabella zuckte zusammen und trat vom Fenster zurück.

Margherita strich über ihren Arm. „Das Volk trauert mit der Familie."

„Giovanni hat gesagt, er folgt dem Dogen, er würde für ihn sterben. Warum sollte er Silvano umbringen wollen?" Sie sah Margherita hoffnungsvoll an. „Sag mir, warum?"

„Vielleicht hoffte er, dass dadurch das Band zwischen Eurem Vater und Euch zerschnitten werden muss, damit Ihr frei werdet."

Sie wandte sich heftig an ihren Vater. „Silvano hatte Recht. Er war Euch immer gleichgültig. Und ich? Das Mädchen, das ausgelassen auf der Piazza tanzen wollte, gibt es nicht mehr."

„Isabella." Ihr Vater hielt sie fest, drückte sein Gesicht gegen ihren Arm.

Sie riss sich los und trat zur Tür. „Ich habe Euch einmal gefragt: Was gibt es Wichtigeres als die Familie? Ich kann Euch nun verstehen. Es gibt anderes im Leben, das wertvoller ist!"

„Oder Verrat – der eigenen Familie gegenüber!", rief Alonso und stieß Giovanni durch die Tür, dass er vor Isabella auf die Knie fiel. Vier Männer der Palastwache stürmten in das Zimmer und umkreisten Giovanni.

„Wer ist der Mann?" Andrea di Conti sah ihn überrascht an, dann erstarrte er und sah zu Isabella, die seinem Blick auswich. „Du bist Giovanni! Du wolltest mich töten."

Giovanni wich zurück und suchte Isabellas Blick. „Nein, Euer Gnaden."

„Du elende Ratte. Wir haben euch nach Murano getrieben und ihr kommt immer wieder zurück! Wie ein Fluch! Hängt ihn, so rasch es geht."

Die Hand des Dogen streichelte über Isabellas Wange. „Du kannst mich hassen, soviel du willst, aber – niemand wird dir wehtun, ohne dafür bestraft zu werden." Dann verließ er das Zimmer.

„Ihr bestraft mich, Vater", rief Isabella ihrem Vater nach. „Ihr seid es, der mir weh tut."

Alonso Carisi tauchte hinter der Palastwache auf. „Ich wusste, du kannst keiner Frau widerstehen! Palastwache, nehmt den Mann fest, er wollte den Dogen töten!"

„Nein, das ist nicht wahr!", schrie Isabella und versuchte Giovanni zu schützen, aber Alonso zog sie unsanft zurück, während die Palastwache Giovanni abführte.

„Benehmt Euch wie meine zukünftige Frau, Isabella di Conti! Seht der Wahrheit ins Auge. Ihr wart ihm Mittel zum Zweck."

30. Kapitel

Schon beim Betreten der Basilika vernahm Andrea das Wehklagen von Margherita. Am Eingang, von den Palastwachen abgesperrt, drängten sich die Menschen, reckten ihre Köpfe, um einen Blick auf den Sarg zu erhaschen. So viele waren gekommen. Alte Frauen, Kinder, Handwerker. Das Volk, das Silvano ehrte. Andrea hielt inne, als er den Sarg erblickte. Auf dem Deckel lag ein Bund aus Efeu, geflochten wie die Kränze auf Catarinas Beerdigung und diejenigen, die auf dem Wasser trieben, wenn er mit dem Schiff aus der Lagune fuhr.

Neben dem Sarg wartete Isabella und als er näher trat, stellte sie sich davor, als wolle sie ihn auch nach seinem Tod beschützen. Andrea blickte über das Meer von Kerzen, die Isabella rund um den Sarg entzünden ließ. Über die Köpfe der Venezianer hinweg erkannte er auf der Piazza die vielen Kerzen. Ihre Lichter warfen gespenstische Schatten auf die Mauern.

Als die Uhr des Campanile mahnend schlug, straffte er sich. Schon einmal war er hier gewesen, vor einem Sarg, aus Eiche, einfach gezimmert, wie es einem Handwerker gebührte, aber nicht einer Frau wie Catarina. Francesca hatte ihm diese Bürde abgenommen, einen Sarg ausgewählt. Wie heute. Er hob den Kopf, und ihre Blicke trafen sich. Dachte sie an die Tage, in denen er vor Schmerz keine Berührung ertragen hatte?

Die Vergangenheit ruht nie, hatte Marco damals gesagt. Sein Freund konnte nicht ahnen, wie Recht er behalten sollte. Warum hatte er ihn weggeschickt? Marco hatte seinen Beistand angeboten, aber er wollte niemanden sehen, wenn er sich von Silvano verabschiedete. Nun, der Blicke vieler Menschen gewiss, wünschte er sich, den Freund an seiner Seite zu wissen. Ohne Hintergedanken oder Furcht. Francesca bekreuzigte sich, die Ringe an ihren Fingern glänzten im Kerzenschein. Plötzlich spürte er eine Hand, die ihm Kraft gab.

„Ohne dich würde ich das hier nicht überstehen", sagte er leise und erschrak, als er erkannte, dass es Margherita war, die ihm zur Seite stand.

Die kleine Zofe wischte sich Tränen von ihren Wangen. „Die Contessa hat befohlen …"

Francesca zog ihn am Arm weiter und maß Margherita mit einem wütenden Blick. „Sie kann dir nicht einmal jetzt Zeit für Trauer billigen."

Die Menschen drängten näher zum Eingang, alte Frauen schämten sich nicht ihrer Tränen und ihr lautes Wehklagen erfüllte die Basilika mit Schmerz und Vorwürfen. Isabella stand neben dem Sarg, und als sie sich umdrehte, trafen ihn vorwurfsvolle Blicke.

Und wenn Francesca ihn verriet? Andrea folgte ihrem Blick. Francesca maß Isabella mit Zorn, gar Hass, dass ihm ein kalter Schauer über den Rücken lief.

Im Lichtschein der Kerzen sah Isabella ihrer Mutter so ähnlich, dass er in der Seitenbank Platz nehmen musste, um Atem zu holen.

„Ich hätte …", fing er an, doch ihr Blick ließ ihn verstummen.

Isabella wandte ihren Kopf zum Sarg. „Ihr habt ihm gesagt, dass die Serenissima Männer wie ihn nicht braucht."

Nichts, was Silvano getan hatte, fand seine Zustimmung. „Es war, als würde er immer das tun, was ich nicht will, nur um mir zu beweisen, dass es auch anders geht." Seine Stimme brach. Er durfte keine Schwäche zeigen. Nicht hier, schon gar nicht hier, vor Isabella, er würde angreifbar werden.

„Silvano hat erreicht, was er wollte“, sagte Isabella leise. Ihre Blicke trafen sich. „Um Eure Aufmerksamkeit zu erlangen, musste er sterben. Und die er besaß, musste er teilen.“

Er bot Isabella seinen Arm und führte sie auf die andere Seite des Sarges. „Fühlst du genauso wie …“, er brach ab, Silvanos Name blieb unausgesprochen.

Die Angst vor ihrer Antwort schnürte ihm den Hals zu. „Ich bin dein Vater. Vertrau mir.“

Sie entzog sich seiner Hand. „Euch vertrauen? Ihr, der Ihr mir verboten habt, zu leben? Zu lieben?“

Andreas Faust krallte sich in den Ärmel seines Umhangs. „Der Glasbläser? Er hat deinen Bruder getötet. Blind vor Gier.“

„Nicht so gierig wie die Contessa und Ihr“, zischte Isabella ihm entgegen.

Wie viel Hass lag in ihrer Stimme, in ihrem Blick. Mühsam beherrscht wandte er sich ab und fing Francescas Blick auf. Wie lange beobachtete sie ihn schon?

Francesca neigte sich über den Altar und entzündete eine neue Kerze. Ihr Gesicht schien weich, ihr Lächeln sanft im Kerzenlicht. Es verbarg die ersten Falten. Diejenigen, die er nur morgens erkannte, wenn sie noch schlief. Was selten vorkam, da Francesca darauf bedacht war, den Palast bereits vor Morgengrauen zu verlassen. Er kannte die andere Seite jener Frau, um die man ihn beneidete. Nicht offen, heimlich, er sah die begehrlichen Blicke seiner Ratsfreunde, das verräterische Zupfen an Bärten und Ärmeln.

Francesca entzündete weitere Kerzen, um neue Opfergaben zu bringen. Sogar hier in der Basilika glaubte er, die Lust in ihren Augen glitzern zu sehen. Er straffte die Schultern und sah Isabella eindringlich an.

„Ich versuche dir zu vertrauen, aber es gibt Gründe, die mich zwingen, dir manches zu untersagen. Oder zu verschweigen."

Ein Hauch eines Lächelns umspielte Isabellas Lippen. „Ja, ich weiß, Vater. Nur für die Serenissima. Für Kinder, deren Väter gehängt werden. Männer, die für ihre Arbeit auf Inseln gesperrt werden und getötet, wenn sie sie verlassen."

Marcello hatte Recht. Isabella würde erst ruhen, wenn sie sicher war, dass der Serenissima Gerechtigkeit widerfuhr.

„Wenn wir das Gesetz nicht beachten würden, gäbe es noch mehr Diebstähle, gar Mord. Und wer würde sich dann noch wohlwollend an die Serenissima erinnern?"

„An welche Serenissima, Vater? Die prachtvolle mit ihren Menschen, die stolz auf ihre Tradition und ihr Handwerk sind? Oder eine Stadt, in der nur der Mob regiert?" Tränen liefen über Isabellas Wangen, sie ließ ihren Blick nicht von dem Sarg, als wäre Silvanos Anwesenheit noch jetzt im Tod ihr einziger Halt. „Wo ist die Geheimpolizei, von der jedermann spricht? Warum konnte sie nicht verhindern, was passiert ist?"

Als Andrea sie umarmen wollte, wich Isabella zurück. Ihre Augen funkelten.

„Ist das die Stadt, die Ihr regieren wolltet? Eine Stadt, in der es Menschen gibt, die Euch so hassen, dass sie Mörder losschicken?"

„Niemand wird kommen!", schrie er laut und erschrak selbst über seine Worte. Die Wände der Basilika warfen seine Worte ungemindert und kalt zurück. Er hatte vergessen, wo er war.

Margherita zog die Augenbrauen hoch und sah ihn mahnend an.

„Niemand", wiederholte er. „Ich werde dafür sorgen, dass dir niemand etwas tut."

„So wie bei Silvano?" Isabella schüttelte den Kopf. „Ihr glaubt Euch übermächtig, aber die Feinde sind Euch sogar näher, als Silvano glaubte."

Mit hängenden Schultern wandte sich Andrea ab und schloss die Augen. Wie konnte er annehmen, dass Isabella ihm verzeihen würde? Er hatte sie geschlagen, Silvano einen Versager genannt. Immer war er der Doge, aber nie der Vater gewesen, den sich Isabella gewünscht hatte.

Die Kerzen flackerten, als er neben dem Sarg stehen blieb und nach dem Deckel griff. Eine Hand legte sich auf die seine.

Francesca schüttelte den Kopf. „Tu es nicht, Liebster. Behalte ihn in Erinnerung, wie er war. Vertrau mir. Es macht die Gewissheit nicht leichter, nur quälender."

Andrea nickte und folgte Francesca zu dem Gebetsaltar, der neben dem Sarg aufgebaut war.

Der Duft der Blumen in den gläsernen Schalen erinnerte ihn an Catarina. Es war so lange her, doch der Duft versetzte ihn in die Vergangenheit. Auch damals stand ihm Francesca zur Seite. Catarina war ihm immer treu gewesen, hatte nie an ihm gezweifelt. Trotzdem hatte er sich an Francescas warmen Bauch geschmiegt, um Catarinas Schreie aus dem Kopf zu verjagen. Bis die Stille den Palast erstarren ließ. Seit dem Tag war er nicht mehr derselbe. Nur Francesca könnte ihm gefährlich werden, aber sie würde nichts tun. Lieber schweigen und als Dogaressa mit ihm leben. Als hätte sie seine Gedanken gelesen, umarmte ihn Francesca. Ihre Lippen waren kalt.

„Es wird Zeit, sich zu verabschieden, Andrea."

Sie stand neben ihm, viel zu nahe.

„Du solltest vergessen, Liebster. Schnell vergessen und ich weiß, wie es mir gelingen wird", hauchte sie ihm ins Ohr.

Andrea blickte zu der gewölbten Decke der Basilika hoch, in die Gesichter unschuldiger Engel und Götter, während er verzweifelt versuchte, seine sündigen Gedanken zu verjagen. Die Frau war der Teufel, ihre Hände reinstes Teufelswerk, gemacht, um ihn mit Lust zu erfüllen, dass er fast vergaß, warum er hier war.

„Du bist ein Fluch, Francesca!"

Francesca strich über seine Wange, ohne Angst, dass jemand ihre vertraute Geste sehen könnte. „Ich bin dein Fluch, ich bin, was du aus mir gemacht hast."

Er drehte sich abrupt um und blickte auf den Altar. Von Blumen umrankt und mit hunderten von Kerzen geschmückt. Jede Kerze stand für einen Menschen, der an seinen toten Sohn dachte. Wie viele Kerzen würden brennen, wenn Andreas Feinde sie entzündeten? Noch mehr? Während er betete, sah er zu Francesca. Seine Begierde verschwand so schnell wie sie über ihn gekommen war.

„Woher hast du die Kleidung?", flüsterte er mühsam beherrscht.

„Ich wüsste keinen würdigeren Anlass, sie zu tragen. Es ist die Stola, mit der Catarina begraben werden sollte, aber das wäre eine Schande gewesen." Francesca stellte sich zu Isabella und drückte ihre Hand, die ihr Isabella sofort entzog.

„Geht, Francesca, weint keine Träne um Silvano, den Ihr nie geliebt habt! Lasst die Familie allein." Isabella griff nach der Stola ihrer Mutter, zog sie Francesca von den Schultern und legte sie Margherita um.

„Wenn jemand sie tragen darf, dann Margherita."

Francesca blickte wütend zu Andrea. „Sag etwas, bevor deine Tochter glaubt, genauso wie Silvano an deinem Respekt rütteln zu dürfen."

„Sie hat Recht. Geh jetzt. Du störst die Totenruhe."

Francescas stampfende Schritte störten die letzte Ruhe Silvanos, dennoch fühlte er eine seltsame Erleichterung, als Francesca die Basilika verlassen hatte.

***

Andrea roch ihr Parfum schon von weitem und zögerte kurz, bevor er die Tür seines Arbeitszimmers öffnete.

Francesca saß in seinem Stuhl und schob die Verfügung weg.

„Sie wird ihrer Mutter immer ähnlicher!“, tobte sie.

„Sie will unser Glück zerstören, Andrea. Lass es nicht zu.“

Er trat ans Fenster und starrte auf die Kerzen. „So viele Menschen sind gekommen.“

Francesca sah ihn ungläubig an. „Deine Tochter wagt es, sich mir zu widersetzen und du sprichst von den Menschen, die in die Basilika kamen?“

„Viele weinten. Sie haben geweint, Francesca, um jemanden, den sie nicht einmal gekannt hatten. Wir beide, du und ich, wir kannten ihn. Wenigstens glaubte ich das.“

„Silvano ist – “, Francesca schloss kurz die Augen, „war ein leidenschaftlicher junger Mann.“

Andrea nickte und drehte sich langsam um. In ihren Augen flackerte das Kerzenlicht, aber da war noch etwas. Angst? Misstrauen?

Isabella hatte Recht. Silvano war unglücklich. Wie sehnsüchtig Silvano nach Liebe gesucht, nach Anerkennung. Francesca hatte leichtes Spiel mit ihm.

„Silvanos Tod scheint dich kaum zu berühren. Wo ihr euch doch so nah wart. Hat es dir Freude gemacht, meinen Sohn zu verführen?“

„Auch, wenn du versuchst, die Schuld auf mich zu schieben – dich hat er gehasst. Und er ist tot, Andrea! Gestorben mit dem Wissen, dass du ihn nie geliebt hast."

Er zögerte keine Sekunde und schlug ihr ins Gesicht. „Schweig still! Du hast kein Recht, dir ein Urteil zu erlauben."

Francesca lachte höhnisch und wich nicht zurück. „Du bist der Doge und kannst über alles entscheiden, aber vergiss nicht, ohne mich und Alonso wirst du bald kein Doge mehr sein!"

„Gott bewahre, dass du jemals Kinder hast. Sie würden an deiner Gier ersticken."

Francesca wich zurück. „Aber ich will ein Kind, von dir, Andrea. Lass uns endgültig Frieden schaffen. Ich bin auf deiner Seite, warum zweifelst du daran?"

Ihre Augen glitzerten, als er sie hochhob und die Verbindungstür zum Geheimgang aufstieß. „Catarina war deiner nie würdig. Liebe mich, Andrea", flüsterte Francesca und er erfüllte ihr den Wunsch, doch das Gesicht Catarinas verfolgte ihn.

Vielleicht sollte er Francesca verlassen, für immer. Sie hatte nicht geweint, nicht ein einziges Mal. Nicht, als sie von Silvanos Tod erfahren hatte, nicht in der Kirche. Aber er brauchte sie, ihre Beziehungen, ihr Charisma.

Andrea schloss die Augen, spürte die Liebkosungen von Francesca und dachte an Catarina. Sie hätte ihm vergeben.

31. Kapitel

„Hängen ist ein zu milder Tod für jemanden, der den einzigen Sohn des Dogen getötet hat!“, rief Francesca.

Andrea schüttelte den Kopf. Um die Säulen herum versammelten sich die Menschen und hielten Kerzen in den Händen. Vergeblich hatten die Wachen die Menschen fortgeschickt. Sie kamen immer wieder, missachteten das Ausgehverbot und hielten Schweigeminuten ab. „Sie wollen mich quälen. Warum bleiben sie nicht in ihren Häusern und trauern dort?“

Das Raunen war verstummt, aber die Stille machte ihn rasend. So still war es auch gewesen, als Catarinas Tod verkündet wurde.

Francesca drehte ihn sanft zum Fenster. „Sieh nur, sie warten darauf, dass jemand dem Gräuel ein Ende bereitet.“

„Isabella hat Angst – sie fühlt sich nicht mehr sicher.“

„Du musst den Glasbläser bestrafen!“, drängte ihn Francesca und umklammerte seine Hand. „Sein lebloser Körper wäre ein Mahnmal für alle, die glauben, das Gesetz umgehen zu können“, sprach sie weiter.

Andrea fühlte ihren Blick auf sich ruhen. Genauso fordernd hatte sie darauf gewartet, dass er der Vermählung Isabellas zustimmte. In einer Sekunde des Zweifels fragte er sich, ob sie wirklich nur Isabellas Glück wollte. Angespannt lächelnd wartete sie auf eine Bestätigung, aber er zögerte. Was trieb seine Tochter in das Gefängnis? Wenn Isabella den Mann beschützte, sogar nach Silvanos Tod, musste sie tatsächlich an die Unschuld des Glasbläsers glauben.

Er zögerte und blickte auf das Papier auf seinem Schreibtisch. Er wollte nachsehen, was die Menschen dort draußen auf der Piazzetta taten, aber erst musste er Francesca in Sicherheit wiegen. Der schwere Stuhl knarrte unter seinem Gewicht, als er wieder Platz nahm.

Francesca schob ihm das Papier zu. „Unterschreibe das Urteil, damit es bald verkündet werden kann."

„Und dann? Silvano wird dadurch auch nicht wieder lebendig."

Francesca klopfte ungeduldig auf das Papier. „Lass nicht zu, dass Isabella in ihrer kindlichen Naivität glaubt, nach Beweisen für Giovannis Unschuld suchen zu müssen."

Mit den Fingerspitzen glitt er über eine Kerbe, die sich durch die Fresken verzierte Lehne zog. Ein spielerischer Schlag von Silvano mit seinem Schwert war es gewesen, und nun strich er mit dem Finger darüber, der Zorn war längst verflogen. Wie oft hatte Isabella als Kind neben ihm im Amtszimmer gesessen, wenn er Urteile unterschrieb oder an einer neuen Verfügung arbeitete. Nur Silvano war lieber in der Nähe von Marcello. Warum war ihm das nie früher bewusst geworden?

Verärgert schob er das Papier weg. „Es ist zu spät. Silvano ist tot."

Hatte Francesca gelächelt? Nein, er war müde. Es war zu viel geschehen. Seine Ängste spielten ihm Streiche. „Silvano liebte das Meer, mehr als alles andere. Binde den Glasbläser an das Schiff und schleif ihn durch den Canal Grande! Jeder soll wissen, was es heißt, dem Dogen unterlegen zu sein."

Als wäre ihre Hand noch immer auf seiner Schulter, stand er schwerfällig auf. „Lass mich allein, für einen Moment."

Sie umarmte ihn fest. „Du musst ein Zeichen setzen!"

Ihr Schmuck drückte gegen seine Brust und erschwerte ihm das Atmen, dann löste sie sich von ihm und verschwand aus dem Amtszimmer.

Immer war es Francesca gewesen, die sein Leben bestimmte, ohne dass er es gemerkt hatte. Ein Zeichen setzen, dass er noch immer über dieselbe Macht verfügte, mit der er sein Amt angetreten hatte. Voller Idealismus und Plänen war er gewesen. An seiner Seite Catarina, mit ihr gemeinsam war er stark, aber er war hart geworden. Nur so war es möglich, dass Silvano ihn hasste, ihm sogar den Tod wünschte. Und Isabella, sie liebte einen einfachen Mann, während ihr der halbe Patrizierstand zu Füßen lag.

„Palastwache, ausschwärmen!", rief er, als er Minuten später aus seinem Privatzimmer trat. „Findet Isabella!"

Die Männer sahen sich zögernd an. „Aber Euer Gnaden, die Urteilssprechung beginnt in einer Stunde."

„Ich habe das Urteil noch nicht unterschrieben", sagte er überrascht. „Marcello!"

Marcello kam aus dem Nebenzimmer gelaufen. „Verzeiht, ich war in Vorbereitungen."

Andrea hob abwehrend seine Hand und bedeutete ihn ins Arbeitszimmer zurück. „Wie kann die Urteilsverkündung für die nächste Stunde bekannt werden, wenn ich es erst jetzt auf meinem Tisch vorliegen habe?"

Marcello wich seinem Blick aus und eilte seinem Herrn voraus, an den Wachen vorbei, die sich strafften und salutierten. „Die Contessa hat die Vollstreckung angekündigt. Die Piazza ist voller Menschen, sie warten auf die Verkündung."

Andrea hielt erst an, als er Marcello hinter sich vernahm, der die Türe schloss und abwartend stehen blieb. „Wie konnte es soweit kommen, Marcello? Ich habe Euch vertraut. Wenn nicht Euch, wem dann noch?"

„Die Contessa meinte, Ihr hättet genug andere Sorgen."

Marcello schaute ihn ernst an. „Man hat Angst, die Menschen könnten den Palast stürmen, wenn wir das Urteil nicht verkünden. Silvano war beliebt. Niemand will seinen Tod ungesühnt wissen."

Andrea trat ans Fenster und prallte zurück. Die Piazza war nun dicht gedrängt mit Menschen, die erwartungsvoll zum Glockenturm blickten und auf das Läuten des Urteils warteten. In ihren Gesichtern las er Zorn, aber auch Zufriedenheit.

Als er ans Fenster trat, sah er einige Männer der Wache gerade über den Hof laufen.

„Kontrolliert, ob alle Wachen ausgeschwärmt sind! Ich will jeden Mann auf der Suche nach meiner Tochter wissen", rief Andrea so laut, dass es die Wachen vor dem Arbeitszimmer auch vernahmen. „Ich werde mich selbst überzeugen, ob Marco übertrieben hat. Ich muss wissen, was geschehen ist."

Marcello sah ihn überrascht an, dann verabschiedete er sich eilig und zog die Tür hinter sich zu. Marcellos Stimme klang lebhafter als in den letzten Tagen und so verkündete er laut die Befehle seines Dogen.

Der alte Mann diente ihm treu, seit er sein Amt angetreten hatte, auch wenn er seine Anweisungen nicht immer begrüßte. Die Männer liefen in Zweiergruppen über die Treppen, ihre Schritte hallten in den Arkaden. Sie würden sorgfältig suchen, aus Angst vor seiner Bestrafung und dabei wusste er, dass sie erfolglos zurückkehren würden. Isabella war in ihrem Zimmer. Er hatte sich vorsorglich erkundigt, bevor er den Befehl erteilte. Zufrieden sah er sich in dem Raum um. Ohne den gewohnten Anblick der stündlich wechselnden Palastwache schien sein Arbeitsraum ein ganz normales Zimmer zu sein. Langsam griff er nach der Verfügung und schlug die Seiten vorsichtig um. Wurde die Verfügung noch befolgt? Er schlug das Buch zu. Er musste ein Zeichen setzen. Für Isabella, für Venedig.

32. Kapitel

Die raue See erfasste Silvanos Boot, kaum dass er den Hafen verlassen hatte, doch war es zu spät, umzukehren. Nicht eine der riesigen Wellen konnte ihn dazu bringen, zurückzukehren. Dunkle Wellenberge drohten das Boot zu versenken, aber Silvano kämpfte mit dem dünnen Ruder gegen jede Welle, die das Boot zu versenken drohte.

„Heiliger Markus, wie sehr willst du mich noch bestrafen?" Er schrie seinen Zorn in den tobenden Wind, gegen die dunklen Wolken, die ihn einkreisten. Das schwarze Wasser floss über das Ruder, jeder Schlag forderte die Wellen erneut heraus. Bald spürte Silvano, wie ihn seine Kräfte verließen. Immer wieder schaukelte das Boot gefährlich.

Nicht nachdenken, ermahnte er sich. Mit aller Kraft verzurrte er das Seil und stemmte sich gegen den Wind, um an Fahrt zu gewinnen. Je weiter weg, desto besser. Wie sehr hasste Vater ihn, wenn er zuließ, dass Francesca ihn tötete!

Die Wellen schlugen gegen das Boot. Das Holz knarrte ob der unbändigen Kraft des Wassers. Nur schemenhaft erkannte Silvano die riesigen Wellenkämme, die sich vor ihm auftürmten, bis der nächste Stoß das Boot endgültig zum Kentern brachte.

Ein peitschender Knall ertönte. Silvano warf sich auf den Boden des Bootes, der Schlagbaum krachte gegen den Rand und bevor Silvano verstand, was geschah, schlug das eisige Wasser über ihm zusammen. Es tränkte seine Kleidung, zog ihn unter Wasser. Verzweifelt schlug Silvano um sich, riss sich das nasse Wams vom Leib und hielt sich an einem Holzstück fest. Seine Glieder brannten vor Schmerz und bald ahnte Silvano, dass keine Hoffnung mehr für ihn bestand. Seine Finger kribbelten und stachen, und bald wurden sie taub vor Kälte.

Die Nacht war tief schwarz, bald würde die Temperatur weiter sinken und er spürte, wie ihn seine Kräfte verließen.

Isabella würde ihn hassen, weil er wie ein Feigling davonlief. Er hatte versucht, ihr zu zeigen, dass es nicht nur Liebe und Vertrauen auf der Welt gab. Isabella sah zu ihm auf, vertraute ihm. Er sah so deutlich ihr zartes, schmales Gesicht vor sich, die dunklen Haare, dass er die Hand ausstreckte.

Plötzlich regte sich sein Lebenswille. Er versuchte, nach einem Stück Holz zu greifen, das die nächste Welle wegzuspülen drohte. Halb entkräftet umklammerte er das Stück Holz und starrte auf das Wasser, das sich über ihn stülpte. Ein greller Blitz erhellte den Horizont, und für einen Moment glaubte Silvano, dem Tod ins Auge zu sehen.

***

Immer wieder verlor sich Silvano in der Dunkelheit seiner Träume, hörte das Rauschen der Wellen und schreckte hoch.

Ein Mädchen beugte sich über ihn, legte ihre Hand auf seine Stirn. Stöhnend tastete er über trockenes, steifes Leinen, bis er die Finger des Mädchens umklammerte. „Isabella."

Sie entzog ihm sanft ihre Hand und blieb neben dem Bett stehen. „Vater, er fantasiert."

„Komm, Maddalena! Marco wartet mit dem Essen", antwortete der Mann mit einer tiefen Stimme. Wie sanft er zu seiner Tochter sprach.

Silvano blinzelte mühsam, aber er konnte nur ein schwaches Licht erkennen am Ende des Bettes.

„Ich komme gleich, Vater." Die Stimme des Mädchens klang besorgt. Eine Hand mit einem kühlen Tuch glitt über seine heiße Stirn.

„Schlaft", flüsterte das Mädchen sanft.

Als sie seine Wange streifte, hielt Silvano ihre Hand fest und schaute in das Gesicht des Mädchens. Wie ein scheues Reh senkte das Mädchen den Blick und nestelte an ihrem Surkot. „Ich wollte Euch nicht aufwecken. Ihr braucht Ruhe."

Ihre Lippen waren schmal, ihr Gesicht von der Sonne zart gebräunt. „Es wird alles wieder gut."

Silvano schüttelte den Kopf und schloss die Augen. „Nein. Ich muss fort." Er versuchte sich aufzusetzen und sank stöhnend zurück. „Was ist passiert?"

Ihr Blick wanderte zu den Stufen, die an Deck führten, als wolle sie sich vergewissern, dass sie niemand entdeckte. „Ihr hattet großes Glück. Wenn wir Euch nicht rechtzeitig gefunden hätten, wärt Ihr jetzt tot."

Silvano roch den blumigen Duft in ihrem Haar, das sich gelöst hatte und seidig über ihre Schultern fiel. Er streckte seine Hand aus und glitt mit seinen Fingern durch ihr Haar. „Ich liebe dich. Kein Tag, an dem ich mich nicht nach dir sehnte und keine Nacht, in der ich deinen Duft missen will."

Während er träumte, glitt seine Hand tiefer, ließ die Haarspitzen los und zeichnete einen Bogen über ihren Brustansatz.

„Ihr verwechselt mich mit jemandem", sagte das Mädchen und stand auf.

***

Das Schaukeln wurde heftiger, als Silvano wieder erwachte. Eine Flasche kullerte über den knorrigen Boden. Mit jeder Welle klirrte sie gegen die Querbalken, bis sie auf die andere Seite rollte und gegen die Außenfront schlug.

Sein Kopf baumelte im gleichen Takt gegen die Wand, wenn das Schiff sich gegen die Wellen bäumte. Schwach vernahm er die Befehle des Kapitäns, die laut und kurz von der Mannschaft weitergetragen wurden, über das Tosen des Sturms hinweg.

„Wer kommandiert das Schiff?"

Eine Hand umschloss die seine, fuhr beruhigend über seine Wange. „Es ist alles gut."

Als Silvano die Augen öffnete, merkte er, dass das Mädchen über ihrem Surkot einen Umhang trug. Er war nass und sie legte ihn sorgfältig über einen Stuhl, bevor sie sich ihm zuwandte.

Dann nahm sie ein Tuch, tauchte es in eine Schüssel und wrang das Tuch aus, kühlte damit seine Stirn. „Ihr habt geträumt. Das ist sicher der Sturm. Er hat erneut aufgefrischt."

Ihr seidiges Haar, das er vorhin noch berührt hatte, hing strähnig und nass über ihre Schultern. „Ihr wart an Deck? Bei dem Sturm?"

Bevor sie noch antworten konnte, strich er über ihre Stirn. Sie war aufgeschrammt, blutete leicht. „Ihr hättet über Bord gespült werden können. Das war Leichtsinn."

Das Lächeln verschwand. „Leichtsinn? Was habt Ihr getan? Bei dem Sturm – allein in einem Boot, das nicht einmal ein Reservesegel hat."

„Das könnt Ihr nicht verstehen. Ich habe alles verloren, Ehre, Liebe, Geld!"

„Das dürft Ihr nicht sagen!" Sie war verärgert, ihre Augen blitzten. „Ihr verdankt es Marco Polo, dass Ihr lebt und gnade Euch Gott, wenn Ihr das Geschenk nicht barmherzig entgegennehmt!" Sie warf den Lappen auf die Schüssel und stieg die Treppen hinauf.

„Ihr könnt nicht mehr an Deck gehen!"

Ihre Schritte verharrten. „Lieber bin ich an Deck als bei einem ungehobelten Matrosen. Carlo hatte Recht, man hätte Euch verrecken lassen sollen."

Die Tür fiel krachend ins Schloss.

Stöhnend setzte sich Silvano auf und sah sich um. Es war eine kleine Kabine. An der Wand hing eine große Seekarte, auf der ein rotes Kreuz gemalt war. Unsicheren Schrittes stand er auf und sah sich die Karte genauer an. Genua war angekreuzt. Ins Auge des Feindes, ausgerechnet jetzt. „Ich bin verloren."

Ein Geräusch ließ ihn herumfahren. „Nicht verloren, junger Freund. Ruht Euch lieber aus, wir kommen bald in stürmischere Gewässer und dann ist es mit dem Schlaf vorbei."

Marco Polo – seine lebhaften Augen täuschten trotzdem nicht über die Müdigkeit hinweg. Isabella hatte ihm nicht viel erzählt, aber die Augen leuchteten wirklich, als hätte das Meer sie gemacht. „Ich muss wieder hinauf. Schlaft noch." Bevor der bärtige Mann die erste Stufe betrat, hielt er inne. „Wie heißt du und was machst du?"

„Silv – Silvio, ich war, ich bin …"

Marco Polo winkte ab. „Ruh dich aus. Wenn du stark genug bist, melde dich zur nächsten Wache. Wir brauchen jeden Mann."

„Ja, jawohl."

Er hielt ihn für einen Matrosen! Egal, er war nun Silvio, ein Matrose ohne Vergangenheit.

***

Grelle Blitze erhellten die Nacht, als Silvano an Deck ging. Irgendwo hinter der Sturmfront wartete die Küste Genuas auf ihn. Zerklüftete Felsen, aber vor allem Männer, die gegen seinen Vater in den Krieg ziehen würden.

„Achtung!"

Der Ruf kam gerade noch rechtzeitig. Silvano duckte sich unter einem losgerissenen Segel und schlang sich ein Seil um den Bauch, als eine große Welle über das Schiff brandete und kleine Fässer mitriss. Der Wind peitschte über die Bohlen und zerrte an Silvanos Wams, das bereits nach wenigen Minuten an seinem Körper klebte. Hatte er gedacht, ein größeres Schiff würde sich dem Sturm entgegenstellen, wurde er bald eines Besseren belehrt. Während sein kleines Boot wie eine Nussschale über das Meer geschaukelt worden war, neigte sich das Schiff von Marco Polo bei jedem Brecher soweit zur Seite, dass Silvano gegen die Übelkeit ankämpfte.

Am Ende des Decks sah Silvano das Mädchen neben einem groß gewachsenen Mann, der nachdenklich an seinem Bart zupfte und mit Marco Polo zum Himmel zeigte. Die beiden älteren Männer trotzten dem Wind mühelos und berieten weiter über den neuen Kurs, während die Matrosen den Befehlen des ersten Maat folgten. Silvano war fasziniert von der Selbstverständlichkeit und Beharrlichkeit, wie die Mannschaft trotz der gewaltigen Windböen und der überlaufenden Wellen den Befehlen gehorchten und dem Wind immer wieder standhielten, während er sich an jedem Seil und jedem Mast festhielt, um nicht doch noch Opfer des Sturms zu werden.

Silvano deutete eine leichte Verbeugung an, als das Mädchen ihn entdeckte, aber das Mädchen wand sich ab und verschwand unter Deck. Sie hielt ihn für einen jämmerlichen Versager. Plötzlich riss er sich das Seil hinunter und wollte zum Kapitän gehen, als ihn jemand in letzter Sekunde zu Boden riss und ihm das Seil über den Hals zerrte, bevor ein Brecher mit ohrenbetäubendem Knall auf das Deck donnerte.

„Willst du ersaufen? Gerade haben wir dich aus dem Meer gezogen!“ Der Mann verknotete unter unflätigen Flüchen, die nicht einmal Bernardo aussprach, das Seil und stieß ihn zum Mitteldeck. Dann stieg er wieder in die Segel. Die Matrosen kämpften verbissen gegen das Unwetter. Das Vorsegel blähte sich, trotzte dem Wetter, doch der Sturm war unerbittlich. Silvano sah in die Gesichter der Männer, sie schwankten vor Müdigkeit und zogen an den glitschigen Seilen, um die Segel zu retten.

„Es ist ein Fluch, il Capitano! Das Unwetter folgt uns, egal welchen Kurs wir einschlagen!“, rief der Mann, der Silvano das Seil umgezurrt hatte. Er musste laut schreien, um den Wind zu übertönen.

„Carlo, seit wann bist du abergläubisch?“ Marco Polo grinste verschmitzt und als wäre es eine normale Überfahrt, klopfte er seine Pfeife aus. Der Mann neben ihm schüttelte den Kopf und überquerte schwankend das Deck, bis er die Tür aufmachte und unter Deck ging.

„Melde mich zum Dienst“, rief Silvano. Er war Manns genug, sich vor den Männern keine Blöße zu geben. Sie hatten ihn gerettet und er war ihnen zu Dank verpflichtet.

Er meinte, einen Lichtschein zu sehen und drehte sich um. Das Mädchen schaute vorsichtig durch einen schmalen Spalt, dann schlug der Wind die Tür ins Schloss.

Die vorwurfsvollen Blicke des Mädchens verfolgten ihn noch immer. Lieber packte er mit an, zeigte, was Silvio konnte.

„Bist du wirklich bereit? Ich kann hier niemand brauchen, der zusammenklappt!“ Marcos Gesicht war nass von der peitschenden Gischt, die der Sturm über Deck trieb. Argwöhnisch starrte Silvano über die dunkle See, die ihn abgeworfen hatte wie einen räudigen Hund. Silvano straffte sich und nickte. „Ich schaffe das.“ Der Drang, sich für seine Rettung zu bedanken, war groß, aber mehr noch drängte er nach Überleben. Er wollte sich mit den Kräften des Sturms messen und siegen. Er mochte verdammt sein, wenn er unter Deck blieb, während die anderen mit den Wellen kämpften.

Marco Polo klopfte ihm auf die Schulter. „Na gut, Junge, dann hilf den anderen die Segel zu setzen. Wenn wir hier unbeschadet durchkommen, ist der Rest ein Kinderspiel."

„Wohin fahren wir?"

Marco Polo sah ihn argwöhnisch an. „Hast du ein bestimmtes Ziel? Ich habe meine Arbeit, du hast deine, jedenfalls jetzt – im nächsten Hafen, den wir anlaufen, kannst du abheuern."

„Ich habe gar nicht angeheuert."

„Ich hätte dich ersaufen lassen sollen", sagte Marco Polo und nickte seinem Vormann zu. „Carlo, zeig ihm, was er zu tun hat."

„Damit hättet Ihr ein paar Leuten einen großen Wunsch erfüllt!", rief Silvano. Der Kapitän hatte sich längst abgewendet, aber Silvano war erleichtert, dass er seine letzten Worte nicht mehr vernommen hatte.

33. Kapitel

Bevor Andrea zu den Zellen kam, verharrte er kurz vor dem Treppenabgang. Er wartete und lauschte. Es blieb ruhig. Niemand hatte bemerkt, dass er die Gefängnisse besuchte. Er nickte zufrieden und stieg vorsichtig über die ausgetretenen, schmutzigen Stufen hinunter. Dann holte er tief Luft. Nicht einmal das Leinentuch, das er sich über Mund und Nase presste, konnte ihm helfen, der Gestank war erbärmlich und überstieg seine schlimmsten Vorstellungen. Der eingetretene Kot auf dem Boden verschluckte seine Schritte und vermischte sich mit dem brackigen Wasser, das bei der letzten Flut bis an die Decke gestiegen war, zu einem übel riechenden Gemisch.

Was hatte sein Freund Marco Polo gedacht, als Isabella ihn hierher geführt hatte?

Andrea hielt den Atem an und beschleunigte seine Schritte durch das schmale Labyrinth, bis er in dem Zellentrakt angelangt war, wo er Giovanni vermutete.

Der Gefängniswärter verbeugte sich überrascht, als er erkannte, wer ihm in dem dunklen Gang entgegenkam, wich ihm dann aus und wies ihm den Weg.

„Euer Gnaden, Ihr könnt den Gefangenen nicht sprechen.“ Der Gefängniswärter spähte durch eine Luke. „Er ist nicht ansprechbar. Das Urteil, verstehen Sie.“

„Bringt ihn in die Folterkammer. Vielleicht weckt ihn das wieder auf“, befahl Andrea und ließ den Mann unschlüssig zurück. Hatte er Ablehnung in dem Blick des Mannes gelesen? Fing es bereits an? Die Verleumdungen hatten zugenommen. Man zwang ihn förmlich, gewaltsam zu herrschen. Er musste reagieren, bevor es zu spät war.

„Euer Gnaden!“, rief Alonso.

Andrea ging weiter, ohne seine Schritte zu verlangsamen, dass Alonso Mühe hatte, ihn einzuholen. Woher wusste Carisi, dass er hier unten war? Er bemerkte Carisis Hand, die am Griff des Schwertes ruhte.

„Fürchtet Ihr hier Gefahr für mich, Alonso?“

„Nein, Euer Gnaden, ich bin nur wachsam. Immerhin wird es bald eine Hochzeit geben, zu der Sie Ihren Segen sprechen.“

„Wieso habt Ihr Euch meinem Befehl widersetzt, Carisi?“

Alonso wich seinem Blick nicht aus. „Ich erfuhr, dass Ihr den Gefangenen Caspero vernehmen wollt.“

Andrea blieb stehen. In den Gemäuern war niemand, außer ihnen und dem einfältigen Gefängniswärter. Plötzlich bemerkte er, welch fatalen Fehler er begangen hatte. Carisi hätte leichtes Spiel, ihn zu töten und einem der Gefangenen dafür die Schuld zu geben. Er zögerte und starrte auf die unruhige Hand seines Gegenübers.

Wie zufällig strich Carisi über den Schaft und verzog den Mund zu einem breiten Grinsen. „Mit Verlaub, haltet Ihr das für eine gute Idee? Immerhin wollte er Euch töten und – bitte verzeiht, wenn ich Euch daran erinnere – er ist der Mörder Eures einzigen Sohnes."

„Das lasst nur meine Sorge sein, Carisi. Ich wünsche den Mann zu sprechen. Immerhin, wie Ihr schon bemerkt habt, wollte er mich töten. Es gibt einen Grund, dass er sein Leben dafür opfert."

Alonso trat ihm in den Weg. „Bitte, Euer Gnaden. Lasst mich Euch begleiten."

Andrea zog die Augenbrauen hoch. „Gut, dann bleibt. Als mein Schutzschild." Er fixierte Carisi, der am Griff des Schwertes herumdrehte. „Es ist gut zu wissen, welche Feinde man hat."

***

Carisi zog an dem Seil und überprüfte die Hebel. „Es ist alles bereit."

Andrea fühlte eine Müdigkeit, die ihn plötzlich schwächte, aber er war sich der prüfenden Blicke seines jungen Gegenübers bewusst. „Ich will wissen, wer der Mann ist. Wenn meine Tochter ihn liebt, kann er kein schlechter Mensch sein."

Carisi ließ das Seil fallen, das er um sein Handgelenk geschlungen hatte. „Eure Tochter ist ein bemerkenswertes Geschöpf, in der Tat, aber – ihre Naivität kann gefährlich werden."

Wie hochmütig Carisi vor ihm stand. Die Beine leicht gespreizt, spielte er mit seinem albernen Stöckchen und schien sich über ihn lustig zu machen.

„Isabella ist zu jung, um dafür bestraft zu werden.“ Er blickte Carisi eindringlich an und griff nach dem Seil.

Carisi zögerte und schlug ihm das Seil aus der Hand. „Wie Ihr richtig sagtet – sie ist zu jung. Um zu verstehen, dass Liebe nicht das einzige Mittel ist, um jemanden zu beherrschen.“ Er straffte das Seil mit lautem Ruck und lachte, als Andrea zusammenzuckte. Sie wussten beide, wovon sie sprachen.

Andrea vernahm schwere Schritte auf der schmalen Treppe, die zur Folterkammer hinaufführte. Wie vor wenigen Wochen, als der Knecht Silvano gebracht hatte. Es schmerzte ihn, wenn er daran dachte, dass seine Schläge das Letzte waren, das Silvano von seinem Vater mitgenommen hatte, bevor er starb.

„Hier ist Giovanni Caspero, Euer Gnaden.“ Der Knecht stellte den Jungen vor die Holzbank unter den Streckgalgen.

„Löst ihm die Fesseln“, befahl Andrea und nahm auf dem mittleren der drei Stühle Platz. Der Richterstuhl.

„Bindet ihn los.“

„Aber …“, warf Carisi ein, schwieg aber sofort, als er ihn scharf ansah.

Erst als der Knecht die Seile alle durchschnitten hatte, schickte er ihn fort und sah Giovanni lange an. Der Junge ließ Carisi nicht aus den Augen. Er hatte Angst, rieb sich immer wieder über die entzündeten Stellen seiner Handgelenke.

Andrea stand auf und nahm eine Hand Giovannis. Sein Handgelenk war blau angeschwollen, ein Finger sogar gebrochen. „Bist du so begnadet wie dein Vater? Ich habe gehört, du taugst wenig. Als Glasbläser.“

Giovanni schluckte heftig. „Ich hatte den Auftrag, Sie zu töten!“

Carisi stieß ihn auf die Holzbank zurück. „Schweig. Willst du den Zorn des Dogen noch weiter steigern? Reicht es dir nicht, was du getan hast?" Bevor Giovanni etwas sagen konnte, drückte er ihm den Knebel in den Mund. „Verzeiht, Euer Gnaden, Ihr seht, die neuen Gesetze sind dringend nötig."

„Wer hasst mich so, dass er meine Familie dafür bestrafen will?" Er sah Giovanni an, der noch immer Carisi fixierte, jede seiner Bewegungen registrierte. Giovanni würde ihm nichts sagen, wenn der Gockel dabei stand und ihn schlug. Nicht ein Wort würde mehr über seine Lippen kommen, aber das durfte er nicht zulassen. Er musste verstehen, warum Isabella sich so verändert hatte und so fest daran glaubte, dass Silvano noch lebte.

„Lasst mich mit dem Verurteilten allein."

Alonso sah ihn entsetzt an und hob erneut die Faust. „Aber, Euer Gnaden, der Mann ist gefährlich. Er wird Euch mit bloßen Händen töten, wenn Ihr mit ihm allein seid."

Andrea schüttelte den Kopf. „Ihr habt ihn übel zugerichtet. Glaubt Ihr wirklich, dass er mich mit seinen verletzten Händen bedroht?"

Carisis Augen wurden dunkel vor Zorn. Er warf Giovanni einen warnenden Blick zu und zog sein Schwert aus der ledernen Scheide. Tief gebeugt überreichte er Andrea das Schwert. „Seid wachsam, mein Doge."

Andrea vergewisserte sich, dass Carisi nicht am Fuß der Treppe stehen blieb, um zu lauschen. Erst dann kehrte er in die Folterkammer zurück und nahm Giovanni den Knebel aus dem Mund.

Giovanni rang nach Luft und flüsterte ein Dankgebet, als der Knecht ihm einen Becher Wasser reichte. Gierig setzte er zu trinken an und hustete, als das Wasser über seine Lippen floss. Ein schmales Rinnsal lief über sein Kinn, tränkte sein Wams und mischte sich mit dem eingetrockneten Blut, das den Kragen beschmutzte.

„Meine Tochter würde dich nicht lieben, wenn du ein Mörder wärst." Er schritt um Giovanni herum. „Aber sie wird heiraten. Alonso Carisi mag seine Fehler haben, doch er ist ein Mann von Ehre."

Giovanni lachte auf, aber es klang gequält und sein Blick wanderte fieberhaft zu dem Galgen und wieder zu ihm zurück. „Warum vertraut Ihr ihm? Carisi beschuldigt mich des Mordes an Eurem Sohn, aber hat er auch Beweise, die mich belasten?"

„Er steht hier nicht vor Gericht, sondern du. Und nicht er wird gehängt." Er wandte sich ab und ging zum Tisch zurück. „Wer will mich töten?"

„Jemand, der vorgibt, Sie zu lieben."

„Sprich nicht in Rätseln, sonst überlege ich mir, dich doch durch den Canal zu ziehen, bis du ersäufst."

„Ich bin schneller tot als Ihr mich hängen könnt, wenn ich Namen erwähne."

Andrea verschränkte seine Arme und sah den Jungen eindringlich an. Verhielt sich so ein Mörder? Warum sprach sich Giovanni nicht frei von Schuld und Verrat?

Er hatte genug Männer verurteilt. Sie hatten geweint wie kleine Kinder, gewimmert und ihm bei ihrem Leben geschworen, unschuldig zu sein. Giovanni tat nichts, um sein Leben zu retten. Er verbeugte sich sogar demütig vor dem Knecht, ließ sich eine saubere Stoffbinde über die Wunde wickeln und erwiderte seinen Blick fest. Nichts war von der Feindseligkeit übrig, mit der er ihm an Bord des Schiffes begegnet war.

„Du hast meinen Sohn ermordet, egal in wessen Auftrag. Und du kamst wieder." Francesca hatte ihm die Botschaft überbracht. Er hatte ihr Gesicht nicht gesehen, sie hatte ihn gleich umarmt, mit ihm geweint.

Ein Scheuern am Boden, ein Rucken, doch es war zu spät. Bevor Andrea sich umdrehen konnte, spürte er das Seil um seinen Hals und Giovannis Atem in seinem Nacken. „Ich folge Euch überall hin, sogar in den Tod, aber ich lasse mich nicht verurteilen für ein Verbrechen, das ich nicht begangen habe." Andrea rang nach Luft, sah wieder die tanzenden Staubkörnchen.

„Ich liebe Isabella mehr als mein Leben!", hörte er Giovanni noch sagen. „Ich habe Euren Sohn nicht getötet."

***

Benommen streckte Andrea die Hand aus und packte das Kästchen, das er in Isabellas Zimmer entdeckt hatte. Dabei fiel es zu Boden und ein Teil brach heraus. „Es tut mir so Leid", flüsterte er und überging den stechenden Schmerz in seiner Brust. Er bückte sich und griff nach der Holzplatte, dann erstarrte er. Unter der Platte erkannte er die weichen Schriftzüge eines Briefes von Isabella und faltete das Blatt eilig auf.

Die Buchstaben verschwammen vor seinen Augen. Mühsam starrte er auf die großen Buchstaben, fühlte sich wie ein Dieb, doch seine Sorge war größer. Wenig später war er vertieft in die Gedanken eines sechzehnjährigen Mädchens, das sich zwischen Vernunft und Sehnsucht quälte. Die Briefe waren anders als diejenigen, die ihn über Marcello erreichten.

„Wärst du bei mir, dann wäre ich nicht mehr einsam", las er, als hätte er Angst, ertappt zu werden. „Die Morgensonne leuchtet uns den Weg und mag er auch in dunklen Nächten nicht zu finden sein, so wird der Morgen kommen, an dem wir vereint sind."

Er strich über die Decke, die über dem Kopfkissen gelegen hatte. Sie hatte Catarina gehört und hätte längst vernichtet werden sollen. Abgewetzt und löchrig, aber Isabella hatte sie eines Tages gefunden und sie gehütet wie einen Schatz.

Isabella glaubte, seine Liebe nicht zu besitzen. Was wusste sie von der Liebe? Kopfschüttelnd stand er auf, mit dem Brief in der Hand und ging zum Fenster. Die Sonnenstrahlen tauchten den Campanile in goldenes Licht. Viel zu schwer lastete Isabellas Vorwurf auf ihm und die Schuld, seine wahren Gefühle nicht zeigen zu können, bedrückte ihn.

Mit einem stechenden Schmerz in der Brust sackte er zusammen, krallte sich an der Decke fest, spürte, wie sie nachgab und er zu Boden stürzte.

***

Die Sonne hatte längst das Zimmer durchflutet, als die Tür aufging. Unfähig zu sprechen, hob er die Hand und hoffte, dass ihm das Schicksal eine Chance geben würde.

„Euer Gnaden", rief Margherita erschrocken aus. Ihr Gesicht war verschwommen. Mühsam versuchte er sich zu konzentrieren, ihr Gesicht schärfer zu erkennen, doch es misslang.

„Wo ist Isabella?", krächzte er.

„Ich weiß es leider nicht, Euer Gnaden." Margherita verschwand eilig. Er hörte ihre Stimme durch den Gang hallen und seufzte. Warum rief sie so laut? Eroso wusste die Situation wenig später richtig einzuschätzen und gab Anweisung, den Schwächeanfall diskret zu behandeln.

Dankbar drückte er Eroso die Hand. „Sucht nach meiner Tochter." Er erwiderte den Dank mit einem Lächeln und ließ Marcello an das Bett.

„Euer Gnaden haben sich zu viel zugemutet. Auch Venedig hat noch viele Tage vor sich. Warum die Eile?", begrüßte Marcello ihn so herzlich, dass er dachte, sein Berater wisse nichts von der Situation. Doch dann neigte sich Marcello näher zu ihm. „Vielleicht bleibt Ihr vorerst in Isabellas Zimmer? Niemand würde Euch hier vermuten."

Er bemerkte den unschlüssigen Blick Marcellos.

„Sagt, ich hätte Anweisung gegeben, nicht gestört zu werden. Lasst den Leuten ihre Fantasie." Nur Francesca würde toben und Marcello nicht ohne eine klare Antwort entlassen. Als hätte Marcello seine Gedanken lesen können, zog er die Augenbrauen hoch und raunte: „Was sage ich, wenn die Contessa Euch zu sehen wünscht?"

Ohne zu zögern blickte er Marcello an. „Wenn sie sich nicht mit einer vagen Antwort zufrieden gibt, dann gebt ihr zu verstehen, dass es mich nach einer anderen Frau verlangt hat." Als er es aussprach, fiel ihm das Luftholen leichter.

Ein Lächeln huschte über Marcellos Gesicht, als er sich verabschiedete. „Catarina wäre glücklich gewesen, Euch hier zu sehen. Isabella mag es nicht verstehen, aber ich bin sicher, es wird der Tag kommen, an dem sich alles fügen wird." Er verneigte sich und ging zur Tür. „Ich sehe später nach Euch, der Doktor wird sich nun um Euch kümmern."

34. Kapitel

Stöhnen weckte Isabella. Kahle Wände, kalte Wände – erst langsam erinnerte sie sich, dass sie sich nachts über die Treppen zu den Gefangenen gestohlen hatte. Noch immer klammerte sie sich an die kleine Hoffnung, dass es nicht Silvano gewesen war, der in dem Sarg gelegen hatte. Francesca hatte sie daran gehindert, Silvano ein letztes Mal zu sehen. Sie weigerte sich, seinen Tod anzuerkennen. Die Kälte der letzten Nacht hinterließ nass glänzende Wände, der feuchte Kalk kratzte in ihrem Hals und sie hustete heftig. Isabella rieb sich die Handflächen, sie fröstelte. Selbst heute, Tage nach seiner Beisetzung, schlief sie lieber neben den Gefängniszellen als in ihrem Zimmer, in dem so vieles an ihn erinnerte. Und an seinen vermeintlichen Mörder. Giovanni, der davon träumte, seinen Vater als Meister zu sehen. Würde er soweit gehen, ihren Bruder heimtückisch zu ermorden? Gab es nichts als Hass und Gier?

Ekel überkam Isabella, als sie an den Zellen vorbeiging. Nun kannte sie die Namen aller Männer, die in den engen, schmutzigen Zellen ihr Dasein fristeten. Manchmal für Verbrechen, derer man den halben venezianischen Adel mitschuldig sprechen konnte – das Stehlen von Fisch, Brennholz oder Kleidung.

Wenn ihr Vater wüsste, dass die Wachen ihren Dienst nur schleppend verrichteten. Er vertraute den falschen Leuten, Menschen wie Carisi. Was störte es da schon, dass sie den Wachen noch Wein bringen ließ. Wein, der wärmte und vergessen machte, wie trostlos die Umgebung war.

„Giovanni ist kein Mörder", flüsterte einer der Gefangenen aus der kleinen Steinöffnung.

Isabella blieb neugierig stehen und lugte durch die Öffnung. Der Mann war so alt wie Giovanni, aber sein Gesicht war grau, die Augen blutunterlaufen. Sie schreckte zurück, als seine ausgemergelte Hand plötzlich durch die Luke fuhr und sie am Handgelenk packte. „Carisi! Hütet Euch vor ihm, der Mann hat üble Pläne!"

Schwere Schritte dröhnten durch die Gänge. Der Mann verharrte, sein Atem ging rasselnd und er drückte ihre Hand fest. „Geht, die Wache kommt."

„Sagt mir, was Carisi plant!“ Sie wartete ungeduldig auf eine Antwort. Vielleicht war er so gefährlich, dass ihr Vater dann von einer Vermählung absehen würde?

„Giovanni ist unschuldig.“

Isabella vernahm die Schritte und wandte sich hastig um.

„Wie heißt Ihr?“

Der Mann schüttelte den Kopf. „Georgio, aber erzählt Giovanni nicht, dass Ihr mich hier gefunden habt. Er ist töricht, voller jugendlicher Leichtfertigkeit. Wenn er erfährt, dass ich hier bin – Sie werden auch ihn töten. Geht!“

Laute Stimmen schallten durch die schmalen Gänge, machten es ihr unmöglich herauszufinden, wie weit die Wachen noch entfernt waren. Sie stolperte in die hinterste Ecke des Gefängnisses zurück und rutschte mit den Händen über die Schimmel überzogenen Wände. Hinter ein paar Fässern am Ende eines Ganges ging sie in Deckung, als die Männer vor Georgios Zelle stehen blieben.

„Was treibt euch Glasbläser neuerdings auf die Insel? Sprich!“, erkannte Isabella die Stimme ihres Vaters und duckte sich tiefer, roch das modrige Holz und den üblen Gestank von abgestandenem Wein.

Wie hart Vaters Stimme hier klang. Ein bitterer Geschmack stieg ihr hoch. Wie weich sprach er doch, wenn die Contessa neben ihm saß.

Die Riegel knarrten, als die Tür geöffnet wurde. Stroh raschelte und unter dem zotigen Witzen der Wachen hörte sie Georgios Flehen um Gnade. Isabella schloss die Augen und fing an zu beten. Ein Surren ertönte. Der Schmerz Georgios wurde zu ihrem eigenen. Mit jedem Schlag, den der Mann ertrug, wuchs ihr Zorn. Als die Peitsche wiederholt durch die Luft zischte und dem ausgemergelten Körper von Giovannis Freund nur noch ein schwaches Stöhnen entrang, sprang sie auf und drängte sich an dem Fass vorbei.

Wieder surrte die Peitsche durch die Luft.

Ein dumpfes Geräusch. Sie presste die Hand auf ihren Mund und unterdrückte die Übelkeit. Das höhnische Lachen der Wachen dröhnte in ihren Ohren. Taumelnd stand sie auf.

„Schafft ihn fort."

„Nein!" Isabella drängte sich an den überraschten Männern vorbei, die sich um den wund geschlagenen Körper versammelt hatten. Sie sah die Männer vor sich, deren Auspeitschung sie und Silvano als Kinder zugesehen hatten. Ihre starren Blicke, die Resignation. Damals hatte Silvanos Gegenwehr begonnen. Ihr Vater hatte den Auspeitschungen so milde zugesehen, wie sie selbst den Festen auf der Piazza.

Natürlich hatte sie keinen der Männer gekannt, aber der Mann vor ihren Füßen war ein Freund von Giovanni gewesen. Er hatte sie gewarnt!

Sie drängte sich an den Männern vorbei und sank neben Georgio nieder. Sie hielt seinen Kopf fest, suchte nach einem Zeichen, dass der Mann noch lebte. Die Augen des Mannes blickten starr zur Seite. Er war tot.

„Isabella, was tust du hier?", rief Andrea erschrocken und wütend zugleich.

Kein Zorn war in seinen Augen zu lesen, nur Entsetzen, ihre Hände blutig von Giovannis Freund.

Isabella riss ihre Hände hoch und packte einen der Männer am Bein. „Wolltet ihr nicht sein Blut? Um euch damit zu brüsten, wie stark und mächtig ihr seid?"

Der Mann trat entsetzt zurück und starrte auf das Blut auf seinen Beinlingen. Ein Händeabdruck von Isabella, die nun weinend auf ihre Hände starrte.

„Wollt Ihr wissen, warum er gestorben ist?“ Sie stand auf und entriss einem der Männer seine Waffe. „Er ist seiner Zunft treu, seinen Freunden, ohne dafür Eide zu schwören.“

Isabella hielt den Speer auf ihren Vater gerichtet. Ihr Vater schaute zu den Wachen, die verunsichert weiter zurückwichen. „Nicht mal die Wachen bleiben bei Euch. Und Francesca nur so lange, wie Ihr Macht und Dukaten habt.“

„Die Schuldigen werden gefunden“, begann ihr Vater, die Spitze des Speers zielte auf sein Herz. „Willst du mich wirklich töten? – Ich verspreche dir, den Mörder deines Bruders zu finden.“

Isabella ließ ihren Arm sinken, sodass der Speer auf den hart getretenen Lehmboden stieß. „Nur bringt das Silvano nicht zurück.“

Einer der Männer stürzte auf Isabella zu, aber ihr Vater stieß ihn beiseite und verlor dabei das Gleichgewicht. Stöhnend blieb er liegen. „Lasst meine Tochter“, presste er keuchend hervor und streckte seine Hand nach ihr aus. „Ich wollte nicht, dass er stirbt.“

Isabella schleuderte den Speer über ihren Vater hinweg, bis er gegen die Mauer prallte und klirrend auf den Boden fiel. „Zwingt mich nicht, jemand zu heiraten, den ich nicht liebe“, flüsterte sie und drängte sich an ihrem Vater vorbei.

***

Die dunklen Schränke im Zimmer ihres Vaters betäubten Isabellas Hoffnung. Schon das bleiche Gesicht von Marcello hatte ihr Angst gemacht. Etwas war passiert und kaum betrat sie mit Marcello im Gefolge den langen Gang zu dem Arbeitszimmer ihres Vaters, kündigten die Wachen ihr Erscheinen an. Sie drehte sich um, suchte nach einem Lächeln und Zuspruch, aber Marcello senkte seinen Blick und wartete, bis sie in das Zimmer trat.

Das Eintauchen in die Dunkelheit des Raumes verstärkte ihre Unsicherheit. Nichts bot hier Licht, alles war dunkel. Es fehlte an Wärme, an Liebe. Wie gerne würde sie die Fenster aufstoßen und das Licht hereinlassen. „Die Contessa wird deine Verlobung mit Carisi bald verkünden“, sagte ihr Vater, während er ihr den Rücken zudrehte.

„Das dürft Ihr nicht! Alonso Carisi ist nicht ehrlich mit Euch, mit mir! Glaubt mir, nur dieses Mal!“, flehte sie ihren Vater an.

„Dir vertrauen? Wie kann ich das? Du schreibst Briefe, in denen du die zukünftige Dogaressa beschuldigst, mich zu betrügen. Du bedrohst mich mit einem Speer und wenn die Wache nicht da gewesen wäre – du hättest mich vielleicht sogar getötet. Mein eigenes Kind.“

Andrea stieß sich aus dem Stuhl hoch und packte sie an der Hand. „Was hat der Junge aus dir gemacht? Du lügst und tust, was du willst.“ Ein Zucken durchlief seinen Körper, dann wandte er sich ab und ließ sich erschöpft in den Stuhl fallen.

„Es ist zu spät, Isabella. Wir haben geglaubt, etwas zu verändern, aber – es liegt nicht in deiner Macht.“

„Ich wollte raus, sehen, wie die Menschen leben – vor denen Ihr so Angst hattet. Darum versteckt Ihr Euch hinter den Toren des Palastes?“

Ihr Vater antwortete ihr nicht. Hatte er ihr nicht zugehört?

„Wovor fürchtet Ihr Euch? Die Menschen warten auf Hilfe, von Euch. Ich habe gesehen, wie arm sie sind und wie verzweifelt. Aber frei!“

Andrea presste die Augen zusammen und holte tief Luft.

„Heirate Alonso, dann verschone ich den Glasmacher.“

***

Wie friedlich die Piazza wirkte in der Nacht! Sanft schimmerten die Säulen über dem Eingang der Basilika, und gerade schlug die Uhr. Es schien Isabella unendlich lange her, dass sie mit Margheritas Umhang aus der Kirche geschlichen war.

„Silvano hatte Recht, Margherita. Vater hasst mich. Wie kann er mich zwingen, einen anderen Mann zu heiraten, um Giovannis Leben zu retten?"

Lautes aufgebrachtes Gemurmel drang bis zur Treppe hoch. Überrascht sah Isabella aus dem Fenster. Auf der Piazza versammelten sich viele Menschen, einige weinten und umarmten sich. Boote kamen zur Mauer, wurden beladen. „Geh, Margherita. Sieh nach, was die Menschen so erbost. Schnell!"

Wenig später kam Margherita aufgelöst die Treppe hinaufgekeucht. „Ihr habt es zu weit getrieben."

Sie griff sich ans Herz. „Was ist mit Giovanni? Sprich Margherita!"

„Die Geheimpolizei will ihn hängen."

Ungläubig starrte sie Margherita an, dann lief sie zum Fenster zurück. Ein paar der Boote hielten tatsächlich Kurs auf Murano.

Schnell wandte sich Isabella vom Fenster ab. „Gib mir meinen Umhang. Beeil dich, Margherita", fauchte sie die alte Zofe an, die mit zitternden Händen an Isabellas Umhang zupfte. Margherita verharrte regungslos an der Tür. „Geht nicht."

Sie stockte kurz und drückte Margheritas Hand. „Es ist nicht länger meine Entscheidung. Der Doge hat das Urteil gefällt."

Sie umarmte Margherita liebevoll und hatte Mühe, sich aus der Umarmung zu lösen. Ängstlich blickte sie über die Schulter ihrer Zofe zurück ins Zimmer. Sie musste sich beeilen, bevor die Wache die Ablöse schickte.

Margherita folgte ihr auf den Gang und hielt sie zurück.

„Ich bin Euch immer treu gewesen." Margherita schluckte heftig und riss an Isabellas Umhang. „Ich lasse Euch nicht allein!"

„Sei still, törichtes Weib. Sie werden uns hören."

Isabella zog ihre Zofe in eine Ecke. „Ich liebe Giovanni – soll ich ihn vergessen?"

„Giovanni mag Euer Herz besitzen, aber – nehmt Alonso. Nur er kann Euch ein Leben bieten, wie es Euch gebührt."

Margherita, die Einzige, der sie vertraute. Sie zeigte auf die Piazza.

„Wie kann ich seinem Befehl folgen, wenn der Doge selbst an sich zweifelt?", rief Isabella.

„Ihr werdet ihn nicht lieben, aber heiraten. Die Tochter des Dogen muss sich an das Gesetz ihrer Geburt halten. Euer Vater hat die Heirat befohlen."

„Ich muss weg!", rief Isabella.

„Ihr dürft nie wieder zweifeln – heiratet Alonso und gebt Eurem Vater keinen Grund, Euch zu richten. Es ist zu spät, Kind." Margherita schlug ihre Hände zusammen und klagte weiter. „Euer Vater ist erzürnt! Die Wache hat das Gelöbnis, zu schweigen, aber niemals dürft Ihr Euch wieder allein aus dem Palast bewegen. Ihr hattet Glück, wer weiß, was Giovanni noch alles getan hätte."

Isabellas Blick glitt ängstlich über die Piazza. Die Zeit war ihr Verbündeter, aber bei jedem Geräusch, das aus den Gassen drang, wurde ihr bewusst, dass ihre Flucht ein Wagnis war. Sie scheute den Gedanken daran, dass Silvano wirklich tot war und sie ihn nie finden würde.

„Geht, Margherita, geht, bitte", flüsterte Isabella und suchte hinter einem Türpfosten Schutz.

Isabella riss sich los und blickte in den Innenhof zurück. Die Wachen würden sie erwischen, und dann war alles vorbei. Sie erkannte die Angst in Margheritas Augen, aber es war zu spät. Niemand durfte ihr den Weg verweigern, den ihr das Herz vorgeschrieben hatte.

„Isabella, kommt zu Euch! Wollt Ihr Euer Leben verlieren für einen Mann, dem nicht mal die Arbeit seines eigenen Vaters wert war, zu kämpfen? Auch Euer Vater kann Euch nicht vor dem Tod retten, wenn Ihr die Serenissima betrügt!"

Zornig starrte sie Margherita an. „Nenn mir nur einen Grund, der Silvano von Giovanni unterscheidet! Sie wollen, dass ich glücklich bin. Und dass Venedig eine Stadt der Freude ist. Aber das ist nicht wahr, Margherita. Silvano ist fort, und Giovanni wird für seine Liebe bestraft!"

Margherita setzte zu einer Antwort an, dann senkte sie ihren Kopf. „Ich hätte Silvano warnen sollen vor der Frau."

Laute Schritte erklangen in den Arkadengängen und kamen rasch näher.

Margherita nahm ihren Umhang ab und legte ihn Isabella liebevoll über die Schultern. „Es ist kalt und wer weiß, wofür Ihr ihn brauchen könnt."

Eine letzte Umarmung, dann kehrte sie Margherita den Rücken. Sie öffnete das schwere Tor und zwängte sich durch den Spalt hinaus. Eine kühle Brise wehte über ihre erhitzten Wangen. Sie lehnte sich an das Tor, glitt mit ihren Händen über die Verzierungen. Dann holte Isabella tief Luft und stieß sich ab, tauchte im Dunkel der Arkaden unter. Das Mondlicht spiegelte sich auf den nass glänzenden Steinen. Sie blieb nochmals stehen und sah zum Palast zurück. Im Arbeitszimmer ihres Vaters leuchtete ein sanftes Licht. Er würde erst am nächsten Morgen erfahren, dass auch sie gegangen war. Sie holte tief Luft und suchte in der Dunkelheit nach einem Boot, das sie nach Murano übersetzen konnte. Mit zitternden Fingern tastete sie nach einem kleinen ledernen Beutel. Mehr hatte sie nicht, aber es musste reichen, um zu Giovanni zu kommen.

Zu spät bemerkte sie eine Bewegung hinter sich.

„Bleib stehen“, hallte die Stimme der Palastwache durch den Arkadengang.

Dann erkannte sie ein Lichtsignal am Kai und lief darauf zu. Wer immer dort stand, musste ihr helfen.

„Verdammte Straßenweiber“, rief ihr die Wache verächtlich nach.

Schwaches Licht glomm vor Isabella auf und sie rief erstickt um Hilfe.

„Ihr kommt spät, Contessa.“ Das Gesicht eines Mannes tauchte vor Isabella auf. „Warum ist die Palastwache draußen? Habt Ihr vergessen, den Männern freizugeben?“ Erschrocken wich Isabella zurück und stieß gegen eine Eisenstange, die an eine Kiste gelehnt war. Der schrille Lärm zerschnitt die Stille der Nacht. Der Fahrer hielt sie offenbar für Francesca. Wohin würden sie fahren? Beim nächsten Halt musste sie eine Möglichkeit finden, das Boot unbemerkt zu verlassen.

Der Mann lachte hämisch. „Folgt mir, aber Vorsicht – der Steg ist glitschig.“

Isabella zog die Kapuze ihres Umhangs tiefer ins Gesicht und folgte dem Mann. Voll beladen lag das Boot schwer im Wasser.

Isabella zögerte, als sie sah, wie tief das Boot sank, als der Mann es bestiegen hatte.

„Kommt, wir dürfen keine Zeit verlieren. Ihr wollt doch nicht, dass Euer Geliebter von Euren nächtlichen Vergnügungen erfährt.“

Schnell schüttelte sie den Kopf und nahm die Hand des Mannes. Sie ließ sich von ihm in das Boot helfen, wohl darauf bedacht, ihm nicht länger als nötig zu antworten, aber er schien die Zurückhaltung der Contessa gewohnt zu sein und ruderte schweigend aus dem Hafenbecken.

Isabella schluckte heftig, als sie den Kopf zum Dogenpalast wandte.

„Carisi meinte, es wäre sicherer, wenn wir die Sachen auf Murano verstecken", sagte der Mann. „So könnte man die Diebstähle leicht Caspero unterjubeln, wenn der Verdacht aufkommen sollte. Ein kluger Mann, unser Carisi."

Hoffte er, dass die Contessa Carisi von den Lobesworten erzählen würde? Das Mondlicht fiel auf sein dickes Gesicht, das sich aufblies vor Stolz. „Er vertraut mir. Und Euch."

Isabella wähnte sich sicher im Schatten, neigte zustimmend ihren Kopf und deutete ein Lächeln an.

Der Mann nahm es als Wohlwollen, dann zögerte er. „Ich dachte, er hätte Euch in die Pläne eingeweiht? – Vielleicht hat es sich auch kurzfristig geändert. Der Doge setzt ihm ziemlich zu."

Es dämmerte bereits, und Isabella war erleichtert, als die ersten Häuser Muranos auftauchten. Ihr Hass auf Carisi wuchs. Was tat der Mann mit Vaters Einverständnis?

„Bleibt, ich komme gleich zurück", sagte der Mann und verließ das Boot. Er sprang auf die Mauer und vertäute das Seil. Dann verschwand er in einer der Seitengassen.

Schnell kletterte Isabella aus dem Boot und fand gerade noch Zuflucht hinter einigen Fässern, bevor ihr Ruderer mit einem groß gewachsenen Mann zurückkam.

„Der Plan der Contessa funktioniert bestens", hörte sie den Mann sagen.

„Sei still! Wo ist Francesca?"

Es war Alonsos Stimme. „Sie war gerade noch hier. Vielleicht ist sie mir gefolgt?"

„Bring die Bilder ins Haus und dann fahr zurück, bevor uns jemand entdeckt“, befahl Alonso dem Mann. „Ich suche selbst nach der Contessa.“

Isabella duckte sich tiefer, das Holz bohrte sich in ihren Rücken.

Ein Stück des Leinenverschlages verfing sich in dem Gegenstand, den der Mann aus dem Boot hieven sollte und sie erkannte ein Bild, das im Sitzungssaal gehangen hatte.

„Pass auf die Bilder auf!“, zischte Alonso. „Der Doge frisst Francesca aus der Hand.“

„Und nicht nur der Doge, wie man hörte. Ich kann Euch verstehen, das Weib ist die Versuchung selbst. Wie die Dogentochter“, sagte der Mann, dann schrie er plötzlich auf.

Vor Isabellas Augen sank der Mann zusammen, presste seine Hände auf die klaffende Wunde, bis er das Bewusstsein verlor.

„Verdammtes Pack, bei den Weibern dreht ihr alle durch. Wie Giovanni, aber Isabella gehört mir.“

Übelkeit überfiel sie. Alonso hatte den Mann einfach so getötet. Sie zitterte. Was für ein Ungeheuer war der Mensch, den sie heiraten sollte?

Alonso packte den Mann und zog ihn ein Stück weg. Wenig später klatschte etwas ins Meer. Der Leichnam des Mannes trieb auf der Oberfläche. Vorsichtig spähte sie hinaus und sah gerade noch, wie Alonso in einem kleinen Haus verschwand.

Mit pochendem Herzen kletterte sie aus ihrem Versteck und stieg die grünen glitschigen Stufen hoch. Dann überquerte sie einen kleinen Platz und lief blindlings in die nächste Gasse.

35. Kapitel

Der Sturm war längst vorüber, aber Silvano sehnte sich nun nach schlechterem Wetter. Die langen Nächte an Deck boten ihm Zeit nachzudenken. Nach den Tagen auf See war ihm das Schiff zu einer neuen Heimat geworden. Er sah auf seine Hände, die längst nicht mehr vom Leben eines Edelmanns zeugten – voller Schwielen und offener Blasen.

Bei jedem Lichtstrahl, der aus dem Kastell auf die dunklen Bohlen des Decks fiel, hoffte er auf jemanden, der ihn ablenkte. Das Mädchen, dessen Augen ihm wieder Zuversicht gegeben hatten. Maddalena drang in seine Gedanken, jede Gegenwehr schien vergebens, aber er war ein anderer Mensch geworden. Jemand, der kein Leben mehr hatte. Keines verdient hatte, aber warum hatte Gott ihn verschont?

Leise drang der Gesang der Matrosen an Deck, sie sangen von der Heimat.

Heimat – ruhelos wie nie wanderte Silvano unruhig auf und ab. Marco Polo hatte es eilig, in Genua einzulaufen und die Männer taten es ihm gleich. Sie waren lange auf See gewesen, wollten nach Hause.

Als der Morgen anbrach und die ersten Sonnenstrahlen sich in den feucht glänzenden Segeln verfingen, ging er zu Carlo. „Gib mir die kaputten Segel."

Carlo spuckte über die Reling und maß ihn grinsend. „Was ist passiert, dass du sogar Segel flickst? Freiwillig. Du warst die halbe Nacht auf Wache. Geh unter Deck und gib Ruhe."

„Nein, vielleicht zieht wieder ein Sturm auf, dann wirst du jeden Mann schätzen, der an Deck ist."

Carlo sah über das ruhige Meer. „Du machst mir Angst. Wie unser Kapitän, willst du einen Sturm heraufbeschwören?

Schau doch, die See ist ruhig. Nicht mal ein Wind, der die Segel bläht."

Silvano legte seinen Kopf in den Nacken und sah zum Mast hoch. In dem Augenblick hob der Wind an und blähte die Segel, er trieb das Schiff damit näher an eine Stadt, die für ihn ein neues Gefängnis werden konnte.

Er nickte Carlo zu und ließ sich am Vordeck an der Bordwand nieder. Den Kopf gegen das Holz gelehnt, schloss er die Augen.

Die Vorsegel blähten sich im Wind, dass der Stoff knatterte. Der aufkommende Wind wurde von den Männern freudig begrüßt.

„Seht euch den Kerl an – der soll ein Segelmacher sein."

Franco schien Silvano herausfordern zu wollen, doch er war zu müde. Seit dem ersten Zusammentreffen hatte ihn der breitschultrige Mann nicht aus den Augen gelassen,das Essen an ihn immer zuletzt ausgeteilt oder seinen Wasserbecher umgestürzt und sich hämisch grinsend dafür entschuldigt.

Sein Rücken brannte und seine Hände hätten kaum einen Stift halten können. Geschunden von Seil und Salzwasser.

„Lasst mich in Ruhe. Ich habe euch nichts getan", rief Silvano, doch der Matrose fühlte sich wohl ermutigt.

„Ah, der Herr spricht mit uns."

„Franco, Marco hängt dich, wenn du hier Ärger machst!", flüsterte ihm ein kleiner, untersetzter Mann zu. Einige Männer nickten heftig, warteten aber gespannt auf seine Reaktion.

Franco stieß gegen seine Fußspitzen. „Sind wir dir nicht gut genug? Schließlich haben wir auf dich geachtet, dir geholfen und was ist der Dank? Nichts. Hey, ich rede mit dir."

Carlo verfolgte das Treiben aus der Ferne, aber schließlich kam er näher. „Franco, lass ihn. Er hat dir nichts getan."

Franco ballte die Fäuste. „Du verteidigst ihn? Wir haben ihn gerettet und er straft uns mit Missachtung."

Mit starrem Blick konzentrierte sich Silvano auf die Speichen des Ruders, die sich langsam drehten, um den gewünschten Kurs zu halten.

„Vielleicht ist er gesprächiger, wenn wir ihn taufen?", schlug einer der Männer vor. „Was meint ihr dazu?"

Die Männer klatschten und johlten. „Passt auf, dass uns der keiner erwischt."

„Marco schläft, also worauf wartet ihr noch?" Der Mann rieb sich die Hände. „War mir schon nicht geheuer, als wir ihn aus dem Wasser gefischt haben, das Bürschlein."

Silvano stand auf und sah Carlo an. „Ich will keinen Ärger. Im nächsten Hafen seid ihr mich los."

Franco grinste schief. „Seht mal, da vorne ist der nächste Hafen." Er deutete über seine Schulter.

Für einen Augenblick drehte sich Silvano überrascht um und bemerkte zu spät seinen Fehler. Der Faustschlag traf ihn ins Gesicht. Zu spät riss er die Hand hoch, um den nächsten Schlag abzuwehren. Der traf ihn in die Magengrube. Er sank auf die Knie und unterdrückte ein Stöhnen. „Ich habe euch nichts getan."

„Du bist keiner von uns. Hältst dich wohl für was Besseres", sagte Franco und wartete, was er als nächstes tat.

Silvano holte tief Luft, dann rannte er los, gegen den überraschten Franco, dass dieser auf die Planken prallte. Das Gefühl des Triumphs war kurz, aber er kostete es aus. Er war geflohen, fast ertrunken und jetzt wollte er nicht sterben, weil ein paar Männer etwas gegen ihn hatten. Er schlug Franco seine

Rechte ins Gesicht. „Ich habe dich nicht gebeten, mein Freund zu werden."

Die Männer wichen zurück. Silvano triumphierte erneut, bis ihn jemand ruckartig nach hinten riss, dass er auf den Boden knallte.

„Niemand fängt auf meinem Schiff eine Prügelei an. Carlo, binde ihn am Mast fest. Bei zwei Tagen Brot und Wasser, dann sehen wir, was wir mit ihm machen", brummte Marco Polo.

Franco zischte vor Freude, packte Silvano grob an den Schultern und stieß ihn mit dem Kopf gegen den Mast.

Carlo drängte sich dazwischen. „Es reicht, Franco. Verschwinde unter Deck oder ich binde dich auch an."

„Er macht uns nur Ärger!" Franco stieß einen der Matrosen beiseite und riss die Tür auf.

Carlo nahm ein Seil und schlang es fest sitzend um den Mast. „Warum hast du nicht gesagt, dass Franco den Kampf begonnen hat?"

„Ich habe noch eine Rechnung zu begleichen."

Carlo sah Silvano nachdenklich an. „Du bist kein Segelmacher. Das glaubt dir vielleicht Marco Polo, aber nicht Carlo!"

***

Als Silvano die Augen öffnete, erkannte er die dunkelbraune Hose Marcos und ein Stück Holz mit den Buchstaben „Sere."

„Steh auf!" Marco stieß unsanft mit dem Schuh gegen sein Bein. „Ist das ein Teil deines Bootes?"

Er rieb sich den Schlaf aus den Augen. „Was meint Ihr?"

Marco hielt das verwitterte Holz hoch. „Ich frage dich nochmals, ist das ein Teil deines Bootes?"

Silvano starrte auf die Buchstaben. Isabella würde ihn hassen, aber es gab keinen Silvano di Conti mehr. „Nein", sagte er mit fester Stimme.

Marco packte ihn am Arm und zog ihn hoch. „Bist du dir ganz sicher?"

Silvano nickte nur stumm. Möge der heilige Markus ihm beistehen, dass er unerkannt blieb.

„Gut, du bringst frischen Wind in die Mannschaft. Carlo scheint dich zu mögen."

Silvano lachte heiser. „Mögen? Und Franco wollte mich töten. Er wird noch merken, dass er sich mit dem Falschen angelegt hat."

Marco schlug mit der Faust auf den Tisch. „Hast du mich nicht verstanden? Es gibt keine Aufstände an Bord!"

Marco ließ sich mit einem Seufzen auf den Stuhl fallen. „Ich brauche starke Männer. Männer, denen die anderen folgen, wenn es ernst wird. Und es wird nicht mehr lang dauern, bis die verrückten Venezianer uns angreifen."

Marco schüttelte den Kopf. „Ich war vor wenigen Wochen erst in Venedig, habe dort einen Freund besucht und gehofft, dass er einsehen würde, wohin uns ein Krieg führen kann."

Silvano nickte zögernd und sah auf die Karte. Er kannte die Gier seiner Leute und die seines Vaters. Sie würden nicht eher ruhen, bis die letzten Küsten fest in venezianischer Hand waren. Die Schiffssteuern machten einen Großteil der Einnahmen aus und er hatte die Schätze selbst gewogen, die tagtäglich über das Kontor kamen. Edelsteine, Gewürze, Seide, Silber.

Widerwillig wandte er sich ab, doch Marco ließ ihn nicht aus den Augen.

„Angst?" Marco lachte. „Kann ich verstehen. Wie alt bist du – achtzehn?"

„Siebzehn. Ich habe keine Angst."

Marco sah ihn nachdenklich an. „Nur ein Narr hat keine Angst." Er deutete auf die Holzdecke über seinem Kopf. „Hörst du sie singen, von Mut und Kampf? Aber niemand wünscht sich den Krieg wirklich. Doch sie haben Frauen, Kinder und sie müssen Geld verdienen."

„Ich bin allein. Ich habe keine Angst, weder vor dem Tod noch vor dem Kampf."

Marco schüttelte den Kopf. „Du bist jung, weißt nicht, was es bedeutet, um sein Leben zu kämpfen."

Silvano sprang auf. „Ich habe dem Tod ins Auge gesehen, glaubt mir."

Francescas von Hass verzerrtes Gesicht verfolgte ihn in manchen Nächten noch immer, sogar, wenn er wach war, doch das konnte er niemanden erzählen und schon gar nicht dem Mann, der vor ihm stand.

„Ich glaube dir nicht, Silvio."

Er starrte Marco erschrocken an.

„Du hast Angst. Jeder hat Angst, sonst wäre er kein Mensch."

Jeder hat Angst. War sein Vater kein Mensch? Er würde es nicht mehr erfahren. Er konnte nicht zurück.

Er folgte Marco an Deck. Die Männer arbeiteten weiter und murmelten einen Gruß, als der Seemann vorbeiging. Der ältere Mann hatte seine Mannschaft im Griff. Die Männer akzeptierten ihn, stellten seine Befehle nicht in Zweifel, wie er es bei seinem Vater tat.

„Hilf Carlo."

Carlo saß inmitten der riesigen Segel und machte keinen Hehl daraus, wie er diese Arbeit hasste. „Weiberkram." Carlo deutete auf die Segeltücher. „Kannst mir helfen. Wo kommst du her?"

Marco beobachtete ihn aufmerksam, sodass Silvano eines der Segel nahm und geschäftig daran herumzog.

„Ich habe keine Heimat“, sagte er knapp und hoffte, der Neugier des Mannes damit zu entgehen.

Carlo nickte. „So sahst du aus. Wir dachten, du bist Haifischfutter, aber unser Kapitän wollte dich retten.“

Er blickte Marco an, der sich brüsk abwandte und das Deck kontrollierte. „Franco, siehst du Land?“

„Wieso sitzt du eigentlich ständig nachts am Bug und starrst über das Meer?“, fragte Carlo und fädelte geschickt durch das Geflecht an zerschlissenen Schnüren und Tuch.

Silvano seufzte. „Ich habe etwas verloren.“

Carlo grinste ihn an. „Ein Weib, was?“

Silvano sah über das Meer hinaus, wo der Horizont die Wolken berührte, als wolle er sich vereinen. Die Vereinigung von Meer und Kirche, sein Vater zelebrierte es jedes Jahr. Nächstes Jahr würde er nicht dabei sein.

Er zuckte mit den Schultern. „Lass uns die Segel weitermachen, bevor er mürrisch wird.“

„Pass nur auf, dass du deine Freunde behältst. Ein paar von den Burschen passt es nicht, dass du mit dem Kapitän plauderst. Haben wohl Angst, dass sie dir nicht mehr trauen könnten.“

„Als ob sie das je tun würden.“

Carlo überging seine Antwort. „Setzt die Segel, es geht heimwärts. Ich kann es riechen und dann, mein Junge, leben wir wie die Könige. Wir werden es den Venezianern zeigen!“

Silvanos Kiefer mahlten. Er konnte nicht in den Krieg ziehen gegen sein Volk, seinen Vater. Gegen Isabella.

***

Die Nacht war sternenklar und ruhig. Sie würden glauben, er war tot, würden die Suche einstellen und irgendwann vergessen, dass es ihn gegeben hatte. Auch Isabella?

Marco Polo trat neben Silvano an die Reling. „Es gibt viele Wege, in einen Sturm zu geraten. Schau dir nur die Seekarten an. Welche Strömungen gilt es zu überwinden, die Gezeiten, das Wetter?"

Silvano sah den älteren Mann argwöhnisch an. Ahnte Marco Polo, dass er ein anderer war, als er vorgab?

„Das Meer betrügt niemanden. Es spielt nicht mit dir. Entweder ertrinkst du oder verdurstest, aber du weißt, wann es vorbei ist", sagte Silvano.

„Ist das der Grund, warum ich dich jede Nacht hier finde? Du meldest dich jede Nacht freiwillig zur Wache. Warum?"

„In dunklen Nächten, in denen die Sterne nicht zu sehen sind, wünsche ich mir, dass ich das Geschick habe, ein Schiff zu führen – durch die Riffe und Strömungen."

Marco Polo nickte langsam. „In solchen Nächten würde ich mit niemandem tauschen. Wenn der Wind die Segel bläht, die Balken knarren und du weißt, Stunden später kommt es dir wie ein Traum vor." Er stieß Silvano zum Ruder und lachte. „Du bist genauso ein Träumer, wie ich einst einer war. Schon als kleiner Junge wollte ich auf See, neue Länder entdecken. Geh ans Steuer und setz einen neuen Kurs."

Silvano sah ihn überrascht an. „Ich kann das nicht."

Marco Polo zog die Augenbrauen hoch. „Du willst doch dein Ziel erreichen?"

„Mein Ziel?"

„Es heißt nicht Genua. Also, wer bist du wirklich, und wohin willst du?"

Erschrocken wich Silvano vom Steuer zurück. „Ich gehe am nächsten Hafen von Bord, wie vereinbart."

Marco hielt ihn an der Schulter fest und schob ihn sanft, aber bestimmt zum Steuerrad zurück. „Greif zum Steuer und setz den neuen Kurs."

Gehorsam ergriff er das Steuer, fühlte das glatte Holz des Ruders in seinen Händen.

„Ich habe deine Hände gesehen, du bist Arbeit nicht gewohnt und deine Manieren haben vielleicht in den letzten Tagen gelitten, aber du weißt, wie du dich bei Tisch zu benehmen hast. Ja, Silvio oder wer immer du bist – du tust gut daran, mir in der Kajüte zu helfen, bevor meine Männer misstrauisch werden."

„Ich bin …"

„Du bist mir keine Rechenschaft schuldig. Und morgen früh meldest du dich bei mir. Vielleicht hast du Interesse, den Kurs nicht nur mit Hilfe der Sterne zu bestimmen? Maddalena hat nach dir gefragt. Die Tochter meines Freundes ist sehr schüchtern. Es ist schön zu sehen, wie sie auflebt."

„Il Capitano, ich …"

„Du wirst dein Ziel erreichen."

***

Silvano umklammerte das Steuerrad fest, die Kälte der Nacht fuhr ihm in die Glieder. Unruhig blickte er über das Meer. Es war still, fast zu still. Das Schiff glitt durch das Wasser, bahnte sich seinen Weg fast von alleine. Er drehte ein wenig bei.

„Ihr korrigiert den Kurs? So kommen wir nie nach Hause", sagte Maddalena.

Silvano drehte sich überrascht um und blickte in die Dunkelheit, bis er Maddalenas kleine Gestalt erkennen konnte. „Ihr solltet unter Deck bleiben. Das Wetter schlägt schnell um."

„Nicht eine Wolke, kein Wind." Maddalena lachte und schritt die Treppen hinunter, bis sie an seiner Linken stehen blieb. „Habt Ihr Angst, mit mir an Deck erwischt zu werden?"

Maddalena griff ins Steuerrad. Ihre Finger waren warm und ihre Haut weich. „Mein Vater ist sehr offen, wie Ihr vielleicht schon gemerkt habt. Fragt mich über die Sterne oder das Meer, aber nicht über die neue Mode in Genua."

Silvano lächelte. „Ihr erinnert mich an meine Schwester."

Sie neigte ihren Kopf und sah ihn erwartungsvoll an. „Erzählt mir von ihr. Es ist das erste Mal, dass ich Euch lächeln sehe."

„Ich habe nicht viel Grund zu lächeln", antwortete er und bereute es sofort.

Maddalena schritt über das Deck, bis sie an der Reling stehen blieb und auf das mondbeschienene Meer sah. „Wie lange seid Ihr inzwischen von zu Hause fort, Silvio?"

Unschlüssig sah er auf das Steuerrad. Die Sehnsucht fraß ihn auf, seitdem er seine Heimat verlassen hatte und Maddalena lockte sie einfach aus ihm heraus. Er dachte an Isabella.

„Verzeiht mir, ich wollte Euch nicht verletzen. Ihr seid so gut zu mir, und Euer Vater und Marco Polo." Mit lautem Seufzen hieb er auf das Steuerrad. „Ich mache alles falsch. Egal wo ich bin."

Maddalena stand in ein wollenes Tuch gehüllt hinter ihm. Er glaubte die Wärme ihres Körpers zu spüren und wich zur Seite. Sie ahnte nichts von den Gefühlen, die ihre Anwesenheit auslösten. Zu lange war es her, seit ihm eine Frau so nah gewesen war und er bekam Angst, etwas Unbedachtes zu tun.

„Ihr leidet, Silvio. Manchmal ist es besser, jemandem davon zu erzählen als die quälenden Gedanken mit sich herumzutragen", ermutigte ihn Maddalena. Sie würde nicht ruhen, bis er sich ihr anvertraut hatte, dessen war er gewiss.

„Geht wieder unter Deck. Es ist kalt und hier ist nicht der rechte Ort, besonders zu später Stunde.“

Als würde sie seine Worte ignorieren, trat sie noch näher, bis er ihren Arm an seinem spürte. Sie griff auf eine Seite des Ruders. „Ihr müsst den Kurs halten, wenn Ihr Euer Glück sucht, Silvio.“

Sein Blick glitt über ihre Hand, sie trug keinen Ring. „Warum glaubt Ihr, dass ich auf der Suche bin?“

Sie neigte ihren Kopf zur Seite und lächelte. „Meint Ihr, ich hätte nicht bemerkt, dass Ihr versucht, unsere Heimreise zu verzögern? Die Abweichungen sind minimal, aber ich bin erfahren genug, um zu wissen, dass wir einem anderen Kurs folgen als vor Sonnenuntergang.“

Schnell sah er zu den Sternen, die verräterisch am Himmel standen. „Ich habe mich geirrt. Hinter der sanftmütigen, stillen Frau lauert eine Piratin. Ihr seid gefährlich, Maddalena.“

Was mochte eine junge Frau wie sie bewegen, ihren Vater auf seinen Reisen zu begleiten?

„Was werdet Ihr nun tun? Sagt Ihr es Marco?“

Sie schüttelte langsam den Kopf. „Ihr werdet den Kurs korrigieren. Wovor habt Ihr Angst? Was hindert Euch, nach Hause zu fahren?“

„Nichts“, er umklammerte das Ruder, seine Knöchel schimmerten weiß, so hart packte er das Ruder. „Bitte, Maddalena, lasst mich allein. Es würde nur noch mehr Probleme bereiten. Niemand kann mir helfen. Ich sollte von Bord gehen.“

Maddalena sah ihn erschrocken an. „Was redet Ihr da? Wir sind mitten im Meer. Der nächste Hafen ist Genua, dort könnt Ihr tun und lassen, was Ihr wollt. Silvio, Ihr macht mir Angst.“

Er lachte auf. „Ich wüsste nichts, wovor eine starke Frau wie Ihr Euch fürchten müsstet.“

Lächelnd trat sie neben ihn. Er spürte ihre Wärme und schloss für einen Moment die Augen. Ihre Hand glitt über die seine und mit großer Geschicklichkeit drehte sie am Ruder. Er wich nur wenig zurück, wollte ihre Nähe nicht missen und dem Gefühl von Vertrautheit nachgeben.

„Ich bin keine Frau, die hinter den Dienstboten hinterher jagt. Meine Mutter ist tot und da mein Vater kein anderes Zuhause kennt als das Meer, fand ich es nur nahe liegend, ihm zu folgen."

Sie lachte und neigte ihren Kopf, sodass ihr Haar ihn kitzelte. „Wir segeln nach Genua. Was wollt Ihr dann tun?"

Er holte tief Luft. „Ich weiß es nicht. Mein Weg ist nicht vorbestimmt, ich folge dem Meer, lasse mich treiben."

„Ach Silvio, alles ist vorbestimmt. Es ist kein Zufall, dass Ihr auf dem Schiff gelandet seid."

Er sah auf ihr Haar, ihr Scheitel glänzte im Mondschein. Er senkte den Kopf und schrak zurück, als sie sich zu ihm umdrehte, ihren Körper gegen das Steuer gedrückt.

„Nun bringt Ihr uns vom Kurs."

Maddalena lächelte. „Ihr überrascht mich, Silvio. Für einen Matrosen habt Ihr erstaunlich gute Manieren."

Sie glitt an ihm vorbei, bis sie wieder an seiner Seite stand. „Was ist geschehen, dass Ihr so herumirrt?"

Er deutete auf die linke Seite. „Seht doch, der Nebel lichtet sich."

Maddalena streckte ihre Hand aus, glitt für einen kurzen Moment über seinen Arm. „Mein Vater mag Euch. Das täte er nicht, wenn er nicht Vertrauen zu Euch gefasst hätte."

Er drängte Maddalena sanft beiseite und konzentrierte sich darauf, den Kurs zu korrigieren. „Ich weiß nicht, warum Ihr Euch sorgt."

In den Mannschaftsquartieren war Tumult zu hören.

„Ihr solltet nun besser unter Deck gehen. Es wäre nicht gut, wenn die Männer Euch hier sehen. Nachts, allein."

Unwillig drehte sie sich um. „Es gibt immer einen Weg zurück", sagte sie. „Marco Polo ist jemand, der weiß, wohin er will. Aber Ihr seid noch auf der Suche, Silvio."

***

Die bevorstehende Heimkehr hatte die Mannschaft in eine ausgelassene Stimmung gebracht. Der Wein tat sein Übriges, und schon bald erklangen die Hymnen und Lobgesänge. „Wir werden sie besiegen. Sie stehlen unser Gold und unsere Ehre", rief Franco erregt und ballte die Faust. „Ich kann es kaum erwarten. Sobald wir im Hafen sind, melde ich mich."

Carlo lachte. „Du bist viel zu ungeduldig. Zuerst müssen wir unsere Frauen begrüßen und dann kannst du wieder losziehen." Er schlug Franco auf den Rücken. „Sieh dir Silvio an. Was immer ihn beschäftigt, der Krieg scheint an ihm vorbeizusegeln."

Franco kniff die Augen zu. „Stimmt. Silvio, warum bist du heute so schweigsam?"

„Ich bin müde." Er hoffte, dass die Männer sich wieder auf den Wein besinnen würden, doch Franco erhob sich und ließ sich neben ihn fallen.

„Das gefällt mir nicht. Du gefällst mir nicht. Hältst dich immer abseits, als ginge dich unser Krieg nichts an."

„Der Krieg. Eure Frauen werden trauern, während eine Galeere nach der anderen zerstört wird. Hunderte Männer lassen ihr Leben – wofür?" Er stieß Franco beiseite und ging zum Heck zurück.

Ein Fausthieb landete auf seinem Rücken. „Es wird Zeit, dass du verstehst, wie es bei uns an Bord zugeht. Du", er drückte ihm den Daumen auf die Kehle, „wirst tun, was man dir befiehlt."

Franco knurrte und setzte zum Schlag an, doch Carlo zog ihn mit sich. „Lass den Kleinen weiterträumen."

„Silvio!"

Die laute Stimme von Marco Polo ließ Franco zurückweichen.

Franco tauschte einen Blick mit Carlo aus, dann legte er Silvano einen Arm um die Schulter.

„Heute hast du Glück, aber wir sehen uns." Er hob die Hand zum Gruß und ging grölend zu den anderen zurück.

„Komm runter, ich habe Arbeit für dich."

„Jawohl, il Capitano."

36. Kapitel

Am Horizont erspähte Isabella die sanften Umrisse Venedigs. Es schien nah und gleichzeitig fern. Wie ihr Vater. Ein kalter Wind trieb Staub über den Platz. Er drang in ihre Augen und ließ sie die kleinen Häuser nur schemenhaft erkennen. Aber es war kein Traum. Sie war auf Murano und sehnte sich nach Giovanni.

Isabella zog ihren Umhang fester und sah sich ratlos um. Fensterrahmen schlugen zu, Türen, aus denen fröhliches Lachen ertönte, wurden geschlossen. War es Giovanni ebenso ergangen? In den Gassen von Venedig?

Sie atmete tief durch. Jeder kannte ihn hier. Sie musste ihn finden!

Nur zäh durchdrang die Sonne den Nebel. Ihre Schritte hallten auf dem Pflaster, als sie in den Kanal einbog und verzaubert stehen blieb. Die Brücken schlugen sich sanft ans andere Ufer. Einfache Gemäuer, ohne Prunk, die die Menschen miteinander verbanden. Am anderen Ufer erkannte sie eine Kirche und steuerte zielstrebig darauf zu. Die Kälte kroch unter den Umhang und zwang sie, eine Pause zu machen. Auf der Höhe des Brückenbogens blieb sie plötzlich stehen und lauschte. Unter einer Brücke saß ein kleiner Junge. Er sang und warf eine Schnur in das Wasser.

„Kennst du Giovanni?"

Der dunkelbraune Schopf des Kindes fuhr nach oben. Mit offenem Mund sah er auf ihr Kleid und warf die Angelschnur weg.

„Warte!"

Der Junge stolperte die Böschung hinauf, seine Füße hinterließen feuchte Abdrücke auf dem staubigen Boden.

Plötzlich rutschte er aus, ein funkelnder Stein kullerte aus seiner Hosentasche über den Boden. Als er danach greifen wollte, hob Isabella den Stein auf. „Hilf mir, und du bekommst den Stein zurück."

Der Junge sah sie zögernd an.

„Wie heißt du?"

„Paolo."

„Bring mich zu Giovanni, und ich gebe dir einen Dukaten." Sie strich über seinen Kopf und deutete ihm zu gehen.

„Ich will den Dukaten sehen."

Der Junge schaute neugierig, wie sie aus ihrer Rocktasche einen Dukaten hervorzauberte. Dann lief er so schnell, dass sie Mühe hatte, ihm zu folgen. Er bog in eine schmale Gasse ein, die stickig und voller Rauch war, dann verschwand er.

Isabella blieb ratlos stehen, bis sie ein paar Hütten am Ende der Gasse entdeckte. Eine Tür stand offen und als sie davor stand, erkannte sie kleine Fußabdrücke auf dem Sand bedeckten Boden.

„Isabella!"

Erschrocken drehte sie sich um. „Giovanni!"

„Alonso Carisi, er hat einen Mann getötet. Ich war dabei." Erschöpft schloss sie die Augen. „Was tust du hier?"

Isabella hielt ihn an der Schulter fest. „Ich will mit dir zusammen sein."

„Du bist die Tochter des Dogen und ich habe nichts. Außer meiner Familie."

Isabella folgte ihm zögernd. Ein Raum, einfach ausgestattet, doch dann fiel ihr Blick auf kleine Vasen, die auf einem einfach gezimmerten Regal standen.

„Das wart ihr auf der Piazza. Giovanni – ihr verkauft hinter Fallores Rücken, aber habt Angst, euch zu wehren?"

Giovanni deutete auf ein kleines unscheinbares Häuschen, weit hinter den Fässern, die sich vor den Fenstern der Werkstatt auftürmten. „Willst du auf den Ruhm verzichten, um hier dein Leben zu verbringen? Ewig auf der Flucht?"

„Warum entscheidest du für mich? Ich bin hier. Mein Bruder hatte keine Wahl. Warum schlägst du deine Chance vorher aus?"

Sie hob den Kopf und sah in seine dunklen Augen.

Sie streckte die Hand aus, wollte Giovanni berühren, ihm zeigen, wie wichtig er ihr war, aber er wandte sich ab.

„Es ist vorbei. Auch das Glasblasen. Mein Vater ist krank. Er wird blind."

„Dann braucht er dich mehr denn je. Wie ich, Giovanni."

Ihre Hand strich über sein Wams, zog daran, bis er ihr ganz nahe war und sie seinen Atem spürte. „Beweise mir deine Treue, zeige deinem Vater, was dir wichtig ist.“

Ihre Augen verengten sich. „Warum strafst du mich dafür, dass mein Vater ein di Conti ist? Mein Vater würde dich lieber tot als lebendig sehen, aber ich liebe dich!“

Giovanni hob hilflos die Hand und zeigte über unvollendete Glasfiguren und Vasen, dann setzte er sich auf eine Werkbank vor einen dickbäuchigen Ofen. Die Glut war mäßig warm, aber Isabella beugte sich näher und rieb sich die Hände. Sie scheute Giovannis starren Blick. Wo war seine Freude geblieben?

„Du weißt besser als jeder andere, was mich bewegt. Ich kann das Geschäft meines Vaters nicht allein führen“, sagte er mit unsicherer Stimme, als hätte er ihren Liebesschwur nicht gehört. „Hier ist mein Leben, auf dich wartet ein Mann wie Carisi.“

„Man sagt, du hast Silvano getötet. Ich weiß, dass du es nicht warst.“ Sie schluckte und sah aus dem staubigen Fenster in die dunkle Gasse hinaus. „Du hast mich geliebt. In jener Nacht. Warum tust du mir jetzt so weh?“

Sie hörte Giovannis Schritte und seufzte. Wie konnte sie an seiner Liebe zweifeln! Doch dann – er hielt inne. Die Schritte führten auf die andere Seite der Werkstatt. Fort von ihr. Er nahm eine Vase in die Hand, die sie ihm vorsichtig entwendete und auf den Boden fallen ließ. Abwartend sah sie Giovanni an, dann griff sie zur nächsten Vase.

„Hör auf!“, rief er und breitete seine Arme vor dem Regal aus.

„Nein, ich will, dass du weißt, wofür du lebst!“

Giovanni ging zum Regal und stieß einige Vasen aus dem Regal. „Bist du nun zufrieden?“

Sie hob eine Scherbe auf und hielt sie gegen das Licht. Sie funkelte und spielte in Blau- und Türkistönen.

„Ich bin ein einfacher Sohn eines Glasbläsers. Was erwartest du von mir? Habe ich dir nicht genug Leid angetan, damit du mich hasst?"

„Ich hasse dich nicht."

„Ich wollte deinen Vater töten."

„Du hast ihn aber nicht getötet." Sie sah Giovanni ins Gesicht. „Ich will deine Liebe."

Giovanni sah sie ungläubig an. „Dein Vater hat mir zur Flucht verholfen. Ohne ihn wäre ich längst tot."

„Mein Vater hilft niemandem. Warum sollte er ausgerechnet dich retten, vor einem Urteil, das er selbst aussprach?"

„Carisi, er ist der Verräter! Von ihm habe ich den Plan." Schnell zeigte er ihr den Plan. „Er hat mir alles aufgezeichnet. Ich sollte deinen Vater töten."

Isabella erschrak. „ Wieso du?"

„Erinnerst du dich an die Puppe, an die Verfolger, vor denen ich dich gerettet habe? Keiner fragt warum, wer überleben will, muss handeln."

„Aber das Gesetz verbietet … "

Giovanni nickte. „Carisi ist kein Mann, der seinen Plan aufgibt. Er will den Dogen stürzen."

Isabella starrte auf die Vase in ihrer Hand und blickte Giovanni entsetzt an. „Es war kein Zufall, dass der Mann am Kai gewartet hat. Alonso musste nur warten, bis ich aus dem Palast fliehe."

***

Mit geübten Griffen feuerte Giovanni den Ofen an und griff nach dem Stab. Isabella trat näher, ihre Augen leuchteten und ihr Blick blieb auf seinem nackten Oberkörper haften, bis sie bemerkte, dass er sie beobachtete.

„Bleib hinter mir, es wird ziemlich heiß. Halte Abstand." Erst als er sicher war, dass Isabella nicht in Gefahr war, setzte sich Giovanni auf die Bank und schnallte das Holzbrett um. Dann nahm er vorsichtig den Stab und tauchte ihn in die rotorange glühende Feuermasse. Ein Ballen wabberte nun am anderen Ende des Stabes, warf Blasen. Zischend tauchte er den Stab ein und begann ihn langsam zu drehen. Vorsichtig und behutsam blies er in das Rohr, drehte es langsam und blies weiter.

Fasziniert sah Isabella dem Spiel zu. Vorsichtig tupfte sie ihm den Schweiß von der Stirn, glitt mit dem Tuch über seine Wange. Seine Augen verdunkelten sich.

Er setzte den Stab ab, legte ihn auf eine Eisenplatte und nahm ihre Hand. Giovanni strich über ihre Wange. „Ich zeige dir etwas, es soll unser Geheimnis sein." In einer Ecke der Hütte zog er eine Holzkiste hervor und öffnete sie langsam.

Neugierig spähte sie hinein. Bauchförmige Vasen mit Goldverzierungen, kleine Handspiegel und Glasschmuck.

„Es ist ein Wunder." Vorsichtig nahm sie einen Schwan in die Hand. „Du hast gesagt, deine Mutter glaubt, du machst dir nichts aus der Arbeit deines Vaters. Dasselbe hat Vater von Silvano gedacht."

Giovanni schüttelte heftig den Kopf. „Du irrst dich, aber es wird keine Zeit geben, in der ich dich lieben darf, solange du zu ihm gehörst."

„Aber er ist mein Vater!"

„Ich spreche nicht von deinem Vater. Ich sehe es in deinen Augen, dass du noch immer an deinen Bruder denkst. Was würdest du tun, um ihn zu retten?"

Isabella lief aus dem Häuschen, er hatte Mühe, ihr zu folgen. Erst am Kai holte er sie ein und umklammerte ihren Arm.

„Ich will nicht, dass du für mich dein Leben aufgibst, Isabella." Ihre Augen suchten nach einem Zeichen seiner Liebe. Giovanni ließ unvermittelt ihren Arm los und kniete an der Mauer nieder. Er warf kleine Kiesel ins Meer und starrte teilnahmslos auf die Kreise, die immer größer wurden. „Es gab nur diese eine Nacht für uns."

***

Mit lautem Klatschen stieß Giovanni die Ruder tief ins Wasser. „Es wird der Tag kommen, an dem du mir verzeihst."

Isabella mied es, ihn anzusehen. Jeder Blick, jede Geste erinnerte sie an die gemeinsamen Stunden und es tat ihr weh, ihn nicht berühren zu dürfen.

Isabella würde ihm nicht verzeihen. Sie hatte ihm ihr Leben anvertraut und ihre Liebe, ohne darüber nachzudenken. Es gab keine Zukunft für sie, nicht zwischen den Inseln.

Schwermütig klang der Gesang der alten Frauen über das Meer. Giovanni holte kräftig aus und schon bald kamen die ersten Holzpfähle in Sicht.

„Du würdest nicht glücklich werden, wenn du bleibst, Isabella." Er streckte die Hand aus, doch Isabella wandte sich noch weiter ab. Sie hielt sich am Rand des Bootes fest, als hätte sie Angst vor einer Welle. Doch das Meer blieb ruhig. Ungewohnt ruhig, und so klar, dass man weit über die See sehen konnte.

„Der Doge wird dich in sein Gebet aufnehmen, Giovanni Caspero", sagte Isabella spröde. „Soll das die Treue sein, von der du sprachst? Ich habe vergessen, dass du dich hinter deinen Wünschen versteckst, anstatt dafür zu kämpfen. Fahr dort rüber, ich steige aus."

„Du kannst hier nicht aussteigen. Es ist zu weit zum Palast, zu gefährlich."

Isabella blickte ihn mit glitzernden Augen an, bis er schließlich verstummte. „Sorge dich nicht um mich."

Er warf das Seil um einen Pfahl und zog das Boot näher an die Mauer heran. „Warte."

Isabella erklomm die Mauer und löste das Seil, warf es auf das Boot zurück. „Sei verflucht, Giovanni Caspero!" Sie mied jeden weiteren Blick nach Giovanni und lief um die nächste Ecke. Dort harrte sie aus und hoffte auf ein Rufen, aber sie konnte nur das Klatschen der Ruder hören. Sie hatte ihn verloren. Der Gedanke nahm ihr den Atem.

Etwas klirrte. Isabella trat erschrocken zur Seite und sah auf einen glänzenden Dukaten, der auf sie zurollte und vor ihren Füßen liegen blieb.

Sie erschrak, als sie Alsonso Carisi vor sich stehen sah.

Alonso maß sie eindringlich. „Wollt Ihr den Dukaten nicht aufheben? Ihr werdet ihn brauchen, wenn Ihr auf der Straße lebt." Er stieß verächtlich gegen einen kleinen Stein. „Ich hätte nicht gedacht, ausgerechnet Euch hier zu finden. Befolgt Ihr so die Befehle Eures Vaters?"

Isabella schüttelte langsam den Kopf und griff nach dem Dukaten. „Was Ihr getan habt, entsprach auch nicht dem Wunsch meines Vaters. Wo sind die Bilder?" Sie zeigte zum Boot und presste die Hand auf ihren Mund. Der Ekel überfiel sie erneut und zwang sie, sich abzuwenden. „Ihr habt den Mann einfach getötet. Ich heirate keinen Mörder."

Kaum drehte sie sich um, spürte sie Alonsos Atem auf ihrem Nacken. „Ihr werdet mir folgen, Isabella di Conti, und über den Vorfall nie ein Wort verlieren. Oder legt Ihr keinen Wert auf das Leben Eures Vaters?"

Sie schwankte, kämpfte gegen die aufsteigende Übelkeit, als Alonso sie hart am Arm packte.

„Wir gehen nach Hause, Liebste“, zischte er und presste seine Lippen auf ihren Mund. „Ich werde dich lehren, mir zu gehorchen.“

Isabella blickte auf das Wasser, wo Alonsos Männer Giovanni vom Boot zerrten.

„Niemand wird ihm mehr zur Flucht verhelfen. Auch dafür wird Francesca Sorge tragen.“ Er lachte.

37. Kapitel

Seit Tagen hatte Silvano regelmäßig Gesellschaft, wenn er am Achterdeck saß und auf das Meer starrte. Abends war es Maddalena, und nachts Marco Polo selbst. Als hätten sich die beiden verschworen, ihm die Stunden der Gedanken nicht länger zu gönnen.

Ohne seinen Blick vom Meer abzuwenden, schüttelte Silvano den Kopf. „Ich kann nicht zurück, il Capitano. Ich werde mir Arbeit suchen.“

Marco schien von seiner Antwort nicht überrascht zu sein. „Komm mit“, rief er und verschwand unter Deck.

In seiner Kajüte deutete Marco Polo auf einen Stuhl und wartete, bis Silvano Platz genommen hatte. Dann griff er in einen kleinen Lederbeutel und warf ihm ein paar Münzen hin.

„Danke, aber ich brauche keine Almosen.“ Silvano schob die Münzen verächtlich zurück.

Marco nickte. „Ich wusste, du bringst uns Ärger an Bord.“

„Ich versuche, keinen Ärger zu machen, aber Franco scheint es darauf angelegt zu haben.“ Irritiert sah Silvano auf den Tisch. Es waren venezianische Dukaten. Sie waren ihm vertraut. So vertraut, dass er sie ohne Bedenken zurückgewiesen hatte.

„Wenn dich dein Vater sehen könnte!"

Entsetzt riss Silvano den Kopf hoch. „Das ist meine Angelegenheit."

Marco nahm eine der Münzen und drehte sie. „Verdammt, dein Vater glaubt, dass du tot bist. Willst du ihn in dem Glauben weiterleben lassen? Was willst du in Genua? Ständig in der Angst leben, dass man dich erkennt?"

Silvano ließ die Münze über die Tischplatte kreiseln. Immer wieder tanzte sie zu ihm zurück, bis er mit der Hand darauf schlug. „Ich habe mit meinem alten Leben abgeschlossen."

„Noch ist Zeit umzukehren. Wenn der Winter erst da ist, sitzt du in Genua fest. Niemand wird dir helfen, wenn man erfährt, wer du bist."

Schwere Schritte polterten die Treppen hinunter. „Mann über Bord!", schrie Carlo und sah irritiert auf die Münzen. „Franco! Er kann nicht schwimmen."

Silvano hastete an Carlo und Marco Polo vorbei und stürmte die Treppe hinauf. „Die Strömung! Holt ein Seil", rief er.

„Silvano, bleib hier!", hörte er Marco Polos Befehl.

Silvano entriss einem der Männer ein Seil, als er sich durchgedrängt hatte, schlang es sich zweimal um den Bauch und sprang ins eiskalte Meer. Das Wasser stach auf der Haut, aber dann sah er Francos Arme. Carlos Bruder ruderte mit letzter Kraft, um sich über Wasser zu halten. Das Wasser schäumte rund um ihn auf, und immer wieder sank Franco tiefer. Mit schnellen Bewegungen schwamm Silvano in die Richtung, die Carlo ihm deutete. Dann sah er Franco heftig nach Luft ringen, bis er wieder versank. Seine Hände wurden schwer, die Muskeln brannten, aber ein paar Längen vor ihm kämpfte ein

Mensch um sein Leben. Er holte erneut aus und kämpfte gegen das eiskalte Wasser, das ihm in Mund und Gesicht floss und tauchte ab. Ein Stechen in der Brust zwang ihn nochmals aufzutauchen, sein Kopf fuhr herum. „Franco!“ Er tauchte nochmals, tiefer, bis ein Hämmern in seiner Brust zu einem schmerzhaften Druck wurde. Etwas stieß gegen seine Rippen und als er sich umdrehte, sah er Franco im trüben Wasser nicht weit unter sich. Endlich bekam er ihn zu fassen und tauchte zur Wasseroberfläche auf. Die Finger taub, umschlang er Franco unter dem Brustkopf, ohne ein Gefühl dafür zu haben, ob er noch lebte oder nicht. Ein Stück Holz klatschte neben ihm ins Wasser, ein Seil war daran verknotet und als er es zu fassen bekam, rang er nach Luft. Er umklammerte das Holz, half, Francos Arme auf das Brett zu hieven und spürte den umbarmherzigen Sog des Meeres, während die Mannschaft an dem Seil zog und ihn schließlich mit Franco an Bord holte.

***

In eine Decke eingewickelt kauerte Silvano wenig später unter Deck. Er mied Marco Polos Blick und starrte auf den Horizont. Er meinte, die Küste zu erkennen und fühlte Erleichterung. Bald kam er von dem Schiff und dann suchte er sich etwas, wo er bleiben konnte.

Carlo kam zu ihm und kniete neben ihm nieder. „Ich weiß nicht, wer du bist und warum du hier bist, aber danke, dass du Franco das Leben gerettet hast. Mein Bruder kann töricht sein, aber er ist ein guter Kerl.“

Er reichte Silvano die Hand und wartete, bis Silvano einschlug. „Ich glaube, die Mannschaft hat nun eingesehen, dass du zu ihr stehst und wird dich in Ruhe lassen. Du kannst nun unbesorgt das Meer anstarren und auf deine Liebste warten.“

Er grinste und trat verlegen beiseite, als Maddalena mit einer dampfenden Schale herantrat.

Silvano hob den Kopf und suchte in ihrem Gesicht nach einem Zeichen. Hatte sie Carlos letzte Worte gehört? Maddalena reichte Silvano eine heiße Brühe.

„Du hättest tot sein können." Sie reichte ihm ein Stück Brot und sah ihn verlegen an, nachdem Carlo sich mit einem verschmitzten Grinsen an die Luvseite verzogen hatte. „Ich wollte Euch letzte Nacht nicht bedrängen."

Ihr Haar glänzte in der untergehenden Sonne und ihre Hand war heiß. Er fuhr zurück, wehrte ihre Berührung ab und begann, die heiße Suppe zu essen.

„Ich kann nicht, Maddalena. Es darf nicht sein."

***

In den nächsten Tagen gab es unter den Männern nur ein Thema, die Rettung von Franco. Und der tapfere Held. Nicht, dass er sich wirklich freute über den Dank, aber die hinterhältigen Attacken einiger Männer verringerten sich und wenn man von stürmischen Tagen absah, fand er nun wirklich Gefallen an der Seefahrt. Sogar sein Gesicht war braun.

„Wie ein Seebär", sagte Maddalena lächelnd eines Morgens. Es war eine Gewohnheit geworden, dass sie ihm morgens kurz vor der Ablöse Gesellschaft leistete. „Ein brummiger Seebär wie mein Vater."

Auch Maddalena hatte sich seit dem Vorfall ihm gegenüber verändert. Sie zeigte ihre Zuneigung plötzlich offener, doch begrüßte er das nicht. Es machte ihm die Gedanken an die Zukunft nur schwerer.

In dunklen Nächten, in den seltenen Augenblicken, in denen er allein an Deck war, gab er sich den Träumen hin. Die brennende Sehnsucht nach Venedig, sogar nach dem Gestank fauligen Wassers und dem Schreien der Männer, überkamen ihn dann so stark, dass er Angst hatte zu schreien.

„Ich liebe dich“, flüsterte Silvano in die Nacht und erstarrte, als er eine weiche Hand auf seiner Schulter spürte.

„Ich hatte Angst, du würdest es nie sagen, Silvio“, sagte Maddalena.

Sie wusste nicht, wer er war. Würde sie dieselben Gefühle für ihn empfinden, wenn sie wusste, dass er aus Venedig kam? Als er sich umdrehte, war er fest entschlossen, Maddalena zu sagen, dass es ein Irrtum war, doch ihre Augen leuchteten. Und er spürte, dass er mehr für sie empfand, als ihm lieb war. Ja, er liebte sie. Auf eine Art, die ihm bisher fremd war. Nichts Frivoles, Drängendes lag in ihren Blicken, sie verstand, dass etwas zwischen ihnen passierte, das Zeit brauchte. Und Verständnis.

Silvano lächelte und strich behutsam über ihre Wange. „Zu viel ist in meinem Leben passiert, bis ich dich getroffen habe.“

„Sprich nicht von der Zukunft, sie ist fern, noch weiter entfernt als Genua.“

Er legte einen Arm um sie. Maddalena lehnte ihren Kopf an seine Brust und zeigte auf das Meer hinaus. „Siehst du? Wir haben unendlich viel Zeit.“

Er zwang sich, Maddalenas Hand zu drücken. Sie war so liebenswert, so wunderschön, doch sein Herz hatte Angst vor ihrer Liebe und er wünschte sich, dass Marco Polo ihn für die Lügen bestrafen würde.

***

„Nehmt Euch noch, Silvio“, forderte ihn Maddalena lächelnd auf und schob ihm die Platte mit frisch zubereiteten Köstlichkeiten näher.

Er schaute über den feierlich gedeckten Tisch, an dessen Kopfende Marco Polo saß. In ein Gespräch mit Roberto vertieft. Wenn es nach Maddalena ginge, sein zukünftiger Schwiegervater. Wie ein Dieb hatte er sich in ein neues Leben geschlichen und Maddalenas Herz gestohlen. Maddalenas Augen suchten wieder seinen Blick, sie liebte ihn, obwohl sie ihn nicht kannte. Nicht wirklich kannte.

Roberto Salvi. Er handelte mit Stoffen, aber vor allem war er ein listiger Fuchs, der zur richtigen Zeit die gewünschten Waren lieferte. Maddalena erzählte nicht viel über die Arbeit ihres Vaters. Er mochte Roberto, der bisher nur wenig Anteil an der neuen Leidenschaft seiner Tochter genommen hatte. Was sich nun änderte, wie es Silvano schien. Seit kurzem spürte er die wachsamen Blicke des Mannes, wenn er über Deck spazierte und unter einem Vorwand mit ihm ins Gespräch kommen wollte. Nie hätte sein Vater Isabella gestattet, allein mit einem Mann zu sein.

Marco Polo nickte Silvano wohlwollend zu und schien über Robertos offenes Interesse amüsiert, doch immer wieder sah er ihn nachdenklich an. Würde Marco darauf drängen, dass er die Wahrheit selbst aussprach? Seine wahre Herkunft preisgab? Verachtung und Missbilligung wären sein Lohn, aber es wäre ehrlicher als das, was er jetzt tat.

Erst auf Maddalenas neuerliche Aufforderung griff Silvano nochmals zu und merkte, wie seine Hände zitterten.

„Es schmeckt vorzüglich, Maddalena“, sagte er. „Danke für die Einladung.“

Er schämte sich dafür, vielleicht als gierig erachtet zu werden, doch das Fleisch duftete so verlockend, und zum ersten Mal fühlte er sich in seinem Leben als Silvio wohl.

„Du bist ein interessanter Mann, Silvio. Der Kapitän hält viel von dir“, wandte sich Maddalenas Vater an ihn. „Ich kenne nicht den Grund, der dich zwingt, dieses Spiel zu spielen." Roberto tauschte einen Blick mit Marco Polo.

„Welches Spiel?"

„Ich gab dir genug Zeit", sagte Marco.

Silvano starrte Marco schockiert an. Nun war er tot. Sein Gesicht spiegelte sich im Glas. Er spürte die Wut Marco Polos, undeutlicher als bei seinem Vater, aber er war zu erregt, um länger darüber nachzudenken, ob sein Tun gerechtfertigt war oder nicht.

„Du kannst deine Eltern nicht verleugnen. Silvano. Du hast die Augen deiner Mutter und ihre Loyalität. Hier mag man dich für Silvio halten, aber wie lange meinst du, in Genua zu bleiben, ohne dich zu fragen, ob du richtig tust?"

„Das ist meine Sache, il Capitano!"

Silvano stand so schnell auf, dass der Stuhl umkippte. „Ihr wisst nicht, was Ihr verlangt!"

Sein Blick raste zwischen Roberto und Marco hin und her. Warum hatte ihn Marco verraten? Er hatte sich dem älteren Mann nahe gefühlt, ihm vertraut. Ja, verdammt, sich in einer Sicherheit gewiegt, die er schon lange nicht mehr gespürt hatte.

Maddalenas Blick wanderte zwischen ihm und ihrem Vater. „Silvano?"

„Es war mein Wunsch, dass Silvano selbst Euch erzählt, was ihn auf die Reise geführt hat, und ich sehe die Blicke, die Ihr ihm schenkt – verzeiht Roberto, wenn ich mich in Euer Leben und das Eurer Tochter einmische", erklärte Marco Polo und deutete Silvano, sich wieder zu setzen.

„Ich wollte Euch nicht belügen, Maddalena", sagte Silvano. „Noch weniger will ich Euer Vertrauen und die Güte Eures Vaters belasten, indem ich weiter hier an der Tafel sitze. Es tut mir Leid." Er wandte sich um, trat auf die erste Stufe und hielt inne, als er Maddalenas Stimme vernahm. Noch nie hatte sie so mit ihrem Vater gesprochen.

Maddalena überging die beschwichtigende Geste ihres Vaters und sah ihn zornig an. „Wer seid Ihr, dass Ihr glaubt, darüber zu bestimmen, was Ihr mir anvertrauen könnt oder nicht?" Bevor Silvano etwas sagen konnte, trat sie vor ihn hin. „Auch du, Silvio, Silvano – es ist ein Name", sie legte ihre Hand auf ihre Brust, „aber Ihr wusstet um meine Gefühle. Warum habt Ihr kein Vertrauen?"

„Ich wollte Euch nicht belügen, es passierte. Ich sah keinen anderen Weg, mein Leben zu schützen!", rief er erregt. „Ja, ich bin Silvano di Conti. Sohn des regierenden Dogen von Venedig, Eurem Feind!"

Roberto sah ihn konsterniert an. „Nun, das rechtfertigt nicht Euren Ton, junger Mann. Ich nehme jedoch an, dass Ihr Grund genug hattet, seinen Namen geheim zu halten."

Silvano sah Roberto überrascht an.

„Di Contis Sohn. Ich muss gestehen, ich hätte einen Mann anderer Werte erwartet." Kein Wort der Verachtung, des Spotts. „Euer Vater mag Euch hart erscheinen, aber er hat viel für die Stadt erreicht. Weit über die Grenzen hinaus. Hat er Euch so wenig Loyalität gelehrt?"

„Nein, ich … jemand wollte mich töten …"

Roberto nickte und sah zu seiner Tochter. „Niemand würde sich selbst töten wollen, wenn er keinen Grund zur Verzweiflung hätte."

Silvano sah betroffen zu Boden. „Es war ein Unfall."

„Ein Unfall?" Roberto tauschte einen Blick mit Marco Polo, der sich erhoben hatte und um den Tisch herum ging.

Marco legte seine Hand auf Silvanos Schulter und packte ihn sanft. „Niemand setzt sich in ein Boot, um aus der Lagune zu fliehen. Die Strömungen dort sind heimtückischer, als es jegliche Kriegslist deines Vaters sein kann. Wusstest du das nicht?“

Silvano schüttelte niedergeschlagen den Kopf. „Es war mir nicht erlaubt, mich in der Kunst des Navigierens belehren zu lassen. Vielmehr wurde ich in die Rolle des stillschweigenden Sohnes gedrängt.“ Er sah keinen Grund, den Männern und Maddalena etwas vorzuspielen. Resigniert setzte er sich wieder an den Tisch und schluckte, als er Maddalenas warme Hand auf seinem Arm verspürte.

„Es gibt einen Grund, warum du hier bist, Silvano.“

„Eine Frau zu lieben, der ich nicht würdig bin?“

38. Kapitel

Es war heiß und jede Brise, die verebbte, verstärkte die Melancholie des nahenden Herbstes. Isabella lehnte sich gegen die Mauer und rang nach Luft. Der Wind strich über den Palast, aber er brachte nur die Hitze des Tages mit sich. Sie sehnte sich nach Giovanni, besonders nachts, wenn sie allein in ihrem Bett lag, kreisten ihre Gedanken um ihn.

Eine Möwe flog über das Meer, ließ sich in der trägen Brise treiben und kreiste über der Basilika.

„Kommt rein, Kind, es wird kühl.“ Margherita reichte ihr den Umhang, doch Isabella ließ ihn zu Boden fallen und trat auf die Balustrade.

„Ich habe Angst, Margherita.“

„Ihr werdet glücklich werden. Widersprecht nicht, vertraut mir. Und nun geht, Ihr habt Besuch.“

„Mein Vater?“

Margherita schüttelte den Kopf. „Euer Zukünftiger.“

Die Palazzi auf der gegenüberliegenden Seite des Canal Grande verschwanden zur Gänze im Schatten. Irgendwo dort wollte Alonso ein Haus für sie kaufen. Als wolle er sie bestrafen. Jeden Morgen, wenn sie das Fenster öffnete, würde sie den Palast ihres Vaters sehen.

Isabella löste ihren Blick und verließ den Wandelgang. Mit klopfendem Herzen eilte sie dann zu ihrer Kammer und blieb überrascht an der Schwelle stehen.

Alonso stand neben ihrer Truhe, der Deckel war offen und die Sonne ließ die Edelsteine auf der verzierten Kappe funkeln. In seiner Hand lag der Schleier ihrer Mutter, den sie sorgsam in der Truhe verwahrte, bis es an der Zeit war, ihn zu tragen.

Alonso hatte sie nicht bemerkt. Er blickte aus dem Fenster und ließ den Schleier achtlos auf den Boden fallen. Immer wieder schlug er mit seinem Stöckchen gegen den Fensterrahmen. Seine Mundwinkel zuckten, während er auf die Menschen hinunterblickte, die auf der Piazza spazierten.

Isabella blickte auf den Schleier. Wie roh ging er mit allem um, mit Dingen wie mit Menschen. „Ich wusste nicht, dass Ihr es seid“, sagte sie schließlich gezwungen freundlich und hob den Schleier auf, faltete ihn ordentlich, um Alonso so wenig Beachtung wie möglich zu schenken.

„Auf eine schöne Frau warte ich gerne“, sagte Alonso.

„Was sucht Ihr in meinem Zimmer? In meinen Sachen?“, presste Isabella hervor und blickte auf das Kästchen.

Bevor sie es an sich nehmen konnte, packte Alonso sie am Handgelenk, hielt ihre Hand fest. Nicht behutsam, fordernd. „Jede Frau hat ihre Geheimnisse und die Euren werden der Schlüssel zu meinem Glück.“

„Ihr sprecht zu viel von Glück, Alonso. Mäßigt Euch.“, tadelte ihn Francesca, die unbemerkt von ihnen das Zimmer betreten hatte.

Isabella wich zurück und stieß gegen Francesca.

„Wir wissen doch, dass es gefährlich sein kann, seine Liebe zu offenbaren.“

Isabella spürte, wie ihre Wangen brannten und wandte sich ab. Wie leicht fiel es Francesca, über die Liebe zu scherzen? Sie ging langsam an Francesca vorbei und setzte sich an ihren Schreibtisch.

„Ich hoffe, du hast an ein angemessenes Schreibzimmer für unsere Isabella gedacht, lieber Alonso. Eine Frau braucht einen Ort, der nur ihr allein gehört.“

„Ich dachte, das hätte ich, aber Ihr scheint Euch darum nicht zu kümmern.“

Francesca nahm ein Buch in die Hand und blätterte darin. „Sind darin deine Geheimnisse versteckt?“

Schnell entriss Isabella der Contessa das Buch. „Was wollt Ihr noch? Ich werde Alonso heiraten, wie es mein Vater wünscht.“

Francescas Augen wurden schmal. „So, wünscht das dein Vater? Und nicht nur das, mein Kind. Man erwartet einen Nachfolger.“

Isabellas Wangen brannten, und sie wandte sich ab. Jetzt, wo sie die Liebe kannte und sie Alonsos Augen auf die Stellen starren sah, die Giovanni so zärtlich berührt hatte.

Alonso kam ihr unerwartet zu Hilfe. „Liebe Francesca, lass uns bitte allein. Wir müssen viel miteinander besprechen.“

Isabella atmete erleichtert aus und schenkte Alonso sogar ein Lächeln. Vielleicht musste er wirklich im Geschäftsleben seine wahren Gefühle verbergen und war netter, als er oft vorgab.

Francesca warf ihm einen funkelnden Blick zu. „Lass dich von ihrer Naivität nicht täuschen. Das Kind weiß, was es will – und du bist es nicht.“

Alonso atmete heftig ein. „Schweig jetzt, Francesca. Wir reden später.“

Francesca zog die Augenbrauen hoch. Mit einem letzten warnenden Blick verließ sie das Zimmer so lautlos, wie sie gekommen war.

Alonso wartete neben der Tür, bis Francescas Schritte auf dem Gang nicht mehr zu hören waren. Schließlich wandte er sich wieder Isabella zu. „Der Unfall, ich möchte es so benennen, war ein notwendiges Übel. Der Mann hat hinter meinem Rücken gegen mich Geschäfte gemacht. Mein guter Ruf stand auf dem Spiel und ich glaube nicht, dass Ihr einen unehrenhaften Mann ehelichen wollt.“

„Ich kann niemanden heiraten, der andere Menschen tötet! Und nicht lieben!“ Sie genoss das Gefühl der Genugtuung, Alonso sprachlos zu sehen.

Das Spiel mit dem Stöckchen brach ab und Alonsos Knöchel wurden weiß, so fest umklammerte er den Stab. Fühlte sich die Contessa auch so unbesiegbar, stolz, wenn sie mit Männern spielte? Männern wie Silvano. Sie schloss kurz die Augen. Ihr Bruder würde sie dafür verabscheuen, doch sie wollte herausfinden, was die Contessa vorhatte.

„Ihr wollt Macht! Warum sonst heiratet Ihr ein Mädchen wie mich? Unerfahren und naiv, wie die Contessa sagte.“

Alonso hielt sie zurück und suchte nach Worten, strich über ihre Lippen. Dann lächelte er. „Ich brauche keine Ehe, um Macht zu bekommen. Glaubt Ihr wirklich, es braucht nur eine schöne Frau, um einen Mann willenlos zu machen?“ Alonso wandte sich ab und blieb nachdenklich am Fenster stehen.

Hatte er sie durchschaut? Sie zögerte, atmete erleichtert aus.

„Ihr spielt jetzt die Unnahbare, aber mir hat sich noch keine Frau entzogen. Und schon gar nicht meine eigene Frau."

„Ich werde Eure Gemahlin, aber unter einer Bedingung – die Ehe wird nicht vollzogen." Isabella setzte sich an ihr Schreibpult und blickte auf das Buch, das Francesca vorher in Händen gehalten hatte. Ja, sie war eine Frau voller Geheimnisse, aber Alonso würde diese nie erfahren!

Alonso stolzierte über den Boden und blieb hinter ihrem Stuhl stehen. „Bei aller gebotenen Ehre, ich will Euch, so wie mir meine Gemahlin dienen soll."

Langsam strich er mit den Fingerspitzen über ihre Schultern und küsste mit einer Sanftheit, die sie nicht erwartet hätte, ihren Nacken. „Ich kann Euch nicht ansehen, ohne Euch lieben zu dürfen. Und ich werde es auch nicht. Niemand, hört Ihr, niemand befiehlt mir, wen ich liebe. Oder gar töte."

Isabella hob ihren Kopf und erschrak. Nichts in seinen Augen erinnerte an den Hass, den sie am Hafen in seinen Augen gesehen hatte.

Sein Lächeln erstarb. „Ihr kennt meine dunkelsten Seiten mehr, als mir lieb ist, aber …", er kniete vor ihr nieder, „ich schwöre Euch, dass ich ein anderer bin, wenn ich in Eurer Nähe bin."

Isabella zögerte. „Ich weiß, dass Ihr schändliches Spiel treibt mit Diebsgut. Dafür werden Unschuldige bestraft. Ich verabscheue Euch, Alonso, so sehr, dass allein der Gedanke, Euch lieben zu müssen, Ekel erregt!"

Alonsos Gesicht wurde rot vor Zorn. „Du verdammte …"

„Hütet Eure Zunge! Ihr werdet die Tochter des Dogen heiraten, aber greift Ihr mich nur ein einziges Mal an, sage ich meinem Vater, was für ein Mensch Ihr wirklich seid."

„Du wirst mich lieben, mein Kind. Beim Leben deines Vaters.“ Er lächelte siegessicher und verneigte sich, dann ging er aus dem Zimmer.

***

Noch nie hatte Isabella ihren Vater vor der Sitzung gestört. Ungeachtet der Wachen war sie an Marcello vorbeigeeilt und fand ihren Vater in Gedanken versunken vor seinem Schreibtisch. „Ich werde Alonso heiraten, Vater, aber sorgt dafür, dass Giovannis Vater Meister der Glasbläser wird!“

Andrea blickte nachdenklich auf seine Papiere und nickte Marcello zu. Die Ratsmänner warteten.

Isabella ließ sich von der Ungeduld des alten Beraters nicht ablenken und wartete beharrlich auf eine Antwort ihres Vaters. Er sah müde aus. So, als hätte er seit Tagen kaum Schlaf gefunden. Für einen Moment verspürte sie tiefe Schuld, aber dann schüttelte sie den Kopf. Silvano war unschuldig, genauso wie Giovanni und all diejenigen, die grausam bestraft wurden, weil sie für Rechte eingetreten waren, die sich mit den Vorstellungen der Patrizier nicht vereinbaren ließen.

„Es ist gut, dass du gekommen bist. Wir müssen miteinander reden.“

Isabella musterte ihren Vater, dessen Blick auf der Verfügung ruhte, die aufgeschlagen auf dem Tisch lag. Der Wind hob einzelne Blätter auf, wirbelte sie hoch, bis Marcello das Fenster schloss.

Auf der aufgeschlagenen Seite war deutlich das Wappen der Glasbläser zu erkennen.

Auch Marcello hatte es erkannt. Er trat vom Tisch zurück und zog die Türen hinter sich zu.

„Die Glasbläser haben nichts zu befürchten." Zögernd erhob sich Andrea und trat ans Fenster. „Das ist aber nicht der Grund für meine Sorge. Ich erwarte von dir, dass du Francesca mit Respekt begegnest. Niemand ist frei von Fehlern, auch du nicht."

„Nun verstehe ich Silvano. Seinen Hass, seine Wut – Ihr könnt Euch mit reichen Huren umgeben, aber Ihr werdet nie ehrliche Freunde haben, nie die wahre Liebe kennen lernen."

„Ich verbiete dir, so über die zukünftige Dogaressa zu reden!"

„Alonso hat mich gestern überrascht und von dem Haus erzählt, das er für uns kauft. Er hat Pläne gemacht."

Ihr Vater sah überrascht auf und tauschte einen Blick mit Marcello.

Isabella zuckte zusammen, als er das Buch mit lautem Knall schloss und ihr fest in die Augen sah. „Die Hochzeit ist die Garantie für mich, dass Giovanni nie wieder in dein Leben treten wird. Und ich kann dir versichern, unser Geheimdienst funktioniert. Sobald er einen Fuß auf die Lagune setzt, ist er tot."

„Der Ball wird das letzte Mal sein, dass Ihr mich lachen seht – in Zukunft werde ich mein Leben der Heiligen Jungfrau Maria widmen und Alonso wird seine Leidenschaft bei der Frau finden, die auch Euch zu lieben glaubt: Contessa Francesca Farelli! Vielleicht versteht Ihr dann."

Isabella lief an Marcello und den ausdruckslosen Gesichtern der Wachen vorbei, bis sie atemlos auf der Treppe stehen blieb und mit funkelnden Augen zurückblickte. „Ich hasse Euch, Andrea di Conti!", flüsterte sie. „Lieber sterbe ich, als Euch meinen Vater zu nennen. Und mich von einem Mann begehren lassen, den ich nicht liebe."

Sie starrte auf die in den Wänden eingelassenen Löwenmäuler und lachte gequält auf. Verrat und Intrigen, darauf beruhten die Erfolge der Serenissima. Dann wurde sie nachdenklich. War es nicht die Pflicht jedes Venezianers, von Unehre und Denunzierung zu berichten? Mit zitternden Fingern schrieb sie einige Nachrichten und steckte sie in den Schlitz. Der Stein war kalt. Sie alle würden büßen – dafür, dass sie einen Mörder heiratete und dafür, dass sie nun drei Männer verloren hatte, während die Serenissima alles bekam.

39. Kapitel

Als Andrea den Sitzungssaal betrat, drang ihm ein Schwall aus Worten und stickiger Luft entgegen und er wich zurück. So viele Menschen waren gekommen. Nicht jeder war gegen ihn, doch er spürte die Ungewissheit, die sich wie ein schleichendes Gift in den Köpfen jener ausbreitete, die unsicher geworden waren.

Während er auf das Podest zuging, sah er irritiert auf die Bilder. Die Rahmen hingen schief und waren vertauscht worden.

„Wer hat das veranlasst?", sprach er Marcello unvermittelt an. Dann hielt er inne. „Einige Bilder fehlen", rief er laut aus und erst, als es still wurde, merkte er, dass er sich vergessen hatte. „Man bestiehlt mich. Ist das der Dank?"

Nun verstummten alle Gespräche. Stühle wurden gerückt. Kleine Gruppen lösten sich auf und es bildeten sich neue. Sogar Männer, die ihm bisher gefolgt waren, musterten erstaunt die Gemälde. Tu etwas, sprach sich Andrea Mut zu. Es durfte nicht passieren, dass die Worte der Zweifler hier Raum gewannen. Er suchte Alonso. Wenn der Junge Isabella heiraten wollte, war es seine Pflicht, ihn zu unterstützen.

Als hätte Alonso seine Gedanken gelesen, trat er plötzlich hinter einer Gruppe von Patriziern hervor.

„Vielleicht werden die Bilder gereinigt, um in ihrem alten Glanz zu erstrahlen." Ein spöttisches Lächeln zeigte sich auf seinem Gesicht, während er den Kopf sanft zur Seite neigte und seine Lippen zu einem lautlosen Gruß formte.

„Ich sage, ein Dieb weilt unter uns. Ein Dieb, der nicht davor zurückschreckt, hier im Dogenpalast Dinge zu entwenden, die nicht ihm gehören." Andrea ging weiter die Stuhlreihen entlang, musterte jeden der Ratsmitglieder und merkte sich diejenigen, die seinem Blick auswichen. Eroso sollte jeden Einzelnen befragen.

Das Stakkato seiner Schuhe hallte in der riesigen Halle. Möge der Klang seiner Schuhe zeigen, wie stark er war.

Andrea blieb unvermittelt stehen und suchte die Blicke seiner Berater. Sie waren seine Stützen, wenigstens heute, in der Sitzung, galt es, an einem Strang zu ziehen. Er spürte die Blicke vieler auf sich ruhen. Sie schwankten zwischen Hoffnung und Ratlosigkeit.

Noch nie waren so viele Briefe in die Briefkästen der Löwenmäuler eingeworfen worden. Die Feindseligkeit der Worte, mit der die neuesten Verleumdungen geschrieben wurden, zeigte ihm, dass der Kreis, den seine vielen – auch namenslosen – Feinde um ihn gezogen hatten, wieder kleiner geworden war.

Bevor er zur Sitzung gegangen war, war er sogar vor Eroso zurückgewichen, der ihm den Umhang reichen wollte. Eroso, sein langjähriger Diener, dem er plötzlich misstraute.

Erst als Andrea den Stoff spürte und seine Fingerkuppen die fein gearbeiteten Intarsien fühlten, verlangsamte sich sein Herzschlag wieder. Er beobachtete nun seinerseits seine Berater, die Mitglieder des Senats und die unzähligen Ratsmitglieder, die sich heute fast vollzählig versammelt hatten. Ein

Geruch von Schweiß, von Verrat der übelsten Sorte, überzog den Saal und ließ sich nicht vertreiben. Wie die Wolken über dem Hafenbecken, dachte er und blickte aus dem Fenster.

***

Noch war er der Doge, noch. Er klopfte heftig auf den Boden und nickte Marcello ungeduldig zu, die Sitzung schnell einzuberufen. Er würde reinen Tisch machen und Isabella helfen, ein neues Leben zu beginnen. Mit ihm, ihrem Vater, an der Seite. Ja, die Vorstellung gab ihm wieder Kraft, und er verdrängte den Stich in seinem Herzen. Er war nicht krank, nicht alt, nur müde.

Das war aber nur ein Punkt in seiner Liste, viel schlimmer war der Vorwurf, dass er sich ungeachtet der Wahl seinen Dogenplatz genommen hatte. Welcher Verräter weilte unter ihnen, der solche Gerüchte in die Welt setzte?

Wieder musterte er Alonso. Wie viel von den Gesprächen, die er mit Francesca geführt hatte, war später in Alonsos Ohren gelangt? Der Zorn trieb ihn halb in den Wahnsinn bei der Vorstellung, dass der Mann mit Francesca im Bett lag. Sie war eine Frau, deren Leidenschaft unermesslich war. Wie seine Gier. Silvano war ihr verfallen, es war zu spät gewesen, als er davon erfahren hatte. Doch Alonso Carisi, der Mann, der seine Tochter heiraten wollte, konnte nicht unbestraft eine Frau begehren, die ihm gehörte. Seine Liebe zu Francesca war vielleicht kleiner geworden, doch sie gehörte ihm und niemandem sonst. Und noch weniger durfte Alonso um die Liebe seiner einzigen Tochter buhlen, wenn er doch eine andere in den Armen hielt.

Er nickte Marcello erneut zu, der sich bei Carisi entbot und die Türen schließen ließ. Langsam und mit lautem Kundtun fanden sich seine Berater auf ihren Plätzen ein. Manche schienen aus ihrer Neugier kein Geheimnis zu machen und wieder wurde ihm deutlich bewusst, dass Isabella Recht hatte. Er hatte keine Freunde, nur Feinde, die sich unter dem Deckmantel der Freundschaft um ihn versammelten, seine Anwesenheit benutzten, um ihr Ansehen zu steigern. Isabella war sein Fleisch und Blut, lebte ihren Stolz wie er, kämpfte für ihre Ideale. Tief in seinem Innersten spürte er neue Kraft. Wenn es ihm nun gelang, ein Gesetz zu finden, das Isabella ermöglichte, den Glasbläser zu ehelichen?

„Euer Gnaden, fühlt Ihr Euch stark genug, um diese Sitzung zu eröffnen?", fragte Marcello und beugte sich über ihn, verdeckte ihn vor den Beratern, die neugierig näher rückten.

„Ich danke Euch, Marcello, lass uns beginnen. Wir haben viel vor, mein Freund."

Marcello zog verblüfft die Augenbrauen hoch. Dann atmete er tief aus, ließ seine Hand kurz auf der seinen ruhen und lächelte zufrieden.

Marcello eröffnete mit freudiger Stimme die Sitzung. „Unser Doge, Andrea di Conti, wird zu den neuen Einbringungen keine Worte sprechen."

Empörtes Gemurmel drang durch die Reihen der Venezianer, doch niemand wagte es, seine Empörung laut zu äußern.

„Es ist an der Zeit, wichtigere Dinge zu vollbringen. Ein neuer Krieg steht bevor, neue Herausforderungen an die Serenissima und der heilige Markus wird uns die Kraft verleihen, siegreich zurückzukehren." Marcello wandte sich kurz um und sah ihn fragend an.

Andrea nickte bestimmt.

„Hiermit verkünde ich, dass in zwei Monaten zu Ehren von Contessa Francesca Farelli ein Ball stattfinden wird. Die zukünftige Dogaressa wird ihr Amt nach dem Ball in Verbindung mit dem Ehegelübde bestätigen."

Andrea beobachtete Alonso, dessen Lächeln bei der Verkündung breiter wurde. Nur mühsam beherrscht gelang es ihm, sich auf die Tiraden von alten Vorwürfen zu konzentrieren und während er dem leiernden Gerede des Sprechers des westlichsten Viertels lauschte, blickte er hinaus auf die Kontore. Sein Herz wurde schwer. Langsam begann er, sich zu verändern, aber Silvano würde es nie mehr erfahren.

Marcello erbat sich erneut Ruhe. „Auf Wunsch des Dogen wird ab dem ersten Sonntag des nächsten Monats eine Speisung abgehalten. Diejenigen, die in den letzten 30 Tagen wegen Diebstahl von Fleisch oder Brot verhaftet wurden, – sie alle werden entlassen und an der Speisung teilhaben."

Empörtes Raunen erklang im Saal und diejenigen, die sich nicht bewegt hatten, um ihm zu helfen, erhoben sich plötzlich. „Es sind unsere Lebensmittel, die wir brauchen, um Frauen und Kinder zu versorgen", riefen sie und bald drängten sie alle nach vorne. So weit, dass sie vor der Stufe des Podests stehen bleiben mussten, weil die Palastwachen Spalier bezogen hatten.

Marcello wischte sich den Schweiß von der Stirn, suchte Andreas Blick.

„Fahrt fort, Marcello. Man hat neue Verkündungen gefordert, nun sollen sie die auch bekommen", rief Andrea.

„Alonso Carisi wird das Kommando über die erste Galeere übertragen, die aus der Serenissima in Richtung Genua auslaufen wird. Der Doge erwartet von dem neuen Galeerenkapitän, dass er zu jeder Zeit ein Vorbild für seine Mannschaft ist und das Schiff siegreich seinen Weg nach Hause finden möge. Mit den Worten schließe ich die Sitzung."

Marcello verneigte sich vor ihm und befahl den Wachen, die Türen wieder zu öffnen.

„Das könnt Ihr nicht machen, Carisi ist einer der angesehensten Patrizier. Ihr macht ihn Euch zum Feind", raunte ihm einer seiner Berater zu.

Andrea schnaubte verächtlich. „Nennt mir jemanden hier im Saal, der nicht mein Feind ist."

Der Mann senkte seinen Blick und schwieg.

„Er will Macht, also bekommt er Macht." Und er lässt meine Tochter in Ruhe. Er bezweifelte, dass seine Entscheidung Isabella erleichtern würde. Irgendwann käme Alonso nach Hause, aber darüber wollte er jetzt nicht nachdenken. Sie war die Tochter des Dogen, aufgewachsen mit dem Wissen, dass er von ihr erwartete, ihm die Treue zu halten.

Am Ende des Saales stand Alonso, umringt von seinen heuchlerischen Freunden.

Marcello berührte Andrea sanft an der Schulter. „Euer Gnaden, wollt Ihr Euch nun zurückziehen?", fragte er.

„Geht, Marcello. Carisi und ich haben etwas Persönliches zu besprechen." Er atmete langsam aus und ließ seinen Blick über den Saal schweifen. Wer Angst zeigt, ist verloren. Lag darin der wahre Grund für die Männer, die sich tapfer auf den Decks der Galeeren reihten, bereit für die Serenissima zu sterben?

Marcello sah ihn verunsichert an und folgte den letzten Männern aus dem Saal. Aus ihren Gesichtern las er deutlich, dass er sich neue Feinde geschaffen hatte.

Alonsos siegessicheres Lächeln fiel in dem Augenblick ab, als er allein mit ihm in dem riesigen Saal zurückblieb. Er klatschte in die Hände und verbeugte sich vor ihm. „Ein würdiges Schauspiel, Euer Gnaden. Ich werde Eure Tochter heiraten, seid dessen gewiss. Isabella ist auf meinen Vorschlag eingegangen."

Andrea hob den Blick zur Decke, betrachtete die Bilder. Selbst die Mühe der Maler, ihre Gesichter fröhlicher zu zeigen, war vergeblich gewesen. Niemand war Doge, ohne Federn zu lassen, würde Marco sagen. Auch er war nicht Doge geworden, um geliebt zu werden. Nicht, um neue Freunde zu finden. Andrea di Conti würde in die Geschichte eingehen und mit ihm seine Familie.

Carisi folgte seinem Blick. „Nun kann ich nachempfinden, wie sich die Botschafter fühlen, die in die Hallen kommen und darauf warten, angehört zu werden. Wie ehrfürchtig sie in die Knie gehen vor der gewaltigen Überlegenheit Venedigs“, sagte Alonso und trat näher. „Nur ein Narr glaubt, gegen eine Übermacht gewinnen zu können.“

Andrea maß Alonso. Sprach er von Genua oder versteckte er eine leise Warnung in seinen Worten? Was dachte Francesca wohl über ihren Neffen? Sollten junge Männer wie Alonso in den nächsten Jahren über das Wohl der Reichen entscheiden?

„Ihr wollt doch nicht andeuten, dass ich ein Narr bin? Kommt auf den Ball, es wird das Fest der Narren.“

Alonso lächelte, aber seine Augen wurden schmal und er hob den Kopf, als er das Zögern seines Gegenübers bemerkte.

Alonso zögerte nur kurz, dann trat er näher. „Ihr seid ein Narr, wenn Ihr glaubt, das könnte mich von der Frau fernhalten, die glaubt, Eure Liebe zu besitzen.“

Andrea umklammerte die Stuhllehne, rang nach Atem. Er durfte jetzt nicht schwach werden. „Krümmt Ihr Isabella ein Haar, seid Ihr des Todes!“, zischte er und wandte sich ab.

Andrea schloss kurz die Augen. Der Druck in seiner Brust begann zu schmerzen und nahm ihm die Luft zum Atmen. Trotzdem stellte er sich Alonso. „Glaubt Ihr wirklich, Francesca verzichtet darauf, Dogaressa zu werden?“ Er lächelte, als ihm bewusst wurde, dass tatsächlich er es in der Hand hatte, eine neue Wende einzuläuten. Nicht Isabella, er allein würde dafür seinen Kopf hinhalten. Francesca würde Dogaressa und wenn sie den Umhang auf ihren Schultern wüsste, würde sie Alonso opfern.

Alonso hatte Mühe, seinen Zorn zu beherrschen. „Ihr seid nicht für immer Doge“, zischte er. „Und dann bin ich hier!“

Andrea zeigte auf die Waffe an Carisis Gürtel. „Bedroht Ihr mich? Dann tut das in einem fairen Kampf. Nur der Tod kann mein Amt beenden, und Ihr bezweifelt wohl nicht, dass gerade Francesca daran gelegen ist, lange, sehr lange, an meiner Seite zu weilen.“

Alonso sah ihn eindringlich an. Er schien abzuwägen, was gefährlicher war. Die Macht eines Dogen oder der Zorn der Contessa. Er neigte seinen Kopf und trat ein paar Schritte zurück. „Verzeiht, Euer Gnaden, ich sehne die Hochzeit mit Eurer Tochter herbei.“

Breitbeinig stellte sich Andrea vor Alonso auf. „Ich werde nicht noch ein Opfer meiner Kinder fordern.“

40. Kapitel

Verbittert sah Isabella aus dem Fenster und beobachtete die eintreffenden Gäste. Die Frauen waren mit glitzernden Perlen und edlen Stoffen geschmückt. Die Schneider hatten keine Mühe gescheut, sich zu übertreffen. Isabella blickte an ihrem Surkot hinab. Sie war die Tochter des Dogen und ging einfacher als jede andere Patrizierin auf den Ball. Ihren ersten Ball, aber die Freude war verflogen. Es gab nur einen Mann, an dessen Seite sie den Ball genießen wollte.

Isabella spürte einen dicken Kloß im Hals, als sie bemerkte, dass sie nicht allein mit ihren Beobachtungen war. Auf der anderen Seite der Piazza standen die Frauen der Handwerker, in dunklen Surkots, staubig und abgetragen. Trotzdem lachten die Kinder und zogen an den Händen ihrer Mütter, sie wollten weiter vor, um die Reichen besser zu sehen.

Plötzlich schämte sich Isabella, hier zu stehen und mit den Damen ihres Standes zu wetteifern um ein Kleid, während ein paar Längen weiter Frauen mit ihren Kindern Kleider sahen, deren Stoffe ihre Hände nie berühren würden.

Sie spürte eine sanfte Berührung an ihrer Schulter.

„Habt keine Angst, es wird sich fügen", sagte Margherita und sah gebannt auf die Frau, die eben einer Gondel entstieg. Ihr goldener Rock schmiegte sich an der Taille eng um Francescas schlanken Körper und unterstrich die Grazie, mit der die Contessa über den Kai stolzierte.

„Sie wird Dogaressa, aber sie ersetzt niemals Eure Mutter."

„Ich sollte mich ankleiden." Es war wie der Gang zur Hinrichtung. Der Ball hatte einen Höhepunkt – die Verkündung der Vermählung ihres Vaters. Bald würde er auch ihre Vermählung verkünden. Niedergeschlagen wandte sie sich ab.

Margherita schien zu vergessen, warum der Ball stattfand. Aufgeregt plapperte sie los. „Ihr müsst mir einfach alles berichten!", rief Margherita und legte Isabella einen blassgrünen Surkot an. „Kommt, Täubchen."

Sie wagte nicht, an das Ende des Balls zu denken – in den Armen von Alonso Carisi. Er hatte nicht verschwiegen, dass sie ihm ganz Frau sein musste und noch immer schloss sie die Augen, wenn sie an seine begehrlichen Blicke dachte. Den Triumph in seinen Augen. Er war gewohnt zu bekommen, was er wollte. So ungestüm Giovanni in seiner Leidenschaft und Liebe gewesen war, so waren seine Finger stets voller Sanftmut über ihre Schultern geglitten. Doch Alonso hatte sie betrachtet, als wäre sie ein Ballen Seide.

Isabella fasste nach Margheritas Hand, aber die Zofe eilte durch das Zimmer und öffnete die Schranktür.

„Beeilt Euch. Ihr wollt doch schöner als die Contessa sein." Plötzlich stockte sie und wandte sich um. „Verzeiht, in meinem dummen Eifer."

„Du meinst es nur gut mit mir, aber ich gehe nicht auf den Ball."

„Sollen alle Bemühungen des Personals vergebens sein? Tanzt, lacht und vergesst für einen Tag, wer Ihr seid. Ihr seid noch so jung und lauft mit einem traurigen Gesicht herum."

Margherita hielt den Surkot in die Höhe und blieb vor dem Spiegel stehen. Ihre Wangen glänzten vor Aufregung. „Die Kleider, die Masken – jeder verbirgt sein Gesicht, seine Herkunft und huldigt dem Dogen."

„Ich gehe nicht! Vater soll sehen, dass ich diese Frau nicht dulde!" Isabella riss ihr den Surkot aus der Hand.

„Eure Mutter liebte Bälle. Es waren rauschende Feste mit Musik und Tanz, die Menschen lachten. Euer Vater ist ein guter Tänzer", entgegnete Margherita mit einem Lächeln. „Und er schien so glücklich. Eure Mutter trug Euch in ihrem Bauch, und er führte sie so behutsam über die Tanzfläche." Sie schluckte und schien in der Vergangenheit versunken. Sie spielte gedankenverloren mit dem Saum des Surkots. „Wie gerne würde ich auf den Ball gehen."

Masken – das war die Idee.

„Margherita, bring mir das scharlachrote Kleid."

„Das Kleid, nein – das wagt Ihr nicht anzuziehen!"

„Soll ich auf den Ball gehen oder nicht? Bring es mir, sofort."

Die Zofe zog widerwillig das Kleid aus dem Schrank und hielt es vor dem Spiegel hoch. „Heilige Jungfrau, das wagt Ihr nicht anzuziehen!“

„Hier!“ Isabella warf Margherita das blassgrüne Kleid zu. „Zieh es an, ich will sehen, wie es dir passt.“ Sie schlüpfte in das rote Kleid, das allein in der ungewohnten Farbe eine Herausforderung war. Es würde auffallen und sogar die Contessa übertreffen, deren Kleiderauswahl immer luxuriös war.

Margherita strich ehrfürchtig über den weichen Stoff. „Es ist für Euch gemacht.“

„Worauf wartest du? Zieh es an, damit ich sehen kann, wie es dir passt!“ Ungeschickt zog sie Margherita den Stoff über den Kopf, bis diese ihr half, die Spange festzumachen. Dann drehte sich Margherita vor dem Spiegel. Ihre Augen glänzten, und sie senkte beschämt ihren Blick. „Verzeiht mir, ich vergaß mich.“ Sie wollte aus dem Kleid schlüpfen.

„Nein, behalte es an. Nimm eine Maske und geh mit mir auf den Ball.“

Margherita sah sie entsetzt an. „Das geht nicht. Es ist Euer Kleid, Isabella.“

„Lass mich nicht allein auf den Ball.“

***

Isabella schob ihre Zofe aus dem Zimmer und griff nach einer Maske, deren schwarzer Schleier mit dem Rot des Kleides kontrastierte und nichts von ihrem Gesicht zeigte. „Geh in den Saal, und nimm neben meinem Vater Platz. Keine Sorge, er spricht dich nicht an. Der Ball beginnt mit dem Eröffnungstanz und dann wirst du dich vor Aufforderungen nicht mehr retten können. Genieße es.“

Dann setzte sie sich die Maske auf. Eine geheimnisvolle Fremde nickte ihrem Spiegelbild zu. „Isabella di Conti, Ihr werdet den Ball genießen."

Mit wiegenden Tanzschritten ging sie hinaus und verharrte am Fuße der Treppe. Nichts würde mehr so sein wie zuvor. Erhobenen Hauptes schritt sie vorsichtig die Treppen zum Saal hinunter.

An den Treppenaufgängen hingen Girlanden aus Blumen. Ihr Duft erfüllte sogar die riesigen Säle, dass ihr schwindlig war. Nahe den Treppen begegnete ihr Marcello und verneigte sich vor ihr.

Marcello erkannte sie tatsächlich nicht und führte sie in den Saal. „Der Doge wird in wenigen Augenblicken den Ball eröffnen."

Die Blicke junger Männer blieben auf ihr haften, aber sie suchte Margherita. Die Zofe thronte neben ihrem Vater, als wäre sie die echte Dogentochter.

Alonso betrat den Saal von der anderen Seite, tauschte einen Blick mit der Contessa. Isabella schluckte. Warum hatte ihr Vater keine andere Frau gewählt?

Ein feines Lächeln umspielte Margheritas Lippen, als sich ein junger Mann vor ihr verbeugte und sie zum Tanz aufforderte. Sogar ohne Maske hätte Isabella ihn wiedererkannt. Alonso, natürlich ließ er es nicht nehmen, um den ersten Tanz zu bitten. Margherita war ein wenig kleiner. Hoffentlich entdeckte Alonso den Schwindel nicht so schnell. Sie wich zurück und stieß dabei gegen einen maskierten Mann. „Verzeihung", presste sie heraus und drängte sich an dem Mann vorbei, suchte Schutz hinter einer der Säulen.

Ihr Vater erhob sich, gefolgt von der Contessa, die in ein Kleid aus gold und schwarz glänzender Seide deutlich zeigte, welche Stellung sie bald inne hatte. Dogaressa, Francesca würde ihre *Dosette* pflichtbewusst einhalten müssen, wie auch Isabella ihre Pflichten hatte.

Immer mehr Menschen fanden sich in Gruppen zusammen, beobachteten den tanzenden Dogen und die zukünftige Dogaressa. Isabella tauchte in die Menschenmenge ein, fühlte sich unerkannt und irgendwann vergaß sie fast, dass sie kein gewöhnliches Mädchen auf einem Ball war.

Ihr Vater ließ kaum einen Tanz aus. Mit eleganten Schritten führte er Francesca im Kreis, bis er sich vor Margherita verbeugte.

Isabella blieb wie gebannt stehen und verfolgte das Paar mit dem gleichen Interesse wie die anderen Gäste. Er würde den Schwindel bemerken.

Zwei Frauen blieben hinter ihr stehen. „Es ist eine Schande. Die Contessa soll einen Liebhaber haben, der viel jünger ist. Und hier strahlt sie wie eine junge, unschuldige Braut", flüsterte eine Frau in einem dunklen Surkot neben ihr. „Das Kleid hat ein Vermögen gekostet. Der Doge wird bald arm sein, wenn er sie heiratet."

„Nicht nur der Doge. Ich habe gehört, Isabella soll einen Glasbläser lieben!"

„Ich bitte, Euch, meine Liebe – wie alt ist das Kind? Bald sechzehn, sie kann nicht entscheiden, was gut für sie ist."

Isabella holte tief Luft, hielt sich aber zurück.

„Man sagt, sie wäre nicht richtig im Kopf. Läuft im Gefängnis herum und spricht mit den Gefangenen."

Die andere Frau unterbrach sie kichernd. „Unsinn, sie liebt einen älteren Mann. Ich habe die beiden beobachtet. Sie spazierten auf dem Balkon wie ein verliebtes Pärchen. Seit dem Tod des jungen Silvano …"

Die Frau schüttelte den Kopf. „Mein Mann hat doch dabei geholfen, den Sarg in die Basilika zu bringen. Später hat er gesagt, der Sarg sei so leicht gewesen, da könne niemand drin gelegen haben."

„Er muss sich irren."

Die Frau schüttelte erneut den Kopf. „Die Contessa selbst hat den Sarg bewacht. Erinnert Euch, als der Doge sich verabschieden wollte. Sie hat ihn gehindert, den Deckel zu öffnen."

Mit einem kleinen Aufschrei wich Isabella zurück und drängte sich durch die Menschen. Silvano lebt, sie hatte es gewusst. Schon von Anfang an. Es war Gewissheit. Und die Contessa wusste das! Sie blieb erschrocken stehen. Die Contessa trieb ihr Spiel weiter. Doch warum?

Ein Mann in einem schwarz-roten Wams forderte sie zum Tanz auf.

Zu aufgewühlt war sie und wollte ihren Vater warnen, doch der Mann ließ sich nicht aufhalten und umklammerte ihre Hand. Er zog sie auf die Tanzfläche. Sie schwieg, wollte sich nicht mit ihrer Stimme verraten, während die Hand des Mannes auf ihrem Arm lag und sie immer ruhiger wurde. Schließlich rückte er immer weiter aus der Schleife der Paare ab und drängte sie bestimmt auf die Loggia.

„Gewährt mir nur einen Moment Eurer Liebe!"

„Giovanni!"

Er blickte zurück in den Tanzsaal. „Wer tanzt an Eurer Stelle? Margherita?"

„Wenn die Masken fallen", flüsterte Isabella. „Giovanni, Silvano lebt. Die Contessa weiß das, der Sarg war leer."

„Wir müssen weg von hier, Isabella."

Tränen liefen über ihre Wangen. „Giovanni, ich habe dich belogen."

Giovanni legte seine Hand auf ihren Mund. „Pst, sie werden uns entdecken. Wir müssen weg." Er nahm sie bei der Hand.

„Die Treppe. Es kommt jemand.“

Isabella drehte der Treppe den Rücken zu, verschwand im Dunkel der Loggia. „Das Gefängnis ist der einzige Ort, wo jetzt niemand ist. Vertrau mir, mein Vater hat alle wichtigen Leute eingeladen, die Wache wurde aus dem Gefängnis abgezogen, um den Ball zu bewachen.“

„Das habe ich gemerkt. Es war schwer, unbemerkt hierher zu gelangen.“ Immer wieder stieg sie über schmale Treppen hinauf und hinunter, ging durch Räume, die nichts mit dem Prunk des Palastes gemeinsam zu haben schienen, bis sie in der Folterkammer stehen blieb.

„Hier wollte ich nicht landen“, sagte Giovanni. „Nicht schon wieder.“

„Schon einmal hat dir ein di Conti das Leben gerettet.“

Mit langsamen Bewegungen schritt sie hinter den Treppenaufsatz und nahm das Seil hoch. „Du hast einmal gesagt, du würdest für mich sterben.“

Giovanni trat auf das Podest und ließ sich die Hände hinter den Rücken legen, das Seil um die Handgelenke geschlungen. Dann trat sie vor den Tisch und zeigte nach oben. „An der Balustrade haben Silvano und ich gespielt.“

„Ich kenne Menschen, die hier waren – in Venedig wird man leicht zum Verräter, und noch leichter zum Verratenen.“

Mit einem Lächeln drückte Isabella an der Festhaltemechanik und das Seil straffte sich knarrend. Giovanni sah sie fest an, während das Seil seine Arme noch oben zog.

„Giovanni Caspero, liebst du mich?“ Sie drückte weiter. „So sehr, dass du mir die Liebe hier zeigen könntest. Jetzt.“

Giovanni keuchte. „Mach mich los, du Hexe!“

Sie wich erschrocken zurück und löste die Spannung. Kaum fiel das Seil zu Boden, befreite sich Giovanni aus den Fesseln und zog sie ungestüm an sich.

„Ich liebe dich, Isabella di Conti."

Isabella schob den Riegel zu einer der Gefängniszellen auf. „Vorsicht, der Riegel klemmt manchmal."

„Es ist ein grausamer Ort, um dich zu lieben", sagte Giovanni und folgte ihr zögernd.

Vergessen der Gedanke an das Danach, wenn die Masken der Ballbesucher fallen würden – und verloren in der Hoffnung, dass ihr Vater sein Urteil zurücknehmen würde. Doch sie selbst war es, die neuen Verurteilungen Nahrung gegeben hatte, Worte voller Zorn und Verzweiflung in das Maul des Löwen gestopft hatte.

„Ich habe jede Nacht bereut, dass ich dich zurückgebracht habe. Ich war ein Narr", flüsterte Giovanni. Zärtlich glitten seine Finger über ihren Körper, lösten kleine Wellen der Sehnsucht aus und schließlich fanden sie zueinander.

„Ein verzweifelter Narr." Sie schloss die Augen, spürte die Kraft seines Verlangens und wünschte sich, den Moment bis in alle Ewigkeit hinauszuzögern.

Das Knarren der Tür riss sie aus ihrer Leidenschaft. Langsam fiel die Tür ins Schloss, das Holz vibrierte leicht. Ein Schatten fiel durch das schmale Türgitter.

„Ich würde alles dafür geben, wenn sie mich jemals so umarmen würde. Aber nach der Hochzeit wird der Augenblick kommen", erklang Alonsos zornige Stimme.

Jede Silbe in der hoch gezimmerten Folterkammer zerrte an Isabellas Nerven, dass sie sich wünschte, aus dem Albtraum zu erwachen. Ahnungsvoll wandte sie sich um und erspähte aus dem kleinen Zellenfenster das Gesicht ihres Vaters. Sie vermochte nicht zu sagen, was ihr mehr Angst machte. Der Hass in Alonsos Augen oder seine Gier, sein Blick glitt über ihren halb bekleideten Körper als wäre sie längst sein.

Andrea drängte sich an Alonso vorbei, dann hielt er inne und nahm ihm den Umhang ab. „Wenn Ihr über die Situation je ein Wort verliert, hängt Ihr auf der Piazza, Carisi. Geht hinunter und verkündet die Hochzeit. Ohne die Braut, sagt, sie wäre unpässlich."

„Was werdet Ihr tun, Euer Gnaden?" Alonsos Hand ruhte auf dem Schwert, während er immer wieder zu Giovanni sah.

„Lasst ihn gehen, bitte, Vater! Ich tue alles, was Ihr wollt, aber verschont Giovanni. Ihr habt es mir versprochen!"

„Du willst den Mann heiraten, der deinen Vater töten will?", zischte Giovanni und packte Isabella an der Hand.

„Ich muss heiraten. Nur so kann ich deinen Kopf retten, den halb Venedig hängen sehen will!"

„Es ist vorbei, Isabella. Ihr habt Eurem Vater den letzten Stolz genommen. Wollt Ihr noch länger die holde Jungfrau spielen?"

„Vater, Silvano lebt. Der Sarg war leer!", rief sie, während Alonso sie aus der Folterkammer schob und sie über die Treppen hinunterzog. „Glaubt mir doch!"

41. Kapitel

Wieder einmal fand Silvano Zuflucht in der nächtlichen Stille des Meeres, während das Schiff durch die Wellen glitt. Die Männer waren müde und ausgelaugt. Nichts war mehr von Bedeutung als das Wissen, dass die heimatliche Küste mit jeder Meile, die der Wind das Schiff weiterjagte, sich näherte. Immer wieder suchte er in der Nacht nach Lichtern, die Küste verrieten. Und das Ende seiner Reise.

Silvano atmete tief durch, dann verließ er das Deck und blieb vor Maddalenas Tür stehen. Er war es ihr schuldig, ihr Vertrauen zu belohnen. Viel zu laut klopfte Silvano gegen die Tür und schrak zurück, als die Tür unmittelbar nach seinem Klopfen aufging.

„Verzeiht, ich wollte Euch nicht wecken." Silvano schalt sich aus, suchte nach einer Antwort in ihrem Gesicht.

„Dann war es ziemlich ungeschickt von Euch, anzuklopfen. Tretet ein, bevor mein Vater es bemerkt." Maddalena lächelte und trat beiseite. Sie war noch nicht im Bett gewesen, hatte ihr Haar hochgesteckt. Sie deutete auf den Stuhl und schloss die Tür.

Silvano spürte ihre Nähe in dem kleinen Raum, versuchte mehr Abstand zwischen sich und Maddalena zu bringen. Ein kleiner Tisch erheiterte ihn. Überladen mit Büchern und kleinen Ikonen. „Meine Schwester liebt auch Bücher. In der Tat habt Ihr viel mit ihr gemeinsam."

„Ihr könnt Sie mir ja vorstellen, wenn wir in Venedig sind. Vielleicht sagt Ihr mir, was Euch dazu getrieben hat, Eure Heimat zu verlassen."

„Ich wollte Euch nicht belügen, aber – ich wusste nicht, wohin mich mein Weg führen würde."

Maddalenas Hand glitt über die Tischplatte, bis sie neben seiner Hand verweilte. „Und noch weniger wusstet Ihr, dass Ihr eine Frau treffen würdet. " Maddalena sog die Luft ein und streckte die Arme aus. „Ich bin so froh, dass du hier bist!"

Für einen Moment zögerte Silvano. Er war noch nicht bereit, eine Frau bedingungslos zu lieben. Auch, wenn sie wie Maddalena war. Besonders, weil sie eine Frau war, die ihm ihre Liebe gestanden hatte, ohne zu wissen, was er darüber dachte.

„Maddalena, ich bin deiner Liebe nicht wert", flüsterte er und umfing sie mit seinen Armen. Er spürte ihre Tränen auf seinem Arm und hielt sie fest, küsste sie am Haaransatz und liebkoste ihren Nacken. Ihre warme Haut schenkte ihm Wärme.

„Ich habe keine Zweifel, Silvano. Von Anfang an habe ich gespürt, dass ein Band uns verbindet."

Er seufzte und sah auf die Landkarte. Genua lag nah, so nah, dass es keine Zeit mehr gab, darüber nachzudenken, was richtig oder falsch war.

„Ich kann dir keine Zukunft bieten, weil ich ein Mann ohne Vergangenheit bin. Ich kann nicht mehr zurückkehren, ohne meinen Vater anzuerkennen und mich damit selbst zu betrügen." Sie würde verstehen, dass es keine Basis für ein gemeinsames Leben sein konnte.

„Und wenn du hier mit mir an deiner Seite ein neues Leben beginnst? Mein Vater würde sich freuen, einen Mann an seiner Seite zu haben, der mit ihm die Geschäfte führt."

„Obwohl er mich für einen Betrüger hält?"

„Mein Vater würde alles tun, um mich glücklich zu sehen."

Er verspürte einen Stich im Herzen. Welcher Vater würde etwas anderes wollen?

***

Die ersten Häuser Genuas tauchten am Horizont auf. Die Männer brachen in lauten Jubel aus und stimmten erneut Lieder an. Der falsche Klang vieler Dutzend Kehlen trieb über das Meer.

„Es liegt an dir, Silvano. Du musst entscheiden, was passiert", sagte Marco und drückte ihm freundschaftlich den Arm. „Du kannst deinen Vater nicht verleugnen. Er wird – ob du es willst oder nicht – ein Teil deines Lebens bleiben."

Silvano nickte und schluckte heftig, als Maddalena durch die Decktür trat.

„Sie liebt mich, Marco. Ich habe Angst. Was ist, wenn ich als Spion entlarvt werde?"

Marco zog die Augenbrauen hoch. „Bist du denn einer?"

Silvano ging zum Bug des Schiffes und blickte nach vorne. Das war also Genua. Auf den Hügeln hinter dem Hafen standen prächtige Häuser, die mit jenen aus der Serenissima gut mithalten konnten. Er suchte nach einem Makel, an dem er seinen Zorn, seine Beklemmung, festmachen konnte, aber die Stadt zeigte sich freundlich. Die Häuser schmiegten sich an die felsigen Gründe und rahmten den Hafen ein, dass Silvano sich wünschte, in Venedig auch so liebevoll empfangen zu werden.

An beiden Seiten der Hafeneinfahrt lagen Schiffe vor Anker, schwer beladen und von Männern bewacht, deren Mienen ihn erschauern ließen. Er war in der falschen Stadt.

Franco war nicht zu bändigen und kletterte in die Takelage. „Weib, mach das Fass auf und dann ziehen wir weiter!", jubelte der Matrose und schwenkte seine Mütze, als das Schiff in den Hafen einfuhr.

„Eines Tages wirst du voller Freude in den Hafen einfahren, wie Franco." Maddalena umarmte ihn liebevoll. Ihre Augen leuchteten. Natürlich, sie war wieder zu Hause. Silvano verkrampfte sich und drückte Maddalena an sich. „Ich freue mich, wenn du glücklich bist. Lass uns ein neues Leben beginnen."

„Entspann dich. Noch bist du nicht auf Land, Liebster", sagte sie und löste sich aus seiner Umarmung. Mit ihrem Vater ging sie über Deck und blieb in den Reihen der Matrosen auf der Luvseite stehen.

Spürte sie sein Zögern so stark, das ihn seit der Nacht nicht verlassen hatte?

Isabella würde ihn verstehen. Sie hatte gewusst, wie gern er auf einem Schiff sein wollte. Jetzt war sein Traum in Erfüllung gegangen, doch ein anderes Leben war nun verschwunden. Wie der Ring. Der Ring! Was hatte der Glasbläser damit gemacht? Silvano drehte sich um und blickte auf das Meer zurück. Wo sich die Wellen eben noch gekräuselt hatten, lag das Meer fast ruhig da. Er starrte in das türkisgrüne Wasser, durch das Marco Polos Schiff sich pflügte und langsam an Fahrt verlor. Magere Männer warteten auf dem Kai auf die Seile, um das Schiff zu vertäuen. Es wurde Zeit, dachte er, Zeit, sich zu entscheiden.

Die Nachricht, dass Marco Polo zurückkehrte, verbreitete sich wie ein Lauffeuer. Immer mehr Menschen strömten auf den Kai und warteten. Kinder drängten sich zwischen ihren Müttern und zeigten auf das große Schiff. Silvano lächelte, als er das aufgeregte Rufen hörte. Wie der kleine Junge, der versucht hatte, auf Vaters Schiff zu klettern.

Als sie an den ersten Galeeren vorbeifuhren, breitete sich ein mulmiges Gefühl in ihm aus. Breite Schiffe, bestückt mit unzähligen Kanonen, säumten die Kais entlang des Hafengeländes. Silvano umklammerte die Reling, bis sich seine Gelenke verkrampften. Es waren so viele Schiffe. Viel mehr, als er je erwartet hatte! Die großen Segel brauchten viel Platz, aber selbst jetzt in der milden Brise flatterten sie heftig. Sie würden bald im Ionischen Meer sein und mit unbarmherziger Härte das Schiff seinem Ziel näher bringen. Vergeblich versuchte er die Vorstellung zu verdrängen, dass Venezianer unter den Kanonen sterben würden, vielleicht sogar Kinder. Frauen würden ihre Männer verlieren, Kinder ihre Väter. Und er – seine Familie, seine Vergangenheit.

Unruhig ging er unter Deck und blieb in Marco Polos Kajüte stehen. Sollte er seine Heimat warnen? Er würde als Spion entlarvt werden, ein Spion, der keiner war. Die Serenissima kämpfte noch immer um seine Liebe. Er hatte vergeblich versucht, sie zu vergessen. Er hatte Francesca vergessen, aber die Serenissima durchbohrte sein Herz, tränkte es mit Sehnsucht und Schmerz und blieb auf ewig in seinem Herzen, gleich was er auch versuchte. Die Ruderer waren Männer, die getrimmt waren, an den Sieg zu glauben. Sie würden nicht daran zweifeln, stolz und glücklich zurückzukehren. Sie würden für Genua sterben, doch war es mit den Venezianern anders? Er schüttelte niedergeschlagen den Kopf. „Es ist so sinnlos."

„Dann tu etwas dagegen!" Marco Polo war ihm gefolgt und stand abwartend neben der Treppe. „Ich kenne deinen Vater als Narr, nicht als Egoist."

„Ihr wusstet von Anfang an, wer ich bin, nicht wahr?"

„Nicht gleich, du hast im Fieber geredet. Erst als du die venezianischen Dukaten so unwirsch zurückgeschoben hattest, war ich mir sicher."

„Ihr habt mir eine Falle gestellt."

„Mein Junge, ich hatte den Eindruck, du bräuchtest Hilfe, und die hättest du von meiner Mannschaft nicht bekommen. Wenn einer gewusst hätte, dass du aus Venedig kommst."

42. Kapitel

Seit Stunden kniete Isabella auf der Kirchenbank. Ihre Knie schmerzten, aber sie wagte nicht, ihre Gebete und Fürbitten zu beenden. Die Heilige Jungfrau musste ihr vergeben, ihr ein Zeichen senden, aber das Gesicht der Maria aus Stein war unerbittlich. Nur das Knistern der Kerzen beruhigte Isabella. Das warme Licht spendete Wärme und zugleich Hoffnung, sodass sie erneut ein Gebet sprach. „Heilige Maria, vergib mir, doch mein Schmerz wird immer größer und ich weiß nicht, was ich tun kann", flüsterte sie. Wo waren die Engel, die sie vor den Seelenqualen beschützen? Sie knieten neben der Jungfrau, zeigten auf den Dogen. Ihr Vater mochte ihr nicht vergeben, genauso wenig wie die Heilige Jungfrau Maria. Sie hatte gesündigt, aber – war Liebe Sünde? Wenn sie ihre Augen schloss, spürte sie Giovannis Hand auf ihrer Wange, sie lauschte seiner weichen Stimme und rief sich Worte in Erinnerung, die sie seit Tagen nicht mehr vernommen hatte.

In den letzten Tagen waren die wütenden Schreie der Kaufleute zu hören gewesen. Auch jetzt hörte sie zornige Stimmen. Sie kamen von der Piazza, aber es mochten mehr Leute sein, als je zuvor. „Hängt ihn!"

Erschrocken hielt Isabella in ihrem Gebet inne und eilte durch den Gang zurück an den Ausgang der Basilika. Niemand achtete auf sie. Die Menschen drängten sich vorbei, strömten auf die Mitte der Piazza zu.

Isabella wandte sich an eine der Wachen vor der Basilika. „Warum sind die Menschen so wütend? Was ist geschehen?"

Der Wachmann salutierte und senkte seine Lanze, sodass Isabella nichts anderes übrig blieb, als stehen zu bleiben. „Auf

Geheiß Eures Vaters ist es Euch nicht gestattet, die Kirche zu verlassen“, sagte die Palastwache. Ein starker Mann, dessen kantiges Kinn von Entschlusskraft zeugte, versperrte ihr den Weg.

Isabella stellte sich auf die Zehenspitzen, um über die Schulter des Mannes zu sehen. „Ich beuge mich Eurem Befehl“, sagte sie schließlich friedfertig und lächelte den Mann an. „Verratet mir aber bitte den Grund für den Aufruhr.“

Der Mann trat beiseite. Der Strom geriet ins Stocken, formte sich zu einem kreisförmigen Gebilde. Inmitten des spärlichen Platzes, den die Schaulustigen freigelassen hatten, erkannte sie ein hölzernes Gerüst – der Galgen.

Isabella starrte entsetzt auf den Galgen. Als eine Welle des Jubels über den Platz rollte und sich die Menge teilte, um den Henker und seine Begleitung durchzulassen, hielt Isabella entsetzt den Atem an. Sie blickte auf das rotschwarze Wams des Mannes, der hinter dem Henker hertrottete. Das Gesicht war unter einer Kappe verdeckt, die ihm tief über die Augen hing, aber Isabella erkannte den Mann, der zum Galgen geführt wurde.

„Seht, er flieht!“, rief sie und zeigte auf den Galgen.

Die Palastwache wirbelte herum, während Isabella sich an ihm vorbeidrängte und einem Kind dabei auf die Füße trat. Alarmiert durch das Schreien des Kindes packte der Mann Isabella unsanft am Umhang und senkte die Lanze ein Stück tiefer. „Es ist Euch verboten. Ich habe Euch und den Euren die Treue geschworen, aber ich möchte nicht für den Leichtsinn eines ungehorsamen Mädchens mein Leben lassen“, sagte der Mann leise und senkte demütig den Kopf.

Ein paar Frauen hatten sie wohl erkannt und flüsterten, bis sich das Flüstern zu einem lauten Raunen steigerte und sich die Aufmerksamkeit der Menschen auf sie konzentrierte.

„Dass sie das mit anschaut!" – „Kein Herz hat das Mädchen, wie ihr Vater!", vernahm Isabella wütende Stimmen.

Isabella wich hinter die Wache zurück.

„Kommt in die Basilika. Es ist zu gefährlich, hier zu bleiben." Er trat beiseite und wies ihr den Weg zurück, aber Isabella lief in die Basilika zurück. „Bitte verzeih mir, dass ich ihn liebe. Auch, wenn er nun stirbt, ich werde ihn immer lieben!"

Sie schrie die letzten Worte hinaus und merkte kaum, dass Margherita neben ihr wartete und sie behutsam in ihr Zimmer zurückbrachte.

Draußen auf der Piazza kreischten die Leute vor Vergnügen. Isabella entzog Margherita ihre Hand und lief auf den Wandelgang zurück. Auf dem Seil hing der leblose Körper, grotesk die Glieder verbogen. Isabella wandte sich ab und lehnte sich gegen eine Säule.

Als sie ihren Vater um die Ecke biegen sah, eilte sie auf ihn zu. „Verdammt sei jeder, der dem Dogen die Treue schwört!"

Keuchend blieb ihr Vater stehen und rang nach Luft.

Wütend schrie er Marcello an. „Ihr seid immer auf ihrer Seite gewesen, aber Ihr kennt sie nicht, wie ich sie gesehen habe. Halb verwahrlost im Gefängnis, als wären ihr die Gefangenen näher am Herzen, als ihr eigener Vater. Sie hielt das Schwert auf mich. Und nun – in den Armen des Glasbläsers. Nackt wie eine billige Hure." Er hustete gequält und stand schwankend auf, ging einige Schritte auf Isabella zu. Wieder schüttelte er Marcellos Hand ab.

Entsetzt wich Isabella weiter zurück. „Aber Ihr habt ihn auf den Galgen geschickt – den einzigen Mann, den ich liebe!"

„Weil er es verdient hat. Niemand betrügt den Dogen!", zischte ihr Vater und umschlang ihr Handgelenk. „Du kannst nicht das Glück an der Seite von einem Jungen wie Giovanni finden. Das lasse ich nicht zu. Du bist zu mehr geboren!"

Noch nie hatte sie ihn so erlebt. Tiefer Schmerz brannte in ihren Augen, als sie seine Worte vernahm, ohnmächtig, etwas zu erwidern. Seine Hand zitterte, als er sich auf der Balustrade festhielt und über die Piazza blickte.

„Ich wollte die Hochzeit verhindern, aber du musstet Alonso demütigen. Ich kann dich nicht länger vor einer Vermählung schützen, ohne mein Gesicht zu verlieren."

„Euer Gnaden, bitte, bedenkt die Aufmerksamkeit, die Eure Worte unter den Menschen erregen. Kommt, wir gehen in den Innenhof zurück."

Isabella bemerkte erst jetzt die neugierigen Blicke der Menschen, die sich unten auf der Piazza versammelten. War es Mitleid, das sie hertrieb oder die Lust, ihren Vater so zu erleben?

Betroffen schlug Isabella die Augen nieder und holte tief Luft. „Ich wollte nicht, dass er krank wird."

Er liebte sie auf seine Weise. Jedes Wort, jede Geste, die er an sie richtete, war ein Versuch von ihm gewesen, eine Brücke zu schlagen, doch es war zu spät.

***

„Ihr müsst essen, Isabella!" Margherita wich nicht von Isabellas Seite, bis sie von dem Fleisch ein paar Bissen nahm. „Wollt Ihr abgemagert zu Eurer Hochzeit erscheinen?" Um ihren Worten Nachdruck zu verliehen, zupfte sie an Isabellas Surkot, der ihre dünnen Arme betonte.

„Bring das Essen weg und lass mich allein!" Sie wandte sich ab, ertrug die traurigen Blicke nicht, die ihr Margherita zuwarf.

Margherita verließ das Zimmer, aber sie kehrte umgehend zurück. „Ihr habt Besuch."

Francesca Farelli trat ein und maß Margherita mit einem bösen Blick, sodass die Zofe gleich die Flucht ergriff.

„Es ziemt sich nicht, sich als glückliche Braut so gehen zu lassen. Willst du deinen Vater unglücklich machen?“

Sie folgte der Contessa, die neugierig über ihre Bücher schaute. „Du bist gebildet, gut. Alonso mag das. Es wird ihm gut tun, eine Frau zu haben, mit der er sich unterhalten kann.“

Isabella zuckte teilnahmslos mit den Schultern. „Bei allem Respekt, Contessa, aber ich bezweifle, dass er an Frauen mehr schätzt als er bei Euch findet. Wir wissen beide, warum er mich heiratet.“ Sie registrierte zufrieden, dass Francesca die Augen zusammenkniff und das Buch zusammenklappte.

„Du könntest dankbarer sein. Es ist mir zu verdanken, dass dein Vater deinen Fehltritt zwar missbilligt, aber dir seinen Segen zur Vermählung mit Alonso gibt.“

„Danke“, sagte Isabella. „Ich stehe tief in Eurer Schuld, Contessa.“ Sie wischte sich die Tränen ab.

Francesca lächelte, aber ihre Augen blieben kalt und stechend.

Sie hielt Francescas Blick nicht stand und blickte auf die blaue Vase. Sie würde Giovanni immer lieben.

43. Kapitel

„Kein Besuch, niemand, ich will ungestört sein“, befahl Andrea und schloss die Tür hinter sich. Unruhig schritt er auf und ab. Der Palast bot ihm genauso ein Gefängnis wie Silvano oder Isabella. Er verstand nun, warum sie auszubrechen versuchten. Er war der Doge, jener Mann, der für Recht und Disziplin stand, für Ehre und Gewissen, obwohl er sich selbst fragte, ob er noch ein Gewissen hatte. Wütend schlug er gegen den Fensterrahmen, dass das dünne Glas vibrierte. Die Glasbläser, Giovanni, er war schuld, an allem, an Isabellas Leichtsinn, ihrer Sehnsucht nach einem anderen Leben und daran, dass sie ihn nun hasste. Er hatte den Blick gesehen, den Giovanni und Alonso miteinander ausgetauscht hatten. Purer Hass, doch es ging nicht um Isabella.

Es klopfte.

„Ich habe befohlen, keine Besucher einzulassen!“, rief er.

Marcellos Stimme drang durch die Tür. „Ich habe eine wichtige Nachricht.“

Für einen Moment war er geneigt, einzuwilligen, dann besann er sich. „Für niemanden, im Moment.“

Sein Blick fiel auf den Schrank, der die Geheimtür verbarg. Vielleicht war es ein Spiel von Francesca. Jetzt verstand er, warum sie bei Silvanos Beerdigung nicht geweint hatte. Sie wusste, dass der Sarg leer war.

Das Klopfen wurde lauter, es mochte nicht enden. Andrea wischte sich müde über das Gesicht. „Was ist so wichtig, Marcello?“

Er hielt inne, als er das verweinte Gesicht von Margherita erkannte. Hinter ihr stand Marcello, der Margherita ins Zimmer bat und neben ihr stehen blieb.

Die kleine Zofe schritt langsam näher und überreichte ihm einen zerknüllten Brief. „Ich fand ihn am Boden."

Andrea blickte ungläubig auf den Brief.

Margherita kniete vor ihm. „Sie war so unglücklich, Euer Gnaden, aber ich hätte nie gedacht, dass sie wirklich aus Venedig weggeht."

Andrea streckte die Hand nach dem Bildnis von Catarina aus. Wieso hatte er Marcos Worten nicht geglaubt und Isabella die Wahrheit gesagt? Sie musste glauben, dass ihm Catarinas Tod nichts bedeutete. Ja, sogar, dass er an ihrem Tod schuld war.

„Sie beschuldigt mich, meine Frau getötet zu haben!"

Margherita weinte erstickt auf. „Sie weiß kaum, was an jenem Tag passiert ist. Wie sollte sie es verstehen?"

Margheritas Wimmern riss ihn in die Realität zurück. Er packte sie an den Haaren, dass sie aufschrie. „Du weißt, was passiert ist!"

„Sie klagte über ihr Unwohlsein und ob ich ihr Wasser bringen könnte. Und dann – als ich zurückkam, lag der Brief auf dem Pult und sie war verschwunden."

Marcello trat näher. „Die Frau hat Eurer Tochter schon so lange die Treue geschworen, hat geholfen, Catarina zu pflegen. Warum sollte sie nun etwas verschweigen?"

Andrea nickte müde und ließ von Margherita ab. Er sank auf den Stuhl und fuhr sich mit der Hand über sein Gesicht.

Es hatte begonnen. Langsam und zäh wie der Nebel, und er hatte es nicht bemerkt. Francesca legte geschickt ihre Fallen aus, und er war in jede hingetappt.

„Du meinst, die Briefe sind nicht von Isabella?"

Marcello nahm den Brief in die Hand und hielt ihn ins Tageslicht. „Es ist zweifelsohne ihre Handschrift, aber seht Euch die Schrift an. Wo ist ihre Freude am Schreiben geblieben? Ihre Ordnung? Selbst das Siegel ist an anderer Stelle gesetzt."

Ein kurzer Freudentaumel riss Andrea aus seiner Lethargie. „Wir müssen sie finden. Veranlasst eine große Suche. Jeder, der mir einen Hinweis gibt, soll belohnt werden."

Marcello zögerte. „Bedenkt, Ihr habt viele Feinde. Welch gute Gelegenheit wäre es, die Dogentochter als Preis für Eure Vernichtung einzusetzen?"

Andrea sah nachdenklich seinen Berater an. Selbst jetzt hielt Marcello ihm die Treue. „Ihr habt Recht, Marcello. Was täte ich ohne Euren Rat? Ruft Eroso. Die Geheimpolizei ist es schließlich, die ihren Ruf wiederherstellen muss."

44. Kapitel

Noch immer klang das unbarmherzige Läuten der Glocke in Isabellas Ohren, dass sie ihre Hände draufpresste. Giovanni war tot, sie hatten ihn heute Morgen gehängt und je mehr Isabella sich dem Gedanken verschloss, desto eindringlicher glaubte sie noch immer, das Geläute der *Maleficia* zu hören. So laut, als stünde sie auf der Piazza.

„Es ist zu deinem eigenen Schutz, Isabella. Dein Vater ist unberechenbar in seinem Jähzorn", erklärte Francesca und hielt die Hand ihres Schützlings.

Alonso mied es, Isabellas Blick zu begegnen und saß am Ruder. In ruhigen Zügen dirigierte er das Boot durch schmale Seitenkanäle und beobachtete die zum Kanal zeigenden Fenster. Niemand störte ihre Fahrt und zum ersten Mal fühlte sich Isabella geborgen. Sie war verzweifelt durch den Palast gelaufen, als die Contessa sie fand und ihr Hilfe anbot. Ein neuer Ort, um zu vergessen.

„Alonso und du, ihr seid dafür bestimmt, eine neue Ära einzuläuten in Venedig, aber ich brauche noch Zeit. Dein Vater muss verstehen, dass es der beste Weg, um zu vergessen."

Isabella nickte betäubt und blickte auf den Nebel, hinter dem der Palast langsam verschwand. Francesca wurde nicht müde, ihr zu versichern, wie sehr sie Andrea angefleht hatte, Giovanni zu verschonen. Sie ging nicht, um dem Zorn ihres zu entgehen. Sie floh nicht, redete sich Isabella ein. Es war der Beginn eines friedvollen Lebens, um mit sich selbst ins Reine zu kommen.

Die Müdigkeit überfiel Isabella jäh, und Francescas Zuspruch wurde leiser, bis sie in einen unruhigen Schlaf fiel.

Die Überfahrt aus der Lagune schien wie ein Traum, ein langer, böser Traum. Wie ein Schleier des Vergessens umhüllte er ihr neues Zuhause, als sie auf dem kleinen Boot aufstand und aus dem Verschlag kletterte.

Alonso reichte der Contessa die Hand, damit sie unbeschadet das Ufer erreichen konnte. War dies im Sommer ein Strand gewesen, so zeigte er sich jetzt im nebeligen Winter so schroff und unansehnlich, dass sie selbst mit einem kleinen Stückchen Land Mitleid empfand. Verdorbene Muscheln und Seetang, niemand war in den letzten Monaten hier gewesen. Der mit Kiesel aufgeschüttete Weg zu einem Palast war verwahrlost, voller Laub und wenig Schnee. Jetzt wirkte der Palast so einsam, wie Isabella sich fühlte und die Gewissheit, einen Fehler zu begehen, wurde mit jedem Schritt größer. Sie blieb stehen und verharrte einen Moment.

Durch den Nebel erkannte sie ein mittelgroßes Haus mit einem Garten davor, durch den sich ein exakt verlaufender gerader Weg zog. Unter einem Baum, dessen Äste schwer an

Schnee trugen, stand eine Bank. An schönen Tagen konnte sie hier sitzen und auf das Wasser blicken.

Alonso trat neben sie. „Es mag Euch nicht genug sein, aber vielleicht ändert Ihr Eure Meinung."

Plötzlich erschrak sie. „Was machen wir hier?"

„Leben. Für eine gewisse Zeit jedenfalls. Dein Vater und ich müssen Geschäfte abschließen, die es Euch ermöglichen, ungestört nach Venedig zurückzukehren."

„Hört Ihr die Glocke?" Isabella blickte in das zu einer Fratze verzerrte Gesicht der Contessa und schloss die Augen, bis das gleichmäßige Läuten von den an den Strand schlagenden Wellen übertönt wurde und Francesca sie unsanft weiterschubste.

„Wir sind hier in Sicherheit. Niemand wird dir mehr Schaden zufügen, Isabella", versicherte Francesca. Warum sorgte sich Francesca plötzlich um ihr Leben, wo sie es bisher lieber auslöschen wollte?

„Wir sollten ins Haus gehen. Es ist kalt geworden", sagte Alonso und lud das Gepäck aus.

Isabella trat zurück und suchte nach ihrer kleinen Tasche. Nur ein paar Habseligkeiten, das Kästchen und ihre Bücher.

„Beeil dich, Isabella!", mahnte Francesca und wartete ungeduldig. Sie blickte auf das Haus und zuckte mit den Schultern. „Klein, aber es ist ja nicht für die Ewigkeit."

„Du wirst es lieben, Isabella – und mich", raunte ihr Alonso zu und beeilte sich, der Contessa zu folgen.

Sie blieb stehen, sah zurück auf das Boot und spürte, wie die Kälte in ihr Herz kroch. Lieben – nichts würde ihr mehr wichtig genug erscheinen, um geliebt zu werden. Sie beugte sich nieder und griff nach einer Muschelschale. An einer Seite war sie zersplittert und roch modrig.

***

Daheim hatte Isabella den Nebel gehasst. Hier begrüßte sie ihn wie einen vertrauten Freund. Einen Freund, der es ihr ermöglichte, sich aus dem Haus zu schleichen, ohne gesehen zu werden. Sie hörte dann die verärgerten Stimmen Francescas, nicht weit entfernt von dem Ort, an dem sie sich gern zurückzog. Auch jetzt stand sie unter dem Baum, nahe dem dicken Stamm, der sie vor dem unerquicklichen Wind schützte, der seit drei Tagen aufgezogen war. Tag um Tag suchte Isabella Zerstreuung, um dem kalten Gemäuer zu entfliehen, das die Contessa ihr neues Paradies nannte. Dabei lächelte Francesca so selbstvergessen, dass Alonso verwirrt die Schultern hochzog.

Hatte Isabella die Weite des Palastes vorher gehasst, so sehnte sie sich nun danach. Die wenigen Zimmer, die ihr hier Zuflucht boten, waren kalt und zugig. Die Räume waren einfach gehalten, luden nicht zum Verweilen ein. Schon bald genoss sie die langen Spaziergänge mehr als Geborgenheit im Inneren eines Hauses zu suchen. Hier war sie frei, doch nichts drängte sie, um die Freiheit zu kämpfen.

Isabella verließ nun jeden Morgen das Haus, entdeckte neue verwilderte Wege und einen alten Friedhof. Die alten Gräber stimmten sie traurig. Die Ecken der Grabsteine waren abgestoßen, als hätte jemand mit einer Axt dagegen geschlagen. Selbst die Totenruhe hielt böse Geister nicht ab.

Sie strich über die verblasste Inschrift eines Grabes, das nicht sehr groß war. Ein Kind, es hatte nicht viele Geburtstage erlebt. Isabella wandte sich betroffen ab. Sie erinnerte sich an das Kind auf der Piazza. Der Tod machte nicht einmal vor den Kindern Halt.

Das Läuten einer Glocke drang in ihre Ohren. Isabella zitterte und vergrub ihre Hände fest unter dem Umhang. Mit eiligen Schritten entfernte sie sich vom Grab und strauchelte beinahe, als sie über eine Wurzel stieg.

Isabella eilte weiter, bis der Weg am Strand endete. Sie ging langsamer und lauschte dem Rascheln ihres Umhangs, wenn er über das gefrorene Eis strich. Ein beruhigendes Geräusch. Dort, wo sie das Boot verlassen hatten, blieb Isabella stehen und suchte nach Spuren, als könnten sie ihr einen Weg zurück zeigen.

Vor Monaten hatte sie dagegen gekämpft, wollte aus ihrem Gefängnis raus, doch hier waren die Gefängnismauern höher denn je und unsichtbar. Isabella senkte den Kopf und ging weiter, lauschte dem Knirschen von Schnee unter ihren Schuhen, während der Umhang um ihre Schultern immer schwerer wurde. Zarte Schneeflocken fielen vom Himmel, eine dünne Schicht Schnee hatte sich auf dem Stoff festgefroren.

Sie hasste solche Tage, an denen sie aufwachte und glaubte, die Sonne in ihrem Gesicht zu spüren, Giovannis Hand auf ihrem Körper und dann, für einen kurzen Moment, rief sie Silvano und sie entdeckte ihn hinter einer der Säulen. Dann kam der Nebel. Er wurde dichter, verschlang Silvanos Gesicht und alle Erinnerungen, doch sie kamen bald wieder. Qualvoll, wenn sie schlief, sehnsüchtig, wenn sie wachte. Sie legte ihre Hand auf den Bauch und verharrte. Sanfte Tritte, aber es beruhigte sie zu wissen, dass da jemand war, der sie brauchte und den sie lieben durfte. Noch wusste niemand von ihrem Geheimnis. Manchmal, wenn die Stille unerträglich war, dachte sie darüber nach, wie es wäre, das Kind im Arm zu halten. Ihm zuzusehen, wie es seine ersten Schritte machte. Ob ihr Vater sie selbst dabei beobachtet hatte? Kaum, sicher war die Verfügung des Monats wichtiger oder eine Delegation Handelsreisender musste empfangen werden. Würde das Kind Giovannis Augen haben, ihm Ebenbild sein? Sie presste die Augen zu, um die Tränen aufzuhalten. Immer würde sie Giovanni in ihm sehen, sich wünschen, dass der Vater ihres Kindes lebte, sie in den Arm nahm und ihr seine Liebe schwor. Plötzlich ertrug sie die Gedanken nicht länger. Er war tot, und anders als bei Silvano verspürte sie nun keine Zweifel, dass es wirklich wahr war, dass er durch das Urteil des Stranges sein Leben verloren hatte. Nichts in ihrem Innersten zeigte ihr, dass da ein Funke Hoffnung war – nur ein kleines Zeichen der Liebe, die sie ihm geschenkt hat und die ihn am Leben hielt.

Sie musste sein Kind schützen, es vor Francesca verheimlichen. Wenn sie das Kind verlöre, würde alles wie früher sein. Francesca war neuerdings voller Pläne und oft sah sie ihre Tante tagelang nicht. Manchmal schien es, als hätte Francesca vergessen, warum sie sie hierher gebracht hatte. Irgendwann würde ihr die Flucht gelingen.

Isabella setzte sich auf die Bank und starrte auf den Nebel, der immer näher kam, als wolle er das Haus verschlingen. In den Wochen, die sie nun schon auf dem Anwesen verbrachte, hatte sie manchmal das Gefühl, als bliebe die Zeit stehen. Doch der Schein war trügerisch. Sie hatte lange gebraucht, um zu erfassen, dass die Übelkeit keine Krankheit war. Sie wähnte sich unbeobachtet, lehnte sich zurück und schloss die Augen. Wenn sie den Wind in ihren Haaren spürte, fühlte sie sich Giovanni ganz nahe. Und Silvano. Noch immer vertrieb nichts die Wehmut in ihrem Herzen, wenn sie an ihn dachte. Francesca vermied es, über Andrea oder Silvano zu sprechen.

„Wieso vertraust du mir nicht, Isabella?“ Alonso stand vor ihr und setzte sich. „Du bist nicht gesund. Was schmerzt dich so, dass du nicht darüber sprechen willst? Ist es der Glasbläser? Noch immer?“

Isabella schauderte. Die zarten Tritte in ihrem Bauch brachten sie dazu zu lächeln. Ahnte ihr Kind, was seine Mutter tun wollte?

Alonso strich über ihre Hand. „Ich habe Fehler gemacht.“

Sie erwiderte seinen Blick. Auch er hatte sich verändert, seit sie hier waren. Wenn Francesca nicht hier war, zeigte er wirklich etwas von dem Mann, den er vorgab zu sein. Aber die Augenblicke waren kurz. So wie bei ihrem Vater. Jeder trug sein Gesicht hinter einer Maske.

„Es gibt nichts und niemanden, das mir helfen kann, Alonso. Ich war naiv, ein törichtes Mädchen, das von einer Freiheit träumte, von Liebe, ohne zu wissen, was Liebe überhaupt ist.“

Alonso stand auf und zeigte auf den Weg. „Gehen wir ein Stück?“

Isabella nickte, nahm aber seinen angebotenen Arm nicht an. Vielleicht war heute eine Möglichkeit, Alonso den Friedhof zu zeigen. Mit dem toten Kind.

„Wenn Ihr mir wirklich helfen wollt, sagt mir, wo wir sind. Und bringt mich nach Hause. Nie hätte ich gezweifelt, froh zu sein, den Palast hinter mir zu lassen, aber ich habe Heimweh. Ich will unter den Arkaden träumen, die Schiffe sehen. Ich habe meinem Vater verziehen, Alonso.“

Alonso kniete sich vor ihr in den Schnee. „Isabella, heirate mich, und ich tue alles, um dich wieder glücklich zu machen.“

Sie sah ihn erschrocken an. Nichts zeigte seinen Zorn, er sah sie besorgt an und für einen Augenblick war sie geneigt, ihm ihre Gefühle anzuvertrauen. Sie musste jemandem davon erzählen, hoffte, ihr Leid zu mildern, wenn sie darüber sprach. Doch bevor sie das tun konnte, tauchte ein Schatten hinter Alonso auf.

„Isabella, ich wünsche dich in deinem Schreibzimmer zu sprechen.“ Francesca kam näher und legte ihre Hand auf Alonsos Schulter. „Rührend, wie du dich um deine Braut kümmerst, aber wir haben zu tun. Mach dich bereit.“

Alonso sah Francesca kopfschüttelnd nach. „Sie hat sich verändert."

„Alonso, helft mir, ich flehe Euch an. Wenn ich länger hier bleibe, sterbe ich."

***

Nichts hatten Isabellas Briefe, die sie in die Löwenmäuler geworfen hatte, mit jenen gemeinsam, die sie jetzt in Francescas Auftrag schrieb. Sie waren voller Verleumdungen und Lügen.

„Niemand wird Euren Briefen glauben."

Francescas Augen glitzerten und ihre Wangen hatten eine unnatürliche Rötung angenommen. „Jetzt noch ein Brief. Beeil dich, wir müssen deinem Vater helfen."

„Ich bin müde. Lass mich ein wenig ausruhen", bat Isabella und legte ihren Kopf auf das Papier.

Die Müdigkeit raubte ihr den Verstand, und die Übelkeit verstärkte sich noch weiter, als Francesca sie am Arm packte und hochzog.

„Reiß dich zusammen. Es kommt der Tag, an dem ich dich zurückbringe, aber bis dahin gehorchst du mir."

„Warum habt Ihr mich hierher gebracht?"

Francesca lachte. „Dein Vater meint, du bist Giovanni gefolgt. Er hasst dich." Francesca ließ sie wieder los. „Geh spazieren. Alonso soll dich begleiten", sagte Francesca und eilte aus dem Zimmer.

Eilig nahm Isabella ein neues Blatt. *Helft mir, die Contessa redet wirr und versucht, meinen Vater zu töten.* Ihr wurde schwindlig. Mit fahrigen Fingern tastete sie nach dem Papier. Es segelte auf den Boden, blieb dort liegen, bis eine Hand danach griff.

„Ich bin wohl im richtigen Augenblick gekommen, liebste Isabella“, sagte Alonso belustigt, als er den Bogen gelesen hatte. „Du machst nicht weniger einen wirren Eindruck, milde ausgedrückt.“

Er nahm den Brief an sich und steckte ihn ein. „Komm, ein Spaziergang wird dir gut tun. Willst du zu der Bank zurück?“ Er bot ihr den Arm und führte sie aus dem Haus. Nach den Stufen blickte er verträumt über den eisbedeckten Rasen. „Es ist nicht so anmutig wie der Palast deines Vaters, gewiss nicht, doch es wird unser neues Zuhause. In ein paar Jahren sicher nicht mehr so ruhig.“

Isabella blieb überrascht stehen. „Wolltet Ihr nicht das Haus kaufen? Am anderen Ufer des Canal Grande?“

Alonso schaute sie belustigt an und ging weiter. „Hattest du andere Pläne für uns? Gefällt es dir hier nicht?“

Bevor sie etwas erwidern konnte, überfiel sie neuerlich eine Übelkeit, und sie erbrach sich gegen Alonso, der nicht mehr rechtzeitig ausweichen konnte.

Wütend wischte er an seinem Wams, doch dann neigte er sich fürsorglich zu ihr und reichte ihr ein Tuch. „Verzeiht, Isabella, der Nebel, er macht mich nervös und reizbar.“

„Ihr könnt mich nicht ewig einsperren.“ Isabella blieb stehen und sah Alonso an. „Wollt Ihr zusehen, wie mich die Contessa sterben lässt?“

„Du bist müde, verzweifelt, doch glaubt mir. Ich kann mich ändern.“

„Ein besonnener, ehrlicher Mann werden? Weiß Francesca davon?“

Alonsos Augen verdunkelten sich. „Sie wird immer seltsamer. Als ob sie ein Dämon heimsucht.“ Als hätte er Angst, mehr Wissen mit ihr geteilt zu haben, wandte er sich ab.

Seit Stunden waren die Tritte in Isabellas Bauch heftiger, als wolle das Kind sie mahnen, nicht leichtfertig etwas zu tun, das sie bereuen würde. Doch sie war es Leid, ohne Sinn weiterzuleben. Nicht ohne Giovanni.

„Du siehst nur das, was du erkennen willst, Isabella. Venedig wird nicht immer von Macht und Ruhm erzählen. Dein Vater mag jetzt noch Kraft haben, den Rat zu unterstützen, aber es wird ihm nicht gelingen, wenn die halbe Stadt seinen Abgang fordert."

Isabella hielt inne. Wog sich Alonso so in Sicherheit? „Die halbe Stadt ist nicht genug, um ihn aufzuhalten", sagte sie mit hocherhobenem Kopf und schritt an ihm vorbei. „Ich mag nicht den Platz in seinem Herzen haben, aber er wird den Platz nicht kampflos einer Frau überlassen, dessen Geliebter so kopflos ist wie du eben." Alonso schüttelte heftig den Kopf. „Du verstehst nicht. Wenn nicht ich, dann gehört ihre Gunst einem anderen – sie wird nicht ruhen, bis … mein Vater hatte mich gewarnt, mich mit ihr einzulassen. Aber jetzt, jetzt liebe ich eine Frau, deren Herz nicht von Macht zerfressen ist. Heirate mich, aus freien Stücken."

Isabella drückte Alonsos Hand und zwang sich zu einem Lächeln. „Lasst mich kurz allein, dann werde ich Euch meine Entscheidung mitteilen."

Sie lauschte seinen schnellen Schritten. Glaubte er, ihre Entscheidung zu beschleunigen, wenn er sie möglichst schnell allein ließe? Ohne zu hetzen stand sie auf und ging über den Strand. Über dem Horizont ballten sich Wolken, doch das Grau des Himmels machte es ihr unmöglich zu unterscheiden, wo Wolken anfingen und wo sie endeten. Sie sank auf den Boden, grub mit den Fingern in dem klammen, eiskalten Sand, der zäh und klumpig über ihren Handrücken quoll, als sie die

Hand zu einer Faust ballte. „Jeder sei dem anderen gleich, Vater“, flüsterte sie und öffnete ihre Faust, bis der Sand auf ihren Surkot und den Umhang rieselte. „Viva Serenissima!“

Als Isabella aufstand, glaubte sie, einen Schatten zu erkennen, doch es war nur der Nebel, der ihr Streiche gespielt hatte, der sie glauben ließ, ihr Vater wäre gekommen. Sie ging weiter, streifte ihren Umhang ab und ließ ihn am Strand zurück. Klamm von Schnee und Eis bildete er die Form der Lagune, selbst die geschwungene Form des Canal Grande meinte sie zu erkennen und hielt inne. Genau dort, wo Murano lag, fand sie wieder eine Muschel. Sie war unbeschädigt, verschmutzt von Salzwasser und Schnee.

„Du wirst mich nicht hindern!“ Sie holte tief Luft und setzte ihren Fuß ins Meer. Es war eiskalt. So kalt, dass das Wasser wie kleine Nadeln in die Haut stach. Ein kleiner Lichtstrahl fiel auf die Muschel, dass sie sich umdrehte und zögerte. Das kleine Geschöpf in ihrem Bauch litt, die schwächer werdenden Tritte mahnten sie zum Umkehren. Giovannis Stimme drang an ihr Ohr, er flüsterte ihr zu, wie sehr er sie und das Kind liebte, doch seine Worte wurden von den Glockenschlägen der *Maleficia* gedämpft.

Ein Grollen, lauter als die Glocken der Hinrichtung, erklang und plötzlich blitzte es. Unmittelbar neben ihrem Umhang fuhr ein Blitz ein und sprengte ein Loch in den Sand.

Es war ein Zeichen. Sie durfte es nicht missachten, drängte es in ihr. Schwer atmend fiel sie neben dem Loch nieder, zerrte an dem Umhang und mit letzter Kraft hüllte sie sich ein, während der bohrende Schmerz in ihrem Leib ihr fast das Bewusstsein raubte.

„Isabella, warum hast du das getan?“, rief Alonso. Er löste seinen Umhang und legte ihn Isabella um die Schulter. „Hasst du mich so, dass du dafür dein Leben hergeben willst?“

Sie spürte seine warmen Händen auf ihrem Gesicht, wie er sie prüfend ansah und dann innehielt. Er beugte sich über sie.

„Nehmt mich, ich bin nicht länger würdig, Eure Liebe zu verschmähen." Sie schloss die Augen, spürte seine Hand auf ihrer nackten Schulter, roch seinen Atem, als er sich über sie beugte.

Plötzlich streckte Alonso seine Hand aus, als sie sich in den Sand legte und an ihrem Surkot die Verschlüsse öffnete.

„Kleide dich an, Isabella."

Alonsos Blick heftete sich auf ihren Bauch. „Ich wäre bereit, das Kind als das meine anzuerkennen, wenn Ihr mit mir kommt, aber ich will deine Liebe freiwillig."

45. Kapitel

Die Gefängniswärter wichen überrascht zurück, als sie ihren Dogen erkannten und es kostete ihn große Mühe, sich den Ekel nicht anmerken zu lassen, der ihn überkam, als er an den ersten Zellen vorüberging.

„Wo ist Caspero?"

Andrea folgte dem Wärter in den hintersten Teil des Zellentraktes, der auf ein Guckloch in der Mauer wies. „Soll ich so mit dem Mann reden?"

Der Wärter zeigte auf die Tür. „Ich wurde angewiesen, dem Mann keine Fluchtmöglichkeit zu bieten."

Andrea sah durch das Loch und rang nach Atem. Giovanni saß zusammengekauert in einer Ecke und wiegte seinen Kopf hin und her. „Macht sofort die Tür auf."

Der Wächter zögerte.

Andrea stieß ihn beiseite und beugte sich, um durch die halb hohe Tür zu kommen. „Steh auf, ich muss mit dir reden." Der Junge reagierte nicht.

Der Wächter sah durch das Guckloch und grinste hämisch. „Wir zeigen ihm, was es heißt, gegen die Serenissima zu handeln. Der Weiberheld hat nichts anderes verdient."

„Als was? Zu Tode gequält zu werden? Gefällt Euch das, ja?"

Erschrocken verschwand der Wächter und kam wenig später mit Wasser und Brot zurück. „Es war Euer Befehl, ich bitte um Verzeihung."

Überrascht wandte sich Andrea dem Wächter zu. „Mein Befehl lautete, den Mann zu verhaften, nicht, ihn umzubringen. Dafür gibt es Urteile. Wer ist dafür verantwortlich?"

„Alonso Carisi", krächzte Giovanni.

„Gebt ihm Wasser, schnell", befahl Andrea und gab dem Gefängniswärter einen Stoß, als dieser mit der Schüssel in der Hand vor der Tür stehen blieb.

Er wich erschrocken zurück, als er die Brandwunden an Giovannis Händen sah. „Behandelt Ihr alle Gefangenen so? Auf meinen Befehl?"

Giovanni erbrach das Wasser, kaum dass er gierig ein paar Schlucke davon genommen hatte.

„Ich lasse Männer hängen, ich lasse sie köpfen, aber für Vergehen, für die sie durch ein ordentliches Gericht verurteilt wurden. Welches Gericht war hier tätig? Sprecht oder Ihr hängt als nächster!"

Der Wächter wich seinem Blick aus wie ein gehetztes Tier. „Carisi hat das getan."

„Er selbst war hier?"

„Er will mich lehren, Isabella zu vergessen. Aber ich liebe sie. Und sie liebt mich. Und Euch ebenfalls." Giovannis Stimme brach.

„In einem Punkt irrst du dich, Glasbläser, sie hasst mich. Sie würde alles tun, um mich aus meiner Position zu drängen."

„Weil sie Angst hat um Euer Leben!"

Andrea lachte auf. „Das erzählt mir jemand, der mit einem Messer in der Hand in meinen Palast eindringt."

„Im Auftrag von Alonso Carisi – ich hätte es getan, weil ich alles tun würde, um meinem Vater endlich die Anerkennung zukommen zu lassen, die er verdient."

Er stutzte. „Dein Vater, er ist doch ein bekannter Glasbläser."

„Aber kein Meister! Fallore gibt die Kunstwerke meines Vaters als die seinen aus. Der Edikt, den Ihr erlassen habt, kommt Fallore zugute. Niemand wird nun erfahren, wer solch eine Kunst so meisterhaft beherrscht." Er sah auf seine Hände. „Niemals werde ich wieder arbeiten können."

Die Verzweiflung in Giovannis Blick ließ ihn erschauern. „Dein Vater bekommt etwas viel Wertvolleres, Giovanni. Die Liebe seines Sohnes und dein Vertrauen."

Plötzlich packte er Giovanni. „Finde meinen Sohn, und ich ernenne deinen Vater zum Meister!"

Völlig durcheinander ließ er den überraschten Giovanni wieder los und verließ die Zelle. „Lasst den Gefangenen frei, auf meinen Befehl. Verbietet Alonso Carisi den Zugang zu dem Trakt."

***

Kleine Schweißperlen brannten in Giovannis Augen, aber er zwang sich weiterzuarbeiten. Isabella liebte seine Glasfiguren.

Besonders den Schwan. Er schaute zum Fensterbrett. Er würde neue Regale bauen müssen. Für jeden Tag, den er Isabella nun verloren hatte einen Schwan.

Nur kurz unterbrach er seine Arbeit und sah aus dem schmutzigen Fenster. Es war längst dunkel geworden. Ein seltsames helles Licht flackerte über dem Horizont. Er rieb sich die Augen. Es war zu viel gewesen. Zu lange hatte er in die Glut gesehen. Sein Vater hatte ihn doch gewarnt.

„Giovanni, es brennt!", rief seine Mutter. „Dein Vater!"

Er stieß den Glaskolben in den Ofen, dass die Glut hoch spritzte. Vereinzelt stoben die Funken aus dem Kugelofen und versengten den Boden.

Kaum hatte er die Tür geöffnet, fiel ihm seine Mutter an die Brust. Ihr Gesicht war fast schwarz, ihre Hände verbrannt. Dann rannte er zu der neuen Glashütte, die sein Vater hatte bauen lassen.

„Nein!"

Die Hütte brannte lichterloh. Flammen schlugen aus dem Fenster, fraßen sich hungrig durch das Holz, während Fernando und die anderen Glasbläser in sicherer Entfernung standen und fassungslos auf das Inferno starrten.

Er drängte an den Männern vorbei, glaubte das Feuer zu spüren, obwohl es noch Meter entfernt war.

Fernando hielt ihn zurück. „Wir kamen zu spät. Das Feuer war so schnell."

„Er ist noch in der Hütte?" Er glaubte, den Schatten seines Vaters zu erkennen und stieß Fernando aus dem Weg, riss mit bloßen Händen lose Bretter aus dem Türverschlag heraus und trat mit den Füßen dagegen. „Vater!" Das Feuer erfasste sein Schweißtuch. Schnell nahm er sein Tuch vom Hals, hielt es vor sein Gesicht, aber der dichte Rauch drang in seine Lunge. Er hustete heftig, trat jedoch weiter gegen das verkohlte Holz, bis die Tür oder was davon noch übrig war, nachgab.

„Giovanni, bleib hier! Das ist Wahnsinn!“, rief Fernando, dann hörte Giovanni nur noch das ohrenbetäubende Zerbersten von Glas, das Knacken von Holz, das dem Flammentod schließlich nachgab.

Er musste seinen Vater retten.

„Du wirst Meister werden!“, keuchte er und endlich sah er einen Weg, in die Hütte zu gelangen, die inzwischen fast vollständig von den Flammen erfasst war. Nur eine Schneise zwischen dem Ofen und den neuen Fässern war frei geblieben. Hinter dem Ofen erblickte Giovanni den Fuß seines Vaters, eingeklemmt zwischen einem umgefallenen Fass und brennenden Holzbrettern. Der Bardello fing gerade Feuer.

„Vater! Halte durch, ich komme!“

Der Eisenring des Fasses war glühend heiß. Ein brennender Schmerz erfasste ihn an der Hüfte, als er sich an den Fässern vorbeizwängte. Dann schnallte er seinem Vater den Bardello ab und warf ihn durch die letzte unversehrte Glasscheibe. Ein Sog schien das Feuer zu erfassen. Die Flammen hatten sich näher heran gefressen. Nur noch ein Stück, und die Fässer würden neues Futter werden.

Sie waren verloren. Er starrte hilflos auf seinen Vater, der besinnungslos schien, und die neuen Gläser, die sein Vater erst gestern fertig gemacht hatte. Sie verformten sich zu seltsamen Figuren und er meinte, den dicken Bauch Fallores zu erkennen. War das ein Zeichen? War alles verloren, wofür sein Vater gearbeitet hatte? Die Hilferufe seiner Mutter dröhnten in seinen Ohren, und bald war nur das Krachen der Balken zu hören. Er stolperte hilflos die Schneise entlang und versuchte, etwas zu erkennen. Der Rauch wurde immer dichter und er rang nach Luft. Der Rauch nahm ihm bald die Sicht. Was hatte sein Vater hinter dem Ofen gesucht? Wie oft hatte ihm sein Vater eingeschärft, nie hinter dem Ofen zu stehen. Und nun schien sich seine Warnung zu bewahrheiten, vielleicht zu spät. Ein Hammer lag neben seinem Vater. Schnell hob er ihn auf und klopfte die letzten Reste des Fensters aus der Verankerung. „Helft mir! Ich bin hier“, schrie er, dann reizte ihn der Rauch erneut und er hustete.

„Giovanni!“, krächzte Antonio.

Er kniete neben seinem Vater nieder. „Ich bringe dich in Sicherheit!“ Er stützte seinen Vater und schleppte ihn zum rettenden Fenster.

„Warum bist du zurückgekommen?“, presste Antonio mit letzter Kraft heraus.

„Er ließ mich frei, Vater. Andrea di Conti.“ Er drückte seinen Vater an sich. „Wir werden eine neue Hütte bauen. Du wirst sehen, gemeinsam schaffen wir es.“

Antonio lächelte schwach und umklammerte Giovannis Hand. „Ich habe nie an deiner Liebe gezweifelt, aber es gibt keinen Weg für dich und die Tochter des Dogen.“

„Doch Vater, sonst hätte das Schicksal mir nicht geholfen. Wieso sollte der Doge mich freilassen?“

Antonio seufzte und drückte ihm den Bardello in die Hand. „Vielleicht, um dich endlich auf den richtigen Weg zu bringen? Arbeite, arbeite hart und vergiss Isabella di Conti.“

Fernando und ein paar andere waren ans Fenster gekommen. Er hob seinen Vater hoch, verdrängte den Geruch von verbranntem Fleisch. „Langsam, passt auf sein Bein auf. Es hat ihn übel erwischt.“ Dann kletterte er aus dem Fenster und schwankte seinen Freunden nach.

Neben Fernando, dessen Freunde Caspero umringt hatten, blieb er stehen. Der Hustenreiz würgte in seinem Hals, doch er deutete auf die brennende Hütte, die an einer Seite zusammenbrach. „Ihr dachtet, wir schaffen es nicht."

Er lachte und umarmte seine Mutter, die ihm weinend in die Arme fiel. „Wollte er nicht längst Feierabend machen? Morgen fangen wir an, wir bauen eine neue Hütte." Er strich über die Hand seiner Mutter, dann hielt er inne und sah seine Mutter an. Sie senkte den Kopf.

Fernando zog das Wams aus und legte es über das Gesicht von Antonio.

Sie würden neue Gläser herstellen, neue Pottasche einlagern und er würde seinem Vater helfen. Er stand müde auf. „Vater weiß, welche Mischung wir brauchen. Vater, er bekommt keine Luft unter deinem Wams, Fernando."

Als er zu seinem Vater ging und Fernando Wams entfernen wollte, hielt ihn wieder Fernando zurück. Warum schauten sie ihn so seltsam an? Sein Herz pochte, bis er merkte, dass das Pochen der Schmerz in seinen Händen war. Er zupfte schwarzgeränderte Hautfetzen von seiner Handfläche, wischte über das Blut, das sich bald schwarz färbte. Ein Unfall! Wie schnell könnte ein Unfall geschehen, hatte Fallore ihn gewarnt. Und hatte er nicht auch Alonso Carisi als Feind gewonnen. Niemals wäre sein Vater hinter den Ofen gegangen, wenn er in Betrieb war. Er wich seiner weinenden Mutter aus, die mit erhobenen Händen auf ihn zuwankte und ging langsam zum Kai.

46. Kapitel

Fröstelnd trat Silvano aus der Taverne und legte den Kopf in den Nacken. Das Hafenbecken spiegelte den Mond, als er zurückblickte und meinte, einen Schatten zu erkennen. Dann schleppte er sich mühsam weiter, packte Franco am Arm und zog ihn mit sich. „Sie wird auf mich warten."

Franco grinste betrunken. „Eine Frau wie Maddalena lässt man nicht warten." Er grinste und zerrte an Silvanos Hose. „Was bist du für ein Mann?"

„Ein Versager bin ich. Sie hat das erkannt – und liebt mich trotzdem", murmelte er vor sich und stieß mit der Schulter gegen eine Mauer.

„Du bist kein Versager. Du hast mich aus dem eisigen Meer gezogen." Franco drückte ihm die Hand und verschwand an der nächsten Ecke.

Das Grölen anderer betrunkener Matrosen begleitete Silvano bis zu dem großen Haus, wo er seit seiner Ankunft in Genua mit Maddalena und Roberto lebte.

Als er aufgebrochen war, um sich Mut anzutrinken, war die Wintersonne hinter den Bergen verschwunden. Nun war es kalt geworden und er fror. Mit jedem Schritt wurde sein Verstand wieder frischer und als er vor der Tür stand, wusste er nur eines: Er musste sein Leben ändern. Wie lange sollte er die Frau, die jeden Tag, jede Nacht um seine Liebe bettelte, strafen für seine Unentschlossenheit?

Ein Lichtschein fiel auf die schmale Treppe, als er sich ins Haus schlich. Er hob den Kopf und erblickte das zarte Gesicht Maddalenas im Türrahmen.

„Vater sagte, du wärst am Mittag aus dem Kontor verschwunden."

Silvano nickte lächelnd. Der Wein machte seine Zunge schwer, doch er löste seine Angst. „Was habe ich getan, um solch eine bemerkenswerte Frau zu bekommen?"

„Silvano, du bist betrunken!", schimpfte Maddalena und zog ihn ins Haus.

„Nein, nur der Wein, der ist schuld. Ich verdiene dich nicht. Nicht, solange wir nicht Mann und Frau sind." Er schwankte und umklammerte Maddalenas Hand.

Maddalenas Vater trat aus dem Arbeitszimmer und sah ihn argwöhnisch an. „Du hast dir einen freien Nachmittag verdient, Silvano, doch nun ist es Zeit, schlafen zu gehen."

Silvano hob abwehrend die Hand und schwankte auf Roberto zu. „Ich will um die Hand Eurer Tochter anhalten, Roberto", sagte er und verbeugte sich. „Ich werde Euch keine Schande bereiten, meine Zukunft ist die Arbeit in Eurem Kontor und das Glück Maddalenas."

Roberto deutete Silvano, ihm ins Arbeitszimmer zu folgen. „Geh zu Bett, Maddalena. Silvano und ich werden uns unterhalten."

Roberto wartete, bis Silvano Platz genommen hatte. „Willst du nicht eine Nacht darüber schlafen und wir sprechen morgen in Ruhe darüber?"

„Nein! Ich will sie – ohne sie kann ich nicht leben."

Roberto nickte bedächtig. „Daran habe ich keinen Zweifel, Silvano. Du hast in den letzten Wochen gute Fortschritte gemacht, ich mag dich nicht mehr missen. Nur du kennst die aktuellen Preise von Seide und weißt, von welchem der Händler wir die besten Gewürze erhalten." Er hielt inne.

„Ihr zögert. Ich bin klarer bei Verstand, als es der Geruch des guten Weins vermuten lässt. Ich habe mit Venedig abgeschlossen. Es ist nicht mehr länger mein Krieg, Eure Leute werden losziehen, aber verlangt nicht, dass ich ihnen folge."

„Genau das macht mir Sorge, lieber Silvano. Ich habe dich gesehen, nachts auf dem Deck, aber auch hier bist du manchmal mit deinen Gedanken ganz woanders. Nein, sag nicht, bei Maddalena." Der alte Mann seufzte und deutete ihm zu folgen. Vor einer staubigen Eichentruhe blieb er stehen. „Mach sie auf."

Silvano entriegelte die Truhe. An den Ecken war sie abgestoßen, doch er konnte die gute Arbeit eines Zimmerers erkennen, mit der die Truhe gezimmert wurde. Zwischen Leinenlaken zeigte sich ein Kleid aus reinster Seide, an den Ärmelabschlüssen mit Perlen verziert und in der Mitte mit einem goldenen Band gewebt. Er hob das Kleid vorsichtig aus der Truhe. „Es ist wunderschön. Maddalena würde wundervoll darin aussehen."

Robertos Augen wurden schmal. „Würde? Entweder liebst du sie oder nicht – entscheide dich. Und wenn du dich entschieden hast, dann teile mir das mit. Bevor du Maddalena das Herz brichst, werde ich dich bis nach Venedig jagen."

***

Die Wärme Maddalenas, deren Kopf auf Silvanos Brust ruhte, war beruhigend. Er strich über ihr seidiges Haar und lauschte ihrem regelmäßigen Atem. Die kühle Luft der Nacht hatte sich zwischen den Fensterfugen Einlass verschafft und ihn immer wieder geweckt. Er holte tief Luft und schloss nochmals die Augen. Seit Tagen verfolgte ihn Isabellas Gesicht im Traum. Es waren Träume, nur Gedanken einer Nacht, doch Isabella hat den Vorwand nie gelten lassen. „Träume sind Boten deines Lebens, nimm sie ernst", hatte sie Silvano verärgert gewarnt. Er hatte gelacht, doch jetzt – nach den letzten Nächten drückte ihm eine schleichende Angst die Luft ab.

Vorsichtig glitt Silvano aus dem Bett, versicherte sich, dass Maddalena weiterschlief. Sein Blick wanderte zu dem kleinen Spiegel, in dem er sich gerade sah. Er wusste nicht, wie es Maddalena gelungen war, den Spiegel zu bekommen. Sie wollte ihm eine Freude machen, ihm etwas aus seiner Heimat schenken. Er drückte die Fensterläden auf und stockte. Nie würde er sich daran gewöhnen, etwas anderes zu sehen, als den vertrauten Anblick der Lagune.

„Kannst du nicht schlafen, Silvano?"

Er wandte sich nicht um. Zu gut kannte sie ihn. „Es ist nichts, schlaf weiter. Ich muss los."

Maddalena nickte schlaftrunken und schloss die Augen. Liebevoll strich er über ihr Haar. „Ich liebe dich."

„Ich höre sogar an deiner Stimme, dass du unglücklich bist."

Er versuchte ein Lachen. „Ich bin Seemann. Es gibt nichts Schlimmeres als solche Winter, in denen man im Hafen sitzt und jeden Tag damit beendet, darüber nachzudenken, wann die Winterstürme endlich vorbei sind."

Maddalena setzte sich auf. „Und wann man wieder die Seile in der Hand hält, der Wind in den Segeln auffrischt und man spürt, dass man lebt."

Nachdenklich fuhr er ihr durchs Haar. „Du bist durch und durch deines Vaters Tochter. Kennst du nichts anderes als das Meer und das Segeln?"

„Du bist kein Seemann, Silvano." Er sah den Schatten, der über ihr Gesicht zog. Es war seine Strafe, es lag daran, wie er Maddalena liebte. Oder nicht liebte, nicht genug liebte.

Er senkte den Kopf. „Verzeih mir, ich wollte dich nicht kränken."

Maddalena warf ihre Decke zurück und stand auf. „Es würde nichts ändern, wenn du schwiegest."

Die Wut in ihrer Stimme erschreckte ihn. Der Winter war ungewöhnlich lang und zerrte an den Nerven aller. Und besonders an seinen.

Maddalena trat ans Fenster. „Wenn der nächste Sommer kommt, wirst du weg sein.“ Sie deutete zum Hafen. „Niemand will den Krieg. Weder du noch ich, aber es ist längst beschlossen.“

Ihre Schultern bebten und er umarmte sie, strich über ihre Schultern und küsste ihren Nacken. „Wir könnten wegziehen. Irgendwohin, wo niemand uns kennt.“

Sie neigte ihren Kopf, lehnte sich an seine Brust. „Du willst nach Hause, zu Isabella, zu deinem Vater.“ Sie drängte sich an ihm vorbei, doch er hielt sie an der Hand und hielt sie fest.

„Belüge dich nicht selbst, Silvano.“ Er drückte ihre Hände gegen die Wand. Ihre Blicke trafen sich im Spiegel. „Bleib, bitte, du warst mein Anker in endlosen Stunden auf See. Ohne dich wäre ich gestorben.“

Sie erwiderte nichts, widersprach ihm nicht, als er die Schnalle auf ihrem Surkot löste. Leise glitt der Stoff zu Boden. „Ich liebe dich so sehr, Silvano.“

Er atmete tief ein. Sie war so schön, dass er Angst hatte, sie zu berühren, ihr wehzutun.

„Begehrst du mich nicht mehr?“ Ihre Augen füllten sich mit Tränen, doch ihre Hände glitten über seine Brust.

Behutsam hob er sie hoch und ließ sie erst am Bett wieder nieder.

***

Als er erwachte, fühlte er Maddalenas Blick auf sich.

„Du musst gehen.“

Die Laken waren feucht von ihrem Schweiß. Ein kleines Rinnsal von Schweiß lief über ihre Brust.

„Das sagst du ausgerechnet jetzt." Er lächelte und strich über ihren Arm. „Gerade noch hast du mich geliebt, als gäbe es kein Morgen mehr."

Sie wich seinem Blick aus. „Ich wünschte, ich könnte dir sagen, dass es nie vorbei ist."

Wie betäubt starrte er sie an. Er war überrascht gewesen, wie leidenschaftlich sie seine Liebe entgegengenommen hatte, als wüsste sie, dass es das letzte Mal war. Konnte man die Schwermut so klar in seinen Augen lesen? Hatte er nicht versucht, Isabella zu vergessen? Sogar in ihrem Gesicht hatte der Winter seine Spuren hinterlassen oder war die Blässe ihm zu verdanken?

Maddalena drückte ihr Gesicht fest an seine Brust, sodass er ihre Stimme gedämpft vernahm. „Vergiss sie. Ich kämpfe gegen ein Gespenst. Ich weiß nicht, wie sie aussieht und dennoch spüre ich ihre Anwesenheit."

War es so schwierig? Vor seinem geistigen Auge tauchte Francesca auf, an die Reling des Schiffes gelehnt.

Ein kalter Wind kam auf, glitt in das Zimmer und ließ Silvano erschauern. „Das ist Vergangenheit. Ich verspreche dir …"

Maddalena legte ihre Hand auf seinen Mund. „Darum liebe ich dich. Weil du ehrlich bist und nicht mit den Gefühlen anderer spielst."

Sie wickelte das Laken um ihren Körper und erschien ihm wie eine Göttin. „Du solltest nach Hause fahren."

Die Tür fiel ins Schloss. Beherrscht wie immer hatte Maddalena das Zimmer verlassen. Francesca hätte – er erstarrte. Erneut beschwor er die Vergangenheit hoch.

47. Kapitel

Seit Tagen versteckte sich Giovanni in der abgebrannten Hütte, als wollte er sich selbst bestrafen. Nichts hatte seinen Schmerz betäuben können, sein Zorn staute sich immer weiter. Die Verbände stanken, aber er wich seiner Mutter aus. Zu deutlich las er ihren Schmerz und Vorwurf.

Als er sie durch das kaputte Fensterglas auf die Hütte zukommen sah, zwängte er sich in den Ofen und drängte sich gegen die kalte Mauerwölbung. Immer wieder hatte sie ihn in den letzten Tagen gesucht, doch allein ihr Anblick in den schwarzen Kleidern nahm ihm den Atem. Ihr Gesicht, war eingefallen, sie war fast ausgemergelt, nur noch ein Abbild jener Frau, die ihm Mut zugesprochen hatte. Ihr Kummer zeichnete neue Falten in ihr Gesicht, für die er sich schuldig fühlte. Er hob seine Hände und drehte sie besorgt. Vergeblich versuchte er, seine Finger zu bewegen. Es lag an den dicken Verbänden, belog er sich, aber seine Angst wuchs, dass es nicht nur an dem Stück Stoff lag, das ihm seine Mutter über die verbrannten Hände gebunden hatte. Die mahnende Worte seines Vaters, vorsichtig mit dem Soda umzugehen und die Pfeife langsamer zu drehen, waren ihm so deutlich bewusst, dass er meinte, Caspero stünde neben ihm. Diese Stille – noch nie war es hier so still gewesen.

„Giovanni?", rief seine Mutter. Sehnsucht lag in ihrer Stimme. Aber vielleicht ließ nur der aufkommende Wind sie weicher klingen und er wünschte sich, keinen Zorn darin zu vernehmen.

Wie viel sollte seine Mutter noch ertragen? Noch einen geliebten Menschen verlieren? Sein Vater war tot, würde nie mehr Meister werden, aber er – Giovanni Caspero – lebte.

Anders als in den letzten Tagen verstummten die Schritte nicht vor der Tür. Sie näherten sich, blieben kurz vor dem Ofen stehen. Der Schatten seiner Mutter fiel in das Innere des Ofens. Ein Schritt weiter, dann würde sie ihn vielleicht sehen.

Vorsichtig schaute Giovanni aus dem Loch. Seine Mutter stand vor den Resten des Regals, auf dem sein Vater zuletzt seine Ware hingestellt hatte. Eine kleine Vase stand unversehrt im Regal. Sie nahm sie an sich, ihre Schultern bebten. „Er wollte dich nur beschützen und nun wird er nie wieder Glas blasen."

Sie ging wieder aus der Hütte und verschwand hinter der Mauer. Er schluckte heftig und schloss die Augen. Er sah Isabella vor sich, wie sie andächtig seinem Tun zugesehen hatte. Ihre Augen hatten geglänzt, so fasziniert war sie von dem Spiel zwischen Feuer und Gefahr, Kunst und Vergnügen. In diesem Augenblick hatte er erkannt, warum sein Vater seine Arbeit so liebte. Es war wahrhaftig eine Gabe. Schon immer hatte ihn das Glasblasen beeinflusst, ihn genährt und ihm schöne Momente beschert. Nicht nur diesen mit Isabella.

Das Kribbeln in seinen Fingern ließ immer mehr nach. Er hatte Angst davor, die Verbände abzunehmen. Er würde nichts spüren.

Sein Blick fiel auf die kleine Vase in den Händen seiner Mutter. Es war eine Gabe, und nun wurde sie ihm genommen.

***

Die Nacht war kalt geworden. Noch immer saß er im Schutz des Ofens, verdrängte die Schmerzen in seinem Rücken vergebens. Jene in seinen Händen hatten nicht nachgelassen, doch er wollte nicht nach Hause.

Er fror, ausgerechnet hier, wo er noch wenige Tage zuvor die Glut angefacht hatte. Noch immer roch er den süßlichen Duft verbrannten Fleisches. Übelkeit stieg in ihm auf.

Das schwarz verrußte Gesicht, aus denen die Augen unnatürlich groß hervortraten, verfolgte ihn. Nichts erleichterte ihm das Einschlafen. Immer wieder schreckte er hoch. Von der Kälte oder bösen Gedanken, die ihn nicht ruhen ließen.

Leise Schritte erklangen vor den Resten der Hütte. Ein Schatten glitt über die Türschwelle, verharrte am Eingang und legte etwas nieder.

Erst viel später kletterte Giovanni aus dem Ofen und stak vorsichtig über verkohlte Latten und Reste der Ziegeln. Mutter! Gierig trank er aus dem Wasserkrug und riss ein Stück Brot vom Laib heraus. Als er an der Decke zog und sie sich umhängen wollte, klirrte etwas. Das fahle Mondlicht schien darauf. Der Ring! Der Ring, den Silvano anfertigen hatte anfertigen lassen.

Im Morgengrauen schlich er ins Haus zurück, legte sich in das Bett. Fest umklammerte er den Ring, bevor er einschlief.

***

„Fallore wird dafür büßen, das schwöre ich dir, Mutter. Ich werde einen Weg finden, aus Venedig zu fliehen." Er hielt den Ring hoch. „Und dann suche ich Silvano di Conti. Er wird mir glauben und wenn ich ihn zurückbringe, wird uns der Doge helfen."

Maria schlug die Hände zusammen. „Ist nicht schon genug Unglück passiert?" Schon wieder weinte sie.

Er verschwieg ihr seine Angst, dass er nicht nach Hause zurückkehren würde. Er blickte auf seine Hände. Das Rudern schien fast unmöglich.

„Giovanni, warum musst du fort? Wer soll die Glashütten beaufsichtigen?“

Mit festem Blick sah er seine Mutter an. „Fernando. Vater hat ihm vertraut. Gib ihm die Aufsicht, bis ich wiederkomme.“ Er drückte ihre Hand. „Vertrau mir, bitte. Jetzt, wo ich endlich erkannt habe, dass es wirklich eine Gabe ist, hat mir Fallore das genommen, was mir wichtig war: die Liebe meines Vaters und das Glasblasen. Ich will, dass er dafür bestraft wird!“

„Es war ein Unfall.“

Er starrte auf den Ring. Nein, Fallore hatte Schuld und er würde es beweisen! Er stand unvermittelt auf und wanderte im Zimmer umher.

„Ich fand den Ring hinter dem Ofen. Vielleicht wollte er ihn retten? Ich muss es tun. Vater wäre nie hinter den Ofen gegangen. Das bin ich ihm schuldig.“

***

Giovannis Befürchtungen wurden bitter übertroffen, als er am nächsten Morgen zur Lagune ruderte. Seine Hände gehorchten ihm kaum. Immer wieder entglitten ihm die Ruder, bis er sich Tücher aus Leinen über die Gelenke streifte. Er begrüßte jeden Meter, den er Venedig näher kam, der Zorn auf Fallore trieb ihn weiter. Den Schmerz verdrängend, ruderte er, bis das Boot gegen die Mauer stieß.

So schnell es die glitschigen Stufen erlaubten, stieg er hinauf und verharrte auf der letzten Stufe. Es gab keinen Weg mehr zurück. Er eilte in die nächste Gasse, war dankbar, dass ihm der fehlende Schlaf nichts von seiner Entschlossenheit genommen hatte.

Schneller als er dachte stand er plötzlich auf der Piazza. Die Basilika raubte ihm für einen Moment den Atem. Hier fand Isabella ihren Glauben, betete für ihn und ihren Bruder. Schnell glitt sein Blick nach oben auf das Dach. Er durfte nicht nachdenken, aber seine Gedanken trieben ihn über die schmalen Treppen. Schon sah er die Folterkammer vor sich. Isabella, halb nackt, aber voller Sehnsucht. Sie war es, die ihm ihre Liebe geschenkt hat. Voller Vertrauen hatte sie sich hingegeben, dankbar, dass er erfahren genug war, um sie zärtlich zu lieben. Er schwankte in das Dämmerlicht der Gasse zurück und holte tief Luft. Zeig mir deine Treue, Giovanni Caspero!

Er nickte heftig und lief am Rande der Häuser der Basilika entgegen. Niemand zeigte sich in den Morgenstunden auf der Piazza. Der Wind trieb den Schmutz vergangener Tage vor sich her, bis er in die schmalen Gassen abseits der Piazza eindrang. Sogar bis hierher hörte er das Säuseln, wenn der Wind über die kahlen Wände der Häuser strich. Er verharrte am schweren Eingangstor und holte tief Luft. Er musste Silvano finden.

Eine Frau saß in der ersten Reihe, betete ein Ave Maria nach dem anderen, bis er sich nicht länger beherrschte konnte. „Margherita? Seid Ihr Margherita?“, flüsterte er und kniete in der Bank nieder.

Als sie sich umdrehte, erschrak sie. „Gott gütiger, was tut Ihr hier? Wollt Ihr wieder das Schicksal herausfordern, bis Euch endlich der Tod von Eurem Leichtsinn erlöst?“

Giovanni lächelte. „ Wo ist Silvano?“

Sie sah überrascht hoch. „Ihr fragt nach Silvano?“

„Ich habe dem Dogen geschworen, seine Tochter nicht ohne seinen Segen zu lieben.“

„Darauf habt Ihr Euch spät besonnen, Giovanni. Zu spät.“

Giovanni nahm Margheritas Hand. „Ich schwöre Euch, es gibt nur eine, die in meinem Herzen Platz findet. Darum suche ich Silvano. Nur er kann mir helfen, Isabella zurückzugewinnen."

Sie entzog ihm ihre Hand und begann zu weinen. „Sie ist fort."

48. Kapitel

Bedrückt blickte Isabella auf die Stufen des Hauses zurück. Der weiße Marmor schimmerte unter der feuchten Nebeldecke und als sich Isabella nach vorne neigte, erschrak sie. Nichts war von jenem Mädchen noch da, das sie einst gewesen war. Ihr feines Haar war lieblos hochgesteckt und da, wo ihre Augen stets ein Funkeln zeigten, war es tiefschwarz. Hoffnung, sie hatte sie längst verloren.

Ein Fenster wurde geöffnet. „Warte, Isabella!", rief Alonso.

Sie beeilte sich, den Weg schneller als sonst zu verlassen und drehte sich kurz vor der Biegung, die zum Strand führte, nochmals um. Alonso schien aufgehalten, aber er kannte inzwischen die wenigen Plätze, die sie gern aufsuchte. Heute war sie zu unruhig, um die Stunden mit ihm zu teilen. Als gäbe es nur einen Weg, brach sie durch das Gestrüpp. Sie stöhnte, als ein Zweig heftig gegen ihre Eingeweide schlug. Die Übelkeit stieg hoch. Isabella kämpfte gegen die keimende Panik an und drückte die hohen Zweige beiseite, bis sie überrascht innehielt. Zwischen Bäumen versteckt entdeckte sie ein einfaches Haus und eilte darauf zu.

„Helft mir!", rief sie und klopfte gegen die Tür. Als niemand antwortete, trat sie ein. Nichts zeugte von Menschen, die hier lebten. Das wenige Geschirr, das auf einem schmalen

Brett aufgestapelt war, hatte Sprünge und war unbrauchbar. Ein Bett, mit einer löchrigen Decke, ein Kamin – viel mehr gab es nicht. Hoffnungsvoll schob sie einen Vorhang beiseite, aber außer einer Wiege und einem Stuhl stand nichts hier.

Langsam kehrte sie zur Eingangstür zurück. Sie zog sich den Stuhl näher und stellte ihn ins Innere des Hauses. Gerade so, um auf das Meer zu sehen. Die Stöße in ihrem Bauch wurden von Tag zu Tag stärker und sie versuchte, ruhig und tief zu atmen. „Hörst du den Wind?", fragte Isabella. „Bald ist der Winter vorbei. Ich spüre es. Die Nächte werden milder, der Nebel zieht sich zurück." Ihre Hand ruhte auf ihrem gewölbten Bauch. Bald würde sie ihr Geheimnis offenbaren müssen. „Dein Vater liebte den Wind, er entfacht das Feuer, die Leidenschaft."

In der vergangenen Nacht hatte sie einen Traum gehabt, der sie nun ruhiger werden ließ. Silvano war in Sicherheit. Er hat einen Hafen gefunden, in dem neues Glück auf ihn wartete. Wenn sie nur die gleiche Gewissheit bei Giovanni hätte.

Müde neigte sie ihren Kopf und schlief ein. Ein Knacken schreckte sie auf. Verschlafen blickte sie um sich und erkannte ein Kind, das durch das Gestrüpp direkt vor dem Haus lief.

„Warte!", rief Isabella, aber das Kind durchbrach das Gestrüpp, als hätte es Angst vor ihr und lief weiter. Vor dem Stuhl lag ein Apfel. Gedankenverloren nahm Isabella ihn hoch und putzte ihn an ihrem Umhang ab.

Als es dunkel wurde, suchte Isabella nach einem Weg zurück. Das letzte Licht war verschwunden, sodass sie den ursprünglichen Weg kaum noch erkannte. An manchen Zweigen waren die Enden abgebrochen und zuversichtlich, dass dies der Weg war, den sie genommen hatte, folgte sie den vermeintlichen Hinweisen, bis die Dunkelheit alles in Schwärze verpackte. Sie spürte ihre Finger kaum noch vor Kälte.

„Isabella! Wo bist du?"

Alonso. Nie hätte sie gedacht, einmal froh zu sein, seine Stimme zu hören, aber sie kämpfte sich weiter durch die Zweige, die ihr immer wieder ins Gesicht schlugen. „Hier", rief sie den Tränen nahe und sank schließlich erleichtert in Alonsos Arme. Erschöpft brach sie zusammen. Dankbar für den Mantel, den er ihr umhängte.

„Das närrische Kind", schimpfte Francesca und drehte sofort um, als sie sah, wie sich Alonso um Isabella kümmerte. „Welcher Teufel hat mich geritten, deinen Plan wahr zu machen?"

Alonso erwiderte nichts. Er blickte nur besorgt auf die erschöpfte Isabella. Sie versuchte ein Lächeln, aber die Angst, dem Kind könnte etwas passiert sein, überwältigte sie. „Wenn Euch mein Leben etwas bedeutet, helft mir, Alonso. Ich werde meinem Vater von Eurem Mut erzählen."

Alonso schwieg noch immer. Er trug sie über die verschneiten Felder und ließ sie erst wieder runter, als er die Schwelle zu ihrem Zimmer überschritten hatte. „Ich habe mir unsere erste Nacht anders vorgestellt", sagte er und folgte ihr in das dunkle Zimmer.

Isabella setzte sich auf ihr Bett und schlang die Decke um sich. „Warum habt Ihr Euch mit der Contessa eingelassen?"

Ein Zischen, dann erhellte eine Kerze das Zimmer und sie sah, dass Alonsos Mund sich verhärtete. „Für Francesca ist alles nur ein Spiel. Um Macht, um Liebe. Wenn sie Dogaressa ist, wird sie deinen Vater um den Verstand bringen, und dann um sein Geld."

„Das erklärt nicht, warum sie mit Euch zu tun hat. Und warum Ihr noch immer hier seid? Ihr habt Eure Geschäfte vernachlässigt."

Alonso lachte hell auf. „Dafür hat dein Vater gesorgt, meine Teure." Er sah sie überrascht an. „Du weißt nicht, dass er unsere Verlobung nicht bekannt geben wollte? Er hat mich zur See geschickt, mir das Kommando über eines der Schiffe übertragen."

Isabella schüttelte ungläubig den Kopf, aber Alonsos Wut war real und nun verstand sie auch das Zögern, den Zorn ihres Vaters. Er wollte sie tatsächlich nicht mit Carisi verloben.

***

Fassungslos starrte Isabella auf das Papier. War Francesca so in Panik geraten, dass sie selbst den Verstand verloren hatte?

„Schreib es ab, dann bist du frei. Alonso bringt dich zurück, du hast mein Wort."

„Frei, indem ich den besten Freund meines Vaters des Landesverrats beschuldige? Ihr wisst, dass er wiederkommt und dann wird er gehängt!"

Francesca trommelte mit den Fingern auf der Tischplatte. „Früher hast du nicht gezögert, Lügen zu verbreiten. Nun schreib!"

„Vater wird Euch hängen lassen!"

Francesca lachte schallend. „Es gibt bald keinen Dogen mehr, jedenfalls nicht mit dem Namen di Conti. Und jetzt schreib!"

Alonso riss die Tür auf. „Francesca, ich muss mit Euch sprechen. Es eilt."

Francesca unterdrückte ihren Tadel und deutete auf den Brief. „Wenn ich zurückkomme, will ich den Brief. Ich bin heute Abend bei deinem Vater und wenn du mir nicht gehorchst, werde ich ihm von deinem Tod berichten."

Alonso sah Francesca alarmiert an. „Mäßigt Euch, denkt an Euren Plan, Contessa."

Klirrende Kälte empfing Isabella, als sie das Haus verließ. Sie musste einen Weg finden zu fliehen. Francesca war dem Wahnsinn nahe. Sie konnte Marco Polo nicht beschuldigen! Isabella bereute es, die ersten Briefe geschrieben zu haben.

Immer wieder drehte sie sich um, doch im Haus blieb es ruhig. Erst als sie an dem Weg angekommen war, der zum Strand führte, atmete sie wieder ruhiger. Sie hatte bei einem ihrer letzten Spaziergänge ein Boot entdeckt. Versteckt unter altem Laub und Ästen bot es ihr nun die einzige Chance, hier wegzukommen.

Sie wollte nicht weiterdenken, ob sie einen Weg finden würde oder nicht. Ob ein Wintersturm das Boot erfassen und zerschellen lassen würde? Der Gedanke, vor Francesca zu fliehen und Marco zu schützen, beherrschte sie und verlieh ihr eine ungeheure Kraft.

Der Wind trieb ihr die Tränen in die Augen. Mit klammen Fingern riss sie Äste von dem Holzboot, schob das Laub von den Planken und versuchte, das Boot ins Wasser zu schieben. Immer wieder glitt sie aus, schlug mit der Wange gegen das Holz und schrammte sich die Hände auf.

„Hilf mir, heiliger Markus, warum hilfst du mir nicht?", flehte Isabella und seufzte, als sich das Boot endlich in Richtung Wasser bewegte.

Sie erstarrte ob der Kälte, als sie ins Wasser stieg, um das Boot weiter ins Meer zu schieben. Dann kletterte sie hinein und sank keuchend auf den Boden. Kleine Wolken ihres Atems kamen aus ihrem Mund. Die kalte Luft brannte in ihrem Hals.

„Du willst verschwinden – wie Silvano? Was seid ihr di Conti Feiglinge!“, rief Francesca und bekam in letzter Sekunde das Boot zu fassen.

Isabella ließ das Ruder fallen. „Ihr wolltet Silvano töten!“

Francesca lachte. „Du bist so einfältig. Silvano war ein Werkzeug, ein williges Werkzeug, nur verlor er seinen Kopf und plötzlich schien er seinen eigenen Weg zu verfolgen.“

„Mein Bruder hat Euch geliebt.“

„Du hast kein Recht, über mich zu urteilen. Sieh dich an, trägst das Kind des Glasbläsers in dir!“

Isabella hielt überrascht inne. Francesca wusste von dem Kind. Plötzlich hatte sie Angst. „Es ist Alonsos Kind.“

Francesca verlor für einen Moment die Fassung, dann holte sie tief Luft. „Habt Ihr gedacht, ich würde euch unbeobachtet lassen? Komm aus dem Boot, sofort!“

Kaum spürte Isabella den Boden unter den Füßen, versetzte ihr Francesca einen Stoss, der sie zu Boden warf. Sie hielt ihren Bauch, wandte sich von Francesca ab.

„Ihr seid blind vor Zorn.“ Alonso lachte höhnisch. „Sie gehört mir. Ich bin noch nicht fertig mit ihr.“

„Natürlich, du bist ja auch ihr Gemahl – bald“, rief Francesca und sah zu dem Boot. „Wir könnten sie in einem Boot flüchten lassen – und wären unschuldig.“

„Ihr seid unschuldig, am Tod meines Bruders!“, schrie Isabella. „Er lebt!“ Sie nützte die Überraschung Francescas und schlug ihr das Ruder auf den Rücken. „Alonso!“

„Der hilft dir nicht, du verfluchtes Kind!“ Francesca wirbelte herum und trat noch einmal auf sie ein.

Alonso trat dazwischen. „Hör auf, Francesca!“

Er zerrte an Isabellas Fuß. Sie traf ihn mit dem Knie, sodass er sich mit schmerzverzerrtem Gesicht abwandte. „Ich will dir helfen“, flüsterte er.

Sie rappelte sich auf und spuckte ihm ins Gesicht. „Fahr zur Hölle.“

Alonso packte sie am Kinn. „Wo ist dein Benehmen, Dogenbastard? Wenn du nett bist, kümmere ich mich um dich, sonst landest du genauso in der Gosse wie dein Vater.“

Isabella schluckte heftig.

Stechende Schmerzen vernebelten Isabellas Blick, sie fiel zu Boden und zog die Knie an. Das Baby, sie durfte es nicht verlieren. Es war ihr einziges Licht am Ende des Tunnels.

***

Laute Stimmen rissen Isabella aus ihrem Schlaf. Undeutlich hörte sie Alonso. Und Francescas erregte Stimme.

Isabella stand auf und lauschte an der Tür.

„Du wirst das tun, was ich dir sage, lieber Alonso“, sagte Francesca. Es klang freundlich, aber Isabella kannte den Ton ihrer Tante nur zu gut. Die Warnung, die mitschwang, war deutlich.

„Francesca, besinne dich. Wir können sie nicht für immer hier lassen. Sie braucht Pflege.“

Francesca lachte laut auf. „Für immer? Du vergisst unseren Plan. Sobald wir bekommen haben, was wir wollen, ist Isabella nutzlos. Dann kannst du mit ihr machen, was du willst.“

Isabella sank zusammen und sah verzweifelt aus dem Fenster. Wie rachsüchtig war die Frau.

„Sie erwartet ein Kind, Francesca.“

„Zum Teufel mit dem Balg. Es ist kein di Conti. Niemand wird das Kind anerkennen. Auch nicht du!“

„Ich stehe nicht ewig in deiner Schuld, Francesca", sagte Alonso. Er schien zur Tür abgewandt und seine nächsten Worte gingen in den heftigen Schlägen Francescas unter.

Mit letzter Kraft horchte Isabella angespannt. Ihr Herz klopfte. Mit der Hand strich sie über ihren Leib, entschlossen, Giovannis Kind vor der Frau zu schützen.

Die Stille war beängstigend. Ein lauter Knall ertönte, ein unterdrücktes Stöhnen.

Als die Tür aufgestoßen wurde, schrie Isabella auf, dann erkannte sie Alonso, der blutüberströmt auf die Knie sank. „Wir müssen deinen Vater retten!"

49. Kapitel

Überrascht blieb Silvano im Türrahmen stehen und blickte auf Marco, der in dem breiten Stuhl saß und ihm zuprostete.

„Dein Vater würde dich nicht wieder erkennen. So ruhig? Oder hat dich der genuesische Winter zum Schweigen gebracht?"

„Marco! Niemand hat mir von deinem Besuch erzählt." Silvano begrüßte den älteren Mann und setzte sich auf den nächsten Stuhl. „Wie war die Überfahrt? Woher kommst du?"

Als er das ernste Gesicht seines Freundes sah, sog er die Luft ein. Dann stand er auf und schlug das Fenster so heftig zu, dass Marco ihn überrascht ansah.

„Ich kann meine Gefühle nicht verleugnen wie du, Silvano. Deinen Vater und mich verbindet eine Freundschaft, die über viele Erfahrungen und Jahre hinweg Bestand hat. Er ist nicht frei von Fehlern, niemand ist das.“ Marco schwenkte den Wein in seinem Becher und blickte nachdenklich hinaus, wo sich die Bäume im Wind bogen. „Es ist kalt geworden.“

Silvano lehnte sich gegen die Fensterbank und verschränkte seine Arme. „Ich mag Genua. Es ist nicht so heuchlerisch.“

„Der Wind mag schnell seine Richtung ändern, wenn man die Segel falsch setzt.“

Erkannte Marco seine Lügen? Er hasste den kalten Wind, der durch die Gassen fuhr und an den Fensterläden riss. Den Winter, der so endlos schien, dass er glaubte, der Frühling würde vor Genua anhalten und ihn dafür bestrafen.

Marco sah ihn herausfordernd an. „Hier ist nichts, was dich festhält, Silvano!“

Silvano griff nach der Karaffe mit dem schweren Wein und schenkte Marco nach. „Sie schickt mich fort, Marco.“

„Kluges Mädchen. Warum sollte sie um dich kämpfen, wenn du nicht weißt, was du willst?“

Nachdenklich nahm Silvano sein Glas und drehte es in der Hand. Er ging auf die Terrasse. Von hier konnte er sogar den Hafen erkennen, und die Stelle, wo Marcos Schiff vor Anker lag.

Maddalena kam gerade von einem Spaziergang mit ihrem Vater zurück. Ihr Gesicht war von dem kalten Wind gerötet und sie lachte, während sie ihrem Vater lauschte. Die Vertrautheit, mit der Maddalena mit ihrem Vater umging und ohne Worte wusste, was er dachte, schmerzte ihn.

„Maddalena kann in mein Herz sehen.“

Marco war ihm gefolgt. „Eine Frau spürt, ob die Liebe ihr gilt.“

„Roberto hat verdient, dass ich seiner Tochter den Hof mache und sie eheliche.“

Maddalena hatte ihn entdeckt und winkte.

„Maddalena ist keine naive Frau, die sich leicht etwas vormachen lässt. Sie hat viel erlebt, stand in den härtesten Überfahrten neben mir am Steuer."

Silvano wandte sich überrascht um. „Willst du mich warnen? Du bist mir ein treuer Freund geworden, aber auch du kannst mir nicht befehlen, wie ich zu leben habe."

Marco schüttelte den Kopf und maß ihn nachdenklich. „Du wirst dich entscheiden müssen."

„Ich kann nicht zurück. Nicht, nachdem man mich zu töten versuchte."

Marco stockte. „Dein Vater glaubt, du wärst tot. Er hielt Giovanni Caspero für den Mörder und wollte ihn hängen lassen."

„War die Palastwache diesmal aufmerksamer?" Er konnte sich den Spott nicht verwehren.

„Nein, Isabella hat ihn entdeckt, in ihrem Zimmer. Der Plan war falsch gezeichnet." Marco stockte plötzlich. „Vielleicht war es gar nicht Giovannis Plan."

Silvano blickte seinen Freund an und nickte. „Es gibt jemanden, der sich nichts sehnlicher wünscht als dass Isabella tot ist."

Marco fuhr aus seinem Stuhl hoch. „Wer wollte dich töten, Silvano?"

Silvano starrte auf die Wand mit der Seekarte. „Francesca. Aber sie wollte sich an mir rächen."

„Es wird Zeit, dass du zurückkommst, Silvano. Vielleicht bist du nur ein Teil von Francescas Plan, deinen Vater vom Dogenthron zu reißen!"

„Begreife doch, es ist zu spät. Man hält mich für tot. Es wäre ein Schock für meinen Vater, für Isabella."

Er drehte sich um. „Francesca weiß, wie sehr ich ihn hasse.

Sie würde nie damit rechnen, dass ich jemals wieder nach Venedig zurückkomme."

Marco packte ihn an der Schulter und riss ihn zu sich herum. „Worauf wartest du?"

Silvano holte tief Luft und ging wieder hinein.

Marco folgte ihm und nahm auf dem Stuhl gegenüber Platz. „Giovannis Vater soll ein guter Glasbläser gewesen sein."

Silvano riss den Kopf hoch. „Gewesen?"

„Ein Unfall. Er kam bei einem Brand ums Leben. Giovanni hatte ihn aus der brennenden Glashütte gezogen, aber es war zu spät. Seitdem kann er nicht mehr arbeiten. Er hat schwere Verbrennungen erlitten."

Giovanni. Hatte er den Ring gemacht?

„Silvano, es wird gemunkelt, dass er den Auftrag bekommen hat, deinen Vater zu töten. Willst du zulassen, dass es dem Nächsten gelingt? Oder dass man Giovanni tatsächlich tötet für eine Tat, der er sich nicht schuldig gemacht hat."

„Der Junge hat keine Angst. Weder vor meinem Vater noch vor der Geheimpolizei. Sie werden ihn nicht finden, glaub mir", sagte er bestimmt und trank sein Glas leer. „Er kennt jeden Winkel hier, glaube ich."

„Er liebt deine Schwester und er hat nicht aufgegeben. Er mag vielleicht arm sein, aber er kämpft um sein Glück." Mit einer heftigen Bewegung stellte er das Glas auf den Tisch und verließ das Zimmer. „Und was tust du? Versteckst dich in Genua und verleugnest deine Herkunft!"

„Entschuldigt, Maddalena. Ich ziehe mich zurück", sagte Marco.

Silvano starrte auf das gekräuselte Meer und lauschte Maddalenas Schritten. „Wie lange standest du vor der Tür?", fragte er und zwang sich ruhiger zu werden.

***

In Gedanken versunken inspizierte Silvano die Fässer der neuen Lieferung und verglich die Papiere. „Ihr habt noch mehr geladen. Die Schiffsmarke ist höher als normal."

Der Schiffsschreiber wich seinem Blick aus. „Die Fässer vielleicht. Wir gerieten in einen Sturm und mussten wieder Proviant aufnehmen."

„Brauchte Eure Mannschaft so viel zu essen, dass Euch der Vorrat an Bord nicht reichte?"

Der Mann kratzte sich am Bart und maß die anderen Matrosen. Ihre Gesichter waren schmutzig und sie wirkten müde, aber entschlossen, ihren Schiffsschreiber zu beschützen. „Ich bin nur der Schreiber!"

Kaum setzte der Mann einen Fuß auf die Planke, hielt Silvano ihm ein Messer unter die Kehle. „Sei kein Narr. Willst du lügen für einen Kapitän, der andere Leute bestiehlt?" Er sah zu den Männern, die an Deck geblieben waren. „Einen Schritt weiter und ihr könnt einen neuen Schreiber suchen."

Der Mann zögerte, dann fluchte er lauthals. „Wir haben nur ein paar Männer aus dem Meer gefischt. Jemand hat ihnen zwanzig Dukaten abgeknöpft mit dem Versprechen, sie nach Genua zu bringen." Er grinste. „Der Kahn war voller Löcher. Wir haben sie gerettet, ein paar Glasbläser."

Silvanos Unruhe mahnte ihn, weiterzufragen. „Wo sind die Männer? Wie heißen sie?"

„Arme Schlucker waren das, sind längst vom Schiff. Vergesst die Überbeladung, der Kapitän weiß davon nichts. Der hätte die Männer ins Meer geworfen." Der Mann kratzte sich wieder am Bart und deutete auf die Luken unter der Reling. „Ich bin nicht so hartherzig, glaubt mir, sie taten mir Leid. Einer hatte sich verletzt, trug einen Verband um seine Hände. Für den hat der Krieg schon wieder geendet. Er ist doch nutzlos."

„Wo waren sie untergebracht?"

Murrend deutete der Mann zur Treppe und ging dann voran.

Es roch muffig. Angeekelt sah sich Silvano um, holte tief Luft, als er unter Deck stand. Auf Marcos Schiff hätte das üble Folgen.

Der Mann schien seinen Unmut zu bemerken. „Wir sind auf Passagiere nicht eingestellt", entschuldigte sich der Mann für die engen Kojen, mehr Vorratsecke als Schlafmöglichkeit.

Der Gestank von Fisch und Schweiß hing über den schmutzigen Brettern, die notdürftig mit Laken und Decken als Betten hergerichtet waren.

„Haben sie etwas mitgehabt?" Silvano kippte Fässer um und schob sie enttäuscht zurück. Wütend trat er nach einem Fass, dass es umfiel und gegen die Bordwand rollte. „Nein, glaube ich nicht. Einen hat es ja ganz schlimm erwischt. Ach ja, dem fiel mal was runter. Wartet, das habe ich genommen. Gefiel mir, wäre ein Geschenk für meine Frau."

Silvano folgte ihm aufgeregt und jubelte, als er den Glasring sah.

„Fiel mir auf, weil er ständig von einer Frau gefaselt hat. Gold, überall Gold und die anderen Männer zogen ihn auf, dass sie wohl selbst ein Herz aus Gold hätte, wenn sie sich mit ihm abgegeben hätte."

Giovanni war hier gewesen.

„Danke, gebt mir den Ring und damit vergesse ich die verbotene Fracht." Als der Mann widersprechen wollte, setzte Silvano nach: „Ich habe noch ein paar Fässer entdeckt."

Kakerlaken krochen unter dem Laken hervor, das er kurz hochgehoben hatte. Er wich zurück, stieß gegen den Schiffsschreiber und roch den derben Atem des Mannes. „Das Schiff ist eine Schande für die Seefahrt!“, tobte er und riss das Laken auf den Boden. „Euer Kapitän hat sich dafür zu verantworten.“

Der Mann nickte und ging schlurfend unter Deck zurück.

„Halt, wartet. Wann gingen die Männer von Bord?“

„Gerade eben. Ihr müsst einander begegnet sein.“

Nachdenklich sah Silvano über die vielen tausend Menschen. Wie sollte er da Giovanni finden? Die Worte des Mannes verfolgten ihn, je weiter er in das Gewühl im Hafen eintauchte. Was wollte Giovanni in Genua? Er blieb so abrupt stehen, dass ihm ein Händler in den Rücken lief und ihn fast zu Fall gebracht hätte. „Mein Freund, verzeiht, ich war in Gedanken.“ Schnell half Silvano dem Mann, seine Waren aufzuheben und verschwand durch die Menge.

„Du hast geschworen, das Geheimnis des Glasblasens in Venedig zu behalten, verdammter Verräter“, murmelte er und war von neuen Racheplänen erfüllt.

***

Es war längst Abend geworden, als Silvano müde heimkehrte. Das ganze Hafenviertel hatte er abgesucht, doch Giovanni war untergetaucht. Trieb Giovanni die Angst vor der Geheimpolizei? Unwahrscheinlich, überlegte er weiter, soweit reichte die Macht des Dogen nicht.

Sanftes Licht erwartete ihn, als er die Treppen hinaufging und die Tür öffnete. Maddalena saß nackt vor dem Spiegel und bürstete ihr Haar. Sein Blick blieb an dem Spiegel hängen, den goldenen reliefartigen Verzierungen. Ihr Haar bedeckte ihre Brust nur halb, die sanften Rundungen ihres Körpers glänzten im Kerzenschein, bis sie sich abwandte. Ihre Augen leuchteten, als sie seinen zärtlichen Blick erkannte, der nur ihr galt. Er verdammte sich selbst. Was ging ihn Giovanni an? Die schönste Frau von Genua liebte ihn. Er kniete vor ihr nieder und küsste ihre Knie, ihre Oberschenkel.

„Du bist wie eine Göttin und ich bereue, dich nicht so geehrt zu haben." In ihren Augen las er das gleiche Begehren.

Sie nahm seine Hände und legte sie auf ihren Bauch.

Ihre Haut war weich und zart. Maddalena erschauerte und stand auf, führte ihn zum Bett. „Irgendwo gibt es einen Gott, der nur auf dich und mich herabsieht."

Silvano sank nieder, bedeckte ihren Körper und ihr Gesicht mit Küssen und brannte darauf, ihr seine neu entdeckte Liebe zu zeigen. Sie hatte nicht mehr davon gesprochen, dass er Genua nun verlassen musste.

50. Kapitel

Im Sitzungssaal brach das Raunen ab, als Andrea den Raum betrat und neben Marcello Platz nahm. Er nickte seinem Berater zu.

Er erhob sich und eröffnete die Sitzung.

„Neue Umstände zwingen zu neuen Gesetzen. Die Schiffe werden schneller, größer. Wir müssen die Steuern erhöhen." Marcello hob die Hand, um den Unmut der Ratsmitglieder zu dämpfen. Vergebens, die Stimmen derjenigen, die gegen die Erhöhung waren, wurden lauter.

„Warum die Schiffssteuern erhöhen? Kürzt die Löhne der Arbeiter! Die Löhne der Matrosen", forderten ein paar Männer aus dem Sao Paulo-Viertel.

„Dann würdet Ihr genauso dafür bezahlen. Wir erhöhen dann die Warenpreise", rief ein verärgerter Fleischer. „Immer mehr werden wir verdrängt. Das Rialto gehört uns, doch die Banken und Anwälte glauben, mehr Rechte zu haben."

„Ruhe", rief Marcello und sah ihn besorgt an.

„Venedig wäre nicht so reich, wenn es nicht Leute wie uns gäbe", warf ein fein gekleideter Mann ein. „Ihr mögt Anwälte für eitle Pfauen halten, aber wozu gibt es Verträge und Urkunden? Bekommt ihr alle nicht dadurch das Recht, euren Beruf auszuüben? Ihr habt Verträge in der Hand, die euch die Preise garantieren. Ihr wisst, was eine Ladung kostet, was ihr an Steuern dafür bezahlt und welchen Lohn eure Arbeiter bekommen."

„Ruhe!", befahl Marcello nochmals, diesmal lauter.

„Ich bezahle hundert Dukaten für denjenigen, der mir meine Tochter Isabella bringt!", versprach Andrea.

Schlagartig kehrte Ruhe ein.

Alonso trat vor. „Hundert Dukaten?"

„Haltet Ihr den Betrag für zu hoch?"

Alonso verbeugte sich mit einem frechen Grinsen. „Für Isabella? Die einen Glasbläser für ehrenhaft hält?"

„Schweigt!" Wann verschwand der Kerl endlich auf ein Schiff, das ihn weit aus den Lagunen trieb?

„Der Glasbläser wurde freigelassen, auf Euren Befehl hin", entgegnete Alonso wütend und drehte sich zu den anderen Mitgliedern um. „Es war der Doge selbst, der ihm zur Flucht verhalf. Und nun sucht Ihr wohl Eure Tochter, damit das Familienglück vollendet ist."

Plötzlich drängte sich ein Junge durch die Menge. Das Wams war schmutzig, die Ratsmänner wandten sich ab und rümpften ihre Nasen. Der Junge stank, als käme er aus dem Canal Grande.

„Ich weiß, wo Eure Tochter ist", rief er und sah mit offenem Mund auf die goldenen Bilderrahmen.

Alonso versetzte dem Jungen einen Stoß. „Verschwinde, du Gesindel. Seht selbst, jetzt kriechen sie aus ihren Löchern und belügen euch. Ich kenne den Jungen, er ist einer der Glasbläser."

Alonso zückte sein Messer und hielt es dem Jungen an die Brust. „Wenn du es wagst, dich über uns lustig zu machen, werde ich dich töten."

Marcello stellte sich Andrea in den Weg. „Euer Gnaden, bitte, lasst den Jungen sprechen."

Andrea starrte auf die schmutzigen Fußsohlen des Jungen.

„Ich glaube dem Knaben. Er hat nichts zu verlieren. Warum sollte er uns belügen?"

Plötzlich ging ein Aufschrei durch den Saal.

Der Junge sank zusammen.

Alonso presste die Hand auf seinen Arm. „Ihr habt es gesehen, er wollte mich angreifen."

Die Palastwache umstellte den Jungen, zog die Schwerter. Alles wartete auf seinen Befehl.

„Räumt den Saal, ich will mit ihm allein sein."

Andrea atmete heftig und schloss die Augen.

Marcello stützte ihn. „Beendet die Sitzung, Euer Gnaden. Ihr braucht Ruhe."

„Ich will ihn sprechen, jetzt, sofort."

Marcello schüttelte den Kopf. „Nein, Euer Gnaden, das lasse ich nicht zu."

Andrea deutete auf zwei Männer der Palastwache, die ihn flankierten. „Lasst die Männer hier, alle anderen sollen sich nicht das Maul über mich zerreißen."

Marcello wies an, den Saal zu räumen.

Unmut breitete sich aus und es dauerte lange, zu lange schien ihm, bis die Ratsmitglieder und Berater ihn verließen. Plötzlich zögerte Alonso. Er blickte auf den Jungen und ging rasch auf den Dogen zu. „Euer Gnaden, ich muss Euch sprechen!"

Sein Ton war nun ein anderer, als jener während der Sitzung, stellte Andrea überrascht fest.

„Bitte, ich musste den Jungen daran hindern, Isabellas wahres Versteck preiszugeben. Sie wäre nicht mehr …", er stockte, „sie wäre nicht in Sicherheit. Ich werde sie zurückbringen. Lasst mich meinen Fehler wieder gut machen."

Marcello war dem Gespräch verstört gefolgt und wies die Wachen an, sich an den Türen zu postieren. „Wollt Ihr Euren Hals retten, Carisi? Nachdem Ihr mehr Schande als Lob über das Erbe Eures Vaters gebracht habt!", schnaubte Marcello.

Andrea beschwichtigte seinen Berater und sah unverwandt auf den Jungen, der auf die getäfelten Wände starrte.

„Junge! Woher glaubst du zu wissen, wo meine Tochter ist?"

Marcello schob den Jungen vor die Treppe. „Knie vor dem Dogen!" Bei seinem letzten Wort fixierte er Alonso. Nervös nestelte dieser an seinem Wams und sah zur Tür.

„Und – wer bist du?"

Der Junge keuchte und sah Andrea nicht an. Erst, als Marcello ihm den Fuß in den Rücken trat, hob er den Blick.

„Filippo."

***

„Bleib stehen, Marcello", fauchte Andrea wenig später und unterdrückte einen Schmerzensschrei, als ihm der Heiler eine

Salbe auf die Brust schmierte. „Wie konnte das geschehen?" Seine Schwächeanfälle häuften sich in letzter Zeit.

Er zeigte auf Marcellos Hose. „Wart Ihr im Verlies oder ist es Euch neuerdings gestattet, mit schmutzigen Hosen bei mir zu erscheinen?"

Peinlich berührt versuchte Marcello, den Schmutz abzuklopfen. „Ich war im Verlies, ja. Der Junge dürfte tatsächlich aus Murano sein, aber er ist seit dem Verschwinden seines Freundes nicht mehr daheim gewesen. Er ist ein Freund …", Marcello holte tief Luft, bevor er weitersprach, „… des Toten auf der Piazza."

„Ich will ihn sehen. Sofort."

Mit hastigen Bewegungen zerrte der junge Mann an seinem Wams. „Ihr wolltet mich sprechen, Euer Gnaden."

Andrea deutete auf den Stuhl vor dem Tisch und musterte den Jungen. Er glaubte, sich selbst zu erkennen. Stolz hob der Junge den Kopf und hielt seinem Blick stand.

„Wie geht es Euch?", fragte Filippo, als wären sie nicht Doge und Untertan. Er starrte ehrfürchtig auf die Bücherregale. „Habt Ihr die alle gelesen?"

Marcello lächelte amüsiert und drehte Filippos Kopf wieder in die Richtung Andreas.

„Wieso meinst du, zu wissen, wo meine Tochter ist?"

Filippo knabberte an seiner Unterlippe und sah ängstlich auf die Wachen. „Ich habe sie gesehen. Auf der anderen Seite der Lagune. In einem alten Haus. Meine Mama arbeitet dort." Dann lächelte er triumphierend. „Und am Markt! Sie wollte von Fallore ein Glas kaufen, aber das ist nicht von dem fetten Schurken. Es ist von Giovanni Caspero, er ist mein Freund!"

Marcello zog die Augenbrauen hoch. „Und du meinst, das ist die Tochter deines Dogen? Warum bist du dir so sicher?"

Filippo zuckte mit den Schultern. „Sie hat ein Papier verloren. Mit so einem Zeichen." Er zeigte auf die Verfügung.

Andrea stand eilig auf und blieb am Fenster stehen. „Ich kenne es. Die Frau, die in dem Haus wohnt, hat auch so ein Zeichen."

„Francesca!" Andrea sah Marcello überrascht an. Er drehte sich um und packte Filippo an den Schultern. „Findest du die Stelle wieder?"

Filippo zögerte. „Ich will die Dukaten nicht. Lasst die Glasbläser frei. Alle. Sie haben nichts getan."

Andrea nickte. „Bringt ihn in Silvanos Zimmer und bewacht ihn. Und – er soll Essen bekommen, und neue Kleidung."

„Nicht ins Verlies?", fragte Marcello überrascht.

„Wenn der Junge die Wahrheit sagt, haben wir Giovanni zu Unrecht verdächtigt." Andrea blickte den Jungen nochmals an. „Er hat Alonso nicht angegriffen. Oder habt Ihr eine Waffe bei ihm gefunden?"

Marcello lächelte und führte den Jungen aus dem Zimmer. „Komm mit, alles andere wird sich zeigen."

Filippo sah ihn angsterfüllt an. „Tötet mich nicht."

***

Marcello trat ins Zimmer und klappte die Verfügung zu, dass Andrea erschrocken aus seinen Gedanken hochfuhr. „Euer Gnaden, es wird Zeit, eine Entscheidung zu treffen."

Noch nie hatte er Marcello so nervös gesehen. „Ihr meint, wegen der Contessa?"

Marcello nickte und wandte sich ab. „Ich weiß, ich riet Euch, sie zu ehelichen. Das wurde verhindert, durch Eure Tochter." Er fuhr sich mit dem Ärmel über die Stirn. „Die Vermählung wurde nicht offiziell verlautbart wie angekündigt."

Nie würde er Catarinas Gesicht vergessen. Sie war nicht überrascht gewesen und ihm wurde bewusst, dass seine Frau schon lange über seine Leidenschaft zu Francesca Bescheid gewusst hatte. Wie schwer war es ihr gefallen, weiter zu schweigen, während er Nacht für Nacht neben Francesca lag und Catarina seine Liebe schwur. Eine Liebe, die sich mit dem Tod Catarinas selbst getötet hatte, aber war Isabella fähig, nach all den Jahren zu verstehen, was es für ihn hieß, Catarinas Augen Tag für Tag zu sehen?

Es war genug der Demütigung, der Lügen und Betrügereien, die Francesca hinter seinem Rücken ausgedacht hatte. Er wollte nicht dulden, dass Isabellas Schmerz noch größer wurde. Längst hätte er ihr die Wahrheit sagen müssen und nun schien es unmöglich.

„Margherita?", rief Andrea überrascht und trat erschrocken zurück, als die Zofe völlig aufgelöst auf ihn zulief.

Ihr Gesicht war tränennass. „Verzeiht mir, ich konnte es nicht verhindern. Ich habe zu lange geschwiegen. Aber sie hat gedroht, meinem Engel etwas anzutun. Ich habe Isabella vom ersten Augenblick an geliebt. Sie war so klein, so unschuldig, und als Catarina ihre Augen schloss …"

Andrea entriss ihr seine Hand und wich so schnell zurück, dass Margherita fast das Gleichgewicht verlor.

„Wovon sprecht Ihr?"

Margherita senkte ihren Blick. „Ich kam zu spät. In jener Nacht… Die Contessa hat Catarina getötet."

„Ich dachte, Catarina wäre im Fieber gestürzt?"

Er trat näher und legte eine Hand auf Margheritas Schulter. „Ihr seid Catarina treuer gewesen als mancher hier im Palast."

Dann wandte er sich an Marcello. „Bringt sofort die Contessa zu mir."

Marcello senkte den Kopf.

„Was ist?“, rief Andrea wütend und trat auf Marcello zu.

„Es heißt, die Contessa wäre unpässlich. Aber – man hat sie seit Tagen nicht mehr gesehen.“

51. Kapitel

„Sobald der Frühling kommt, kehren wir heim, Isabella“, flüsterte Alonso und strich über ihr Haar. „Du solltest ins Haus gehen, es ist kalt.“

Isabella nickte. Sie sehnte sich nach Sonne, Wärme, doch auch heute Morgen hingen Nebelschwaden über dem Meer. Der Weg verschwand in verschleiertem Grau, wie ihr Leben. Isabella ging ein paar Schritte weiter und blieb zwischen den Säulen stehen. Ihr Atem erstarrte fast in der Luft, bildete feine Wölkchen.

Isabella schloss die Augen und träumte, glaubte den kalten Marmor der Säulen unter ihren Händen zu spüren. Der Wind trieb die Blätter über die Treppen, spielte mit ihren Haaren und sie neigte sich zur Seite, als könne sie ihr Spiegelbild im Brunnen erkennen.

Sie stieß mit dem Kopf gegen Alonsos Schulter, was der mit einem erfreuten Lächeln quittierte. „Unser Kind wird in Venedig auf die Welt kommen“, sagte Alonso und lächelte. „Es wird alles gut, vertrau mir, Geliebte.“

Alonsos Kind?

Über dem Meer ballten sich Nebelschleier und Isabella merkte, wie der Nebel näher kam. Er brachte eine eisige Kälte mit, kälter, als die letzten Tagen gewesen waren.

„Ihr braucht einen Arzt, Alonso. Und ich eine Vertraute. Begreift Ihr nicht, was Francesca plant? Ihre glorreiche Rückkehr in die Arme meines Vaters."

Alonso zog ihr den Umhang fester um die Schultern und blickte sie an, als habe sie den Verstand verloren. „Sie hat die Nerven verloren. Ich kann es ihr nicht verdenken. Euer Vater setzt dem Rat zu. Veränderungen, wie es sie noch nie gab, Isabella. Essen für die Armen." Er schlug die Hände zusammen. „Als arbeiteten wir für sie."

Isabella schüttelte fassungslos den Kopf und ging weiter. Der Schnee knirschte unter ihren Füßen, aber sie hörte nur das Läuten der Glocken.

Alonso folgte ihr. „Geh langsamer", bat er sie und drückte gegen seinen Unterleib.

Das Blut an seinen Händen, sein verzweifelter Ruf und das Versprechen, ihren Vater zu retten. „Sie wird ihn nicht töten, Alonso. Francesca hat seit Jahren, seit dem Tod meiner Mutter auf den Tag der Krönung gewartet."

Hatte er nicht versprochen, ihr zur Flucht zu verhelfen? Warum sprach er jetzt von einer Zukunft, seinem Kind? Seine Wunde hatte zu eitern begonnen, und nur einer göttlichen Fügung war es zu verdanken, dass Alonso den Schuss überlebt hatte.

Francesca ließ ihn jeden Tag spüren, dass er sie verraten hatte.

Alonso umfasste ihren Arm. „Du musst dich schonen."

Merkte er nicht, wovor sie Ruhe brauchte? Vor ihm, vor Francesca. Jeden Augenblick, den sie allein weilte, fühlte sie sich Giovanni nah, vertraute sie darauf, dass Silvano noch lebte, doch die Augenblicke, die sie sich unbeobachtet fühlte, die Alonso sie allein ließ, waren immer seltener geworden. Die Angst, auch noch in Gedanken die Vertrautheit zu verlieren, machte ihr Angst.

Noch immer lächelte er, murmelte etwas und hielt ihre Hand. Als hätte ihn der gleiche Wahnsinn gepackt wie Francesca.

Sobald der Frühling kommt, hatte er gesagt. Der Frühling würde bald kommen. Und das Kind würde auf die Welt kommen. Hier. Auf der Insel, die so fern von ihrem Zuhause schien. Vergeblich hatte sie in den letzten Wochen versucht herauszufinden, wo sie war. Immer wieder waren Francesca und Alonso verschwunden, kehrten spätnachts zurück und sprachen von Plänen und Vorbereitungen. Der Name ihres Vaters fiel, aber sie verstand nicht, worum es ging.

Wenn sich der Nebel nur lichten würde, doch sie hatte die Hoffnung aufgegeben. Es war zu spät.

„Ich bin müde", sagte Isabella. „Ich werde in mein Zimmer gehen."

Alonso lächelte sie an und vertiefte sich weiter in seine Aufzeichnungen. „Ruh dich aus. Wir werden in den Palast zurückkehren. Sehr bald."

Kaum betrat Isabella das Haus, vernahm sie lautes Stimmengemurmel aus dem Küchengewölbe. Von Neugier gepackt stieg sie die Treppe hinunter.

„Er wird sicher gehängt. Das ist Hochverrat!", rief der Koch und nickte bekräftigend mit dem Kopf. „Denkt nur an Giovanni."

Die Küchenmagd entdeckte Isabella zuerst und bekreuzigte sich. „Vergebt uns, wir wussten nicht."

Hilfe suchend sah sie zu dem Koch, der den Kopf gesenkt hatte.

„Wer wird gehängt? Von wem sprecht ihr?", fragte Isabella besorgt und schloss die Tür hinter sich. „Redet doch!"

„Marco Polo", sagte eine kleine Frau, die hinter dem Koch hervorgetreten war. Die anderen sahen sie böse an. Die Frau schaute besorgt zu einem Jungen, der neben dem Ofen kauerte und sich die Hände wärmte.

„Du warst bei dem kleinen Haus, nicht wahr?"

Der Junge nickte und wich ihrem Blick nicht aus.

„Man sagt, Ihr hättet einen Brief geschrieben und ihn der Spionage verdächtigt", erzählte die Frau stockend weiter.

Wie gelähmt blieb Isabella stehen. Francescas Briefe, ihre Briefe, die sie schreiben musste. Es war ein teuflischer Plan gewesen.

„Woher wisst ihr das? Wo sind wir?"

Die Küchenmagd sah sie voller Mitleid an. „Wie meint Ihr?"

„Woher wisst Ihr von Venedig? Wer hat Euch von solchen Dingen erzählt?", fragte Isabella und trat der Magd in den Weg.

Der Koch trat näher. „Hört Ihr nicht den Campanile schlagen, wenn es morgens noch ruhig ist?"

Isabella nickte. „Ich dachte, es wäre ein Traum. Ich will nach Hause. Helft mir, bitte!"

***

Gedankenverloren blickte Isabella über die lange Tafel, an deren Ende Francesca saß und Alonso mit funkelnden Blicken bedachte. „Du solltest darauf achten, dass sie in ihrem Zimmer bleibt", zischte sie und maß Isabella wütend. „Was hattest du in der Küche zu suchen?"

Isabella lächelte so sorglos, wie es ihr nur gelang, seitdem sie wusste, wie nah sie ihrem Vater war. „Ich war in Gedanken, verzeiht. Ich wähnte mich zu Hause und schritt durch die Gänge, bis ich… das Personal hat sich wohl noch mehr erschrocken als ich selbst."

Francesca widmete sich ihrem Essen und musterte Isabella weiterhin.

Isabella holte tief Luft und sehnte den Abend herbei. Der Gedanke, dass es ihr möglich wäre, von hier zu fliehen, beflügelte sie, und die Unruhe machte das Abendessen zu einer Qual. „Ich möchte mich zurückziehen, ich brauche Ruhe“, sagte sie und fühlte große Erleichterung, als Francesca sie entließ.

Sie zwang sich, langsam aus dem Zimmer zu gehen und kurz vor der Türe, rief Francesca sie nochmals zurück. „Bereite dich auf deine Abreise vor.“

Isabella floh über die Treppe und lief in die Küche, wo die Köchin ihren Kessel Wasser verschüttete.

„Wenn mich die Contessa mit Euch sieht!“, rief sie immer wieder und flüchtete an das andere Ende der Küche.

Isabella senkte den Kopf. „Dann ist mein Vater verloren. Ich muss ihn warnen. Bitte! Er ist Euer Doge!“

Die Köchin begann zu weinen, zeigte auf ihren Sohn und zuckte hilflos mit den Schultern.

„Wir haben Angst, wir alle. Die Contessa ist grausam, und wenn wir sie hintergehen, verlieren wir auch das Ansehen bei anderen Familien.“ Der Koch umarmte seine Frau und sprach ihr Trost zu.

Isabella blickte auf das Wasser auf dem Boden. Ihr gewölbter Leib spiegelte sich darin. Bald brachte sie Giovannis Kind zur Welt. Ein Kind, das noch weniger Zukunft hatte als die Familie. Sie hob den Kopf. „Ich muss auch an das Leben meines Kindes denken. Es ist seine Zukunft, und ich nehme Euch in meine Dienste auf, wenn ihr mir helft.“

Die Tür glitt ins Schloss. Isabella drehte sich erschrocken um, bereit, Francesca oder Alonso gegenüberzustehen. Aber dann merkte sie, dass der Sohn der Köchin verschwunden war.

Auch die Köchin hielt inne und begann, ihren Sohn zu rufen. „Filippo!“ Mit ängstlichen Blicken schaute sie durch die kleinen Giebel nach draußen auf den Park.

„Es wird ihm nichts geschehen, vertraut Eurem Sohn“, sagte Isabella erleichtert. Als sie die Küche verließ, war ihr Mut nur noch halb so stark und die Hoffnung, dass der Junge tatsächlich in den Palast ihres Vaters gelangte, so gering, dass sie vor Verzweiflung den stechenden Schmerz in ihren Lenden nicht wahrnahm.

52. Kapitel

Über dem Hafen hing eine Dunstglocke, deren Ausmaße unendlich schienen. Silvano blieb stehen und beobachtete jene Bereiche, die man noch erkennen konnte. Ein Angriff stand unmittelbar bevor. Wenn die Truppen seines Vaters bei Nebel angriffen, kämen sie bis in den Hafen, ohne gesehen zu werden. Er schüttelte sich bei dem Gedanken und ging zögernd weiter. Er musste nicht geweckt werden, um pünktlich zur Arbeit zu erscheinen. Bevor das Tageslicht über den Bergen hervorkletterte, war er unterwegs, und die Unruhe war nicht Ergebnis seiner ordentlichen Arbeit. Jeden Morgen suchte er Vorwände, nicht ins Kontor zu gehen, die Erwartungen seiner Arbeiter zu hören – niemand sei in Genua schutzlos, der Krieg schnell vorbei. Die Kriegsvorbereitungen schritten voran. Schneller, als er geahnt hatte und das machte ihm Angst.

Immer mehr Galeeren wurden gebaut, lagen im Hafen und schienen nur darauf zu warten, in den Kampf geschickt zu werden. Jeder Fehlschuss einer Kanone ließ ihn erschauern.

Die Arbeit im Kontor war ihm längst wieder vertraut. Die wenigen Monate auf See erschienen wie ein Traum, nun prüfte er wieder Listen, als ob er im Kontor im Rialto-Viertel stehen würde. Doch er war nicht in Venedig. Jedes Mal, wenn die Glocke läutete, erschrak er über den fremden Klang und erst, wenn ihn die Männer um Rat fragten und er ihre Gesichter erkannte, wurde ihm bewusst, dass er in Genua war. Er schätzte die ruhige Hand Bernardos und die stoische Ruhe, bevor die nächsten Schiffe einliefen und ihre Ladung löschten. Bernardo war nicht hier, und auch sonst erinnerte nur der Geruch der Hallen an das Kontor daheim. Und das wohl nicht mehr lange. Die Warenbewegungen veränderten sich. Seide fand sich immer weniger an Bord der einlaufenden Schiffe. Es wurde emsig gearbeitet, um sich auf den Krieg vorzubereiten. Das merkte auch er. Man hatte Angst, einzukaufen, begann bereits, Lagervorräte zu besorgen.

Immer wieder schweiften Silvanos Gedanken ab, zu Maddalena, die auf der Loggia gestanden hatte und ihm nachsah.

„Wo ist der Nichtsnutz?“, rief eine bekannte Stimme und Augenblicke später hallten Marco Polos feste Schritte, der Boden bebte unter seinem energischen Aufstampfen. „Das kostet dich ein Vermögen, wenn ich mein Schiff nicht augenblicklich fertig beladen im Hafen liegen habe!“

Plötzlich kam Bewegung in das Personal. „Hier habt ihr die Listen, Silvio“, rief einer der Arbeiter, der Marco Polo ängstlich entgegen sah und das Weite suchte, als er Silvano die Listen ausgehändigt hatte.

Amüsiert drehte sich Silvano um. „Fürchtet den Seebär nicht, er läuft erst morgen früh aus.“ Er zog ein Fass herbei und lud Marco ein, Platz zu nehmen.

„So wird das Schiff nie fertig. Meine Männer fürchten dich zu sehr.“

„Du bist zu weichherzig, mein Freund." Marco setzte sich auf das Fass und klopfte sich den Staub ab. „Ich hätte Robertos Einladung Folge leisten sollen. Die Kammer in der Kneipe, ein Rattenloch ist besser." Er sah müde auf den Eingang zurück. „Es ist deiner auch nicht würdig, aber du wolltest es nicht anders", entgegnete Silvano und reichte ihm einen Becher Wein. Marco trank den Becher in einem Zug aus und schleuderte ihn quer durch das Kontor, wo er gegen ein paar Kisten prallte.

Die Männer wichen erschrocken aus und beeilten sich, ein paar Fässer aus dem Lager zu schaffen.

„Du willst wieder die Meere verunsichern?", lästerte Silvano und lehnte sich gegen das Fass.

Marco Polo schnaubte. „Als wäre ich solch ein mieser Pirat! Dieses Mal hoffe ich auf eine ruhigere Überfahrt und weniger aufrührerische Matrosen wie du einer warst."

Silvano fiel in Marcos Lachen ein. „Wenn du genug Wein an Bord hast, wird Franco milde gestimmt sein."

Er zögerte, dann nahm er Marco beim Arm und führte ihn ein wenig abseits. „Hältst du es für eine gute Idee, jetzt auszulaufen?"

Marco klopfte auf das Fass und glitt so schnell auf den Boden, dass Silvano fast den Halt verlor. „Du könntest mich begleiten."

Silvano biss die Zähne zusammen und schüttelte heftig den Kopf. „Ich dachte, wir haben das geklärt. Du fährst dorthin, wo du willst und lässt mich mein Leben führen, wie ich will." Er hieb auf das Fass.

„Der Winter ist vorbei, Silvano. Wenn die Sonne auf deine Stirn brennt, wirst du dein altes Leben vermissen. Ich kenne ein Mädchen, das nichts lieber tut, als auf einem goldenen Schiff einen Kanal entlangzufahren. Und das an deiner Seite."

Silvano unterzeichnete eine Liste und drückte sie Marco in die Hand. „Überprüfe deine Waren nochmals. Ich werde nur noch ein Auge zudrücken. Das nächste Schiff wird beschlagnahmt, wenn die Liste nicht mit den geladenen Waren übereinstimmt."

Silvano deutete auf die Kisten neben der Tür.

„Sie vermisst dich." Marco wartete auf eine Antwort, aber als er keine bekam, sah er auf die Liste und nickte. „Du wirst den Krieg nicht verhindern, indem du ihnen das Material nicht gibst, Silvano. Schon gar nicht, wenn die Venezianer zuerst angreifen und die Menschen hier sich nicht verteidigen können."

„Was sollte ich sonst tun? Ihnen alles ausliefern, obwohl ich genau weiß, was sie damit tun werden?"

Marco packte ein Eisen und brach damit eine der Kisten auf. Zwischen Holzspänen und Fetzen waren Messer versteckt, feine geschliffene Klingen.

Silvano wandte sich ab. Das Beil in Francescas Hand, das Schimmern über seinem Kopf. „Hört das nie auf?"

„Es geht um Geld, um Macht. Maddalenas Vater ist nicht umsonst reich."

Silvano wich entsetzt zurück. „Ich dachte, er wäre ein Händler wie jeder andere auch. Er weiß doch, wer ich bin!" Kriegsmaterial, gefälschte Listen. „Und du wusstest davon? Ihr habt euch viele Abende über mich lustig gemacht, nicht wahr?"

„Nein, Silvano. Ich dachte, du kennst mich inzwischen besser. Und ich bin nicht sicher, ob sich Roberto mehr für das Glück seiner Tochter entschieden hat als dafür, den Sohn seines Feindes in eine Falle zu locken." Er schlug die Deckel der Kisten wieder zu, aber Silvano starrte noch immer wie gebannt auf darauf. Auf den Listen waren Gewürze eingetragen.

„Es war nur eine Frage der Zeit, bis du erkennst, dass du nicht flüchten kannst. Du musst dich deiner Vergangenheit stellen."

„Nach Venedig zurückkehren? Um Francesca nochmals die Möglichkeit zu geben, mich zu töten?" Er schüttelte heftig den Kopf. „Ich dachte, hier wäre ich richtig angekommen. Ich hatte genug von Lügen und Gier, aber mein Vater hat wenigstens kein Geheimnis daraus gemacht."

Marco packte ihn am Ärmel. „Urteile nicht vorschnell über Leute, die dir geholfen haben. Auch nachdem sie erfahren hatten, wer du warst."

Silvano riss sich los und legte seinen Kopf gegen die Kistenstapel. „Ich habe noch nie das getan, was man von mir wollte. Und ich werde es auch jetzt nicht tun."

Marco seufzte und legte einen Arm um seine Schulter. „Willst du Roberto des Betrugs bezichtigen? Silvano, sei kein Narr. Du hast endlich ein Zuhause, eine wunderschöne Frau, die dich liebt."

Ein greller Blitz schoss durch die Nacht. Kanonenschüsse!

Marco rief ihn zurück, doch Silvano rannte aus dem Kontor und blickte auf den schwach beleuchteten Hafen. Eine Kugel durchbohrte den Rumpf eines kleines Bootes, das augenblicklich unterging. „Sie schießen auf ihre eigenen Boote!", rief Silvano entsetzt. Was für ein Krieg! Er suchte vergeblich den Campanile und starrte Marco an. „Vielleicht werde ich dir folgen. Giovanni ist hier. Was tut ein Glasbläser hier?"

***

Eiskalter Wind pfiff durch die schmalen Gassen, als Silvano im Hafenviertel ankam. Nach den ersten Unruhen im Hafen war er mit Marco nach Hause gegangen und sie hatten sich nochmals unterhalten. Er würde schweigen, aber auch Marco war sich bewusst, dass das Schweigen nur kurz andauern würde. Die Unruhe in ihm war nicht zu übersehen und schon nach dem ersten Glas Wein entließ ihn Maddalena. Ihre Hand, die ihn berühren wollte, war zurückgezuckt, als sie nochmals Kanonenschüsse gehört hatte. Er war ein di Conti, auch wenn er immer noch vergeblich hoffte, sich ein neues Leben aufzubauen.

Trotz der späten Stunde herrschte ein Gedränge und Gejohle. In den Häusern über dem Hafen brannte nur vereinzelt Licht. Falls der Feind überraschend einfiel, wollte man ihm kein leichtes Ziel bieten. Silvano schüttelte den Kopf. Die Männer seines Vaters waren listig genug, sie würden nicht einfach angreifen. Plötzlich trafen ihn lauernde Blicke. Zwei junge Matrosen schielten auf seine Hosen und lachten. Silvano wandte sich ab, hinter ihm war es ruhig geworden. Nur aus der Schenke am Ende der Gasse drangen die Jubelschreie heraus, gemischt mit dem Jauchzen der Frauen. Die Jubelschreie erinnerten ihn an seine Heimat. Auch hier glaubten alle an den Sieg, vergaßen, dass Menschen ihr Leben verlieren würden – auf beiden Seiten. Vielleicht gab es ein paar Zweifler. Besonders in den Gesichtern junger Männer wie den beiden Matrosen las er Angst und Sorge. Manche hatten bisher nicht mal eine Waffe in Händen gehalten und bald mussten sie Befehlen gehorchen, und sie würden sich nach einem warmen Bett und einem warmen Leib sehnen, der ihnen Trost spendete. Sie würden nachts in ihren Betten liegen und den Krieg verdammen, den sie jetzt bejubelten und sehnsüchtig erwarteten.

Er straffte sich und ging an den beiden Männern vorbei, ohne sein Unbehagen zu zeigen. Warum sollten sie ihm etwas tun? Roch man Verrat oder Spionage? Plötzlich fühlte er sich unwohl. Er gehörte nicht hierher.

„He, du, bleib stehen", rief einer der Jungen ihm nach.

Silvano zögerte und ging langsamer weiter.

Plötzlich zersprang ein Glas neben ihm an der Wand, der Inhalt spritzte gegen sein Gesicht. Silvano wischte sich den Wein ab und drehte sich langsam um. „Schade um das Glas", zischte Silvano.

Der Junge lehnte sich gegen die Wand und verzog den Mund. „Schade um jeden Mann, der nicht für Genua kämpft. Ich habe dich gesehen, im Hafen."

Silvano packte den Jungen am Wams und zog ihn ein paar Meter weiter zurück, wo eine Gasse steil abfiel und zum Hafen führte. „Willst du so jung sterben? Sehen, wie das Blut aus deinem Leib quillt und man sich an deinem Sterben weidet?"

Der Junge schnappte entsetzt nach Luft. „Sie haben gesagt, wir werden siegen."

Silvano blickte auf den Jungen. Jeder Zorn war aus dem bleichen Gesicht gewichen. „Ihr werdet siegen, wenn ihr vernünftig seid und versteht, dass Krieg nichts bringt. Er verändert nichts, er bringt nur mehr Tote und du wirst etwas verlieren, das dir später mehr bedeutet als jetzt."

Der Junge hielt ihn zurück. „Was meinst du?"

Silvano ging weiter. Es machte keinen Sinn, dem Jungen zu erklären, was er falsch gemacht hatte. Die Gasse vor der Schenke füllte sich und während sich Silvano durch Betrunkene und kreischende Weiber drängte, hatte er nur noch einen Gedanken: Jemand musste Giovanni gesehen haben. Irgendwo saß er und wenn der leichtgläubige Spund nach ihm, dem Venezianer, fragte, konnten sie beide um ihr Leben rennen.

Nach der Schenke blieb Silvano stehen. Lauter Männergesang drang bis auf die schmutzige Gasse hinaus. Es waren einfache Männer, die hart arbeiteten. Die Männer vertrauten einander, wenn es sein musste, sie standen füreinander ein und taten, was notwendig war, um zu überleben.

Zwei Männer rempelten ihn an. „Komm, hast du nicht genug vom Winter? Wir trinken, bis die ersten Segel gehisst werden!“ Einer der beiden zerrte ihn hinter sich her. Er folgte ihm, verharrte noch kurz am Eingang, als ihm eine Wolke aus Schweiß und Urin entgegenwehte.

Der Größere der beiden, er hinkte, starrte ihn an. Dann klopfte er seinem Freund auf die Schulter. „Der Mann ist Besseres gewohnt.“ Er lachte schallend und torkelte hinein.

„Hat dich dein Weib so unter der Fuchtel?“

„Ich suche einen Freund. Er ist verletzt, an den Händen.“

Ein Stuhl krachte durch das Fenster. Im letzten Moment riss Silvano den Kleinen beiseite. „Da willst du hineingehen?“

Der Kleine grinste. „Wo hast du die letzten Monate verbracht?“

„In der Hölle.“ Silvano straffte die Schultern und schritt voran. „Schlimmer kann es hier nicht sein.“

Die Spelunke war schlimmer als die Hölle, aber der Kleine schob ihn in das Gewirr von Männern und Huren hinein und ließ sich von einer leicht geschürzten Barfrau zärtlich begrüßen.

Silvano schielte zum Eingang, der sich immer weiter entfernte, bis er gegen eine Frau stieß. Ihr grellrotes Haar leuchtete wie das Steinwerk des Palastes, wenn die Sonne aufging. Wie gebannt starrte er auf ihr Haar und wanderte dann tiefer, bis er bei ihren prallen Brüsten fest hing. Er zwang sich, ihr nicht seinen Umhang anzubieten und holte tief Luft. Sie mochte mal schön gewesen sein, aber das Alter hatte seine Spuren hinterlassen. Dennoch spendete ihm ihr vertrauensvoller Blick Mut.

Sie hatte ihre Würde, hielt einen seidigen gesponnenen Schal über ihren Schultern so anmutig zusammen, als eröffnete sie neben ihm einen Ball im Palast.

„Verzeihung“, stammelte er, während die Männer, die neben ihm standen, schallend lachten.

Die Frau rempelte einen bärtigen Mann heftig an.

„Verzeihung! Wo kommst du her, Matrose?“

Der Bärtige kratzte sich auf seinem riesigen Bauch und sah ihn argwöhnisch an. „Du bist nicht von hier. Ich kenne jeden, aber du gefällst mir nicht.“

Die Frau hängte sich an den Dicken. „Lass den Kleinen, gib mir lieber einen Drink aus!“

Der Dicke ließ sich ablenken und grapschte der Frau an die Brust, bis sie stöhnte und Silvano zuzwinkerte.

Silvano drehte sich beschämt um und erschrak, als sich eine Hand auf seine Schulter legte. „Folge mir“, flüsterte eine rauchige Stimme und ein Mädchen, gertenschlank, ging an ihm vorbei zu einer Treppe. Dort drehte sie sich um und winkte ihm, ihr zu folgen.

Sie war zierlich, kaum älter als Isabella und so unschuldig, doch an dem Ort war kein Platz für Unschuld.

Jemand gab ihm einen Stoss. Die Frau von vorhin rief ihm zu: „Geh, Junge, gleich kracht es hier, dann ist es besser, wenn du oben bist.“

Er nickte und ließ das Mädchen gewähren, als sie den Arm um seine Hüften legte und kichernd die schmale Treppe hinaufstieg. Notdürftig ausgelegte Stoffbahnen schluckten seine Schritte. Was tat er hier? Er blickte hinunter, die Männer hatten mehr getrunken als ihnen gut tat. Gläser zerbrachen und Köpfe stießen aneinander. Silvano wandte sich um und folgte dem Mädchen. Es stand am Ende eines langen Ganges und lehnte sich gegen die Tür. Ihre Hand glitt sanft über seine Wange.

„Jemanden wie dich bediene ich nicht oft.“ Sie stieß die Tür auf und forderte ihn lächelnd auf, ihr zu folgen.

Das Zimmer war verwohnt und kalt. Weiß gekalkte Wände zeigten Spuren von Kämpfen und wilden Liebschaften, die ihn erneut beschämten. Das Mädchen legte sich auf das Bett und begann ihr Kleid aufzumachen. Ihre Haut glänzte vom Schweiß, ihre Brüste schimmerten, als der Stoff auseinanderklaffte.

„Nein.“ Schnell kniete er über ihr und raffte das Kleid zusammen. Der Duft ihres Haares ließ ihn vergessen, und er schloss die Augen.

Ihre Finger glitten durch seine Haare. „Es wird alles wieder gut“, flüsterte das Mädchen und streifte ihm das Wams ab. Sanft drückte sie ihn auf das Bett und neigte sich über ihn. Ihre Lippen waren warm, als sie über sein Gesicht und seinen Hals glitten. Ausgehungert nach Liebe ohne Fragen und Zweifel riss er das Mädchen zu sich und presste seine Lippen auf ihren Mund. Sie stöhnte, als er ihr das Kleid über die Schultern riss. Das Mädchen war dazu da, geliebt zu werden. Danach würde er gehen. Irgendwo hin und das Erlebnis vergessen. Wie jeder andere Mann, der solche Orte aufsuchte.

Das Mädchen lächelte und zog sich langsam aus. Ihre Hüften waren schmal, sie mochte nicht viel zu essen bekommen, dachte er überrascht. Dann neigte sie ihren Kopf zur Seite. „Gefalle ich dir?“

Plötzlich fiel ihm Isabella ein. Wie sie sich geschmückt hatte, um Giovanni zu gefallen. Ihr Haar fiel über ihre Schultern, wie jetzt bei dem Mädchen. Er konnte nicht Gefallen finden an einer, die wie seine Schwester war.

„Hör auf.“ Er wandte sich ab und starrte auf die verblichenen Reste von Stoffbahnen an der Wand. Trotz der armseligen Umgebung wirkte das Mädchen anmutig und sie tat ihm Leid. War Francesca früher selbst so hilflos gewesen? Sie hatte vom

Sumpf gesprochen, von Männern, die gefühllos waren und ihre Chance auf ein anderes Leben waren. Doch sie war keine Hure. Er fuhr sich über das Gesicht und verbarg seinen Kopf in der stickigen Matratze.

„Du wirst vergessen. Dafür bist du doch gekommen", sagte das Mädchen. Sie nahm seine Hände und zog ihn zurück, bis er auf dem Rücken lag und ihr in die Augen sah.

„Jeder kommt zu mir, um zu vergessen."

Es war nicht richtig, dass sie hier war. Und er. „Wie heißt du?"

„Marissa."

„Geh weg von hier, Marissa." Sie sah ihn mit unschuldigen Augen an, doch ihre Hände glitten weiter über seine Hüften und hatten gar nichts Unschuldiges.

„Ich bin hier, um dir zu dienen." Sie schob ihn zum Bett zurück, stieß ihn leicht an, bis er auf die Matratze sank.

Zornig packte er sie am Handgelenk. „Du sollst mir nicht dienen. Niemandem, verstehst du?"

Er hielt inne. In der Schenke krachte es. Männer schrieen sich an, er konnte nichts verstehen. Nur Wortfetzen drangen zu ihm hoch.

Marissa riss sich das Kleid in Fetzen, bis ihre Brust halb entblößt war. Dann kratzte sie sich im Gesicht und auf den Schultern. „Wenn du mich nicht liebst, dann sage ich, dass du mir wehtun wolltest!"

Plötzlich platzte der kleine Mann hinein. „Komm schnell, wir verprügeln ein paar Venezianer!" Er starrte auf Marissas Brust. „Du hast sicher Besseres vor", grinste er und rannte aus dem Zimmer.

„Geht nur, feiner Herr und prügelt Euch." Marissa warf ihm sein Wams zu und räkelte sich im Bett. „Du wirst deinen Frieden hier nicht finden."

Silvano zog sich an. „Dafür bin ich nicht gekommen." Noch einmal roch er ihren Duft, ließ sich von ihr umarmen, bis er ins Schwanken geriet und auf ihr lag.

„Bist du noch immer willens, nach unten zu gehen?" Ihre dunklen Augen glitzerten. „Für dich würde ich das hier aufgeben. Wohin willst du? Sag es mir!"

Ärgerlich stützte er sich auf und stand auf. „Mach nicht denselben Fehler wie ich. Geh weg, du kannst mehr, Marissa." Er drückte ihr ein paar Dukaten in die Hand und fuhr ihr durch das lange Haar. „Bleib nicht hier!"

Sie wich seinem Blick aus, Tränen schimmerten in ihren Augen, als er aufstand und aus dem Zimmer ging.

Die Männer hatten das Lokal in kürzester Zeit verwüstet. Stühle und Tische waren zerstört, Gläser und Flaschen lagen auf dem Boden.

Die rothaarige Frau schlenderte zu ihm. „Seht Ihr, es war gut, dass Ihr bei Marissa geblieben seid. Pack, immer wieder! Und alles nur wegen ein paar armseliger Venezianer." Sie deutete über den Tresen hinweg auf einen schlanken jungen Mann, der sich mit Eifer gegen den bulligen Mann verteidigte, aber noch immer lachte. „Morgen liegt er in der Gasse und wird sich verfluchen für seine törichte Tat."

Marissa lief die Treppe hinunter. „Soll ich tanzen?" Ihr zerrissenes Kleid verhüllte kaum etwas von ihrem mädchenhaften Körper. Für einen Moment kehrte Ruhe ein.

„Hast du jetzt genug Abenteuer gehabt, Giovanni?", rief ein Mann hinter dem Jungen und wich einem Stuhl aus, den ein Matrose nach ihm geworfen hatte.

„Giovanni Caspero?"

Giovanni drehte sich überrascht um. „Achtung, hinter dir!", rief Giovanni, dann durchzuckte ein greller Schmerz Silvanos Kopf, und er sank zu Boden.

53. Kapitel

Der Bärtige packte Giovanni und warf ihn auf die Gasse hinaus. „Verschwinde. Und dein Freund auch!"

Giovanni rappelte sich hoch und schwankte zurück. „Ich habe bezahlt!", rief er und trommelte gegen die Tür. Plötzlich ging die Tür auf.

Erleichtert trat Giovanni vor. „Ihr habt Ehre, in Genua", brach er hervor und dann stürzte ein Mann auf ihn, der ebenso unsanft hinausgeworfen wurde wie er selbst. Beide fielen zu Boden.

„Steh auf, du Tölpel. Ich kriege keine Luft!", schnaufte Giovanni und rammte dem Mann die Faust in den Rücken.

Der Mann wälzte sich zur Seite und blieb liegen. Blut sickerte aus einer Wunde auf seiner Wange.

Giovanni bekreuzigte sich und blickte entsetzt um sich. Er hatte nichts getan. Schnell stand er auf und wollte verschwinden, als der Mann sich umdrehte. „Hilf mir. Ich muss nach Hause."

Die Stimme ließ ihn erstarren. „Silvano di Conti?" Beängstigt sah er sich um, ob ihn jemand gehört hatte. Aber er konnte ihn nicht einfach auf der Straße liegen lassen.

Als er sich über Silvano beugte, bekam ihn der am Kragen zu fassen und würgte ihn. Giovanni riss sich los.

„Was ist mit Euch los? Ich habe Euch nichts getan. Niemandem von Eurer Familie." Dann stockte er und sah Silvano lange an. „Isabella, sie ist verschwunden. Niemand weiß, wo sie ist."

„Isabella! Wo ist sie?" Silvano versuchte aufzustehen und schwankte auf ihn zu. „Was tust du hier? Du wirst uns verraten."

„Ich habe den Auftrag, Euch nach Hause zu bringen“, sagte Giovanni.

„Dafür wird mein Vater Meister“, setzte er tonlos nach. Was half es, Silvano davon zu erzählen, was passiert war. Er war nun hier und er hatte dem Dogen geschworen, seinen Sohn wiederzubringen. Wenngleich Isabella ihn nicht mehr liebte, wollte er sein Versprechen halten und nicht brechen wie Alonso oder Fallore.

Silvano nickte und ließ sich willenlos von Giovanni stützen.

„Was tut ein Mann wie Ihr in so einer Spelunke?“

„Nach einem närrischen Glasbläser suchen.“

Giovanni folgte seinen Anweisungen, bis er vor einem prächtigen Haus anhielt. „Hier wohnt Ihr jetzt? Es ist kein Palast wie derjenige, den Ihr verlassen habt.“

Silvano nickte. „Ich musste aus Venedig flüchten. Ich habe eine Frau geliebt, aber sie wollte meinen Tod.“ Er krallte sich an Giovannis Arm fest.

„Sie ist auch für den Tod deines Vaters verantwortlich, Giovanni. Sie und Carisi. Wie eine Seuche vergiften sie den Palast.“

Giovanni nickte heftig. „Und Euer Vater – er glaubte Isabella nicht.“

Silvano setzte sich auf die Stufen vor dem Haus und seufzte. „Marco hatte Recht. Ich hätte Vater von Francescas Plan erzählen sollen.“

Im oberen Stockwerk wurde es heller. Giovanni huschte unter den Vorsprung der Loggia.

Silvano sah ihn irritiert an. Ein Fensterrahmen schlug gegen die Mauer.

„Silvano?“

„Ja, ich bin hier. Komm und öffne die Tür.“

„Weiß man, wer Ihr seid?“ Giovanni spähte nach oben. „Wer ist sie?“

„Maddalena ist die Tochter eines Freundes von Marco Polo. Sie war an Bord jenes Schiffes, das mich gerettet hat. Ja, ich wollte die Lagune verlassen, habe mich selbst verlassen in jener Nacht. Aber jemand wollte, dass ich überlebe.“ Er sah nachdenklich zu Giovanni. „Maddalena und ihr Vater haben es erfahren, weil Marco darauf bestanden hat. Maddalena ist eine besondere Frau. Sie ist schlau. Wie Isabella.“

Die Tür ging hinter ihnen auf und eine Frau erschien im Türrahmen. Bevor Giovanni etwas sagen konnte, umarmte die Frau Silvano zärtlich. „Wo warst du die halbe Nacht?“

Giovanni stellte sich vor Silvano hin und verbeugte sich. „Verzeiht, wenn wir Euch geweckt haben. Der Mann“, er zeigte auf Silvano, „hat mir das Leben gerettet.“

„Ja, ein paar Männer wollten den armen Glasbläser hier überfallen, Maddalena.“ Er griff Giovanni unter dem Arm und führte ihn an ihr vorbei in den Salon.

Maddalena folgte ihnen schweigend, bot Giovanni ein Glas Wein an und mied Silvano Blicke. „Erzählt – wo hat er Euch angetroffen?“ Sie rümpfte die Nase und wandte sich ab, als Silvano näher kam.

Giovanni grinste und starrte auf die verkleideten Wände des Salons, bis er merkte, dass die Frau ihn neugierig ansah. Sie trat auf ihn zu und fasste ihn an den Händen. „Ihr braucht einen neuen Verband“, sagte sie so fest entschlossen, dass er keinen Widerspruch wagte. Sie zog ihn am Arm und führte ihn über einen breiten Gang in eine Küche, die das halbe Haus seiner Eltern beinhalten konnte.

„Du bist kein gewöhnlicher Glasbläser“, begann sie und wickelte behutsam die alten Verbände ab. Ohne ein Wort über die verschmutzte Wunde zu verlieren oder Ekel zu zeigen, wies sie ihn an, Platz zu nehmen und wusch seine Hände mit warmem Wasser. Erleichtert, dass sie ihn nicht mit Fragen quälte wie seine Mutter, wenn er betrunken und blutend nach Hause kam, streckte er die Füße aus und atmete tief durch. Vielleicht war es ein Fehler, Silvano von Isabella zu erzählen. Aus dem Jungen war ein Mann geworden, der ein Leben hatte und es liebte. In Gedanken versunken schrak er hoch, als Maddalena ihre Frage beharrlich wiederholte.

„Warum bist du hier?“

„Silvano hat mich gerettet“, antwortete er überrascht und holte tief Luft, als Maddalena wie unbeabsichtigt über seine Wunde strich.

„Das mag stimmen, aber ich kenne Silvano besser, als er glaubt. Du bist der Glasbläser und nichts führt einen Handwerker, der seiner Zunft die Treue geschworen hat, so einfach nach Genua. Wo es nur eine Frage von Wochen ist, bis der Krieg ausbricht. Willst du dann im Hafen sitzen, wenn deine Leute hier einfallen?“

Giovanni stand auf. Silvano hatte ihn nicht umsonst gewarnt, sie war Francesca ebenbürtig, wenngleich im guten Sinn. Aber nun, abwartend stand sie neben ihm und hielt ihm den neuen Verband entgegen, quälte ihn die Feststellung.

„Isabella ist verschwunden. Und es ist nur eine Frage der Zeit, bis man sich der Übermacht der Verräter sicher sein kann und Silvanos Vater tötet.“

Giovanni setzte sich wieder hin und hielt Maddalena die Hand hin. Sie verband die Hand genauso behutsam wie sie vorher den Verband abgenommen hatte und während sie das tat, ließ sie ihn nicht aus den Augen. „Silvano hat seinem Vater nicht verziehen, aber er kann seinem Schmerz nicht für immer entkommen.“

Giovanni nickte heftig. „Ja, Ihr müsst ihm sagen, dass er zurück soll."

Maddalena lächelte, dann hielt sie inne und blickte zur Tür. „Es gibt nur einen Menschen, der Silvano dazu bringen kann, nach Venedig zurückzukehren. Und das bin nicht ich, Giovanni Caspero."

„Das ist Maddalena. Sie wäre Francesca gerecht." Silvano stieß sich vom Türrahmen ab und schob ihm ein Glas zu. „Was Isabella nicht gelang. Sie mag stark im Herzen sein, aber ihre Gefühle machen sie blind."

Giovanni trank den Wein bedächtig und schüttelte den Kopf. Er stand auf und tippte Silvano auf die Schulter.

„Redet nicht schlecht über die Frau, die mich liebt. Isabella hat mehr Anstand als alle Weiber jenseits der Brücke." Er kniete neben Silvano nieder und sprach weiter. „Ich war ein Frauenheld, aber Eure Schwester hat mir gezeigt, was Leidenschaft ist. Verzeiht, Maddalena."

„Was verstehst du von Liebe?"

„Nicht mehr als Ihr, aber ich kämpfe dafür!", verteidigte sich Giovanni und starrte Silvano wütend an.

Silvano versetzte Giovanni einen Stoß, dass er das Gleichgewicht verlor und gegen den Stuhl fiel. Der Stuhl krachte auf den Boden und wenig später stand Roberto in der Tür.

„Was zum Teufel ist hier los?"

Giovanni zog sich die Kappe vom Kopf. „Verzeihung, ich war ungeschickt." Er zeigte seine Hände entschuldigend her und drängte sich an Maddalenas Vater vorbei.

„Lebt wohl, Silvano." Er stolperte die Treppe hinunter und lief nach draußen. Bevor die Tür zufiel, sah er zu Maddalena. Sie stand in der Küche und hielt eine Schale mit Verbandsstoff in der Hand. „Giovanni, bleib hier!"

Maddalenas Ruf klang in seinen Ohren nach, aber er stieß das schwere Tor auf, das zur Straße führte und stolperte weiter. Was hatte er sich nur gedacht, dem reichen Patrizier, sei er nun Sohn des Dogen oder nicht, ins Haus zu folgen? Frierend rannte er die Straße zurück und sah noch einmal zurück. Das Haus, es war so friedlich und voller Liebe. Silvano hatte seine Heimat gefunden, er wirkte zufrieden und daran sollte sich nichts ändern.

***

In der Spelunke kauerte sich Giovanni hinter den letzten Tisch und suchte nach einem Geldstück. Seine Hände zitterten, aber nun nicht vor Kälte. Silvano war nicht anders als sein Vater. Hass erfüllte sein Herz. Wie konnte er so über Isabella reden, die für ihn sterben würde? Er hielt inne und zog ein Stück Glas aus der Tasche, spielte damit, bis es ihm aus den Fingern glitt.

Der Wirt nahm das Glasstück in die Hand und hielt es gegen das spärliche Licht. „Gute Qualität", sagte er schließlich und warf es auf die Tischplatte zurück. „Trotzdem, du wirst bezahlen wie jeder, der etwas trinken will."

Giovanni nickte. „Lasst mich nur aufwärmen, dann gehe ich wieder."

„Das nächste Schiff, das den Hafen verlässt, ist deines."

Giovanni sah ihn überrascht an und fuhr hoch. Der Wirt drückte ihn nieder. „Bleib und stärke dich, aber dann sieh zu, dass du Land gewinnst. Es wird bald rau und hier hast du nichts verloren."

„Bringt was Anständiges, Wirt", sagte Silvano in dem Moment und nahm Giovanni gegenüber Platz. Er ließ seinen Blick über das Lokal streifen und lächelte. „Man hat uns schon längst vergessen."

Der Wirt stellte missmutig zwei Becher auf den Tisch und beäugte das Geld, das ihm Silvano reichte. „Auch wenn Ihr Eure Füße unter dem Tisch eines Reichen ausstreckt, Ihr seid, was Ihr seid. Folgt meinem Rat und verschwindet. Am besten heute Nacht.“

Silvano schüttelte den Kopf. „Ich zahle Euch den Schaden, auch wenn es nicht meine Schuld ist.“

Der Wirt stellte eine Karaffe Wein so heftig auf den Tisch, dass er über die Kanne schwappte. „Nicht jeder ist Roberto wohl gesonnen. Hütet Euch, mir etwas zu sagen, das Euch später Leid tut.“

Silvano wollte etwas sagen, aber Giovanni kam ihm zuvor. „Ist gut, bringt, was Ihr uns geben wollt, und dann verschwinden wir.“

Der Wirt brummte etwas Unverständliches und ging zum Tresen zurück.

„Warum hast du das getan? Er behandelt uns wie Dreck.“ Silvano stieß die Beine wütend aus und trat gegen das Tischbein.

„Wollt Ihr noch mehr auffallen? Der Wirt hat mich gerade gewarnt, wir sollen verschwinden. Man hat wohl gemerkt, dass unsere Siegesschwüre nicht von Herzen kommen.“

„Am besten, du sprichst mit ihm. Ich bin nicht so geschickt.“ Silvano beugte sich näher über den Tisch. „Warte einen Moment.“

Silvano ging zum Wirt und sprach auf ihn ein, dann kehrte er mit einem breiten Grinsen zurück. „Vielleicht bin ich doch nicht so ungeschickt.“

Giovanni grinste, als er das Mädchen sah, das am Ende der Treppe stand und nun an ihren Tisch kam. „Der Wirt hat Euer Angebot wohl falsch verstanden.“

Kaum hatte er das gesagt, rutschte Marissa neben Silvano auf den Stuhl und legte ihre Hand auf seine Beine. „Tut so, als ob Euch das gefällt“, sagte sie, „Und dann folgt mir auf das Zimmer. Beide.“

Silvano löste ihren Griff. „Marissa, ich gab dem Wirt das Geld, damit du es besser hast.“

Giovanni grinste und packte Marissa an der Hand. „Sie hat es besser, als du ahnst. Sie verbringt die Nacht in einem Bett neben dir, du einfältiger Pinsel.“ Dann schnappte er sich den Becher und zog Marissa hinter sich die Treppe hoch.

Kaum war er im Zimmer, hörte er schon Silvano rufen. „Ich dachte, du liebst Isabella!“, rief er und stieß die Tür auf.

Giovanni öffnete ein Fenster und lud Silvano ein, auf das Dach zu klettern.

„Wenn Ihr Isabella und Euren Vater retten wollt, müssen wir Genua verlassen. Bald.“

Silvano stockte. „Das ist unmöglich. Ich kann Maddalena nicht einfach verlassen.“

Giovanni zeigte auf Marissa. „Ihr wolltet ihr helfen und Eurer eigenen Familie nicht? Marco Polo wird des Hochverrats bezichtigt. Man sucht nach ihm.“

Silvano fuhr erschrocken hoch. „Er läuft heute Nacht aus.“ Er lief zum Fenster und drehte sich dann zu Marissa um. „Flieh mit uns.“

Marissa schüttelte den Kopf. „Mein Vater wird es nicht zulassen, dass ich fortgehe. Er würde mich suchen, wo immer ich auch bin.“

Giovanni sah sie überrascht an, dann nickte er. „Dein Vater, der Wirt. Und welcher Vater würde seine Kinder nicht suchen lassen. Es sei denn, sie wollen nicht gefunden werden.“ Er blickte Silvano eindringlich an. „Wenn Isabella Eurem Beispiel folgte, wird man sie ohne unsere Hilfe nicht finden.“

54. Kapitel

Nach einer schlaflosen Nacht stieg Andrea zu den Dächern des Palastes hoch und betrachtete den Sonnenaufgang. Die Schindeln waren glitschig von der Kälte der letzten Nacht. Der Blick über die Dächer seiner Stadt schürte seine Demut. Die Menschen hatten ihm vertraut und jene Berater, deren Vertrauen er nun verloren hatte, konnten ihm gefährlich werden. Schon jetzt musste er aufpassen, worüber er mit wem sprach. In seinen eigenen Reihen säte jemand Unfrieden.

„Euer Gnaden, ich habe Eure Tochter gefunden. Sie ist in der Tat am Ende der Lagune. In einem alten Palast, der Carisis Vater gehörte.“ Eroso senkte den Kopf. „Man hat mir versichert, dass Carisi nicht an dem Aufruhr beteiligt war, aber ich werde meinen Fehler wieder gut machen. Sie verfügen über mich, sobald wir Eure Tochter in Sicherheit wissen.“

„Ich habe den falschen Leuten vertraut, Eroso. Und denjenigen, die auf meiner Seite waren, misstraut. Ich werde, sobald die Zeit gekommen ist, darüber entscheiden, was ich mit Euch und der Geheimpolizei mache.“

Als Eroso sich zum Gehen wandte, hielt er ihn zurück. „Ich will nicht, dass Isabella erfährt, wie wir von dem Versteck erfahren haben.“

Eroso nickte und stieg über die Treppen hinunter.

Andrea drehte sich wieder um und meinte, am Ende der Lagune ein Boot zu erkennen. Es drehte vor der Einfahrt zur Lagune bei und das Wappen wurde sichtbar. Andrea durchfuhr ein Funken der Hoffnung. Francesca hatte alles geplant, aber seine Kinder waren nicht danach erzogen, sich an Vorschriften zu halten. Sie würden einen Weg finden. Er hat Francesca bewundert für ihren Ehrgeiz, ihre Zielstrebigkeit. Sie war so anders als Catarina und hatte schon zu Beginn seiner Ehe nicht gezögert, ihm zu zeigen, was sie für ihn empfand. Catarina hatte es geahnt, doch sie hatte geschwiegen. Das Schweigen war nun vorbei und wenn Catarina nicht mehr sprechen konnte, dann musste er dafür sorgen, dass die Wahrheit ans Licht kam. Und wenn er dafür sein Amt verlor!

Was war Lüge und was Wahrheit? Sie versprach ihm, dass Isabella sicher bald zur Vernunft kommen würde und von ihrem Glasbläser genug hätte. Nichts war geschehen. Isabella war verschwunden und niemand hatte gewusst, wo sie war. Nicht mal Margherita. Und jetzt – die Frau nutzte seine blinde Leidenschaft aus.

Zwischen einigen kaputten Schindeln wehte ein Stück Stoff. Vorsichtig kletterte er höher. Isabellas Kleid. Wann war sie hier gewesen? Allein? Mit Silvano? Erleichtert, etwas von ihr zu haben, suchte er das Dach weiter ab, bis die Sonne eine weitere Suche unterbrach. Es war brennend heiß geworden.

Bevor er das Dach verlassen wollte, sah er nochmals über die Lagune. Wie lange würde er noch der Doge bleiben? Er zögerte und hob die Hand. Ein Schiff fuhr am Arsenal vorbei, steuerte auf die Kais zu. Es war Marcos Schiff, das anlegte.

Schnell verließ er das Dach und wartete unter den Arkaden auf Marco. Die Stille. Erst jetzt fiel ihm auf, wie lebensfroh alle Menschen gewesen waren, solange Isabella im Palast war. Er vermisste ihr Lachen.

Aus dem Kind war eine junge Frau geworden, die den Ernst des Lebens schneller erkennen musste als ihm lieb war. Er wollte sie beschützen, davor bewahren, doch er hatte es nur schlimmer gemacht.

Plötzlich trat Eroso auf ihn zu. „Euer Gnaden, ich muss Sie dringend von einer Verfügung unterrichten.“

„Nicht jetzt, Eroso. Marcello soll sich darum kümmern", rief er und ging seinem Freund, der eben das Tor passierte, entgegen.

„Marco!" Er hob die Hand und winkte. „Mein alter Freund", begrüßte Andrea Marco, kaum dass er das Zimmer betreten hatte.

Als er ihn umarmen wollte, wich Marco ihm aus.

„Andrea, ich würde mir wünschen, ich könnte deine Freude ungetrübt teilen."

Marco bat Andrea um eine Unterredung in seinem Arbeitszimmer und begann erst zu sprechen, als die Türen geschlossen wurden.

Andrea trat ans Fenster. „Du hast gehört, was inzwischen passiert ist. Ich habe nicht erwartet, dich so schnell wiederzusehen."

Menschen hasteten auf die Piazza, zeigten auf den Palast. Er neigte sich weiter aus dem Fenster. „Ich sehe, dein Kommen hat die Venezianer aufgeschreckt. Was ist geschehen? Hast du die Kriegsflotte gleich mitgebracht?" Er wollte den Krieg nicht mehr, nicht um jeden Preis, aber die Vorbereitungen waren nicht mehr aufzuhalten. Er drehte sich um. Marco stand noch immer neben der Tür, zögerte einzutreten.

Andrea deutete auf den Stuhl. „Du hast eine lange Reise hinter dir. Darf ich dir eine Erfrischung anbieten?" Er klatschte in die Hände. „Diener, bringt Wein für Marco Polo!"

Der Diener zögerte, dann nickte er und verließ das Zimmer.

Andrea blickte auf die Tür und sah Marco irritiert an.

„Was ist los? Warum sagt mir niemand etwas?"

Marco legte etwas auf den Tisch. „Vielleicht könntest du mir sagen, was das ist?"

Andrea trat näher und hielt inne. „Holz, du bringst mir ein verwittertes Stück Holz? Mein Freund, manchmal bist du ein wenig wunderlich. Du solltest dir überlegen, sesshaft zu werden."

„Sieh es dir genauer an."

Zögernd griff Andrea nach dem morschen Teil, als er die Buchstaben erkannte.

Taumelnd tastete er sich zum Fenster. „Isabella hat es gewusst. Ich habe ihr nicht geglaubt. Ich dachte wirklich, er wäre tot. Wo ist Silvano?"

„In Genua. Wir haben ihn vor der Küste aus dem Meer gefischt, er war bewusstlos."

„Weiß er …?"

Marco schüttelte den Kopf. „Er glaubt, Isabella sei verheiratet. Es dauerte ein wenig, bis ich gemerkt habe, wer er ist. Er hat sich als Matrose vorgestellt, namens Silvio. Nacht für Nacht stand er am Steuer. Er ist unglücklich, Andrea. Nur Maddalena hat ihn zum Lachen gebracht."

„Maddalena?"

„Die Tochter eines Freundes, sie begleitete ihren Vater auf meiner Rückreise nach Genua."

Es klopfte an der Tür. Der Diener brachte den Wein und stellte ihn auf den Tisch. Als er ihm einschenken wollte, winkte Marco ab. „Ich bin es gewohnt, mir allein zu nehmen."

Der Diener zögerte, schenkte dann aber Marco zuerst ein, ohne sich um seinen Einwand zu kümmern und verließ das Zimmer.

Marco lehnte sich nach vorne und griff nach dem Weinglas. „Auf uns und mögen deine Kinder wieder Glück und Erfüllung finden!"

Marcello stürzte ins Zimmer. „Haltet ein!"

Er starrte seinen Berater verärgert an. „Marcello, ich habe Besuch."

„Trinkt nicht von dem Wein!“, rief Marcello und entriss Andrea das Glas, hielt es in die Höhe und schaute es prüfend an. „Er kann vergiftet sein.“

Andrea lächelte und entnahm seinem Berater das Glas. „Guter Marcello, Eure Besorgnis in allen Ehren, aber wie oft versuchte man, mich zu töten?“

Marcello presste die Lippen zusammen.

„Sucht Silvano und Isabella. Sie leben!“

Marcello schüttelte heftig den Kopf. „Woher wollt Ihr das wissen? Selbst in der Geheimpolizei gibt es Leute, die den Aufständischen zugetan sind.“

„Unsinn, Marcello, nun ist es genug“, befahl Andrea verärgert und griff nach dem Weinglas. Nach dem ersten Schluck sah er ungläubig auf das Papier in seiner Hand.

Marco sah ihn entsetzt an. „Was hast du, alter Freund?“

„Isabella beschuldigt dich des Hochverrats, der Spionage.“ Dann drehte er das Glas und murmelte undeutlich: „Silvano hatte Recht. Ich habe keine Freunde, nur Feinde.“ Das Glas entglitt ihm. „Gift“, flüsterte er, dann nahm er Marcos Gesicht nur noch undeutlich wahr.

***

Als Andrea erwachte, umfing ihn Dunkelheit und Gestank. Der Geruch von Fäulnis und Blut kroch in seine Nase, bis er sich abwandte. Nichts – nur Dunkelheit, die seine unruhigen Gedanken in die Hölle zogen.

Plötzlich zuckten grelle Blitze vor seinen Augen, erhellten seine Umgebung, dass er glaubte, in einem Albtraum zu sein. Marco, mit Ketten an den Händen. Dann verschwand das Bild wieder und er holte tief Luft. Doch das vertrieb die Übelkeit nicht, mit der er erwacht war. Er vernahm dumpfe Schreie, die näher kamen, doch es gelang ihm nicht, zu bestimmen, woher die Schreie kamen, ob sie die eines Mannes oder einer Frau waren. Übelkeit überkam ihn erneut, der Fäulnisgeruch war so stark, dass er sich erbrach. Er wollte aufstehen, doch etwas riss ihn zurück. Das Klirren einer Kette dröhnte in seinen Ohren und erst, als seine Hände schwer auf seinen Fuß fielen, merkte er, dass die Kette an seinen Handgelenken hing. Die Haut brannte, wenn er versuchte, seine Hände zu heben.

Ein neuerlicher Blitz erhellte seine Umgebung und er erschrak, als er die mit Schimmel überzogenen Wände erblickte. Etwas berührte seine Hand, pelzig, weich. Bevor er reagieren konnte, biss es zu. Eine Ratte! Er wollte sich losreißen und anstelle der Freiheit vernahm er wieder das Klirren von Ketten. Ein dumpfer Schmerz, dann rieb er über seine Handgelenke. Blut, es rann über seine Hand. Auch wenn er es nicht sehen konnte, fühlte er die warme Flüssigkeit. Sie hatten ihn eingesperrt! Nur langsam kam die Erinnerung zurück. Vor der Tür lachten die Wachen, verhöhnten ihn.

„Ein di Conti im Gefängnis! Ihr könnt Euch dran gewöhnen. Bald wird Eure Tochter folgen. Sie kommt nach Venedig zurück. Dann werdet Ihr Sippenhaft kennen lernen."

Sie würden es nicht wagen. Nicht Isabella! Hierher. Er würde sie alle hängen, und niemand durfte Milde erwarten.

„Öffnet sofort!"

Das Lachen der Männer machte ihn rasend. „Ihr bekommt eine Belohnung." Er lehnte sich gegen die Wand, die Müdigkeit und Hunger quälten ihn.

Aus einer anderen Ecke der Zelle scharrte etwas. „Du kannst ihnen den Palast schenken, sie würden dich nicht befreien."

War er schon so von Sinnen, dass er die Stimme seines Freundes vernahm?

„Marco?"

„Was bin ich für ein treuer Freund, der dich bis in den Tod begleitet.“ Marco lachte, aber es klang gepresst.

Die Stimme des Freundes in der Dunkelheit gab ihm Kraft. „Wir werden hier herauskommen. Ich bin der Doge. Ich habe nicht jahrelang dafür gearbeitet, um hier zu verrecken!“ Die Ketten klirrten wieder, als er sich umdrehte.

„Man wird uns hier rausholen.“

„Es ist Krieg, Andrea, aber nicht der gegen Genua, sondern es geht um dein Leben.“

Andrea hob die Hände hoch, drehte sich immer wieder hin und her. Nicht die Ratten heranlassen! Er, der Doge in Ketten. „Ihr verfluchten Hunde. Lasst mich los!“

„Schon deine Kräfte, du wirst sie brauchen. Ich muss dir etwas sagen, bevor es zu spät ist, Andrea.“

„Dass du Catarina geliebt hast, ist kein Geheimnis.“ Die Situation zerrte an seinem Verstand. Kein Geständnis von Marco konnte ihn nun von dem Zorn ablenken, der ihn überfiel. Aber Marco ließ nicht los, vielleicht half es seinem Freund, sich vor dem Tod freizusprechen? Er stockte. Nein, er gab nicht auf und auch Marco durfte das nicht.

„Wir kommen hier heraus, Marco. Francesca mag ihren Plan haben, aber sie will mich an ihrer Seite. Dazu war ihr jedes Mittel recht und daran hat sich nichts geändert.“ Er hieb mit den Fäusten gegen die Wand, bis Marcos Worte unter dem Klirren untergingen. Plötzlich hielt er inne.

„Francesca wollte Silvano töten.“

Andrea starrte in die Dunkelheit. Ein neuer Blitz zuckte, er erschrak, als er Marcos Gesicht für einen Moment sah. „Warum sollte sie das tun?“

„Erinnerst du dich wirklich nicht mehr an die Nacht? Catarina hatte große Schmerzen und Angst, dass sie das Kind verlieren würde. Es war nicht Gottes Wille, dass sie starb. Ich glaube es nicht mehr, seit ich von ihrem teuflischen Plan erfahren habe, Andrea.“

Catarinas ängstliches Gesicht, die drängende Bitte von Francesca, sie allein zu lassen. Seine Gedanken, seine Qual, dass Catarina von seiner Leidenschaft erfuhr, hatten ihn blind gemacht, was vor seinen Augen passierte.

Andrea sank hilflos auf den Boden zurück. Er hatte es geahnt. Die seltsamen, forschenden Blicke, die eiligen Bewegungen der Frauen an Catarinas Seite, kurz vor ihrem Tod. „Sie wollte schon immer die Schönere sein. Und mich als ihren Geliebten.“

„Sie hatte den Plan schon lange, bevor du sie liebtest, Andrea. Sie wollte Dogaressa werden. Darum musste Catarina sterben. Es war nicht die Geburt, die sie geschwächt hatte!“

„Sie ist eine Bestie, Andrea. Sie schreckte nicht mal davor zurück, Silvano zu töten!“

„Marco, wir müssen hier raus!“ Erneut riss Andrea an den Ketten. „Ich habe für meine Gefangenen gesorgt. Es war Alonso, der sie zusätzlich bestraft hatte. Ich war das Gesetz. Ich bin das Gesetz!“

Marcos Ketten klirrten in der nächtlichen Stille. „Beruhige dich, mein Freund.“

Andrea lachte. „Beruhigen? Ich war ein Narr, Marco. Ich habe jeden mit meinem Ehrgeiz erdrückt, oder verjagt – wie Silvano.“

„Nein, du wolltest dich von Liebe leiten lassen, aber Francesca ist keine Frau, die man lieben darf. Sie ist eine Frau voller Leidenschaft, aber eine Frau, die weiß, was sie will und – wie sie es bekommt. Du warst ihr ein dankbarer Diener.“

„Ich wollte lieben?“

„Deine größte Angst war es, die Achtung eines Menschen zu verlieren, der an dich glaubt. Darum bist du in der Nacht vor Isabellas Geburt verschwunden.“

Er schüttelte den Kopf. „Catarina hat mich gesehen, in Francescas Armen. Ich konnte ihr nicht mehr in die Augen sehen.“

„Aber du hast Catarina geliebt und seitdem hattest du Angst, wieder zu lieben. Darum musste Isabella leiden. Und Silvano.“

„Ich tat alles für Catarina.“

„Du hast ihr nicht verziehen, dass sie davor jemand anderen geliebt hatte.“

Andrea zerrte an den Ketten. „Sie hatte dich längst vergessen!“

Marco lachte. „Sie wollte mich heiraten, aber dann kamst du – mit deiner Herrlichkeit, deiner Pracht. Sie ist dir und Venedig verfallen, aber Catarina konntest du nicht mit den goldenen Fahnen und steinernen Löwen beeindrucken. Nicht wie Francesca, sie hat Catarina gehasst in dem Augenblick, als sie die Blicke sah, die du mit Catarina getauscht hattest.“

„Sprich weiter. Du hast lange darauf gewartet. Beende die Abrechnung, hier – es gäbe keinen besseren Ort.“

Marco riss an den Ketten. „Es geht nicht um Rache, Andrea.“

„Ich habe Catarina geliebt.“

„Du hast Catarina geliebt, weil sie anders war. Gier war ihr fremd, Macht prallte an ihr ab. Weil sie so war, wie du nie sein konntest.“ Marco holte tief Luft. „Und du hast Francesca geliebt, weil sie dir ebenbürtig war. Bis sie dir gefährlich wurde, weil sie stärker wurde. Sie würde töten, um zu bekommen, was sie will …“

55. Kapitel

Der kalte Wind aus dem Norden blies über die Dächer, rüttelte an den Fensterläden, bis Silvano aufgab und das Bett verließ.

„Wohin willst du, Silvano?“, fragte Maddalena verschlafen und streckte die Hand nach ihm aus. „Es ist kalt. Und dunkel. Warte noch, bis du ins Kontor gehst.“

Er sank stöhnend zurück und blickte auf das Bett zurück. „Ich wollte dich nicht wecken. Schlaf weiter.“

Maddalenas Hand tastete nach ihm, glitt suchend über das Laken, bis sie innehielt und verschlafen den Kopf hob. „Wo ist Giovanni?“

Der Schmerz in seinem Kopf war übermächtig, aber dann lächelte er und schaute zu Maddalena. „Ich weiß es nicht, Maddalena. Es war nicht richtig, dass ich ihn hierher gebracht habe. Er – er gehört nicht hierher.“

„Er hat dich gerettet. Woraus auch immer, aber er ist dir mehr Freund, als du meinst.“ Sie griff nach ihrem Umhang und zog sich eilig an. Ihr schmales Gesicht war noch immer gerötet von den letzten Stunden.

Silvano wandte sich ab. Er schämte sich seiner Gedanken, aber er hatte Angst, dass Giovannis Auftauchen ihn verraten würde. Und, dass Maddalena von dem Mädchen erfuhr.

Giovanni hatte ihn aus der Schenke nach Hause gebracht. Den Duft Marissas in der Nase, hatte er sich an Maddalena gedrängt, bis sie aufwachte. Nichts wollte er sagen, einfach gehen, aber nun, Maddalenas Augen auf ihm ruhend, bereute er, ihr so vieles gesagt zu haben, so viel versprochen zu haben. Die Wärme ihres Körpers, ihre zärtliche Stimme hatten ihn in Versuchung gebracht. Er wehrte sich nicht lange, wollte vergessen, dass er bei Morgengrauen aus Genua fliehen wollte. Nur eine Nacht, in der er ihr mehr Liebe gegeben hatte, als je zuvor, war zu wenig. Schnell drückte er ihr einen Kuss auf die Stirn und warf einen letzten Blick auf das Zimmer.

„Ich muss etwas erledigen. Verzeih mir, meine Liebe."

Er zog sich das Wams über und schnallte sich seine Waffe um.

„Beeil dich, Marco läuft zeitig aus. Im Schrank findest eine kleine Tasche, mit Proviant und Wasser."

Er blickte sie überrascht an.

„Ich habe immer gespürt, dass ein Teil von ihr dich nicht loslässt. Vielleicht hat das Schicksal es gewollt, dass wir einander begegnen."

Unfähig, etwas zu sagen, griff er nach dem Spiegel und hielt ihn so, dass er Maddalenas Gesicht sehen konnte. „Ich muss gehen. Ich hasse meinen Vater, für das, was er getan hat – oder nicht getan hat, aber ich kann nicht zulassen, dass die Frau ihn vernichtet."

Maddalena hatte ihn nicht gehindert. Sie würde allein zurückbleiben, dem Hohn anderer ausgesetzt. Er schämte sich dafür und barg sein Gesicht an ihrer Brust. Er zog den Abschied hinaus, liebkoste ihre Wange, ihre Hand. „Ich komme wieder."

Maddalena schüttelte den Kopf und küsste ihn liebevoll auf die Stirn. „Ich habe mir gewünscht, dass du heimkehrst und Frieden mit deinem Vater suchst. Geh, du würdest hier nicht glücklich werden. Ohne zu wissen, wie es Isabella geht. Und deinem Vater."

Er nickte langsam und blickte in den Spiegel. In dem ovalen Glas blickte ihm Maddalena entgegen und die Sonne, die sich seit langem wieder über die Bergkuppen stahl. Isabella würde ein Zeichen erkennen, dachte er und küsste Maddalena ein letztes Mal.

***

Längst war die Sonne aufgegangen, als er sich von Maddalena verabschiedet hatte und mit schnellen Schritten in die Straße zum Hafen einbog. Neue Handelsschiffe waren eingetroffen und die Gassen zum Hafen überfüllt. Kisten und Körbe wurden von Bord getragen. Kleine Vogelkäfige, aus denen bunte exotische Vögel ihren Singsang über den Hafen verteilten. Neu angekommene Matrosen drängten sich in kleinen Gruppen an ihm vorbei. Mit ratlosen Gesichtern folgten sie einigen Männern, die ihnen wohl die Schenken zeigten. Silvano lächelte grimmig. Spätestens morgen früh kannten sie den billigen Wein, der Kopfschmerzen und Übelkeit brachte.

Handwerker verstellten mit ihren Ständen die engen Gässchen und er unterdrückte einen Fluch, als ein Junge vor ihm stand und um Almosen bettelte. Der Junge trug ein schmutziges Wams, das ihm viel zu groß war, aber seine Augen leuchteten. Immer wieder wanderte sein Blick zu den Schiffen.

„Willst du zur See?“, erkundigte sich Silvano und fuhr mit der Hand über den Kopf des Jungen.

Dieser nickte eifrig. „Meine Mama sagt, ich werde dann reich und kann Geld nach Hause bringen.“

Silvano hob die Schultern. „Ob du reich wirst, kann ich nicht beurteilen, aber schau dir deinen Capitano gut an, die Mannschaft. Mit ihnen teilst du wochenlang dein Leben.“ Eilig zog er eine Münze aus der Tasche. „Sag mir, ist das Schiff von Marco Polo schon ausgelaufen?“

„Ich weiß nicht."

„Zum Teufel, wo warst du so lange?", schrie jemand von Bord.

Silvano blickte überrascht zu einem dunkelbraunen Schiff, das im Begriff war abzulegen.

„Carlo! Wo ist Marco?" Silvano sprang über ein paar Kisten und hastete über die Planke an Bord, die Carlo sofort wegzog und wieder an das Ruder ging.

„Es wurde aber schon höchste Zeit, Junge."

„Ihr habt auf mich gewartet?" Erst jetzt bemerkte Silvano, dass das Schiff längst fertig beladen war und die Mannschaft am Vorderdeck auf neue Befehle wartete.

Carlo packte ihn plötzlich am Kragen und zerrte ihn hinter den Mastbaum. „Was hast du dem Capitano angetan, dass er bei Nacht und Nebel Genua verlässt?"

Silvano schüttelte entsetzt den Kopf. „Er muss von dem Verrat gehört haben."

„Welcher Verrat?" Carlo maß ihn wütend. „Erinnerst du dich, ich sagte dir schon einmal, man kann seiner Vergangenheit nicht entfliehen. Wenn der Capitano für deine Feigheit büssen muss, dann bist du mein Freund gewesen."

Silvano senkte seinen Kopf. „Es gibt Tage, da wünschte ich, ihr hättet mich auf dem Boot gelassen."

Carlo versetzte ihm einen Stoß. „Kapp die Seile, wir müssen schneller als der Wind über das Meer gleiten. Werft alles über Bord, das wir nicht brauchen, Männer! Außer dem Weinfässern." Er klopfte Silvano freundschaftlich auf die Schultern. „Wurde Zeit, dass du kommst. Auch, wenn du so ein gieriger Venezianer bist, kann ich dir nicht vergessen, dass mein Bruder dir sein Leben verdankt."

„Worauf wartet ihr? Setzt die Segel und Kurs auf Venedig", rief Silvano und folgte Carlo zum Steuer.

„Sag mal, Silvio, Silvano, werden uns deine Venezianer verschonen, wenn wir dich nach Hause bringen?"

Silvano sah über das Meer. „Ich weiß nicht, was uns dort erwartet."

Carlo spuckte über die Reling. „Frauen, ich habe es gleich gewusst."

„Was?"

„Wegen einer Frau wurden schon viele Kriege begonnen."

Silvano schüttelte den Kopf. „Nein, Carlo, diesmal nicht. Ich werde wegen einer Frau einen Krieg beenden."

Carlo drehte sich um. „Wolltest du meine Mannschaft vergrößern?"

Silvano schaute auf die Hafenpromenade. Sechs Männer liefen zum Schiff. Allen voran Giovanni Caspero. „Meine Schwester würde das als Zeichen sehen. – Lasst die Planke runter, wir nehmen noch Passagiere auf."

56. Kapitel

Isabella kauerte am Boden des Bootes und versuchte, sich vor dem kalten Wind zu schützen, der über die Lagune zog. In der letzten Nacht hatte sie kaum geschlafen und gehofft, dass dem Kind nichts passiert war. Früh hatte Francesca sie bereits geweckt. Die Contessa war seltsam aufgeregt und drängte immer wieder, das Haus zu verlassen.

Isabella blickte auf die Palazzi, die aus dem Nebel tauchten und wieder verschwanden. Es erschien ihr nach der langen Zeit fern ihres Vaters beinahe unwirklich, da zu sein, worauf sie so sehnsüchtig gewartet hatte. Trotz ihrer Traurigkeit lächelte sie. Wie hatte sie den Palast gehasst, sich weit weg gewünscht und nun war sie erleichtert. Der brackige Geruch empfing sie, sie ekelte sich nicht, wähnte sich nahe ihres Zuhauses.

Ganz nahe glitt das Boot an den Palästen vorbei. Sie streckte eine Hand aus und berührte einen Mauervorsprung, sodass das Boot seinen Kurs änderte und auf die gegenüberliegende Wand zusteuerte.

„Isabella!", rief Alonso mahnend. Er presste die Lippen zusammen bei dem Versuch, das Boot zu bremsen und hielt sich auf seine Wunde.

„Es sollte nicht sein", sagte Isabella. „Noch habt Ihr die Möglichkeit, das Richtige zu tun." Sie stieß sich von der Mauer ab.

Alonso stand so hastig auf, dass das Boot schwankte, aber es gelang ihm, gegenzusteuern, bevor das Boot gegen die Mauer fahren konnte.

„Du wirst uns nicht aufhalten", zischte Francesca und wies Alonso an, sich an den der Ostseite des Palazzos zu orientieren. „Andrea hatte die Wahl. Nun ist es zu spät, seine Entscheidung zu ändern."

Alonso ruderte langsam weiter und schüttelte unmerklich den Kopf.

Isabellas Hand glitt über seine. „Warum tust du das? Sie wird dich genauso betrügen, wie sie meinen Vater belügt", flüsterte sie und senkte ihren Blick, als Francescas auf sie aufmerksam wurde.

„Lass Alonso."

Isabella wandte sich ab. Es war so still, dass man das Plätschern der Ruder hörte. Verzweifelt trat sie gegen Alonsos Bein. „Warum lässt du dir von ihr Befehle erteilen? Noch ist sie nicht die Dogaressa, Alonso!"

Francesca schlug mit der flachen Hand gegen Isabellas Wange. Francescas Augen funkelten vor Zorn. „Schon bald wirst du deine Worte bereuen, kleine Dogentochter." Dann lächelte sie und sah über Isabellas Schulter hinweg.

Als Isabella sich umwandte, erschrak sie. Ein heller Schein warf Schatten auf die Wände einer Gasse. Die bizarren Schatten verformten sich und bevor ihr klar wurde, was sie dort sah, bogen Männer um die Ecke. In ihren Händen hielten sie langstielige Stangen und Fackeln. Die Flammen loderten in der dunklen Nacht. Ein Chor voll heißblütig wiederholter Worte trug sich durch die Gassen. „Tod dem Dogen, Tod dem Dogen!", wiederholten sie.

„Er hat nichts getan!", schrie Isabella. Ihre Stimme hallte in dem engen Kanal.

Der Anführer hatte Francesca erkannt und dirigierte seinen Trupp sofort weiter. Jetzt erkannte auch Isabella, wo sie waren. Nur zwei Gassen von der Piazza entfernt, hatten sich die Männer tatsächlich versammelt, um den Palast zu stürmen.

Francesca schlug nochmals nach Isabella. „Du törichtes Kind. Ich habe dich gewarnt. Niemand – hörst du – niemand wird mich davon abhalten, Rache zu nehmen. Lieber bringe ich dich tot zurück, als deinem Vater etwas von dem Balg zu erzählen."

Als Alonso in einen breiteren Kanal einbog, der zum Hinterausgang des Dogenpalastes führte, erschrak Isabella. Kurz vor der Piazza hatten sich die Männer versammelt, in den Händen hielten sie Fackeln und Schwerter. Sie drehte sich zu Francesca um, die am Ende des Bootes stand und zufrieden auf die Piazza blickte.

„Bitte, Francesca. Hört auf! Ihr liebt meinen Vater doch."

„Nimm das Seil, wir müssen das Boot festmachen", befahl Francesca Alonso. In ihren Augen zeigte sich ein sonderbarer

Glanz. „Wenn der Morgen anbricht, ist es vorbei. Es hätte nic passieren dürfen. Ich hätte es zu verhindern gewusst, aber ich war einen Moment … schwach."

Sie sah Alonso an, der Francesca seinerseits musterte und immer wieder um sich schaute.

„Wir sind zu früh, Francesca." Alonso warf einem der Männer das Seil zu und achtete darauf, dass das Boot seitlich gegen den Kai schlug.

„Die anderen werden rechtzeitig zu uns stoßen." Francesca nickte dem Anführer zu und ließ sich von Alonso aus dem Boot helfen.

Isabella fuhr zusammen. Noch mehr Männer, die den Palast stürmten? „Was ist mit meinem Vater?"

Francesca lächelte. „Es wurde Zeit, dass er den Ort kennen lernt, an dem er sein Schicksal in die falsche Richtung gewiesen hat."

„Warum hat er nicht früher erkannt, dass Ihr das Gift seid? Mein Vater hat sie geliebt."

Francesca verlor für einen Moment die Fassung. Sie hielt inne und blickte auf Isabella zurück. „Ihr Tod war eine Erlösung. Für alle. Dieser Mann kennt keine Liebe. Er hat Giovanni gehängt, damit du leidest!"

„Wir müssen los", drängte der Anführer.

„Lass sie im Boot. Wir brauchen sie nicht mehr."

Isabella hatte entsetzt mitgehört. „Alonso, sie wird dich töten!"

Die Contessa packte Alonso und stieß ihn in den Kanal. „Tauche unter, wenn dir dein Leben lieb ist!" Im selben Moment entriss sie dem Mann die Fackel und schleuderte sie auf Alonso. Dann wandte sie sich zu Isabella. „Wenn du klug bist, rudere weg. Oder willst du den Palast brennen sehen?" Francesca lachte und ihr Lachen hallte in der schmalen Gasse. Die

Männer umkreisten Francesca, die eine Fackel in die Höhe hielt. „Nieder mit dem Dogen!“ Dann verschwand sie um die nächste Ecke, die Männer folgten ihr.

Von Alonso war nichts zu sehen. Nur die erloschene Fackel schwamm auf der Oberfläche.

Noch immer war die Luft schwarz vom Russ und Rauch der Fackeln. Hustend fächelte sie sich frische Luft zu und sank auf das schmale Sitzbrett. Dann packte sie die Ruder und versuchte, das Boot aus dem Seitenkanal zu bewegen. Sie musste ihrem Vater helfen, bevor es zu spät war. Die Vorstellung, dass er tatsächlich im Gefängnis saß, machte sie wütend. Francesca konnte es nicht gewagt haben, das zu tun.

Immer wieder trieb das Boot gegen die Mauern. Die Kraft verließ sie nach wenigen Metern.

Doch dann löste sich der Nebel auf. Der Mondschein tauchte die Boote in silbernes Licht. Leise schlugen die Wellen gegen die Mauern.

Gespenstische Lichtspiele erfüllten die Gassen. Der Schein der Fackeln spiegelte sich in den Kanälen, während auf der anderen Seite der Mond sein Schauspiel bot.

Margherita. Nicht immer brachte der Nebel Böses. Es war ein Zeichen. Ihr Vater war kein Verräter. Kein Mörder. Die Wut verlieh ihr neue Kraft. Sie packte die Ruder, tauchte sie ins Wasser, wie sie es bei Giovanni gesehen hatte.

57. Kapitel

Seit Stunden verharrte Giovanni am Bug des Schiffes und wartete. Carlos Entscheidung, weit entfernt von der Küste zu segeln, hatte die Mannschaft unruhig gemacht. Immer wieder schauten die Männer über das Meer. Irgendwo in der dunklen Nacht lauerte die Küste wie ein gefährliches Geschwür. Sehnten die Männer auch die Küste herbei, der Tod konnte näher sein, als allen bewusst schien. Das Schiff tanzte auf den Wellen, schlingerte durch das tosende Meer wie ein wild gewordener Stier und dennoch schaffte es Carlo, den Kurs zu halten.

Giovanni stolperte über Deck und umklammerte das Ruder.

„Wir werden zu spät kommen."

Carlo korrigierte den Kurs und schaute zum Horitzont. „Ich habe meinen Capitano noch nie im Stich gelassen."

Plötzlich vibrierte das Schiff, es erbebte unter einer heftigen Welle, die über das Deck schlug. Das kalte Wasser machte Giovanni wieder nüchtern. „Ich habe Silvano nicht geholt, um ihn tot zu sehen, wenn er in Venedig ankommt. Aber ich kenne die Leute, die gegen seinen Vater sind. Mächtige, einflussreiche Menschen. Und Leute wie Marco, die kein Blatt vor den Mund nehmen, sind gefährlich."

Carlo schwieg, während ein paar der Männer an Deck gingen und nach Land Ausschau hielten.

Obwohl sie es verhindern wollten, hatte sich der üble Verdacht wegen des Befehlsobersten längst wie eine Seuche über Deck verbreitet. Seit Tagen begegneten sie Silvano wieder mit demselben Argwohn wie in den ersten Tagen an Bord. Der Sohn des Dogen. Hier an Bord wie ein einfacher Matrose. Giovanni versuchte, Carlo zu helfen und verteilte das Essen, um die Männer bei Laune zu halten.

Giovanni konnte nicht schlafen. Das Knarren der Bohlen und das Schaukeln des Schiffes hielten ihn wach. Er ersehnte und fürchtete gleichzeitig den Augenblick, wenn das Schiff die enge Passage nach Venedig erreichte. „Was immer geschehen mag, ich danke dir, dass du mich geholt hast."

Giovanni sah überrascht auf das Päckchen, das ihm Silvano überreichte. In Leinen eingeschlagen lag darin der Glasring.

„Es war dein Wunsch."

Silvano hing sich in die Seile und blickte auf das Meer. „Ich will, dass Isabella ihn bekommt. Von dir. Meine Familie hat dir viel zu verdanken, Giovanni." Er stemmte sich gegen die Reling und holte tief Luft. „Ich wollte nie wieder nach Venedig zurück und jetzt drängt mich die Sehnsucht, dass ich mir wünschte, wir würden schneller dort sein."

Giovanni blickte auf die unregelmäßigen Umrisse der Küste, die sich langsam näherte. „Noch ein paar Stunden. Ich hoffe, wir kommen nicht zu spät."

Silvano wurde ernst. „Niemand kann Marco des Hochverrats bezichtigen. Die Geheimpolizei wird den Vorwurf überprüfen, Giovanni, und dann darüber entscheiden."

„Wir wissen beide, wie es um die Geheimpolizei bestellt ist. Willst du wirklich darauf vertrauen?" Er trat zu Silvano und reichte ihm den Ring. „Ich kann dein Geschenk nicht annehmen. Meine Gründe, dich nach Venedig zu bringen, sind nicht edel. Ich liebe Isabella und ich werde um sie kämpfen! Darum habe ich nach dir gesucht." Er stockte und wandte sich ab.

Silvano legte ihm die Hand auf die Schulter. „Du bist ein treuer Untertan deiner Zunft, Giovanni. Nun verstehe ich, warum Isabella an dich geglaubt hat."

„Mein Vater soll nicht umsonst gestorben sein. Ich will, dass Fallore und Carisi ihre gerechte Strafe bekommen."

Silvano lächelte. „Du hast die Glasbläser hinter dir. Sie vertrauen dir."

Giovanni blickte auf seine Hände und strich über den Ring. „Ich bin kein Glasbläser, nicht mehr. Auch das hat mir Fallore genommen."

„Dann ist es an der Zeit, dir wieder den Glauben zurückzugeben. Isabella erzählte mir von deiner Treue. Vielleicht hat sie deshalb Vater vertraut. Auch wenn er ihr keinen Grund gab, sie war ihm so treu wie Ihr Eurer Zunft."

„Er hatte Angst, dass du ihn zurückweist."

Silvano sah Giovanni überrascht an. „Ich habe deinen Vater nie kennen gelernt."

Langsam wandte sich Giovanni um. „Ich meinte deinen Vater, Silvano. Er hat auf Anerkennung gehofft. Von dir, seinem Sohn. Als er mich in der Folterkammer von den Fesseln befreien ließ, hatte er dich vor seinen Augen. Er hat mir geholfen, weil er von dir Vergebung wollte." Er zeigte auf das Meer hinaus. „Es wird Zeit, nach Hause zu kommen."

Silvano nickte. „Maddalena hat es gespürt. Ich musste erst nach Hause kommen, um zu sehen, ob ich Heimweh habe oder meine alten Wunden lecke."

Giovanni lachte. „Eine kluge Frau. Und, was spürst du?"

Silvano presste die Lippen zusammen, dann sagte er: „Hunger. Nach Rache, aber auch nach Frieden mit meinem Vater."

„Dann war es höchste Zeit, dass dich jemand aus dem Piratennest zerrt", rief Giovanni lachend und wich gerade noch rechtzeitig einem spielerischen Messerangriff von Carlo aus. Die Klinge kitzelte an seiner Kehle.

„Lass meinen Freund los, Carlo", sagte Silvano.

Carlo grinste, steckte sein Messer ein und rief die Mannschaft zusammen.

Giovanni ging nach vorne zum Bug. Venedig kam in Sichtweite. Er hatte es geschafft. Er hatte Silvano nach Hause gebracht.

***

Schon von weitem erinnerte nichts an das Venedig, das er verlassen hatte. Nur die dunklen Pfähle schienen Giovanni stumm zu begrüßen, als das Schiff daran vorbeifuhr und in den Canal Grande bog. Die Stadt schien in Flammen zu stehen. Von überall strömten Männer und Burschen mit brennenden Fackeln herbei und wie auf ein geheimes Zeichen hielten sie plötzlich inne und bildeten einen Kreis auf der Piazza. „Wir kommen zu spät, Giovanni! Sieh nur, der Fackelzug. Sie kommen von allen Seiten!"

Giovanni rannte zum Bug und gab Carlo ein Zeichen, das Schiff beizudrehen. „Du bist ein di Conti. Sie werden dir folgen, wenn du ihnen gibst, was sie wollen, Silvano! Die Menschen in der Stadt warten nur auf ein Wort von dir."

Silvano nickte. „Du hast Recht. Los, Männer! Greift zu euren Waffen und dann folgt mir!"

Die Männer schrien und tobten. Giovanni sah grinsend zu Silvano. „Wenn dich dein Vater sehen könnte."

„Achtung, ein Boot, wir werden es rammen", rief Carlo.

Giovanni schaute über die Reling. Es war ein kleines Ruderboot, in dem eine Frau mit ungeschickten Bewegungen versuchte, in Richtung Palast zu rudern. Ein leichter Stoß ließ das Schiff erzittern, dann fuhr es weiter durch den Canal. Das kleine Boot war zerstört, das Holz zersplitterte wie Eis und trieb auf der Wasseroberfläche. Die Frau ruderte hilflos mit den Händen und versuchte aus dem Sog des vorbeifahrenden Schiffes zu schwimmen.

„Ich komme“, rief Giovanni und riss sich das Wams vom Leib. Dann sprang er ins Wasser und versuchte die Frau zu retten. Der Kleiderstoff hatte sich voll gesogen und zog die Frau immer wieder unter Wasser. Sie schlug verzweifelt um sich und umklammerte ein dünnes Stück Holz. „Mein Baby, mein Baby“, keuchte sie und klammerte sich an Giovanni, der dagegen ankämpfte, nicht selbst unterzugehen. Endlich erreichte er den Steg und half der Frau auf den glitschigen Stufen Halt zu finden. „Ihr seid in Sicherheit“, sagte er keuchend.

Die Kleider klebten an ihrem Leib und er konnte nicht anders, als auf den gewölbten Leib zu starren.

„Giovanni?“

Als er den Kopf hob, fiel das Flackern der Fackeln auf der anderen Seite des Kanals auf das Gesicht der Frau. Ihre nassen Haare verdeckten einen Teil des bleichen Gesichts, dessen Schönheit ihm so vertraut war. Er streckte die Hand aus und strich ihr eine feuchte Strähne aus dem Gesicht.

„Isabella!“

Isabella sank weinend auf die Knie. „Giovanni, Giovanni, es ist alles zu spät.“

Er zog sich aus dem Wasser, umarmte Isabella und strich ihr über den Rücken. Sie zitterte am ganzen Leib. Suchend sah er um sich. Silvanos Schiff war fast in Höhe mit dem Palast. „Ich muss Silvano helfen.“ Er sah auf ihren Bauch und zögerte. Dann lief er zur nächsten Tür und hämmerte, bis eine alte Frau ihm verschreckt öffnete. „Helft der Frau, sie erwartet ein Kind.“

Ohne ihren Widerspruch zu dulden, schob er Isabella zur Tür. „Ich liebe dich, Isabella, nie mehr als jetzt, aber ich habe deinem Vater versprochen, Silvano nach Hause zu bringen und das werde ich tun."

„Silvano lebt? Giovanni, warte!"

Wie oft hatte er geträumt, ihre Stimme zu hören, ihr Gesicht zu liebkosen, aber es durfte nicht sein! Und jetzt hatte er sie umarmt, sie gerettet – die Frau, die er liebte. Sie erwartete ein Kind.

Er lief weiter, bis die kalte Luft in seinen Lungen stach. Die Fackeln vor sich lief er zum Palast. Er war treu. Er würde Silvano helfen, ihn zu seinem Vater zurückbringen und dann nach Murano zurückkehren. Und Isabella für immer vergessen.

Giovanni schaute auf die brennenden Fackeln in den Händen der Männer und kletterte auf eine der Säulen, schaute an ihr hoch. „Hier sollte ich hängen, doch der Doge hat mich freigelassen."

Die Männer waren bereit zu sterben. Wie er. Er hatte nichts mehr zu verlieren, nur seinen Hass. Er hatte Silvano zurückgeholt, um ihrem Glück zu dienen.

„Wollt ihr den Palast stürmen? Den Dogen töten? Wird dann alles besser?", schrie Giovanni, bis die Stimmen leiser wurden.

Ratlosigkeit las er in ihren Gesichtern. Er überblickte die Schar derer, die vor wenigen Minuten noch die Hände erhoben und geschrien hatten.

„Hört nicht auf ihn", rief jemand. „Er ist ein Narr, der zu jung ist und zu viel Schmerz ertragen musste."

Überrascht drehte er sich. „Fausto", rief er, fuhr ihm mit der Hand über das Gesicht, berührte seine Schultern, als ob er seinen Augen nicht traute. „Ich dachte, du wärst tot."

Faustos Augen glänzten, als er ihn an sich zog. „Ich war tot, fast. Sie haben mich hinter den Lagunen ins Meer geworfen wie Abfall. Ein paar Fischer haben mich gefunden." Er schob Giovanni plötzlich weg. „Was tust du hier? Welchen Krieg führst du an? Ist nicht schon genug passiert?"

Giovanni nickte heftig. „Ich habe Isabella gefunden, sie bekommt ein Kind."

„Wo ist der alte Giovanni geblieben, den ich kannte?"

„Er ist tot, mein Vater ist tot, Fausto."

„Er mag nicht wiederkehren, aber du, ein einfacher Glasbläser, hast es geschafft, Glasbläser, Seiler und Patrizier zu vereinen." Fausto packte ihn an den Schultern und stieß ihn gegen die Säule. „Kämpf für deinen Vater! Zeig den Glasbläsern den Weg. Sie warten auf ein Zeichen von dir. Hilf dem Dogen."

Erst jetzt sah er die vielen Männer, die Fausto gefolgt waren. Seine Freunde, Freunde seines Vaters. Sein Blick wanderte zum Wandelgang. Isabella, sie gehörte zu ihm, auch wenn sie das Kind eines anderen unter ihrem Herzen trug.

„Los, Fausto! Für die Glasbläser!", rief Giovanni und streckte die Hand in die Höhe. Die Männer folgten seinem Ruf. Gemeinsam schritten sie auf die Anhänger von Francesca zu.

58. Kapitel

Isabella lief über die Stufen des Campanile und griff nach dem Seil der Glocke. „Helft uns!“, rief sie und läutete die Alarmglocke, so fest sie konnte. „Helft eurem Dogen“, schrie sie aus den Fenstern des Turms in die Stille, die sich über der Piazza ausgebreitet hatte.

Unzählige Köpfe drehten sich zum Glockenturm und sie betete, dass die Männer sich nicht Francescas Verschwörung verdingt hatten. „Viva Venezia!“

Die Schmerzen zogen sich bis in ihren Rücken hinauf und schließlich gab sie ihnen nach, lehnte sich gegen die kühle Wand, um sich auszuruhen.

„Viva Venezia, viva Isabella!“

Sie wirbelte herum, erkannte im Wandelgang gegenüber dem Campanile Silvano.

„Auch Silvano wird dir jetzt nicht mehr helfen!“, erklang Francescas Stimme. Zorn verdunkelte ihre Augen, gleich den Flammen der Fackel in ihrer Hand.

Isabella wurde sich der Gefahr bewusst und versuchte zu dem Abgang zu gelangen. „Ihr werdet diesen Aufstand nicht mit dem Tod meines Vaters beenden, Francesca.“ Sie wies zu dem schmalen Fenster, durch das die Rufe der Venezianer drangen. Mittlerweile durch vereinzelte Jubelschreie unterbrochen. „Man ist Euch gefolgt, aber nur, weil die Menschen geglaubt haben, dass Ihr ihnen mehr Gerechtigkeit verschafft. Aber Ihr wolltet Euch an der Verzweiflung nähren, habt ihnen noch mehr genommen als sie hatten.“

Francesca schlug ihre Hand beiseite.

„Es ist in der Tat genug. Ich habe mich demütigen lassen von deiner Mutter, deinem Vater, selbst von dir.“

„Nichts werdet Ihr tun, Francesca. Eure Zeit ist vorbei. Das Volk wird an seinen Dogen glauben.“

Francesca lächelte. „Aus dem naiven Mädchen wurde im letzten Jahr eine Frau, aber du kannst dich mir nicht widersetzen.“ Isabella ignorierte den stechenden Schmerz im Rücken, aber er bohrte sich immer tiefer und ohne es verhindern zu können, sank sie auf den Boden.

Francesca lachte hämisch und beugte sich, Mitleid heuchelnd, über sie. „Wie sich meine Erinnerungen ähneln. Wenn die verdammte närrische Margherita nicht ständig auf dich aufgepasst hätte, gäbe es dich heute nicht.“

Stöhnend neigte Isabella den Kopf nach hinten und lag hilflos auf dem kalten Boden.

Sie spürte Francescas kalte Hand, die über ihren gewölbten Leib strich und über der Stelle, wo sich das Kind aufbäumte, innehielt. Ein verzaubertes Lächeln entspannte ihre Züge und sie begann, leise zu singen. „Ich habe dieses Kind geliebt, vom ersten Augenblick an. Als wäre Silvano mein Sohn. Ich habe ihn genährt, während deine Mutter von Geschenken überhäuft wurde. Er trank von meinen Brüsten und genau dort suchte er wieder nach Nähe. Aber er wollte mehr.“

„Silvano ließ sich blenden von dir, alte Frau“, presste Isabella zwischen den Zähnen hervor und holte mit einem erstickten Schrei Luft.

„Jetzt magst du noch hochmütig sein, aber warte nur.“ Francesca beugte sich über sie. „Genauso lag deine Mutter vor mir.“

„Ich werde nicht um Eure Hilfe betteln. Silvano lebt. Und er wird Vater befreien und Ihr werdet Eurer gerechten Strafe zugeführt.“

Francesca erstarrte. „Sie werden nicht zerstören, wofür ich gekämpft habe!“ Sie schrie vor Zorn und eilte über die

Stufen des Campanile. Ihre Schreie hallten in dem Mauerwerk.

Isabella hielt sich die Ohren zu, bis der Schmerz in ihrem Rücken wieder übermächtig wurde. Sie musste hier raus. Mühsam stand sie auf und holte tief Luft, ging Schritt für Schritt die Treppen hinunter.

***

Das Innere der Basilika war kühl, als Isabella schweißgebadet auf eine der Bänke sank. Sie keuchte, versuchte, den rollenden Schmerz zu überstehen.

Schritte ertönten. Isabella fuhr erschrocken hoch.

„Isabella?“

„Margherita? Margherita, es ist zu spät. Das Kind, ich werde es verlieren. Die Schmerzen sind so groß. Wie ein Messer, Margherita. Tu etwas!“ Sie weinte, presste ihre Wange an Margheritas Hand.

Margherita lächelte und drückte vorsichtig mit ihrer freien Hand auf ihren Bauch. „Das Kind wird sich anstrengen müssen, wie die Mutter.“ Dann streifte sie ihren Umhang aus und bettete Isabellas Kopf sanft nieder. „Ihr seid tapfer. Wo ist das Mädchen, das ich kenne?“

Isabella lächelte unter Tränen, als sie den weichen Umhang spürte. „Du trägst die Stola noch immer?“

Margherita nickte. „Ich war Eurer Mutter treu bis in den Tod und habe ihr geschworen, nie von Euch zu gehen.“

Isabella schauerte. „Ich dachte, ich wäre weit fort. Ich hörte die Glocken des Campanile, doch sie klangen so fern, wie in einem Traum.“

„Es wird alles wieder gut.“ Margherita lächelte und drückte plötzlich fest auf Isabellas Bauch. „Wir wollen Euer Kind auf die Welt holen, bevor es zu spät ist. Sie drückte Isabellas Hand. „Es ist doch von Giovanni?"

Isabella schloss die Augen und versuchte gegen den neuen Schmerz zu atmen. „Er hat mich gerettet, er glaubt, es sei das Kind eines anderen." Isabella blickte auf den Ausgang der Basilika. Die Anhänger Francescas hatten ein paar der Buden angezündet. Die Flammen loderten an manchen Stellen so hoch, dass der Rauch über der Piazza hing wie ein dunkler Vorhang.

59. Kapitel

Die Piazza war taghell erleuchtet von den Lichtern der Fackeln. Silvanos Blick raste über die Piazza zu den Säulen. Dort, wo die Urteile gefällt wurden. Erleichtert winkte er Carlo zu sich. „Wir müssen schnell handeln." Wo er die Flammen sah, sammelten sich neue Gegner seines Vaters. Francesca hatte mehr Einfluss, als er gedacht hatte.

Carlo zupfte an seinem Ärmel. „Silvano, das ist Wahnsinn! Schau dir die Männer an. Wir sind vielleicht fünfzig, müde von der langen Fahrt." Er wies auf die Piazzetta. „Die sind über zweihundert, dreihundert und noch mehr. Es sieht aus, als wäre das von langer Hand geplant."

Immer mehr Männer strömten auf Silvanos Befehl hin zum Palast seines Vaters und versammelten sich um ihn.

„Ich kann jetzt nicht aufhören, Carlo." Er umfasste Carlos Arm. „Wir werden Marco und meinen Vater finden." Er wagte nicht auszusprechen, was seine größte Furcht war. Was, wenn sie tot waren und er ihre leblosen Körper fand?

Sein größter Feind war die Nacht. Diese Männer, angeführt von Francescas Zorn, kannten die verwinkelten Gassen genau, aber er? Nachts, da waren die Ratten unterwegs und diejenigen, denen sein Vater schon lange ein Dorn im Auge war, liefen noch schneller. Mit Fackeln, und die Lichter der Fackeln kündigten die Verräter an, bevor sie noch auf der Piazza eintrafen, aber zu viele hatten sich ihnen inzwischen angeschlossen. Hilflos sah Silvano zu den verdunkelten Fenstern. Die Bewohner der Stadt hatten sich in ihre Häuser zurückgezogen. Das Knistern der Fackeln und die erregten Stimmen der Männer waren das Einzige, was man hören konnte.

„Dafür hast du diese Reise auf dich genommen, Maddalena in Genua gelassen?"

Silvano schüttelte Carlos Hand ab. „Was soll ich tun? Tatenlos zusehen, wie die Männer meinen Vater hängen?"

„Such dir Verbündete."

Carlo grinste. „Eine eifersüchtige Frau ist gefährlich, gefährlicher als die See. Aber Giovanni hat es geschafft, seine Leute zu überzeugen. Und du schaffst es auch."

Silvano drehte sich überrascht um. Zwanzig Boote legten gerade an. Einige Männer verteilten Waffen, deuteten auf den Palast. „Das ist Giovanni." Silvano hob die Hand. „Auf mein Zeichen folgt mir, ich kenne einen Weg in den Palast. Wir werden sie daran hindern hineinzukommen."

Carlo ergriff sein Messer. „Worauf warten wir? Retten wir deinen Palast, du eingebildeter Venezianer!" Mit einem Schrei stürzte Carlo über die Planke, gefolgt von den Matrosen, denen die lange Reise nicht mehr anzumerken war.

Silvano folgte seinen Männern, während ein paar zurückblieben, um die Eingänge zu besetzen und gegen den Sturm des Mobs zu verteidigen.

Die Gänge waren leer. Niemand zeigte sich. Zur Hölle mit der Palastwache! Plötzlich bewegte sich etwas neben ihm und er riss das Schwert hoch. „Eroso!“

Der treue Diener seines Vaters kniete in einer Ecke und hob schützend die Hände. „Dem heiligen Markus sei Dank, Ihr lebt!“

„Wo ist mein Vater, Eroso?“

„Im Gefängnis, mit Marco Polo. Die Contessa wollte ihn vergiften.“

***

Schon auf den letzten Stufen zum Palast sah Silvano ein bizarres Spiel von Schatten und Licht. Die flackernden Fackeln erhellten die Fensterscheiben an der Außenmauer. „Schnell, sie werden sich nicht länger aufhalten lassen. Schützt alle Eingänge und lasst niemanden hinein“, rief Silvano und lief den Gang weiter, bis er zur Treppe kam, die ins Gefängnis führte. Schritte hallten in den Gängen. Er blieb stehen. Francesca! Sie würde ihren teuflischen Plan nicht aufgeben. Er griff nach seinem Messer. Dann rannte er die Treppen hinunter und sah gerade noch einen Schatten, der um die Ecke verschwand.

„Bleib stehen, du verfluchtes Weibstück!“, schrie Silvano, doch die Schritte verstummten nur kurz.

Vor der letzten Kammer sah er einen Schatten und drängte sich keuchend gegen eine Zellentür. Er musste Francesca aufhalten, sonst war alles zu spät. Der Schatten erhob sich über ihm, dann blitzte das Messer dicht neben seiner Wange auf. Plötzlich spürte er eine Hand um seinen Hals.

„Stirb! Diesmal entkommst du mir nicht“, zischte Francesca und der Griff um Silvanos Hals wurde härter. „Warum wehrst du dich gegen den Tod?“ Ihr Atem streifte seine Haut. „Er macht dich unsterblich.“

Ein Röcheln ertönte, der Griff um seinen Hals lockerte sich, die Hand rutschte ab. Carisi stand im Gang und starrte Francesca hasserfüllt an. „Du warst es, die meinen Vater getötet hat. Genauso wie du Andrea töten wolltest.“

Francesca floh durch das andere Ende des Ganges.

„Carisi! Wo ist Isabella?“, presste Silvano heraus.

„Wir mussten sie im Boot zurücklassen, in der Nähe des Palastes.“

Silvano stieß ihn beiseite. „Ihr habt Euch nicht verändert.“

„Versteht doch, ich wollte Isabella helfen. Francesca hat den Verstand verloren.“

Schritte kamen näher, Fackeln erhellten den Gang. „Da ist er!“

Im Halbdunkel des Ganges tauchte Eroso auf. Hinter ihm folgte Marcello dem Zug der Geheimpolizei. Marcello war der Erste, der ihn erkannte. „Beim heiligen Markus – Ihr seid es wirklich“, flüsterte er und fasste Silvano an den Händen.

„Ich bin es, guter Marcello. Nie hätte ich gedacht, die Mauern einmal wiederzusehen und mich zu freuen.“

Ein Junge, kaum älter als Isabella, stand vor ihm. Sein Lächeln erinnerte ihn an … er prallte zurück. Gegen Giovanni, der ebenso ungläubig auf den Jungen starrte. „Filippo!“

Der Junge entriss Alonso den Schlüsselbund. „Wir müssen den Dogen befreien, er ist in der Zelle da hinten!“ Dann blieb er stehen und schaute Silvano an. „Ihr solltet als Erster hineingehen.“

„Geh schon, Silvano“, drängte ihn Giovanni und stieß ihn in das Halbdunkel der Zelle, die erst vom Fackelschein weiter erhellt wurde.

Silvano schrak zurück, als er seinen Vater erkannte. Die Augen blutunterlaufen, vom Durst gezeichnet, hing Andrea an eisernen Ketten.

„Geht weg, wollt Ihr Euch weiden an Eurem Dogen, angekettet wie ein räudiger Hund.“ Er riss an den Ketten und sank hilflos zurück. Silvano schluckte heftig und kniete neben seinem Vater nieder. Der barg sein Gesicht an seiner Brust. „Vergib mir.“ Seine Schultern bebten. „Silvano?“, flüsterte Andrea heiser.

„Nehmt ihm die Ketten ab, sofort“, befahl Silvano und legte eine Hand auf die Schulter seines Vaters. „Ich bin wieder daheim.“

Andrea schaute ihn an. „Francesca wird das nie zulassen.“

Marco atmete erleichtert aus. „Ich wusste, du kommst rechtzeitig zu Verstand.“

***

Erst als er seinen Vater und Marco in Sicherheit wusste, befahl er der Palastwache, die Ausgänge zu sichern und dem Aufruhr ein Ende zu bereiten.

„Haltet ein, Männer! Es ist vorbei“, rief er und stellte sich vor das Tor.

Die Menge hielt inne und leise raunend verbreitete sich die Kunde, dass der tot geglaubte Sohn des Dogen am Leben war. Mehr noch, er selbst verteidigte die Mauern des Dogenpalastes und stellte sich der Contessa in den Weg. Fenster erhellten sich, wie ein Lauffeuer eilte die Nachricht durch die Stadt und zwischen geröteten Gesichtern einfacher Männer entdeckte Silvano immer wieder ein bekanntes Gesicht eines Patriziers, dessen Vater bereits dem Dogen sein Vertrauen entzogen hatte.

Plötzlich wurde es laut, Männer preschten beiseite, als eine Person sich wutschäumend durch die Menge Weg verschaffte.

„Geh mir aus dem Weg, du bist an allem schuld!“, rief Francesca und zeigte auf Silvano.

Silvano starrte die Contessa ungläubig an. Nichts war von ihrer Schönheit geblieben. Der Zorn hatte sie zu einer bitteren, alten Frau gemacht. Das Haar hing ihr wirr ins Gesicht. Alonso stand neben ihr, immer wieder sah er Francesca ängstlich an, wich zurück, als sie sich umdrehte. „Hätte sie den Glasbläser nicht kennen gelernt, hätte sie längst den Versager hier geheiratet!“

Francesca spuckte Alonso ins Gesicht. „Und jetzt kriegt sie das Balg von ihm, aber sie wird sterben wie ihre Mutter!“ Ihr Lachen klang wie das des Teufels. „Und diesmal auch das Kind.“

Isabella erwartete ein Kind! Francescas Worte dröhnten in seinen Ohren.

Da drang das Schreien eines Kindes aus der Basilika. Francesca fuhr herum. „Nein!“, schrie sie und riss einem der Männer das Schwert aus der Hand. Francesca rannte über die Piazza auf die Basilika zu. Die Männer wichen erschrocken zurück.

Alonso lief ihr nach und zerrte sie von der Tür weg, aber ihr Schwerthieb traf ihn am Hals und er sank zu Boden.

Als Silvano in der Basilika ankam, fand er nur Margherita vor, die stammelnd auf den Durchgang zum Palast zeigte. „Sie hat das Kind!“

60. Kapitel

„Andrea, du musst jetzt los! Es gibt keinen anderen Weg!“, sagte Marco.

„Ich habe nichts Unrechtes getan, dass ich mich aus meinem Palast schleichen müsste wie ein Dieb.“ Er hielt sich mit den Händen an der Tischplatte fest. „Mein Volk wird darüber richten.“

„Andrea, das Volk wünscht deinen Tod! Soll es siegen oder willst du leben?“

Er spürte Marcos Hand auf seiner Schulter. „Wieso bist du noch da? Alle hassen mich, wieso du nicht?“ Er sah an Marco vorbei und starrte auf das Bild an seiner Wand. „Catarina hätte an deiner Seite bleiben sollen, es wäre anders gekommen.“

Andrea drehte sich schnell um. „Was wäre anders? Ich wäre genauso ein Bastard, ja, ich habe es gehört, wie sie es riefen, sangen bis in die Nacht – sie haben sich daran geweidet, dass ich im Gefängnis war.“

„Du warst einer von ihnen, bis die Gier dich gefangen nahm.“

„Marco, was willst du nun von mir? Hören, dass ich lieben kann? Ja, ich konnte es, vor vielen, vielen Jahren – Catarina gehörte meine ganze Liebe.“

„Es geht nicht nur um Liebe, Andrea, sondern um Vertrauen.“

„Isabella ist eine Närrin, wie ihre Mutter – sie hat geträumt, von Dingen, die unmöglich sind. Sie ist das Kind eines Dogen, sie hat kein anderes Leben kennen gelernt, und das sollte sie auch nie.“ Andreas Blick wanderte wieder hinaus, nach Murano zu den Glashütten. „So stand es geschrieben, bis Giovanni in ihr Leben trat.“ Er beobachtete Marco eindringlich. „Du widersprichst mir nicht?“

Marco schüttelte den Kopf. „Es ist zu spät für Vergeben und Vergessen.“ Er deutete zum Fenster. „Hörst du nicht, das Volk, dein Volk!“

Andrea hielt inne. Dumpfes Gemurmel, das langsam näher kam, lauter wurde. Er holte tief Luft. „Sie feiern einen neuen Dogen. Ich bin bereit, alles gut zu machen, ich werde ab sofort ein gütiger Doge sein. Den Menschen, meinem Volk helfen.“ Er setzte sich an den Tisch, zog ein Blatt heraus und begann zu schreiben. „Serenissima, Dezember 1310. Seid sicher, dass sich eine neue Ära in unserer Stadt abzeichnen wird – wir werden unsere Geschichte neu schreiben, ein Volk, das lebt ist mein Volk. Andrea di Conti, Doge von Venedig.“ Er ließ sich schwer in den Sessel zurückfallen und sah auf das Schreiben. „Ich bin nicht mehr der Doge. Ich kann nichts erreichen.“

Laute Rufe ertönten in der Halle und eilige Schritte waren zu hören.

Er sah fassungslos zur Tür. „So schnell? Vergib mir, Catarina!“ Er griff in die Lade und nahm das Messer an sich. Es hatte seinem Vater gehört. Mit dem Messer hatte er ihm gedroht, ihn zu töten. Der Kreis schloss sich. Vielleicht würde er nun seinen Frieden finden.

„Andrea, nein!“, schrie Marco.

Die Tür ging auf. „Vater!“

Andrea riss den Kopf herum. „Silvano!“

Das Messer fest umklammert stand Andrea auf und umarmte Silvano.

Filippo stand neben der Tür. „Dafür ist jetzt keine Zeit, wir müssen weg von hier.“

Silvano drückte Marcos Hand. „Danke, Freund, ohne dich wäre ich heute nicht hier."

Marco lächelte. „Il Capitano, ich folge dir."

Andrea nahm seine Mütze und den Umhang ab und legte sie behutsam auf den Tisch. „Vater, bitte, wir haben keine Zeit mehr."

„Wo ist Isabella?"

Silvanos Blick verdunkelte sich. „Wir müssen raus hier."

„Wo ist meine Tochter?"

Andrea folgte Silvano, Marco und Filippo, der in den Gängen herumlief, als wäre es ein Spiel. Doch die Zeit war gekommen, um seinen Hass zu vergessen.

„Wir sind spät dran, Vater. Meine Freunde warten ..."

„Nein, Andrea!", ertönte Francescas Stimme, blank vor Hohn und Zorn. Leises Wimmern drang aus dem Bündel Stoff, das sie an ihre Brust gedrückt hielt.

Andrea drehte sich erschrocken um. „Du? Wessen Kind ist das?"

„Andrea, es ist Zeit, sich zu entscheiden", sagte Francesca leise. Sie hielt seine Hand fest umklammert und blickte auf den Gang zurück. „Ich habe alles vorbereitet."

Silvano sah verwirrt zwischen seinem Vater und Francesca hin und her.

Andrea sah die Frau an, für die Silvano noch vor Monaten hätte sterben wollen. „Ich bleibe hier, bei Francesca – wir haben verdient, was jetzt passiert", sagte Andrea und schob Silvano mit Marco weiter. „Geht."

„Ich liebe dich, Andrea", rief Francesca.

„Alonso ist tot! Gestorben durch deine Hand", sagte Silvano.

Andrea nickte. „Gib mir das Kind, Francesca."

Francesca lächelte, fuhr zärtlich über die Nase des Babys.

„Er ist wunderschön. Er hat deine Augen, Andrea!",

Andrea sah den Glanz in Francescas Augen, der Wahnsinn hatte von ihr Besitz ergriffen.

Silvano griff in sein Wams und entfaltete ein Papier.

Andrea blickte ihn verwundert an und las das Schreiben. Dann lächelte er und reichte es Francesca. „Silvano steht es frei zu gehen. Ich habe es selbst bestätigt. Sieh auf das Siegel."

„Das ist eine Fälschung!", rief Francesca und entriss Andrea das Schreiben.

„Wie die Briefe, die Marco des Hochverrats beschuldigten?"

Francesca hielt inne und versetzte Andrea einen heftigen Stoß. Dann eilte sie mit dem an ihre Brust gepressten Kind weiter. Andrea rang nach Luft und rannte ihr nach.

Hilfe suchend blickte Silvano Marco an: „Marco, ich bat dich nie um etwas, aber jetzt – führe meinen Vater und das Kind zurück. Und sagt Maddalena, dass ich sie mehr liebe, als sie geglaubt hat. Lebt wohl!"

61. KAPITEL

Die Stimmen vieler überschlugen sich, gellten in Giovannis Ohren, als er in den Palast eindrang. Wo war Francesca? Sein Kind! Warum hatte er gezweifelt? Er flehte zu Gott, dass Isabella gesund war, aber er musste Francesca finden.

„Sucht Ihr mich?"

Giovanni schrie auf, als ein Schwert seinen Arm streifte und sah überrascht zur Treppe zurück.

Fallore holte erneut aus. „Immer, wenn es in Venedig Ärger gibt, sind die Glasbläser dabei. Ich habe dich gewarnt, aber dein Vater war ein Träumer. Er dachte, wenn er dir die Wahrheit sagt, wirst du ihm folgen."

„Er wird Meister. Ich habe das Wort des Dogen!"

Fallore geriet in Wut und schwang das Schwert immer heftiger um sich. „Das Wort des Dogen – für einen wie dich. Deine Hände verbrannt wie deine Zukunft."

Das Weinen eines Säuglings hallte in den Arkaden. Fallore drehte sich überrascht um, dass Giovanni ihm das Schwert aus der Hand schlagen konnte.

„Mein Sohn wird Glasbläser, ein Meister. Er wird Euren Titel bekommen! Und die Mariegola wird ihm nicht Mittel zum Zweck." Fallore trat zwischen die Säulen.

„Das geschriebene Wort in der Mariegola ist wie die Verfügung des Dogen – es dient dem Schutz der Gesetze. Vor solchen Menschen wie Euch, Fallore!"

Fallore verzog den Mund. „Der Doge wird dir nicht helfen können. Er ist tot. Genauso wie du …"

„Das Kind wird als Enkel des regierenden Dogen anerkannt. Von mir!" Andrea hielt das Kind fest im Arm und reichte es Giovanni. „Und mein erstes Urteil wird über jene gesprochen, die mich denunzierten, sich am Elend anderer bereicherten oder meinen Namen missbrauchten, um unehrliche Geschäfte zu betreiben. Alonso mag tot sein, aber er hat genug verraten, damit wir Euch für den Diebstahl wertvoller Gemälde aus dem Palast verurteilen können."

Fallore sank auf die Knie. „Euer Gnaden, ich – verzeiht mir, ich hatte nur das Wohl der Serenissima im Sinne", stammelte Fallore und rutschte dem Dogen entgegen.

„Ich will Isabella sehen. Wo ist sie?"

„In der Basilika." Giovanni schaute auf seinen Sohn.

„Es wurde Zeit, dass ich Euch vertraue, Giovanni. Immerhin habt Ihr meiner Familie das Leben gerettet und nun seid Ihr auch ein Teil davon."

Andrea strich dem Kind sanft über die Stirn und wandte sich an Eroso, der am Eingang verharrte und auf weitere Befehle wartete. „Sperrt ihn ein. Zu den Glasbläsern, lasst sie erst morgen frei. Fallore und die Männer haben sicher viel zu bereden."

„Sie werden mich töten! Euer Gnaden, bitte, ich werde alles zurückgeben", flehte Fallore.

SERENISSIMA,
JUNI 1310

62. KAPITEL

Das Schiff durchdrang den tiefen Nebel, der zur heutigen Feierlichkeit wie ein Vorhang über der Lagune hing. Nur schemenhaft erkannte Isabella die Banner mit dem heiligen Löwen. Diesmal wehten sie nicht im Wind, als würden sie allem trotzen wollen, das sich als Hindernis entpuppte. Klamm vom peitschenden Regen der letzten Nacht hingen sie hinunter, der Stoff verbarg den Löwen halb. Ein Fensterladen wurde laut zugeknallt. Sie zuckte zusammen und senkte ihren Kopf. Kein Ruf der Freude, kein Jubel drang an ihr Ohr.

„Es ist vorbei, Isabella", sagte Giovanni und umarmte sie zärtlich. „Dein Vater hat eingesehen, dass er nicht der berühmteste Doge aller Zeit wird."

Isabella blickte zurück in den Canal Grande. Wo waren die Menschen, die gejubelt hatten? Die Blumenkränze, der Duft des Flieders. Wieder schlugen Fensterläden zu.

Giovanni legte seine Hände sanft über ihre Ohren, aber Isabella schob sie wieder weg. „Er will sich ändern. Warum versteht das keiner? Er erzählte mir von Mutter, wie sehr sie mich liebte. Und Silvano. Ich verstehe nicht, warum Silvano mit Francesca fortgegangen ist. Sie wollte ihn töten."

Giovanni schob sie von sich und nickte mit dem Kopf. „Geh zu deinem Vater und Silvio. Er hat Sehnsucht nach seiner Mama."

Isabella blickte zu ihrem Vater, der mit erhobener Hand zum Gruß in dem Sessel saß, der ihm heute mehr Schutz als Prunk bot. Er hatte die Decke mit dem Kind an sich gepresst. Kaum hatte er seine Hand gesenkt, hielt er die kleinen Fingerchen des Kindes und flüsterte ihm etwas zu.

„Sieh ihn dir an, Giovanni! Ist das noch immer der Mann, den du vor einem Jahr so gehasst hast, dass du ihn sogar töten wolltest?"

Sie löste sich sanft aus Giovannis Umarmung und ging zu ihrem Vater. Er flüsterte leise Worte, holte mit der freien Hand aus, als zeige er dem Kind in seinem Arm die neu gebauten Palazzi. Isabella neigte überrascht ihren Kopf, als sie verstand, was ihr Vater so leise und andächtig flüsterte – es waren die ersten Seiten der Verfügung. Als er sie bemerkte, hob er lächelnd den Kopf. „Wenn er nur einen Teil seiner Mutter erbt, wird ihm dieses Wissen helfen", rechtfertigte er sich und drückte Silvio einen Kuss auf die Stirn.

„Stell dich zum Bug, an deinen Lieblingsplatz. Auch als junge Mutter steht es dir zu, die Venezianer so zu begrüßen, wie du es immer getan hast", sagte er leise.

„Der Flügelschlag einer Möwe hat dich zum Träumen gebracht. Schon, als du ein kleines Mädchen warst. Siehst du diese Kerbe am Boden?"

Isabella nickte und nahm Silvio liebevoll entgegen. In seinen Fingern lag soviel Kraft.

„Es war gleich nach der Abfahrt. Silvano wollte vor dir dort stehen, aber du hast dich zwischen den Wachen durchgedrängt und dir diesen Platz erobert. Wie eine Dogaressa, so stolz und mit wehendem Haar, standest du da. Der Wind war kalt an diesem Morgen, aber du wolltest nicht, dass dein Bruder hier steht."

Isabella wischte sich ein paar Tränen aus dem Gesicht. „Ich habe ihn geliebt, aber nein, das wusste ich nicht. Ich würde ihm zu gern diesen Platz weisen, wenn er je wieder aus Genua zurückkehrt“, sagte sie leise.

Giovanni nickte. „Tut, was Euch Euer Vater befiehlt!“ Isabella sah ihn überrascht an. „Ich weiß nicht, wann Silvano wiederkommt.“

„Dann zeig Silvio, wie es ist, einer Republik wie Venedig vorzustehen.“

„Jetzt kommt die Brücke“, flüsterte Giovanni ihr ins Ohr. Sein Atem kribbelte auf ihrer Haut.

Isabella zuckte mit den Schultern. „Niemand wird heute jubeln. Sieh doch, alle Läden sind dicht. Viele haben sogar das Banner eingeholt.“

„Hier, das wolltest du doch tun.“ Giovanni reichte ihr den Ring.

„Ich habe ihn wieder verloren und diesmal wird er nicht wiederkehren.“ Sie schluckte heftig und kämpfte gegen die Tränen an. „Hat ihn Silvano bei dir machen lassen?“

Giovanni nickte. „Vor dem Feuer. Es war das letzte Stück Glas, das ich machen konnte.“

Isabella holte weit aus und schaute ins Meer, wo der Ring versank.

Giovanni lächelte und zeigte über den Canal. „Es steht jemand auf der Brücke!“

„Was wollen sie noch? Sie haben deutlich gezeigt, dass sie einen neuen Dogen wollen.“

„Ein neues Denken, Isabella. Wer sagt dir, dass dein Volk einen neuen Dogen will?“ Er nahm ihr Silvio aus dem Arm und ließ sie am Bug stehen. Sie schloss die Augen, spürte den Wind in ihrem Haar. „Viva Venezia“, flüsterte sie und im Gleichklang mit den Wellen wiederholte sie diese Worte.

Plötzlich schien es ihr, als stünde die Zeit still. Die Nebelschwaden rissen auf und die Sonne kämpfte sich durch die Wolkenfelder, bis die ersten Palazzimauern glänzten. Isabella holte tief Luft und sah zu den Flaggen hoch, die über den Balkonen der Patrizier hingen. Sie meinte, die Menschen singen zu hören und sah sich verwundert um. Immer mehr Fensterläden wurden aufgestoßen, neue Fahnen ausgerollt und auf den Balkonen drängten sich die Menschen.

Sie blickte überrascht zu ihrem Vater zurück, der von seinem Thron aufgestanden war und mit Giovanni am Heck des Schiffes stehen blieb.

„Viva Venezia!", rief er und winkte denjenigen, die langsam die Kais bevölkerten.

„Du hast mir nicht geglaubt, cara mia!", rief Silvano von der Brücke.

Isabella umklammerte den gläsernen Anhänger auf ihrer Halskette und drückte einen Kuss auf die dünne Scheibe.

Weinend umarmte sie Giovanni, riss sich von ihm los, winkte Silvano. „Wir legen gleich am Palast an", versprach ihr Giovanni mit einem amüsierten Lächeln.

In diesem Moment nickte ihr Vater Isabella zu und hob Silvio hoch. Die Menschen jubelten, begrüßten den neuen Bewohner der Serenissima.

„Du wusstet es?"

Kaum hatte das Schiff angelegt, kam Silvano an Bord. Nichts erinnerte sie mehr an den dünnen träumerischen Silvano. Sein Gesicht war braun, seine Hände harte Arbeit gewohnt.

„Er musste mir versprechen, dir nicht die Wahrheit zu sagen. Ich habe Francesca fortgebracht. Dorthin, wo sie sicher ist."

„Wo warst du? Ich dachte, du seist tot. Nicht noch einmal hätte ich den Schmerz überstanden."

Silvano schüttelte den Kopf. „Ich musste nach Genua zurück. Ich ließ jemanden zurück, im Glauben, ihn nicht zu lieben."

Sie strich sanft über seinen Arm und nickte. „Maddalena. Ich würde sie gerne kennen lernen. Eine Frau, für die du sogar dein Leben riskierst."

Ihr Bruder zögerte. „Es gab Tage, an denen ich Zweifel hatte, ob es nicht besser wäre, von Bord zu springen. Als mein Boot von den Wellen fast zerstört wurde, hatte ich nur einen Gedanken. – Ich wollte dich wiedersehen. Du bist jünger, aber du erkanntest, dass Giovanni deine Liebe verdient. Das sie ein Geschenk war."

Isabella schüttelte sanft den Kopf und strich über Silvanos Arm. „Eine Gabe, mein Lieber.

„Und Francesca, hast du sie wirklich geliebt?"

„Nein, ich war von dem Wunsch beseelt, sie zu besitzen. Etwas zu haben, das nur mir gehörte. Nicht Vater."

Isabella fiel in sein Lachen ein. Es gab einen Grund, glücklich zu sein – hier in Venedig, an der Seite des Mannes, den sie aus reinem Herzen liebte. Ihr Herz schlug heftig.

„Ich wollte nicht, dass du von jemand anderen erfährst, dass ich mich vermähle – ja, Maddalena, sie liebt mich und ich stehe bei ihrem Vater in tiefer Schuld. Ohne ihn und Maddalena wäre ich heute nicht hier." Silvano umarmte sie liebevoll. „Ich glaube, der Glasbläser wartet auf dich", sagte er scherzend.

Isabella folgte seinem Blick und lächelte. „Warum stürmt er nicht das Schiff?"

Giovanni hatte das Schiff verlassen und lehnte an der Säule vor dem Palast. In seinen Armen hielt er Silvio.

„Unter der Säule, an der ich dachte, du wärst gestorben?“ Sie schob vorwurfsvoll die Oberlippe hoch und überließ es ihm, sie von neuen Ängsten loszulösen.

„Für dich würde ich sterben“, sagte Giovanni und küsste sie zärtlich.

ENDE